Inhalt

I. Buch
Folgt immer
dem Fluss

Hunger

Es war kalt und feucht. Eily drehte sich im Bett von einer Seite auf die andere und versuchte dabei, ein Stückchen mehr von der Decke über ihre Schultern zu ziehen. Ihre kleine Schwester Peggy drängte sich neben sie. Peggy schnarchte wieder. Sie schnarchte immer, wenn sie erkältet war.

Das Feuer war fast erloschen. Schwach glimmte die heiße Asche in der Düsternis der Hütte.

Die Mutter summte leise ein Lied für das Baby. Bridgets Augen waren geschlossen, das sanfte Gesicht bleicher denn je. Sie lag in Mutters Schultertuch gewickelt und ihre kleine Faust umklammerte eine lange, kastanienbraune Haarsträhne.

Bridget war krank – sie wussten es alle. Der Körper unter dem Tuch war zu dünn und ihre weiße Haut fühlte sich entweder zu heiß oder zu kalt an. Die Mutter trug die Kleine Tag und Nacht bei sich, als wolle sie dadurch etwas von ihrer eigenen Kraft in das kleine, geliebte Wesen hineinzwingen.

Eily spürte, wie ihr die Tränen in die Augen stiegen. Manchmal dachte sie, vielleicht ist alles nur ein Traum und gleich wache ich auf und lache darüber. Doch das quälende Hungergefühl in ihrem Bauch und die Trau-

7

rigkeit in ihrem Herzen machten ihr nur zu deutlich, dass alles Wirklichkeit war. Sie schloss die Augen und ließ ihre Gedanken zurückwandern.

Kaum zu glauben, dass es nicht viel länger als ein Jahr her war, als sie in dem alten Schulzimmer saßen, und plötzlich Tim O'Kelly hereingestürmt kam. Er schnappte sich seinen Bruder John, dann rief er den anderen zu: »Sputet euch, lauft heim und helft beim Kartoffelklauben, sie verfaulen in der Erde, eine Seuche ist ausgebrochen!«

Sie hatten alle erwartet, der Lehrer würde nach seinem Stock greifen und Tim anbrüllen: Fort, hinaus mit dir, du Dummkopf! Was fällt dir ein den Unterricht zu stören! Aber wie staunten sie, als er sein Buch zuklappte und sie zur Eile antrieb: »Trödelt nicht herum, los, los! Geht heim und helft!« Sie rannten so schnell, dass ihnen der Atem stockte, und die Angst, was sie wohl zu Hause vorfinden würden, schnürte ihnen die Kehle zu.

Eily erinnerte sich. Der Vater saß auf der Steinmauer, den Kopf auf die Hände gestützt. Die Mutter kniete auf dem Acker, Hände und Schürze voll Dreck. Sie riss die Kartoffeln aus der Erde und überall ringsum lag dieser drückende Gestank in der Luft. Faulig und widerlich stieg er in Nase und Mund. Der Geruch nach Krankheit und Verderben.

Drüben, auf der anderen Seite des Tals, fluchten die Männer und die Frauen beteten zu Gott, dass er sie beschützen möge. Acker um Acker waren die Kartoffeln eingegangen und in der Erde verfault. Die Frucht – für sie alle die Hauptnahrungsquelle – gab es nicht mehr.

Erschrocken sahen sich die Kinder an, die Augen angstvoll aufgerissen. Sie ahnten, dass jetzt der Hunger kommen würde.

Eily kuschelte sich an Peggys Rücken und bald wurde ihr wärmer. Sie döste vor sich hin und schließlich versank sie wieder im Schlaf.

»Eily! He, Eily! Stehst du auf?«, flüsterte Peggy.

Die Mädchen streckten sich und nach einer Weile warfen sie die Decken zurück. Eily ging zur Feuerstelle und legte ein Stück Torf auf die glühende Asche. Der Korb war fast leer. Eine Aufgabe für Michael.

Die Mädchen gingen hinaus. Die frühe Morgensonne schien. Das Gras war feucht vom Tau. Sie blieben nicht lange. In ihren Unterhemden spürten sie schnell, wie kühl es war. Wieder in der Hütte, sahen sie, dass ihre Mutter noch schlief und Klein-Bridget neben ihr schläfrig vor sich hin nuckelte.

»Gibt's was zu essen?«

»He, Michael«, sagte Eily. »Hab ich's doch gewusst, dass du wach bist!«

»Mach schon, Eily, schau nach«, bettelte Michael. »Schau doch mal nach!«

»Raus mit dir, los, los! Wasch dir den Dreck aus dem Gesicht, dann sehen wir weiter.«

Die Sonne schien durch die offene Hüttentür. Staubig ist es hier drin, dachte Eily, und dreckig.

Das Baby hustete und wachte auf. Eily nahm es hoch und setzte sich auf den Stuhl neben dem Feuer, während sich die Mutter um das Essen kümmerte. Es waren noch drei alte Kartoffeln da. Die Mutter schnitt sie in Scheiben, dann goss sie jedem ein wenig entrahmte Milch aus dem großen Krug ein. Keiner sprach. Sie aßen schweigend, jeder in Gedanken vertieft. Michael wollte etwas sagen. Er wollte fragen, ob … Aber dann besann er sich. Mit der Zeit hatte er gelernt, dass es zwecklos war zu fragen.

Die ersten Male, als er mehr verlangt hatte, hatten Vater oder Mutter mit dem hölzernen Löffel gedroht. Später dann hatte der Vater ihm nur einen traurigen Blick zugeworfen und die Mutter war in Tränen ausgebrochen.

Nein, das wollte Michael nicht! Es war besser, manches blieb ungesagt.

Gegen Mittag sah alles schon ganz anders aus. Heiß strahlte die Sonne vom Himmel, es wehte ein warmer Wind. Zusammen mit seinem Freund Pat ging Michael ins Moor. Vielleicht könnten sie ein wenig Torf mitbringen.

Bridgets Atem rasselte, aber immerhin schlief sie. Mit neuem Mut ging die Mutter an die Arbeit. Sie sammelte Unterhemden und schmutzige Kleidung ein, wusch sie und breitete sie draußen zum Trocknen hin. Sie schüttelte die Decken aus und legte sie über die Steinmauer.

Peggy trug ihr langes, braunes Haar offen. Dünn und fettig hing es herunter. Peggy beugte sich nach vorn, dann goss ihr die Mutter Wasser aus dem Eimer über das Haar und schrubbte ihr den Kopf. Peggys Geschrei war enorm. Aber es war nichts im Vergleich zu der Prozedur mit dem feinzinkigen Kamm, den die Mutter anschließend durch die langen, verhedderten Strähnen zog. Dabei achtete sie jedes Mal genau auf Läuse oder Nissen.

Eily lachte, sie wusste, dass sie heute davonkommen würde. Sie war erst vor zwei Wochen an der Reihe gewesen.

Später schickte die Mutter die beiden Mädchen zu Mary Kate Conway, um sie nach etwas Gänseschmalz zu fragen – zum Einreiben für Bridgets Brust. Mary Kate hatte geschickte Hände zum Heilen und immer einen guten Rat für alle, die krank waren oder Sorgen hatten.

Um ihre Hütte hatte sie eine dichte Hecke gepflanzt, sodass ihre Besucher ein wenig vor neugierigen Blicken geschützt waren.

Die alte Frau saß auf einem Schemel draußen in der Sonne.

»Na, wenn ich mich nicht täusche, kommen hier die beiden artigsten kleinen Mädchen der Welt«, scherzte Mary Kate. »Was kann ich für euch tun, ihr Lieben?«

»Mutter braucht ein bisschen Gänseschmalz für das Baby«, sagte Eily bittend.

»Das arme, arme Kind«, murmelte Mary Kate. »In so einer Zeit auf die Welt zu kommen!« Sie erhob sich von ihrem Schemel und forderte die Mädchen mit einem Kopfnicken auf ihr zu folgen. Peggy zauderte und klammerte sich an Eilys Kleid. Sie hatte schon so Verschiedenes über die alte Frau gehört und fürchtete sich ein wenig vor ihr.

Es war dunkel in der Hütte und es stank. Mary Kate

humpelte zu ihrem alten Holzschrank. Er war voller Gläser und Flaschen. Sie murmelte vor sich hin, nahm etliche Gläser in die Hand, öffnete die Deckel, warf prüfende Blicke auf den jeweiligen Inhalt und roch daran. Schließlich, nachdem sie das Gesuchte erschnuppert hatte, reichte sie es Eily.

»Und sag deiner Mutter, dass ich mein Glas wiederhaben will, wenn es leer ist.«

»Wird es Bridget gesund machen?« Eily wunderte sich, dass die kleine, siebenjährige Peggy den Mut zu dieser Frage hatte.

Mary Kate runzelte die Stirn. »Das weiß ich nicht, Kind. Es gibt so viele Krankheiten in diesen Tagen – unbekannte Krankheiten –, ich tue mein Bestes.«

Damit strebte Mary Kate wieder hinaus in die Sonne. Vor der Tür fuhr sie mit der Hand in ihre Schürzentasche und kramte einen Apfel hervor. Einen alten, verschrumpelten Apfel. Sie polierte ihn auf Hochglanz. Die Mädchen gaben sich Mühe, nicht hinzusehen, aber da legte Mary Kate den Apfel mit schwungvoller Geste in Peggys Hand.

Peggy machte große Augen. Eily blinzelte.

»Vielen Dank … das können wir doch gar nicht annehmen … danke, aber es ist nicht recht …«, stammelte Eily.

»Grün und hart wie ein Höllenkobold«, lachte Mary Kate und zeigte mit zurückgelegtem Kopf auf ihren zahnlosen Mund. »Ich kann ihn ganz bestimmt nicht essen.«

Die Mädchen lächelten verlegen. Vorsichtig wie ein

kostbares Juwel trug Peggy den Apfel nach Hause. Er sollte mit allen geteilt werden.

An diesem Abend gab es das übliche gelbe Maismehl, zusammengekocht mit etwas zerlassenem Schmalz. Die Mutter hatte ein paar wilde Frühlingszwiebeln gefunden und mitgekocht. Sie überdeckten den faden Geschmack etwas. Der Apfel wurde in vier Teile geschnitten und genussvoll verzehrt, wenn auch die Härte und der sauere Geschmack nicht zu leugnen waren.

»Es sind jetzt schon zwei Wochen, dass Vater zum Straßenbau fortgegangen ist, und noch immer haben wir keine Nachricht von ihm«, fing die Mutter an. Eily wusste, ihre Mutter machte sich Sorgen wegen Bridgets Krankheit und auch wegen des täglich kleiner werdenden Mehlsacks.

»Ich weiß nicht, was noch alles auf uns zukommt und wie wir es schaffen sollen«, fuhr die Mutter fort und schüttelte den Kopf. »Es wird sogar gemunkelt, das Gut wird aufgegeben, und der Herr und seine Familie ziehen endgültig nach England zurück.«

Michael spürte die aufkommende Verzweiflung in ihrer Stimme, da trumpfte er auf: »Ich hab gute Nachrichten, pass nur auf, Ma, hör zu!«

Kaum zu glauben, dass er erst ein neunjähriger Junge war – Michael mit dem dichten schwarzen Lockenhaar seines Vaters und den sanften, freundlich blickenden blauen Augen seiner Mutter. Er konnte sie einfach nicht traurig sehen.

»Pat und ich, wir waren oben am Moor – wir sind ein bisschen weiter gegangen als sonst und wir haben eine

Stelle gefunden, wo noch nicht aller Torf gestochen ist. Pats Vater geht morgen mit ihm hin und sticht den Rest. Wenn es weiter so windig ist, wird der Torf bald trocken sein und er sagt, wir können uns was davon holen, wenn wir es selber aufsammeln und heimschaffen. Na, ist das was?«

Die Mutter lächelte. »Dan Collins ist ein guter Mann, kein Zweifel.«

Sie setzte sich auf den Stuhl und machte es sich bequem. Peggy kroch auf ihren Schoß und Eily hockte sich daneben auf den Boden.

»Erzähl uns von damals, als du ein Mädchen warst ... ja, komm, bitte«, bettelten sie.

»Hängen euch meine alten Geschichten nicht längst zum Hals raus?«, rief sie ungläubig.

»Kein bisschen!«, versicherte Michael.

»Na gut, also dann«, begann sie. »Mary Ellen – das war meine Mutter und euere Großmutter, nach der Eily ihren Namen hat –, sie wohnte mit ihren beiden Schwestern Nano und Lena ...«

Nichts ging über eine Geschichte vor dem Schlafengehen.

Unter dem Weißdornbaum

Der warme Wind hielt an. Es war herrliches, trockenes Wetter. Dan Collins hatte ausrichten lassen, er würde die Kinder heute Vormittag mit ins Moor nehmen. Vor Aufregung hüpfte Peggy von einem Fuß auf den anderen. Seit Hunger und Krankheit ausgebrochen waren, blieben die Kinder meist in der Umgebung der Hütte. Die Mutter wollte sie in der Nähe haben. Von ihrer Tür aus konnten die O'Driscolls Rauchfahnen aus den Schornsteinen aller Hütten sehen, die zu der kleinen Ansiedlung Duneen gehörten. Es war ein schöner Ort und sie hatten viele freundliche Nachbarn, nur, man machte selten Besuche in diesen Tagen. Jede Familie war bemüht ihre Armut zu verbergen. Auch gab es nicht mehr viele Leute, die noch Kraft und Lust hatten zum Singen, Tanzen und Geschichtenerzählen.

Heute war es anders – heute würden Eily, Michael und Peggy ins Moor gehen. Sie winkten zum Abschied. Die Mutter wirkte bleich und abgespannt, Baby Bridget ging es immer noch sehr schlecht. Sie schlief die meiste Zeit, nur wenn sie hingelegt wurde, schrie sie.

Die drei Kinder trugen jedes einen Korb für den Torf. Außerdem hatten sie einen Krug mit kaltem Wasser dabei, ein paar Kartoffelschalen und einen Kanten trockenes Brot, um den Hunger in Schach zu halten.

Pat Collins und sein Vater warteten schon auf sie. Dan Collins war ein großer Mann mit blondem, lockigem Haar, seine Augen schienen zu funkeln, wenn er guter Laune war. Er war die meiste Zeit draußen und wusste scheinbar immer ganz genau, wo wilde Beeren und Pilze wuchsen. Moses, sein alter Esel, stand mit den leeren Weidenkörben auf dem Rücken neben ihm.

»Na, ihr kleinen Rumtreiber!«, witzelte Dan, als er die Körbe auf dem Rücken des Esels festband. »Lasst ihr uns hier warten an einem so herrlichen Tag? Nun lauft voraus, Moses und ich haben unser eigenes Tempo.« Der Esel war alt und langsam, Dan würde ihn nicht zur Eile antreiben.

Die Kinder hatten genügend Zeit zum Spielen und Herumalbern, während sie den trockenen Torf sammelten und ihn zu ordentlichen Stapeln aufschichteten. Peggy pflückte wilde Schlüsselblumen für die Mutter.

Schließlich erschien Dan und sie luden so viel in die Körbe, wie sie eben noch tragen konnten – und das war nicht gerade viel. Auch Old Moses konnte in diesen Zeiten nur die Hälfte von dem schleppen, was er sonst bewältigt hatte.

Im Nu waren sie alle erhitzt und durstig. Sie setzten sich, schluckten gierig das kalte Wasser in sich hinein und aßen, was sie hatten. Dan hatte einen Schluck Tee und einen Kartoffelkuchen dabei.

Später half er den Kindern abwechselnd ihre Körbe zu tragen, während Pat voranging und Moses führte. Der Heimweg war lang und ermüdend. Es kam ihnen so vor, als lägen jetzt mehr Steine dort als auf dem Hinweg. Außerdem spürten sie Schmerzen in Schultern, Armen und Rücken. Oft mussten sie anhalten und rasten. Ein paarmal setzte sich Peggy einfach hin, fing zu schluchzen an und erklärte, sie könne keinen Schritt weiter.

Dan Collins lachte sie aus und sagte, wenn es der alte Moses mit seinem schlimmen Bein schaffe, dann hätte so ein junges Fohlen wie sie ganz bestimmt keine Schwierigkeiten.

Es dauerte eine Ewigkeit, bis sie die Hütte der Collins erreichten. Dort verabschiedeten sie sich. Die letzte halbe Meile kam ihnen fast endlos vor. Michaels Hände bluteten. Er mühte sich mit dem schwersten Korb ab. Als sie endlich zu Hause ankamen, war es dunkel. Der große Korb sollte neben der Feuerstelle stehen, der restliche Torf wurde draußen neben der Hütte aufgeschichtet. Es wurde nur ein kleines Häufchen. Unwillkürlich dachten sie an den ansehnlichen Stapel, fast so hoch wie die ganze Hütte, den der Vater in guten Zeiten dort immer aufgebaut hatte.

Sie stießen die Tür auf. Mutter saß mit Bridget auf dem Arm dösend vor dem Feuer. Sie sah todmüde aus und die Kinder merkten, dass sie geweint hatte.

Still wie die Mäuse machten sie den Rest Hafergrütze warm und gossen etwas Wasser dazu. Sie waren vollkommen erschöpft und froh ins Bett zu fallen. Arme und Schultern taten so weh, dass sie kaum auf die gewohnten, rumpelnden Hungerschmerzen achteten, die immer vor dem Einschlafen kamen.

Irgendwann in der Nacht hörten sie die Mutter schluchzen und Bridget husten und um Atem ringen. Michael kam angekrochen und legte sich neben die Mädchen ins Bett. Sie hielten sich bei den Händen und beteten – sämtliche Gebete, die sie je gelernt hatten.

»Gott, hilf uns, bitte hilf uns, Gott!«, wisperten sie.

Keiner schlief. Es war in den frühen Morgenstunden, da hörte das Husten auf. Plötzliche Stille breitete sich aus. Mutter küsste das Baby auf die Stirn und auf jeden der kleinen Finger.

»Lieber Gott, mach, dass die Sonne bald aufgeht und dass diese schreckliche Nacht ein Ende hat«, beteten die Kinder.

Auf einmal spürten sie, wie still ihre Mutter geworden war. Sie standen auf und schlichen zu ihr hinüber. Dicke Tränen rollten der Mutter über die Wangen.

»Sie ist tot. Mein kleiner Liebling ist tot.«

Peggy fing an zu weinen. »Ich will Bridget wiederhaben!«, schluchzte sie. »Ich will!«

»Es ist schon gut, mein Kleines«, sagte die Mutter besänftigend. »Sie war zu schwach, um in dieser rauen Welt zu leben. Schaut sie nur an. Ist sie nicht ein schönes, kleines Mädchen, jetzt, wo sie ihre Ruhe gefunden hat?«

Das Baby lag still da, als schliefe es nur. Die Mutter sagte, sie sollten es küssen; da hauchte einer nach dem anderen einen Kuss auf die weiche Wange und auf die Stirn von Bridget, der kleinen Schwester, die sie kaum gekannt hatten.

Die Mutter erschien ihnen merkwürdig gefasst. Sie schickte sie wieder zu Bett. »Gleich im Morgengrauen musst du zu Dan Collins laufen, Michael, und ihn bitten, dass er Pater Doyle holt. Ich will mich hinsetzen und mein kleines Mädchen noch ein wenig betrachten.«

Später machte sich Michael auf den Weg, das Gesicht bleich, die Augen rot gerändert. Die Kühle des frühen

Morgens ließ ihn frösteln und er zog die dünne Jacke enger um sich.

Die Mutter hatte Wasser warm gemacht und wusch Bridget mit einem Tuch liebevoll ab. Danach bürstete sie wieder und wieder die seidigen, blonden Locken.

Eily zog den alten, hölzernen Kasten unter dem Bett der Eltern hervor. Sie öffnete ihn, wie es die Mutter gesagt hatte. Viel lag nicht darin und so fand sie schnell das Spitzentaufkleid, das ihre Urgroßmutter einst gemacht hatte. Die Spitze war alt und vergilbt. Erst vor zehn Monaten hatte Bridget das Kleid getragen. Ihr kleiner Körper war so schmächtig und ausgezehrt, dass es ihr immer noch passte. Mit dem Kleid sah sie aus wie ein kleiner weißer Engel, aber Eily konnte sich nicht helfen, sie musste an die französische Porzellanpuppe denken, die sie einmal in der Stadt in einem Schaufenster gesehen hatte. Steif hatte sie dagestanden in einem weißen Spitzenkleid mit gestärktem Unterrock und echtem, langem Lockenhaar. Wie sehr hatte sie sich gewünscht diese Puppe an sich zu nehmen und zu besitzen. Jetzt spürte sie ein ähnliches Verlangen, nur viel stärker. Sie wollte Bridget im Arm halten und nie mehr loslassen.

Michael kam wieder nach Hause. Sie tranken einen Schluck Milch, dann machten sie sich ein wenig zurecht und räumten die Hütte auf, so gut sie konnten. Dan Collins würde den Priester holen. Pater Doyle war ein liebenswürdiger Mann – er war mit dem Vater gut befreundet und manchmal, wenn er ein wenig Gesellschaft suchte, kam er auf einen kurzen Schwatz vorbei. Vater sagte immer, es sei schon großartig, Priester zu sein, aber es sei doch ein einsames Leben.

Sie waren alle überrascht, als mitten am Vormittag Dan Collins und seine Frau Kitty bei ihnen auftauchten. Kitty ging geradewegs auf die Mutter zu und küsste sie. Beider Augen waren voller Tränen und unausgesprochener Worte.

»Es tut uns so Leid, Margaret. Die arme, kleine Bridget«, flüsterte Kitty.

Dan Collins räusperte sich. Man sah, es war ihm unbehaglich zumute. Er trat von einem Fuß auf den anderen. »Gott sei uns gnädig, aber es gibt noch mehr schlechte Nachrichten. Pater Doyle liegt selber krank im Bett, er wird die Kleine nicht begraben können. Viele im Dorf sind schon gestorben – Seamus Fidden, der Sargmacher, zum Beispiel – es gibt keine ordentlichen Begräbnisse ...« Er hielt inne.

Die Mutter stieß einen hohen, klagenden Ton aus. »Was wird aus uns noch werden? Was sollen wir nur tun?«

Dumpf lastete die Luft im Raum.

»Wir werden sie hier begraben, und zwar, wie es sich gehört«, sagte Dan.

Die drei Kinder starrten ihre Mutter an und warteten auf ihre Antwort. Schließlich nickte sie langsam.

»Unter dem Weißdorn auf dem hinteren Acker«, sagte sie flüsternd. »Dort haben die Kinder immer gespielt und nun wird er mit seinen Blüten die Kleine beschützen.«

Dan winkte Michael. Sie gingen aus der Hütte und verschwanden mit einem Spaten hinten auf dem Acker.

»Wir haben keinen Sarg«, sagte die Mutter heiser.

Kitty sah sich in der Hütte um, dann fragte sie Eily um Rat. Eily räusperte sich. »Wie wäre es mit Großmutters Holzkasten?«

Kitty und Eily zogen ihn unter dem alten Bett hervor und hoben ihn auf die Matratze. Die Mutter trat heran und nickte ergeben. Kitty nahm die Familienschätze heraus und legte sie zur Seite.

Dann begannen Kitty und die Mutter mit den Vorbereitungen. Eily und Peggy, die spürten, dass sie nicht erwünscht waren, liefen hinaus und pflückten blaue Glockenblumen. Tief sogen sie die Luft ein, um ihre Herzen zu beruhigen.

Dan kam vom Acker zurück und ging in die Hütte. Kurz darauf erschienen die drei Erwachsenen – Kitty stützte die Mutter am Arm, Dan trug den geschnitzten Holzkasten. Eine leichte Brise strich durch die blühenden Bäume, die Kronen verneigten sich wie zum Gruß. Der Himmel war klar und blau. Eine Blaumeisenfamilie saß auf einem Ast des Baumes und beobachtete die Zeremonie. Dan und Kitty sprachen die Gebete für sie und alle dachten an Jesu Worte: Lasset die Kindlein zu mir kommen. Und sie beteten dafür, dass sie sich einst im Paradies wieder sehen würden.

Behutsam legten Eily und Michael die Blumen neben den Kasten. Peggy wurde von schweren Schluchzern geschüttelt. Die Mutter strich ihr über das Haar. Sie sangen eines der Lieblingslieder von Pater Doyle, dann führte Kitty die kleine Prozession wieder nach Hause. Sie hatte ein wenig Tee mitgebracht, davon kochte sie für die Erwachsenen eine Kanne voll. Sie sorgte dafür, dass sich die Mutter neben das Feuer setzte, dann wärmte sie ein paar Kartoffelkuchen auf.

In den nächsten Tagen lief die Mutter im Unterrock herum, das Tuch eng um die Schultern gezogen. Sie kümmerte sich um gar nichts. Eily und Michael schafften Wasser heran, fegten die Hütte und organisierten etwas zu essen. Sie wünschten, der Vater würde heimkommen. Eily hatte Angst. Wie lange würde das noch dauern?

Nichts zu essen

Ein paar Tage später rief die Mutter sie alle zusammen. Sie hatte sich um das Feuer gekümmert. Sie war vollständig angekleidet und hatte ihr Haar mit zwei Kämmen hochgesteckt. Auf dem Bett lagen zusammengefaltet ihr hübsches, handgearbeitetes Spitzentuch und ihr graues, gestricktes Hochzeitskleid mit dem dazugehörigen Spitzenkragen.

Beides hatte ihre Mutter für sie gemacht und sie hatte es an jenem besonderen Junitag vor vielen Jahren getragen, als sie John O'Driscoll geheiratet hatte. »Teil die Kartoffelschalen aus, Eily, dann setz dich hin.« Sie aßen einen Bissen und tranken etwas. Die Mutter griff nach einer Bürste und fuhr damit durch Peggys langes, dunkles Haar. Dann schlüpfte sie aus ihrem Alltagsrock und zog ein cremefarbenes Kleid an. »Eily, Michael, Peggy, passt auf«, sagte sie, »ich muss heute ins Dorf, es ist nichts mehr zu essen da. Bridget ist tot. Ich habe ein Kind begraben und ich werde es nicht zulassen, dass euch anderen etwas passiert. Wir müssen etwas zu essen haben.«

»Aber Mutter«, fing Eily an, »du hast doch kein Geld ... nein, nicht ... nicht dein Kleid und das Tuch, es ist alles, was du noch hast!«

»Hör zu, Kind, was nützen ein Kleid und ein Tuch, versteckt unter dem Bett? Ich weiß, viel wird es nicht bringen, aber vielleicht gibt mir Patsy Murphy genug, dass es für einen Sack Mehl, ein bisschen Hafer oder noch was anderes reicht. Wir werden mit jedem Tag schwächer und verlieren unsere Kraft. Wir müssen essen oder wir werden krank. Meinst du, ich merke nicht, wie es um Peggy steht? Dass ihr die Augen aus dem Gesicht stechen und dass Arme und Beine wie Stöcke aussehen? Und um Michael, meinen kleinen Mann, der kaum den Korb voll Torf heben kann und nicht genügend Kraft hat, den kurzen Weg zum Fluss zu gehen und ein paar Fische zu fangen? Und um Eily, mein großes Mädchen, das sich von all den Sorgen auffressen lässt? Hört jetzt zu: Ihr müsst Wasser reinholen und aufpassen, dass das Feuer nicht ausgeht. Und ihr müsst unbedingt in der Hütte bleiben. Dan Collins hat gesagt, die Krankheit lauert überall, und auf allen Straßen sind Leute unterwegs. Ich werde schnell machen, so schnell ich kann. Haltet nur die Tür immer verschlossen.«

Eily bettelte: »Bitte, Mutter, lass mich mitgehen!«

Doch die Mutter schüttelte den Kopf. Sie bestand darauf, dass die Kinder dablieben. Dann packte sie ein paar Sachen in ihren Korb und legte sich ihr Tuch um die Schultern. Es war ein wunderschöner, warmer Morgen. Die Wiesen waren mit Gänseblümchen übersät, die Hecken überwuchert von Geißblatt und wildem Wein. Die Versuchung war groß rauszugehen und zu spielen. Aber sie wagten es nicht und winkten ihrer Mutter zum Abschied.

Peggy war gereizt, mürrisch und sie langweilte sich. Michael erfand Spiele für sie und dachte sich alles Mögliche aus, um sie abzulenken, aber trotzdem wusste sich Eily nicht anders zu helfen, als zweimal drohend den Holzlöffel zu heben. Peggy warf sich auf das Bett, schmollte und war wütend auf Eily.

Plötzlich hörten sie Schritte draußen auf dem Weg. Konnte Mutter so bald zurück sein? Eily wollte schon hinauslaufen und helfen den Mehlsack hereinzuschleppen, da hörte sie vor der Tür zwei fremde Stimmen. Die Kinder verhielten sich mucksmäuschenstill.

»Um Gottes willen, gönnt einer armen Frau und ihrem Sohn eine kleine Rast und einen Schluck Wasser«, jammerte die eine Stimme. Die Sprecherin stand unmittelbar vor der Tür. »Wir sind meilenweit gelaufen. Sind erschöpft und durstig und haben wunde Füße. Alles, was wir brauchen, ist ein bisschen Hilfe.«

Eily wollte zur Tür gehen, aber Michael hielt sie zurück.

»Denk dran, was Mutter gesagt hat«, zischte er. »Gib keine Antwort!«

Die Fremden klopften an die Tür. Schnell rückte Michael den Korb mit Torf und den Stuhl davor. Die beiden Mädchen saßen auf dem Bett, voller Angst. Was war, wenn die rauskriegten, dass nur Kinder in der Hütte waren?

»Habt ihr uns gehört?« Die Frau hob die Stimme. »Wir brauchen Hilfe!« Als keine Antwort kam, fing die Frau zu fluchen an. Sie nahm zwei Torfstücke und schmetterte sie gegen die Tür.

»Vielleicht ist da noch was Brauchbares drin?«, sagte der Sohn.

Eily, Michael und Peggy starrten einander an, außer sich vor Schreck. Wenn nun die Fremden die Tür eindrückten?

Plötzlich hatte Michael einen Einfall. »Aaaah, Gott sei Dank«, stöhnte er, »dass endlich wer vorbeikommt. Wir brauchen so dringend Hilfe. Lauft um Gottes willen schnell zum Brunnen und bringt uns einen Eimer Wasser. Meine Schwester glüht vor Fieber und mir brennen Kopf und Kehle wie Feuer.«

Eily legte die Hand über Peggys Mund, dass sie nur nicht kicherte oder etwas sagte. Die zwei Stimmen vor der Tür flüsterten miteinander.

»Letzte Woche haben wir meine kleine Schwester begraben«, fuhr Michael in hohem Jammerton fort. »Das halbe Dorf liegt im Sterben – um Gottes willen ...«

Jetzt hörte man die Stimme der Frau. Sie war von der

Tür zurückgetreten. »Nichts für ungut, und Gott verschone euch, aber wir können nicht bleiben. Komm, mein Sohn, fort von diesem Krankenlager!« Die beiden klaubten ihr Lumpenbündel zusammen und machten sich davon.

Als die Kinder sicher waren, dass die Gefahr vorüber war, fielen sie einander um den Hals.

»Mensch, Michael, du bist ja der reinste Komödiant!«, scherzte Eily. »Wie ist dir das nur so schnell eingefallen? Damit hast du uns gerettet!« Michael wurde rot bis hinter die Ohren. »Demnächst werden die Leute noch was zahlen, um dich zu sehen. Eines Tages wirst du Schauspieler, noch dazu ein berühmter«, ergänzte Eily.

In der Aufregung hatte sich auch Peggys Stimmung gebessert. Sie rannte durch die Hütte und sang selbst erfundene Lieder über ihren tapferen Bruder.

Die Sonne ging unter und langsam wurde es dunkel am Himmel, da pochte es wieder an die Tür. Die Kinder erstarrten. Fast konnte jeder das Herzklopfen des anderen hören.

»Ich bin es, Kinder, euere Mutter!«

Blitzschnell rissen sie die Tür auf und hängten sich an die Mutter – aus Begrüßungsfreude und vor Erleichterung.

»Halt, halt, ihr kleinen Räuber, rennt mich nicht um – lasst mich erst mal Luft holen«, flehte die Mutter. Sie hatte mehrere Päckchen in der Hand. Sie wirkte erschöpft, das Haar hing ihr in Strähnen ins Gesicht.

»Deine Kämme, Mutter – deine schönen Kämme, sie sind auch weg!«, rief Eily.

»Euer Vater hat immer gesagt, er mag mein Haar am liebsten lang und offen mit Sonne und Wind dazwischen. Nun, jetzt erfülle ich ihm seinen Wunsch«, sagte die Mutter und bemühte sich zu lächeln.

»Was hast du dabei? Was hast du?« Peggy war voller Neugier auf den Inhalt der Pakete.

Mutter legte alles auf den Tisch und machte langsam ein Päckchen nach dem anderen auf. Früher hätten die Kinder an Einkäufen aus dem Dorf kein besonderes Interesse gezeigt, dafür hätten sie ihre Spiele draußen nicht unterbrochen. Jetzt aber hing ihr Leben davon ab, was in diesen Päckchen war.

Das größte war ein Sack Hafermehl. Dann ein paar Pfund alter, grauer Kartoffeln in einem Beutel, ein Töpfchen Schmalz, ein paar kleine Tüten Salz und schließlich ein Stück hartes getrocknetes Rindfleisch. Es war nicht viel.

»Außerdem haben wir noch einen Sack Maismehl«, fügte die Mutter hinzu, als sie die Enttäuschung der Kinder spürte. »Dan Collins hat gesagt, er bringt ihn morgen Vormittag her. Er hatte Moses dabei und er wollte mir die Schlepperei ersparen.« Verlegenes Schweigen breitete sich aus.

»Es ist prachtvoll, Mutter, wirklich großartig«, versicherte Eily. Sie küsste ihre Mutter und schlang ihr die Arme um den Hals. Dann setzte sie Wasser auf – die Mutter hatte, weiß Gott, einen Schluck Tee verdient.

»Leg für jeden eine Kartoffel auf«, sagte die Mutter, »und ein bisschen getrocknetes Rindfleisch essen wir auch.« Sie wollte die Kinder unbedingt aufmuntern. Auf einmal kramte sie vier Kerzenstummel aus ihrer Schürzentasche. Sie zündete einen an und stellte ihn auf den Tisch.

Warm brannte das Torffeuer im Kamin, die Hütte schimmerte im weichen, goldenen Licht der Kerze. So sollte es bleiben, ihr Zuhause, sicher und behaglich. Kartoffeln brieten im Feuer, fast war es wie in alten Zeiten. Peggy saß auf Mutters Schoß, das schmale Gesicht an ihre Brust gedrückt.

»Eine Geschichte, bitte«, bettelte Peggy. »Erzähl uns eine Geschichte. Aus der Zeit, als du klein warst. Bitte Mutter!«

Mutter küsste Peggys Haar und sagte, Michael und Eily sollten sich ans Feuer setzen. Sie war müde, doch wie schön war es, an früher zu denken.

»Hab ich euch schon von meinem achten Geburtstag erzählt? Das war vielleicht eine Zeit, einfach himmlisch. Meine Mutter, euere Großmutter, hatte sich mächtig angestrengt und mir das schönste Kleid der Welt genäht – es war aus Baumwollstoff mit eingewebten Zweigen und gemustert war es mit hellen Rosenblüten auf grauem Grund. Die Knöpfe waren am Rücken und es hatte einen Stehkragen mit Spitzenrüsche und einen dazu passenden Unterrock.

Am Tag vor meinem Geburtstag machten wir einen Besuch im Laden bei meinen Tanten Nano und Lena, um sie zum Tee einzuladen. Ich sehe sie noch dastehen in ihren weißen, gestärkten Schürzen. Auf dem Ladentisch ausgebreitet lagen Früchte, Pasteten und Obsttörtchen und das Regal stand voller Gläser mit Marmeladen und Eingemachtem. Von weit her kamen die Damen und Herren, vornehme Leute und Großbauern, um die Konfitüren meiner Tanten zu kaufen, und an Markttagen, so wurde erzählt, ging es dermaßen zu, dass man den Laden kaum betreten konnte. Als wir hereinkamen, hatten die Tanten vor Geschäftigkeit rote Gesichter und meine Mutter blinzelte ihnen zu.

Am Morgen meines Geburtstags überreichten mir Vater und Mutter ein großes Paket – ich seh es noch vor mir. Ich riss das Papier auf und drinnen lag eine Puppe, eine wunderschöne Holzpuppe mit richtigem Gesicht und Haar und, ob ihr es glaubt oder nicht, sie hatte das gleiche Kleid an wie ich und sogar das gleiche rosa Band im Haar. Welch ein Wunder!

Und dann, später, eine außergewöhnliche Teestunde. Meine Tante Kitty und meine vier Vettern waren gekommen. Es gab weiches Teegebäck, frisch gebackenes Brot und Pflaumenmarmelade und dann kamen Nano und Lena und brachten in einer Dose einen ganz besonderen Kuchen mit. Er war mit Zuckerguss glasiert und obendrauf mit winzigen, süßen Veilchen verziert. Ich glaube, ich habe noch nie etwas so Schönes gesehen! Alle klatschten Beifall. Gebacken hatte den Kuchen Tante Nano und verziert hatte ihn Tante Lena. Sie waren ein großartiges Paar! Nach dem Tee holte Vater die Fiedel hervor und wir tanzten alle. Meine drei Brüder waren ungewöhnlich lieb, den ganzen Abend rangelten und brüllten sie nicht herum. Und Tante Kitty gab uns allen eine Tanzstunde.«

Die Mutter schwieg. Drei stille, kleine Gesichter sahen zu ihr auf. Sie schluckte. Ob ihre Kinder jemals solche Zeiten kennen lernen würden? Ihr Leben war so hart.

»Kommt Kinder, es wird Zeit, das Essen ist fertig.«

Sie genossen jeden Bissen und merkten kaum, wie heiß die Kartoffeln waren. Fast verbrannten sie sich die Zungen daran. Sie brachen die feste Schale auseinander, kauten das trockene, gesalzene Rindfleisch und spülten es jeder mit einem großen Becher Milch hinunter. Welch ein Fest! Es musste ja nicht unbedingt Kuchen sein.

Eily und Michael räumten ab, die Mutter half Peggy beim Ausziehen für die Nacht. Das Feuer brannte niedrig, und die Kerze warf zuckende Schatten an die Wand. Wie lachte die Mutter, als sie von Michaels Heldentat erfuhr, und sie lobte ihre drei Kinder für ihre Vernunft, die sie in dieser schwierigen Situation bewiesen hatten. Peggy war eingeschlafen. Mutter trug sie ins Bett und deckte sie zu. Dann setzte sie sich zu Eily und Michael.

»Wie sieht's denn im Dorf aus, Mutter?«, erkundigte sich Eily, die sich schon längst wunderte, dass die Mutter den ganzen Abend noch kein Wort darüber verloren hatte.

»Mein Gott, was sind nur für Zeiten über uns gekommen? Im Dorf liegt jeder Zweite sterbenskrank im Fieber, einige haben ihre Häuser verlassen und ziehen über die Straßen – auf der Suche nach Arbeit und Nahrung oder einfach nur, um von hier wegzukommen. Die ganze Familie O'Brien ist weg.«

»Du meinst, Mutter, sie sind alle auf der Straße?«, unterbrach Eily.

»Nein, nein, unter der Erde liegen sie. Allesamt. Fünf Söhne und Mary O'Brien, die liebenswürdigste Frau der Welt. Die Connors und die Kinsellas sind fortgegangen. Nell Kinsella hat genügend zur Seite gelegt, sie wollen Schiffskarten kaufen und nach Amerika fahren. Wo die Connors sind, weiß keiner. Francie O'Hagan hat ihre Tuchhandlung geschlossen. Sie sagt, was werden sich die Leute um Stoffe, Spitzen und Kleidung kümmern, wenn sie kaum das Nötigste zu essen für ihre Kinder haben. Im Laden bei Patsy Murphy war es gerammelt voll – sein Lager ist überfüllt von Kleidern, Möbeln und allem möglichen Kram. Man musste Schlange stehen, bis man an die Reihe kam. Zwei Frauen waren da, die hatten keinen Penny Geld, und zu verkaufen hatten sie auch nichts. Patsy ist ein anständiger Mann. Er hat jeder ein paar Kellen Maismehl gegeben. Ich musste handeln mit ihm. Er konnte zwar die feine Spitzenarbeit würdigen und er bestätigte mir, dass Mutter eine Künstlerin war – aber trotzdem musste ich noch die Kämme dazulegen, bevor der Handel perfekt war.

Das ganze Dorf war wie ausgestorben – kein Kind draußen zu sehen. Allem Anschein nach gibt es auch keine Tiere mehr. Ich habe nur das Pferd vor Patsy Murphys Wagen gesehen und Dans alten Moses. Selbst die Hunde sind weg.

Dem armen Pater Doyle geht es sehr schlecht, er ist wochenlang nicht aufgestanden. Annie, seine Haushälterin, ist vor ein paar Tagen gestorben. Die paar Män-

31

ner, die noch da sind, saßen bei Mercy Farrell am Feuer und nicht einer hatte ein Bier vor sich stehen. Corney Egan hab ich getroffen – der arme Mann ist nur noch Haut und Knochen. Für den Straßenbau wollten sie ihn nicht nehmen, so hat er jetzt gar keine Arbeit. Er hat gesagt, die Straßenarbeiter sind jetzt ungefähr zwanzig Meilen vom Dorf entfernt. Viele Männer hier aus der Gegend sollen dabei sein. Er meint, auch John. Stellt euch vor, vielleicht ist Vater ganz in der Nähe und hat Arbeit. Ich sollte hin zu ihm und nachsehn, ob es ihm gut geht. Er weiß nichts von Bridget und wie schlimm es inzwischen hier aussieht.

Es wird so viel geredet. Lord Edward Lyons ist mit seiner Familie fortgezogen, nach England zurück. Er hat das Gutshaus abgeschlossen. Nur die alte Mags mit ihrem Mann ist noch da, die beiden passen auf das Haus auf. Jer Simmonds ist jetzt allein zuständig für das Gut und die Ländereien und kann mit den meisten von uns machen, was er will. Tom Daly ist seine rechte Hand. Den Rest der Gutsarbeiter hat man gehen lassen. Dan hat erzählt, seine Tochter Teresa und sein Sohn Donal sind wieder heimgekommen, weil sie nicht wissen, wohin. Die ganze Welt ist verrückt geworden. Wenn man bedenkt – ein schönes Land wie dieses und die Leute sterben vor Hunger und die Kinder haben nicht genug zu essen. Wie Gespenster ziehen Männer und Frauen über die Straßen und alle haben sie Angst vor dem Fieber. Hat uns denn unser lieber Herrgott verlassen?«

Eily spürte einen Schauder über ihren Rücken laufen. Nie zuvor hatte sie von ihrer duldsamen Mutter eine so lange Rede gehört. Nie zuvor war sie ihr so außer sich und erregt vorgekommen. Eily wusste nicht, was sie sagen sollte.

»Dann ist Vater am Leben und er kommt vielleicht mit Geld und Essen und allen möglichen Sachen zu uns zurück!«, platzte Michael heraus.

»Michael, mein Junge, die Straßenarbeiten sind weit, weit weg. Die Männer sind schwach und die Arbeit ist hart. Euer Vater ist ein kräftiger, ausdauernder Mann, aber Steinezertrümmern ist eine Mordsarbeit. Er wird sein Bestes für uns tun, das kann ich euch versprechen. Er fehlt euch – er fehlt uns allen –, betet für ihn, bevor ihr einschlaft.« Damit stand die Mutter auf und ging hinaus. Eily folgte ihr. Der Himmel war schwarz und hunderte von Sternen funkelten.

»Manchmal frage ich mich, ob Gott überhaupt weiß, was hier unten los ist – seine Welt ist so weit und groß«, flüsterte Eily.

Die Mutter streckte einen Arm aus und legte die Hälfte ihres Schultertuches um Eily.

»Ja, mein Mädchen, so geht es mir auch. Gottes Wege sind so unverständlich. Es gibt keinen Sinn, warum das Leben so schwer ist. Uns bleibt nichts anderes übrig, als immer nur das Beste zu versuchen mit dem, was uns gegeben ist – und so gut es geht, miteinander weiterzuleben«, sagte sie und zog ihr Tuch fest um Eily, um sie vor der feuchten Luft zu schützen. Noch nie hatte sich Eily der Mutter so nahe gefühlt.

Allein

In den nächsten Tagen gab es viel zu tun. Michael ging mit Pat und dessen großem Bruder Donal zum Fluss zum Angeln. Sie waren den ganzen Tag unterwegs. Michael kam mit klappernden Zähnen und bis auf die Haut durchnässt nach Hause. Aber zur Überraschung der ganzen Familie zog er eine große Forelle unter seinem Hemd hervor. Davon aßen sie zwei Tage.

Eily und ihre Mutter brachen an zwei Tagen früh auf und gingen zur alten Kuhweide, wo sie an die hundert Wiesenchampignons fanden. Dan Collins hatte ihnen diesen Tipp gegeben. Das gelbe Maismehl ergab mit den Pilzen und einer Frühlingszwiebel ein ganz wohlschmeckendes Gericht. Den Rest der Champignons bekam Mary Kate zum Trocknen, sie benutzte sie oft für ihre verschiedenen Tinkturen. Dafür schenkte sie den O'Driscolls eine Kanne Ziegenmilch von Nanny, der einzigen Ziege, die ihr geblieben war.

Die Mutter war unruhig. Jeden Tag stand sie ungefähr eine Stunde lang unten am Weg, wartete und starrte in die Ferne. Die Kinder taten, als sähen sie es nicht, wenn sie mit Tränen in den Augen umkehrte und langsam zur Hütte zurückging. Nach fünf Tagen erklärte sie den Kindern, dass sie sich auf die Suche nach Vater machen würde.

»Ich muss zu den Straßenarbeitern gehen und herausfinden, was passiert ist. Vielleicht ist er krank und kann nicht kommen. Wir haben nichts mehr zum Tauschen und zum Verkaufen – wie sollen wir ohne Unterstützung weiterleben? Für euch wird es so ähnlich sein wie letztes Mal, als ich ins Dorf bin – nur könnte es diesmal ein, zwei Tage dauern.«

Eily war tief erschrocken, dass die Mutter sie allein lassen wollte, aber sie konnte ihre Entscheidung verstehen.

»Dan und Kitty werden ein Auge auf euch haben, aber ihr könnt nicht zu ihnen gehen, weil Teresa hustet, und ich will auf keinen Fall ein Risiko eingehen. Zu essen ist genug da.« Ein, zwei Stunden später nahm die Mutter ihr warmes Tuch, steckte sich ein wenig zu essen in ihre Taschen und brach auf. Die Kinder begleiteten sie bis ans Ende des schmalen Weges. Der Reihe nach umarmte die Mutter ihre drei Kinder.

»Michael, mein kleiner Mann«, sagte sie und wühlte ihm durch das Haar. »Eily, kleine Mutter, und Peggy, mein Baby – Gott beschütze euch!«

Eily merkte, wie aufgeregt Michael war. Er biss sich immer wieder auf die Lippe, bis sie fast blutete. Peggy gebärdete sich wie eine Wildkatze. Sie klammerte sich an die Mutter und schrie und strampelte, als diese sich losmachen wollte. Michael und Eily mussten Peggy um die Taille fassen und fest halten. Ihr Geschrei ging in tiefes Schluchzen über, dann lag sie matt auf dem Boden. Halb trugen, halb zogen sie sie zur Hütte zurück. Peggys Augen und ihr Gesicht waren verquollen vom Weinen. Eily wusste genau, wie der kleinen Schwester zumute war, und sie wünschte sich, sie wäre selbst noch so klein und könnte brüllen und schreien und ihre Gefühle offen zeigen. Aber sie war zwölf und musste als die

Älteste Mutters Stelle übernehmen. Für den Rest des Tages hing Peggy wie ein Schatten an ihr. Sie gingen früh ins Bett und kuschelten sich unter der Decke aneinander.

»Ich will zu Mama«, weinte Peggy, »ich will sie wiederhaben. Jetzt sofort!«

»Still, Peggy, still, du musst jetzt schlafen«, sagte Eily besänftigend.

»Erzähl mir eine Geschichte, Eily!«

»Ich kann nicht gut erzählen, Peggy.«

»Eine von Mutters Geschichten, wie sie noch klein war, und von den Tanten«, bettelte Peggy.

Eily zerbrach sich den Kopf, dann lächelte sie. »Hast du schon mal die Geschichte gehört, warum die beiden Tanten nie geheiratet haben und warum sie alte Jungfern geworden sind?«, begann Eily.

Behaglich lehnte sich Peggy gegen sie.

»Also, die zwei Tanten wohnten noch auf dem Bauernhof – das war vor der Zeit mit dem Laden –, da lernten beide einen hübschen jungen Bauern kennen, namens Ted Donelly. Er war ein Freund ihrer Brüder. Er konnte beide Mädchen gut leiden, obwohl sie recht unterschiedlich waren. Tante Nano war klein und rundlich und hatte braunes, lockiges Haar und Tante Lena war groß und dünn und hatte glattes, schwarzes Haar. Ted Donelly fing an ihnen schöne Augen zu machen. Er lebte auf einem ansehnlichen Bauernhof und er war der einzige Sohn. Nun, die Tanten waren beide fest entschlossen ihn zu heiraten. Tante Nano lud ihn zum Tee ein und sie deckte den Tisch reichlich mit Köstlichkeiten – Fleischpasteten und Brot und Apfeltörtchen und Obstkuchen. Aber in der nächsten Woche machte Tante Lena ein Picknick mit Ted. Sie hatte für Brathühnchen gesorgt, für weiches Teegebäck, süßen Kuchen und für alle möglichen leckeren Sachen. Woche für Woche kam Ted zum Essen oder zum Tee auf den Hof und die Tanten backten Kuchen für ihn. Auch seine Mutter lud die Tanten zu Besuch ein.

Aber dann geschah etwas Merkwürdiges. Etliche Wochen blieb jedes Lebenszeichen von Ted Donelly aus. Schließlich erschien Peadar, der Bruder von Nano und Lena, und berichtete, dass Ted ein Mädchen namens Nellie Donovan geheiratet hatte. Diese Nellie konnte weder kochen noch nähen, doch sie war die ideale Ehefrau für ihn. Sie kümmerte sich nicht um die Küche, sondern überließ den Haushalt weiterhin seiner Mutter, die ihn bis dahin ohne jede Einmischung geführt hatte. Stattdessen half Nellie bei der schweren Arbeit auf dem Hof und mit dem Vieh.

Die Tanten waren ein paar Tage untröstlich, doch dann, eines Sonntags nach dem Essen, verkündeten sie, dass sie in Castletaggart in der Nähe des Marktes einen leer stehenden Laden entdeckt hätten. Und wenn sie die Erlaubnis der Eltern bekämen, würden sie den von ihren eigenen Ersparnissen mieten und einen Spezialitätenladen eröffnen. Der Vater machte den Mund auf und zu und wusste nicht, was er sagen sollte, aber seine eigensinnigen Töchter änderten ihren Entschluss nicht mehr.

Heiraten ist nichts für uns, betonten die beiden immer wieder. Und im Lauf der Jahre, wenn jemand von Männern sprach, murmelten sie jedes Mal: Denk nur an Ted Donelly, der hat jetzt fünf stramme Söhne, aber das dreckigste, schäbigste Zuhause im ganzen Bezirk.«

Eily sah sich um. Peggy waren die Augen zugefallen und Michael hatte sich zwischen den Decken zu einer Kugel zusammengerollt.

Den ganzen nächsten Vormittag warteten sie auf die Rückkehr der Mutter, aber sie kam nicht. Eily war gerade dabei, etwas Schmalz zu zerlassen und mit Maismehl zu verrühren, da dröhnte das Getrappel von Pferdehufen über den Weg. Sie erkannte Jer Simmonds, den Aufseher. Er arbeitete für den Gutsherrn und war verantwortlich für alles, was mit dessen Pächtern zu tun hatte. Sein Gehilfe, Tom Daly, war auch dabei. Was wollten die? Die Kinder verhielten sich ruhig.

»Macht die Tür auf«, brüllte Jer, »sonst brechen wir sie euch ein!«

Eily stand auf und entriegelte das Schloss. Es könnte immerhin sein, dass sie Nachricht von der Mutter hatten. Eily stand in der Tür, die Geschwister versteckten sich hinter ihr.

»Wo sind euere Mutter und euer Vater?«, blaffte er.

Eily fürchtete sich.

»Langsam, warte mal, jag ihr doch keinen Schrecken ein«, unterbrach Tom Daly. »Hier wohnen John und Margaret O'Driscoll«, erklärte er und fuhr mit schmeichelnder Stimme fort: »Und du musst die Älteste sein, Ellen, nicht wahr?«

»Verzeihung, ich heiße Eily«, brachte sie hervor.

»Haben euere Eltern das Fieber? Ist wer aus der Familie gestorben?«, erkundigte sich Jer Simmonds.

»Nein, sie sind wohlauf, nur vor einer Weile ist unsere kleine Schwester Bridget gestorben. Vater ist zum Straßenbau gegangen. Wir haben gehört, dass er ein Stück außerhalb auf der anderen Seite des Dorfes arbeiten soll«, antwortete sie.

»Wo ist Margaret, euere Mutter?«, fragte Tom Daly.

Eily betrachtete ihn prüfend. Die meisten hielten ihn für einen anständigen Mann, der oft mal bei Jer oder dem Gutsherrn, Sir Edward, ein gutes Wort für die armen Pächter einlegte. Seine Wangen waren rosig und gesund und er war trotz seiner vornehmen Kleidung und feinen Manieren im Herzen ein Bauer geblieben.

»Mutter ist losgegangen, um ihn zu suchen. Ich kümmere mich inzwischen um meine Geschwister und um das Haus. Sie müsste aber heute im Lauf des Tages zurückkommen.«

Tom war mit ihrer Antwort zufrieden. Jer Simmonds machte Anstalten wieder auf sein Pferd zu steigen.

»Der Gutsherr und seine Familie haben dieser gottverlassenen Insel den Rücken gekehrt und sind wieder nach England. Es gibt jetzt für niemanden mehr Arbeit hier. Ich habe den Befehl alle Hütten zu überprüfen und solche Familien ins Armenhaus zu schicken, wo kein Mann mehr ist oder wo es am Auskommen fehlt. Sag deiner Mutter, wir kommen morgen noch mal vorbei. Falls sie nicht wieder auftaucht, könnt ihr nicht allein hier bleiben, dann macht euch reisefertig.«

Die beiden Männer wendeten ihre Pferde und ritten

davon. Eily sah ihnen nach und ihr Gesicht wurde flammend rot, als sie sich vorstellte, wie die beiden über die Familie O'Driscoll redeten, während sie ihre Pferde durch die Felder trieben.

»Was reden die von Armenhaus, Eily?«, fragte Michael, das Gesicht voll Besorgnis.

»Mutter wird bald zu Hause sein. Lass dich nicht verrückt machen«, beschwichtigte Eily.

Die Stunden vergingen. Es wurde Nacht. Und immer noch kein Zeichen von Mutter. Eily konnte vor Sorge keine Minute schlafen und sie gab sich die größte Mühe, es die anderen nicht merken zu lassen. In der Nacht fing es heftig zu regnen an. Der Regen schlug gegen das Dach und unter der Tür sickerte Wasser herein. Gott steh der Mutter bei, dachte Eily, mach, dass sie nicht draußen ist bei diesem Wetter.

Am nächsten Tag zog sich jede Stunde endlos hin. Keiner hatte zu irgendetwas Lust. Gegen Mittag hörten sie Tom Dalys Stimme vor der Hütte.

»Nichts gehört, Eily, was?«, fragte er.

Stumm schüttelte sie den Kopf.

»Du weißt, was das bedeutet. Jer wird sich nie für drei Kinder einsetzen, die allein eine Hütte bewohnen. Vermutlich habt ihr nicht genug zu essen. Höchstens für ein paar Tage. Was soll dann aus euch werden? Das Armenhaus ist nicht das Schlimmste. Wir haben fürchterliche Zeiten – was hab ich nicht schon alles mit ansehen müssen! Es werden mehrere Leute mitgehen. Wir brechen morgen Vormittag auf. Haltet euch bereit,

Eily! Es tut mir Leid, aber es gibt keine andere Möglichkeit.«

Er war kaum fort, da rannte Eily in die Hütte zurück
und warf sich aufs Bett. Tränen liefen ihr über das
Gesicht, sie konnte kaum atmen bei all dem Elend, das
über sie hereinbrach. Peggy und Michael standen da
und starrten sie an, die Augen groß und rund vor Entsetzen, dass ihre große Schwester die Beherrschung verloren hatte. Eily spürte ihre Angst und sie versuchte sich
zu fassen.

Mutter und Vater mussten beide tot sein – dieser
schreckliche Gedanke pochte in Eilys Kopf. Nie würden
sie uns verlassen, dachte sie, wenn nicht das Schlimmste passiert war. Sie musste das vor Peggy und Michael
verbergen, sie brauchten die Hoffnung. Eily dachte
daran, wie verzweifelt Peggy gewesen war, als Bridget
gestorben und Mutter fortgegangen war. Sie musste
sehen, dass sie wieder einen klaren Kopf bekam, damit
sie überlegen konnte.

»Es geht schon wieder. Hol mir nur einen Schluck
Wasser, Michael, sei so gut«, bat sie. Dann trocknete sie
ihre Augen und putzte sich die Nase.

»Was hat das zu bedeuten, Eily?« Michaels junges
Gesicht war blass vor Kummer. In seinen großen, dunklen Augen stand Furcht.

»Ich weiß nicht. Ich weiß es einfach nicht. Vielleicht
ist irgendetwas passiert, dass Mutter und Vater im
Moment nicht zurückkommen können«, sagte sie und
hoffte, dass es zuversichtlich klang.

»Aber Eily, das Armenhaus! Wir würden auseinander

gerissen, ihr beide und ich, und wir wären von Vater und Mutter getrennt. Dan Collins hat Pat und mir mal erzählt, diese Häuser stecken voller Krankheiten und man hört die Leute schreien, wenn man vorbeigeht … Da gehe ich nicht hin. Das mache ich nicht«, sagte Michael trotzig.

»Wenn Michael nicht hingeht, will ich auch nicht«, plapperte Peggy mit ernstem Gesicht nach und fasste ihren Bruder an der Hand.

Eily spürte, wie ihr das Herz schwer wurde. »Aber wo sollen wir denn hin? Hier können wir nicht bleiben.«

»Wie ist es mit unseren Freunden?«, schlug Michael vor. »Die Collins oder Mary Kate?«

»Michael, denk nach, denk doch bitte nach!«, sagte Eily. »Die Collins sind gute Nachbarn, aber Teresa hat das Fieber und Mrs Collins geht es auch nicht gut. Wie sollen sie drei zusätzliche Esser aufnehmen? Und was Mary Kate angeht – sie hat ein gutes Herz, aber ihre Hütte ist winzig und sie hat kaum genug für sich selbst, ihre Ziege Nanny und ihren alten Hund Tinker.«

Tiefes Schweigen breitete sich aus. »Und was ist mit den Verwandten?«, platzte Peggy heraus. Eily und Michael drehten sich nach ihr um. »Nicht Großvater und Großmutter im Himmel und Tante Kitty, von der wir nichts wissen, aber die Tanten, die den Kuchen gebacken haben«, erklärte sie. »Die aus den Geschichten. Die müssen uns nehmen.«

»Du meinst die Großtanten Nano und Lena in Castletaggart? Aber das ist doch so weit weg. Wie können wir drei so eine weite Reise machen? Wisst ihr noch, wie

Mutter hingefahren ist, als Großmutter krank war und im Sterben lag? Sie hat Tage gebraucht und sie ist im Einspänner gefahren. Wir müssten zu Fuß gehen – das würde Wochen dauern, und überhaupt, wie sollen wir den Weg finden? Und wer weiß, den Tanten ist inzwischen vielleicht was passiert?« Eily gab sich Mühe ihre Stimme nicht gerade hoffnungslos klingen zu lassen.

»Es ist besser als das Armenhaus!«, behauptete Michael. »Sie gehören zur Familie und Mutter und Vater könnten hinkommen und uns holen. Bitte, Eily, wir müssen zusammenbleiben!«

Am Nachmittag räumte Eily, so gut sie konnte, die Hütte auf. Sie wusch sich und den Geschwistern den Kopf, verzichtete aber auf den Kamm und bürstete das Haar nur. Danach setzten sie sich zum Trocknen vor das Feuer. Am Abend gingen sie zeitig schlafen.

Eily erwachte jäh, als die Morgendämmerung heraufzog. Sie sprang aus dem Bett und lief zur Tür. Vielleicht war die Mutter gekommen und hatte nicht ins Haus gekonnt, weil alle geschlafen hatten? Draußen war alles still, kein Hälmchen rührte sich. In der Ferne konnte sie einen Fuchs über die Felder rennen sehen, ein kleines Kaninchen hing ihm schlaff aus dem Maul. Die Vögel fingen gerade an zu singen. Ein neuer Tag begann. Eily ging ein Stück den Weg hinunter und warf einen Blick auf die Hütte zurück. Das schmutzige, strohgedeckte Dach, die zwei großen flachen Steine vor der Tür, die Mutter und Vater an warmen Sommerabenden als Bank benutzt hatten. Seitlich die Stelle, auf der früher, als die Zeiten noch besser waren, Gemüse gewachsen war und

Kräuter. Die Hecken ringsum, und hinter der Hütte die hohen Weißdornbäume. Das war ihr Zuhause. Wie könnten sie es je verlassen?

Wenn nur Mutter da wäre und ihnen sagen würde, was sie tun sollten. Aber Mutter kam nicht. Sie waren jetzt allein – drei Kinder. Und sie würden überleben.

Nein, ins Armenhaus würden sie nicht gehen! Sie würden den Weg zu den Tanten finden. Bestimmt kannte sie jemand in Castletaggart. Eily holte ein paarmal tief Luft und pumpte ihre Lungen voll mit der guten, frischen Luft der Heimat. So viel musste getan werden, auch wenn ihr der Bauch vor Hunger knurrte. »Kleine Mutter« hatte ihre Mutter sie genannt. Sie würde sich gut um Michael und Peggy kümmern.

»Auf, auf, ihr Faulpelze!«, schimpfte sie, als sie wieder in der Hütte war. »An die Arbeit!«

Peggy rieb sich die Augen. Sie wirkte müde und zerschlagen. »Ist Mutter da, Eily?«, fragte sie noch halb im Schlaf.

»Nein, kleine Peggy«, sagte Eily beschwichtigend, »aber ich bin da und passe auf dich auf. Möchtest du, dass wir zu den Tanten gehen?«

»Ja! Au ja!«, bettelte Peggy.

»Also raus mit euch beiden und dann machen wir einen Plan«, sagte Eily.

So schnell wie möglich zogen sich alle an.

»Du, Michael, musst zu den Collins laufen und ihnen erzählen, was passiert ist – also nicht gerade Pat, diesem zerstreuten Burschen, sondern seinen Eltern. Sag ihnen unbedingt, dass wir uns auf den Weg zu den

Tanten machen, dass aber Tom Daly glaubt, wir gingen mit ihm ins Armenhaus. Zu den Tanten Nano und Lena – für den Fall, Mutter und Vater kommen zurück und suchen uns. Achte darauf, dass sie alles gut verstehen. Aber sonst zu niemandem ein Wort!«, sagte Eily eindringlich.

Zusammen mit Peggy kramte sie die paar Kleidungsstücke hervor, die sie besaßen, und davon nahmen sie die wärmsten Sachen mit. Dann rollten sie alle Decken zusammen. Schließlich kam Michael zurück. Sie sahen, dass er geweint hatte.

»Was ist passiert?«, fragte Eily.

»Teresa ist gestern gestorben«, schluchzte er. »Und Pat hab ich gar nicht gesehen – jetzt ist er krank – mein bester Freund auf der ganzen Welt – und ich sehe ihn wahrscheinlich nie wieder. Ich hab alles Mr Collins erzählt und er hat gesagt, was auch geschieht, er wird dafür sorgen, dass Mutter von uns erfährt.«

Eily und Peggy kochten ein paar Kartoffeln und etwas Mehlbrei. Sie setzten sich an den Tisch. Das Essen klebte ihnen wie Sägemehl im Mund. War das die letzte Mahlzeit in ihrer Hütte? An diese Frage mussten sie alle drei denken.

Danach räumten sie auf. Die Bratpfanne, zwei Blechbecher, die Schöpfkelle und ein Messer wickelten sie sorgfältig in die Decken ein. Jeder bekam ein Bündel zu tragen.

Die restlichen Lebensmittel wurden aufgeteilt und in den Taschen ihrer Kleidung aufbewahrt.

»Was ist, wenn Vater und Mutter zurückkommen

und alles ist weg – was werden sie denken?«, überlegte Michael.

»Sie werden verstehen, dass dies unsere einzige Chance ist zu überleben. Es ist besser, als wenn wir ohne was zu essen dastehen, und ringsum ist nichts als Krankheit«, sagte Eily und versuchte selbst daran zu glauben.

Sie saßen vor der Tür auf dem Steinsitz. Plötzlich sprang Eily auf.

»Bridget! Was ist mit Bridget?«, rief sie.

Sie rannten auf den hinteren Acker. Er war von Gras und wilden Blumen überwuchert. Hoch ragte der Weißdornbaum auf und seine dunklen Äste waren schwer von Laub. Ein Gefühl des Friedens überkam sie. Sie fassten sich an den Händen und baten Bridget, ihre kleine Schwester, sie möge auf sie aufpassen und sie beschützen. Es war, als sei ihr dünnes, glucksendes Stimmchen zwischen den raschelnden Blättern zu hören.

»Wir werden immer an diesen Platz denken!«, schworen sie sich.

»Kommt, Kinder!«, schrie da Tom Daly vom Rand des Ackers her. »Ich kann nicht ewig auf euch warten.« Die Kinder nahmen ihre Habseligkeiten auf und Eily schloss die Tür ab. Sie gingen den schmalen Weg hinunter. Dort stand schon eine Gruppe von vierzehn Leuten. Die Kinder sagten kein Wort und warfen keinen Blick mehr zurück.

Auf dem Weg zum Armenhaus

Die drei Kinder liefen mehr als eine Meile ohne ein Wort. Schweigend sahen sie sich um. Da war Statia Kennedy mit ihrer Tochter Esther. Sie waren beide so schwach, dass sie kaum laufen konnten. Die Augen waren ihnen tief in den Kopf gesunken. Dann der große John Lynch – die meisten Leute aus der Gegend wussten, dass der stattliche und große Mann den Verstand eines Kindes besaß und dass bisher seine Schwester für ihn gesorgt hatte. Dann die kleine Kitty O'Hara. Sie ging ganz allein, ihre Angehörigen waren alle tot. Dann die O'Connell-Zwillinge. Ganz hinten ein paar alte Leute, offensichtlich tief verstört und durcheinander, dass sie ihre Häuser verlassen mussten.

Eily ging neben Kitty O'Hara. Die schien mürrisch und feindselig, gar nicht freundlich wie sonst immer.

»Sei bloß still, Eily O'Driscoll. Ich bin froh, dass ich ins Armenhaus komme. Wenigstens kriegt man da eine Mahlzeit und ein Dach über den Kopf. Sie sind alle gestorben, meine ganze Familie. Ich bin als Einzige übrig geblieben. Und ich werde weiterleben.«

Eily suchte nicht nach einer Antwort. In anderen Zeiten und unter anderen Bedingungen hätten alle ihr Vergnügen an diesem Spaziergang gehabt. Es war ein warmer, sonniger Tag. Die Landschaft lag in üppigem Grün, herrliches Weideland ringsum. Die Kühe ins Wiederkäuen vertieft, achteten nicht auf die Vorüberkommenden. Überall, wo Kühe grasten, stand ein Mann oder ein Junge Wache und schützte sie vor den Armen und Hungernden der Gegend. Bei Dunkelheit wurden die Tiere eingesperrt und auch über Nacht ließ man sie nicht aus dem Auge.

Weiß glänzten die Häuschen und Hütten am Hang. Hier und da stand eine Frau unter der Tür und sah die Gruppe zerlumpter Menschen vorbeischlurfen. Meistens wandten sie sich ab und zogen ihre Haustür hinter sich zu. Andere verbargen ihren Kopf in der Schürze und flohen vor dem unseligen Anblick. Kinder sahen aus den Fenstern und winkten. Eily schämte sich – als wäre sie eine Ausgestoßene. Niemand fand einen Gruß oder ein freundliches Wort des Trostes für die traurige Schar.

Sie rasteten ein paar Minuten an einem kleinen Bach. Alle tranken einen Schluck und kühlten sich das Gesicht. Tom Daly wich ihren Blicken aus und schien beständig in Gedanken versunken. Statia Kennedy schlüpfte aus ihren derben Stiefeln und hielt ihre Füße ins Wasser.

Weiter ging der Fußmarsch. Peggy fing an zu jammern, beherrschte sich aber, als sie Eilys wütenden Blick auffing.

»Untersteh dich und mach mit deinem Geschniefe die Leute auf uns aufmerksam! Dann kriegst du eine Tracht Prügel, das sag ich dir!«

»Ja, ja, Eily, es tut mir Leid«, murmelte Peggy unterdrückt. Sie ahnte, dass sie sich jetzt zusammenreißen musste.

Sie hatten Duneen fast hinter sich, den Bezirk, der ihnen allen so vertraut war – noch ein paar Meilen, dann war das Armenhaus erreicht.

»Ach, heilige Mutter Gottes, meine armen alten Füße!« Statia Kennedy lag auf der Erde, ihre Tochter half ihr und ein paar alte Leute standen um die beiden herum. Die vor Schmutz schwarzen Zehen bluteten und waren entzündet, der ganze Fuß aufgedunsen und geschwollen. Die alte Frau stöhnte vor Schmerzen.

Eily zwinkerte Michael zu. Wie beiläufig sprang er über die niedrige Steinmauer und steuerte ein Gebüsch an, als müsse er einem natürlichen Bedürfnis nachkommen. Im Nu war er außer Sicht.

Die beiden Mädchen rührten sich nicht. Tom Daly kam heran und kniete sich neben der alten Frau nieder.

»Lass mich hier an der Straße sterben«, schluchzte Statia, »ich schaffe es nie bis zum Armenhaus.«

Tom Daly gab sich alle Mühe, sie zu trösten und redete ihr gut zu. Aller Augen waren auf ihn gerichtet – was würde er jetzt tun?

Da griff Eily schnell nach Peggys Arm und halb zog, halb schubste sie sie über die Steinmauer. Sie gingen in die Hocke und bahnten sich in gebückter Haltung einen Weg zum Gebüsch. Von dort schlängelten sie sich zu dritt hinter Hecken und Feldern entlang. Sie mussten noch öfter über Steinmauern klettern. Immer um Deckung bemüht, änderten sie nach und nach ihre Richtung hügelwärts.

»Eily! Eily! Um Himmels willen, kommt zurück!«

Von weit unterhalb hörte Eily, wie Tom Daly nach ihnen rief. Die Kinder rannten weiter. Das Herz hämmerte ihnen in der Brust, stoßweise ging der Atem. Erst auf der anderen Seite des Hügels verlangsamten sie ihr Tempo. Sie hatten tatsächlich kehrtgemacht und befanden sich nun wieder auf vertrautem Boden. Ringsum Stille, nur das Kreischen eines Vogels am Himmel. Sie blieben stehen. Von den Knien abwärts waren ihre Beine übersät von Brennnesselstichen. Offenbar waren sie, ohne es zu merken, durch Brennnesseln gerannt.

»Michael! Michael!«

Es waren die O'Connell-Zwillinge Seamus und Peadar. Mit ihrem rot gelockten Haar und den leuchtend grünen Augen glichen sie einander wie ein Ei dem anderen. Sie kamen genau auf die O'Driscoll-Kinder zu, hatten sie aber glücklicherweise noch nicht entdeckt. Blitzschnell warfen sich die drei flach auf den Bauch und robbten zwischen dicht stehendes Farnkraut und Stechginster. Die Felder und Hänge waren übersät von Stechginster, seine leuchtend gelben Blüten bildeten glänzende Flecken in der Landschaft. Doch seine spitzen Dornen rissen den Kindern die Hände auf und zerschnitten ihnen die Gesichter. Sogar durch die Kleidung bekamen sie Kratzer in die Haut. Sie lagen reglos und wagten kaum zu atmen. Jetzt verstanden sie die Angst eines vor Schreck erstarrten Kaninchens, das man in die Enge getrieben hatte.

Peadar stand nur ein paar Meter von ihnen entfernt. Er hatte einen dünnen Stecken in der Hand. Scharf ließ er ihn auf den Ginster sausen und brachte damit das ganze Gebüsch zum Schwanken. Eily presste ihre Augen fest zusammen.

»Shamey, Shamey, hier ist keine Spur von ihnen! Wie

lang, hat Tom gesagt, sollen wir nach ihnen suchen, bevor wir ihn auf der Straße wieder einholen?«

Sie waren inzwischen weitergegangen und klagten einander ihr Leid. Die Stimmen schienen jetzt entfernter, doch Michael bestand darauf, dass sie noch in ihrem Versteck blieben – es könnte eine Falle sein. Eily lag so zusammengekauert, dass ihre Füße und Zehen wie betäubt waren.

Auf ihrem Rücken kitzelte etwas. Sie musste sich zum Stillliegen zwingen.

Peadars Stimme wurde plötzlich wieder lauter, eine dritte Person war hinzugekommen. War Tom Daly selbst aufgetaucht, um nach ihnen zu suchen? Nein, es war keine Männerstimme. Diese Stimme war ihnen bekannt. Sie gehörte Mary Kate.

Wieder vergingen fast zwanzig Minuten. Kein Laut war zu hören. War die Luft rein? Konnten sie ihr Versteck verlassen?

»Nanny! Nanny! Wirst du dich wohl sehen lassen, du lästiges Geschöpf? Wegen dir bin ich ganz außer Atem«, rief Mary Kate mit schmeichelnder Stimme. Die alte Frau suchte ihre Ziege. Das erklärte, warum sie hier auf den Feldern war.

»Nanny, du hast mein armes, altes Herz gebrochen!«, klagte Mary Kate.

Eily konnte sie durch die Büsche sehen und sie glaubte es kaum – Mary Kate zwinkerte ihnen zu! Oder hatte sie etwas am Auge? Nein, sie zwinkerte ihnen zu. Ganz bestimmt. Die alte Frau stand direkt vor ihnen.

»Nanny, Nanny!«, rief sie laut und dazwischen zischte sie: »Ihr seid in Sicherheit, ihr Strolche. Ich hab sie hinter einer Wildgans hergehetzt. Kommt schnell raus, wir gehen zu mir nach Hause!«

Die Kinder trauten ihren Augen und Ohren kaum. Sie waren steif und verkrampft, aber bis zu Mary Kates Hütte mussten sie noch in gebückter Haltung gehen. Die alte Frau schob die Kinder durch die Tür und schloss ab.

Nach der gleißenden Sonne draußen mussten sie sich blinzelnd erst an das Dämmerlicht in der Hütte gewöhnen. Kaum drinnen, umarmte Mary Kate die Kinder eins nach dem anderen. Sie erzählten ihr die ganze Geschichte und wie sie es geschafft hatten, dem Armenhaus zu entkommen. Mary Kate schüttelte den Kopf und staunte über die Kühnheit der Kinder. Während sie berichteten, holte die alte Frau Wasser und einen Lappen und wusch und säuberte ihnen eigenhändig die Kratzer und Brennnesselstiche an Armen und Beinen. Dann schmierte sie mit schmutzigen Fingern eine fettige Salbe auf die betroffenen Stellen. Es roch ekelhaft, wie etwas Verfaultes, aber innerhalb von zwei Minuten waren Schmerzen und Stechen vergangen. Die Hütte war dreckig wie immer und Eily war versucht den Besen zur Hand zu nehmen und gründlich zu fegen, um sich für die Freundlichkeit der alten Frau zu bedanken. Aber wenn vier Personen in der Hütte waren, konnte man sich kaum bewegen. Die Kinder hockten sich auf den Boden zwischen Asche und Dreck. Mary Kate stocherte im Feuer herum, dann stellte sie einen großen Topf zum Kochen darauf.

»Ihr wisst, Kinder, dass ihr bei mir willkommen seid«, sagte Mary Kate.

Sie meinte es ehrlich, das spürte Eily, aber sie konnten unmöglich hier bleiben, die Hütte war viel zu eng und Mary Kate war es gewohnt, allein zu leben. Außerdem bestand die Gefahr, dass Tom Daly die Kinder hier ausfindig machte, dann könnte er die alte Frau vor die Tür setzen.

»Wir bleiben über Nacht, Mary Kate«, sagte Eily, wobei sie sich Mühe gab, nicht undankbar zu scheinen. »Aber morgen früh, sobald es hell wird, müssen wir uns auf den Weg nach Castletaggart machen und unsere Tanten suchen. Wir wissen nicht, was Vater und Mutter zugestoßen ist, aber sie werden nachkommen, wenn sie können.«

Peggy hatte sich allmählich entspannt, sie war zu dem Schluss gekommen, dass sie sich nicht mehr vor der alten Frau fürchtete. Nun saß sie zu Mary Kates Füßen und streichelte Tinker. Ein köstlicher Duft stieg aus dem Kochtopf und breitete sich in der Hütte aus. In den Bäuchen der Kinder rumorte es vor Hunger. Mary Kate kramte unter einem Abfallhaufen vier Teller hervor. Sie wischte mit dem Ärmel darüber, dann schöpfte sie das kochend heiße Zeug aus dem Topf darauf. Eily und Michael konnten nicht eindeutig feststellen, was es war, aber es schmeckte vorzüglich. Vielleicht war es besser, gar nicht nach den Bestandteilen der Suppe zu fragen. Gott allein wusste, was die alte Frau alles für ihren Kochtopf gesammelt hatte.

Nach dem Essen steckte Mary Kate Peggy in ihr eigenes Bett auf der Wandbank. Danach setzte sie sich wieder in ihren alten Stuhl und redete auf Eily und Michael ein. Sie nahm drei, vier Gläser vom Schrank herunter und machte die Deckel auf.

»Das hier ist gegen Fieber. Man mischt es mit Wasser und trinkt etwa viermal pro Tag davon«, fing Mary Kate an. »Das da ist gegen Bauchschmerzen und Krämpfe. Man nimmt eine kleine Prise Blätter und Kräuter und zerkaut alles gründlich – macht euch nichts aus dem Geschmack. Und diese Salbe hier habe ich heute Abend benutzt. Sie hilft bei Schnitten und Wunden, Bissen und Stichen. Zuerst muss man die verwundete Stelle gut reinigen, dann trägt man die Salbe auf.«

Sie verschloss die Gläser wieder und gab sie Eily. »Ihr habt eine weite Reise vor euch, macht euch die Natur zum Freund und Helfer. Weicht anderen Leuten auf den Straßen aus, sie könnten die Krankheit übertragen. Sammelt, was ihr könnt, aber esst nie unbekannte Beeren und Pilze und auch kein totes Tier, wenn ihr eines finden solltet. Nur frisches Fleisch taugt etwas. Und: Folgt immer dem Fluss, er wird euer Wegweiser sein! Gott beschütze euch, ihr armen Geschöpfe. Ich werde immer an euch denken und nach euerer Mutter halte ich Ausschau.«

Als sie ihre Rede beendet hatte, erhob sich die alte Frau, legte die zwei oberen Schichten ihrer Kleidung ab und schlüpfte in ihr Bett neben die schlafende Peggy. Eily und Michael waren erschöpft und müde, sie streckten sich zum Schlafen auf dem Boden aus.

Die Morgendämmerung brach gerade an, da waren

die Kinder bereit zum Aufbruch. Ein Schluck Ziegenmilch und ein Stück altbackenes, ungesäuertes Brot war ihr Frühstück. Über die Wangen der alten Frau liefen zwei dicke Tränen und hinterließen helle Spuren auf ihrem braunen Gesicht. Allen war klar, dass sie sich wohl nie wieder sehen würden.

»Gott verschone euch«, betete Mary Kate. Sie winkte den Kindern nach, als sie durch das hohe, taufeuchte Gras davongingen. Hügelabwärts gingen sie, in Richtung auf das durch die Bäume schillernde blaue Band in der Ferne. Denn dort lag der Fluss.

Dem Fluss nach

Als sie am frühen Morgen durch das feuchte Gras gingen, war es noch kühl. Aber es sah ganz danach aus, als würde es wieder glühend heiß werden. Fast konnten sie sich einbilden, sie seien nur zu einem Ausflug von wenigen Stunden aufgebrochen. Ein, zwei verschreckte Ratten liefen ihnen über den Weg. Vorsichtig schlängelten sich die Kinder durch ein Haferfeld. Hohe, leuchtend rote Mohnblumen auf dünnen Stängeln winkten ihnen zu. Peggy konnte der Versuchung nicht widerstehen und pflückte welche, doch in wenigen Minuten hingen sie ihr schlaff in der Hand und die samtigen, roten Blumenblätter klebten feucht aneinander.

Am besten war es, sie stehen zu lassen, damit sie im leichten Wind hin und her schwanken konnten.

Bis zum Fluss brauchten sie etwa eine Stunde. Sie setzten sich auf die Felsen und ließen ihre Füße im kalten, klaren Wasser baumeln, das über Steine und Sand dahinströmte. Die nächsten zwei Stunden folgten sie dem Flusslauf. Aber an der Uferseite, auf der sie gingen, wurde die Erde allmählich immer feuchter und klebriger und sie blieben oft im Lehm stecken. Das ganze Feld um sie herum war matschig und sie sanken immer wieder im zähen Schlamm ein. Auf der anderen Flussseite schien das Gras trockener und Wasserlöcher, denen sie hier immer wieder ausweichen mussten, konnten sie drüben auch nicht erkennen.

»Wir müssen über den Fluss«, drängte Michael. »Sonst bleiben wir noch stecken und dann müssen wir nach einem höher gelegenen Weg suchen.« Seine Stimme klang ernst. Aufmerksam beobachtete er den Wasserlauf, bis er schließlich überzeugt war eine günstige Stelle zum Überqueren gefunden zu haben.

Der Fluss verengte sich hier und große, mit Flechten überzogene Felsblöcke bildeten eine Art Steg über das strömende Wasser.

»Ich geh als Erster, Mädchen, passt auf, ich mach es euch vor«, sagte Michael wichtig. »Und dann komme ich zurück und hole Peggy.« Damit watete er auf den ersten Steinblock zu. Der war uneben und schwankte gefährlich. Michael sprang auf den nächsten, der lang und schmal aus dem Wasser ragte, dann auf zwei kleinere und schließlich mit einem hohen Schritt auf einen zerklüfteten Granitblock. Von da aus kam man leicht von einem Felsen auf den nächsten bis zum Sand und Kies auf der anderen Seite. Michael verbeugte sich übermütig zu den beiden Mädchen hin. »Na, ist das nicht ganz leicht? Warte, Peggy, ich komme zu dir!«

Peggy watete ein Stück ins Wasser hinaus, dann folgte sie Michaels Anweisungen. Als der große Felsen ins Schwanken geriet, sah sie sich bereits ins Wasser fallen, aber Michael streckte ihr rechtzeitig den Arm entgegen. Alles ging gut. Sie kamen an den zerklüfteten Granitblock. Michael musste vor Peggy gehen und sie hinaufziehen. Als er sich ihr entgegenbeugte, sah er auf einmal, dass er sich am Schienbein eine lange, klaffende Wunde gerissen hatte, aus der das Blut ins kristallklare Wasser tropfte. Eily war ihren Geschwistern mit zwei Steinen Abstand gefolgt. Kurz darauf gelangten sie alle sicher am anderen Ufer an.

»Du hast dich verletzt, Michael!«, stellte Eily fest. »Soll ich dir etwas von Mary Kates Salbe drauftun?«

Er zog die Schultern hoch. »Ich wasche es ein bisschen aus, es ist ja nur ein kleiner Riss. Mach bloß kein Theater daraus – du bist ja fast so schlimm wie Mutter!«

Sie gingen weiter. Leise summten sie eine von Vaters Melodien vor sich hin. Peggy blieb immer wieder stehen, hob Steine auf, Blumen und Vogelfedern, doch als ihr niemand tragen helfen wollte, blieb ihr nichts übrig, als die Sachen wieder fallen zu lassen. So marschierten sie mehrere Stunden. Die Sonne stand hoch und direkt über ihren Köpfen. Über Stirn und Nacken rann ihnen der Schweiß.

»Ich will anhalten. Ich geh keinen Schritt mehr weiter!«, sagte Peggy eigensinnig. Ihre Wangen waren heiß und rot und sie sah todmüde aus.

Sie ließen sich zum Rasten einfach auf die Erde fallen. Mary Kate hatte ihnen eine Kanne mit Milch von Nanny geschenkt. Jeder bekam ein paar Schlucke davon. Noch ein paar Stunden in dieser Hitze und die Milch wäre ungenießbar geworden. Sie aßen eine kleine Portion kalten Mehlbrei. Das war genug, den Rest würden sie für später aufheben. Im Fluss spülten sie die Kanne aus und füllten sie mit Wasser. Dann legten sie sich wie eine Schar Küken in die Sonne. Sie waren so müde, nicht einmal Kraft zum Reden hatten sie. Schließlich mussten sie alle eingedöst sein, Eily wusste nicht, wie es geschehen konnte. Als sie aufwachte, stand die Sonne tiefer am Himmel und die drückende Hitze war vergangen. Sie stieß ihre Geschwister an. Dann machten sie sich wieder auf den Weg, denn sie wollten vor der Dunkelheit noch ein paar Meilen hinter sich bringen.

Gegen Abend fanden sie ein geschütztes, trockenes Plätzchen in der Nähe des Flusses. Sie breiteten ihre Decken über das weiche Farnkraut. Dann aßen sie noch etwas, kuschelten sich aneinander und beobachteten, wie der Nachthimmel heraufzog. Bevor die Sterne erschienen, waren sie alle drei fest eingeschlafen.

Auf ähnliche Weise vergingen die drei nächsten Tage. Eily machte sich allmählich Sorgen, weil der Beutel mit den Esssachen immer leichter wurde. Michaels kleiner Riss war nicht verheilt. Gelber Eiter trat unter dem

Schorf aus und gegen das Knie hin zogen sich schwach-rote Streifen. Sie hatten ihr Marschtempo verlangsamt und Eily hatte den Verdacht, dass Michael Schmerzen im Bein hatte. Am Abend vorher hatte sie gegen seinen Widerstand ein wenig von Mary Kates Salbe aufgetragen. Hoffentlich war es nicht zu spät.

An diesem vierten Tag nun war es drückend heiß, obwohl die Sonne nicht zu sehen war. Bei einem solchen Wetter lange zu laufen, war äußerst ermüdend. Man hatte das Gefühl, es sei nicht genügend Luft zum Atmen da.

Durch Unkraut und Schilf am Flussufer erkannten sie ab und zu Menschen auf der fernen Straße. Der Ufer-weg, auf dem die Kinder gingen, lag voller Steine und Eily glaubte, das Laufen auf der ausgetretenen Straße würde Michael leichter fallen. Sie machten einen Bogen um die wenigen Leute, an denen sie vorüberkamen, weil sie an Mary Kates Warnung dachten.

Dann kam ein Mann auf einem Pferd geritten, das eine Art Schlitten hinter sich herschleifte. Der Mann hatte sich ein Stück Stoff um das Gesicht gebunden, seine Augen blickten starr geradeaus. Auf dem Schlitten lagen vier, fünf leblose Körper aufeinander, Skelette nur noch. Ihre nackte Haut und die Knochen ragten unter Lumpen hervor. Die Kinder drehten sich um und rann-ten davon. Eily drückte Peggy ihre Hand über die Augen. Sie wollte sie vor diesem Anblick bewahren.

Niedergeschlagen wanderten sie weiter. Nach ein paar Meilen trafen sie auf eine prächtige Kutsche. Eine Horde Menschen stand um das Gefährt herum. Bedrohliches Schweigen lag in der Luft. Der Kutscher bemühte sich das erschreckte Pferd zu beruhigen, während die beiden Passagiere fassungslos auf die Menschen ringsum starrten. Sie fürchteten um ihr Leben. Der Mann stand auf und streute Münzen auf die Straße, in der Hoffnung die Menge damit aufzulösen und den Weg freizubekommen. Die Frau hatte ihre Haube verloren und stand schreckensbleich vor dem trostlosen Anblick, den die Männer, Frauen und Kinder boten.

Entsetzt über diese Ereignisse, verließen die Kinder die Straße und gingen auf einem Pfad weiter, der sich in derselben Richtung wie der Fluss dahinzog. Eily konnte ihre Sehnsucht nach Vater und Mutter nicht unterdrücken. Immer wieder grübelte sie darüber nach, was passiert sein mochte.

Am nächsten Morgen war Michaels Bein geschwollen, er konnte das Knie nicht beugen. So würden sie nicht weit kommen. Er schaffte es, eine Meile etwa zu humpeln. Dann aber hatten sie so großes Glück, dass sie es kaum fassen konnten. Gerade hatten sie einen Zauntritt überstiegen, da entdeckten sie am anderen Ende des Feldes unter einer Gruppe mächtiger Kastanienbäume eine schwache Rauchspirale. Peggy rannte darauf zu.

»Ein Feuer!«, rief sie. »Kommt schnell und seht!«

Sie hatte Recht. Es war kaum zu glauben – sie standen vor der erlöschenden Glut eines Feuers! Aufgeregt kroch Eily unter den Bäumen herum und suchte trockene Zweige. Sie fand einige und legte sie vorsichtig auf die glimmende Asche. Dann kniete sie sich davor und blies sachte in die Glut. Schwach flackerte eine kleine Flamme auf. Peggy sprang vor Begeisterung auf und ab. Plötzlich erfasste eines der Flämmchen die dürren Zweige und setzte sie in Brand. Sie hatten ein Feuer! Michael ließ sich langsam auf den Boden nieder und lehnte sich – die Beine ausgestreckt – gegen den dicken Stamm eines Baumes. Die Mädchen legten ihre Sachen ab und machten sich auf die Suche nach geeignetem Brennmaterial, damit sie das Feuer in Gang halten konnten. Sie schleppten Zweige und Stöcke heran, bis sie das Gefühl hatten, es würde reichen.

Offenbar waren kurz vorher Leute hier gewesen. Sie hatten noch mehr Spuren hinterlassen. Eily durchsuchte das hohe Gras und fand einen dicken, geschwärzten Ast, den ihre Vorgänger für das Feuer benutzt haben mussten. Sie hängte ihren Topf daran, schüttete Wasser hinein und zwei Hand voll Maismehl und gab etwas Schmalz dazu. In die Glut legte sie drei verschrumpelte Kartoffeln zum Backen. Heute Abend würden sie gut essen. Sie waren ausgehungert und schwach, und um ständig Nahrung zu suchen, würden sie Kraft brauchen.

Trotz des heißen Wetters war es behaglich, die Wärme des Feuers zu spüren und den Duft von etwas Gekochtem zu riechen. Michael sah todmüde aus. Diesmal musste er sich zurücklehnen und den Mädchen alle Arbeiten überlassen. Das Essen brannte ein wenig an, Eily musste es aus dem Topf herauskratzen, aber trotzdem tat ihnen etwas Warmes im Magen gut. Nach dem Essen hängte sie den Topf noch einmal über das Feuer und kochte Wasser ab.

»Wofür ist das?«, wollte Michael wissen. »Gibt es noch was zu essen?«, fragte er hoffnungsvoll.

»Pass auf, dass es keine Schläge gibt«, scherzte Eily. »Leider hab ich den großen Holzlöffel nicht dabei! Sei nur still. Das Wasser ist für dein Bein und wenn du schön brav bist, gibt es hinterher noch eine gebratene Kartoffel.«

Es dauerte nicht lange, bis das Wasser kochte.

»Was willst du machen, Eily?«, fragte Michael mit Angst in der Stimme.

»Etwas, das ich schon ein paarmal bei Mutter gesehen habe«, erwiderte sie. »Erinnerst du dich noch, als Vater diesen Splitter in der Hand hatte und Peggy den schlimmen Riss am Knie? Verstehst du, Michael, die Wunde ist voller Gift. Wir müssen sie gründlich sauber machen, damit das Gift aus dem Körper geht.«

Sie hob den Topf vom Feuer und stellte ihn auf einen Stein. Dann nahm sie das Messer, hielt es ungefähr zwei Minuten ins Wasser und drückte es dann schnell auf die tückische Wunde in Michaels Bein. Er schrie vor Schmerz. Eily ließ das Messer sinken und riss einen Stoffstreifen aus ihrem zweiten Unterhemd. Sie tauchte den Stoff ins Wasser und verband damit die Wunde.

»Das ist zu heiß – tu es weg, Eily!«, flehte Michael. »Tu das runter!«

»Nein, das bleibt drauf«, sagte sie streng. Sie riss einen zweiten Stoffstreifen ab und tränkte ihn mit heißem Wasser. Hoffentlich sah ihr kleiner Bruder nicht die Tränen in ihren Augen!

Dreimal wechselte sie den heißen Umschlag und beim

dritten Mal war der Stoff an der Stelle, wo der Eiter abfloss, gelb und grün. Dann goss sie das immer noch heiße Wasser über das Bein und wusch die Wunde aus. Zuletzt band sie einen trockenen Stoffstreifen darum.

Am nächsten Tag seufzte Eily vor Erleichterung, als sie Michaels Bein untersuchte. Die Schwellung war zurückgegangen und die leuchtend roten Streifen, die sich auf dem Bein gezeigt hatten, waren zu einem matten Rosa verblasst. Noch einmal kochte sie Wasser ab, legte heiße Stoffstreifen auf und sorgte dafür, dass Michael das Bein nicht belastete.

Am dringlichsten war es nun, mehr Wasser und Brennmaterial heranzuschaffen und, wenn möglich, etwas zu essen. Eily lief ein Stück abwärts zu einem Bach, den sie vor einer Weile schon entdeckt hatte. Dort füllte sie Kanne und Becher nach. Peggy traute sie das nicht zu, sie könnte ins Wasser fallen oder auf dem Rückweg alles verschütten. Sie schickte die Kleine auf die Suche nach Feuerholz. Und falls sie etwas Essbares finden würde, sollte sie sich die Stelle gut merken. Auf jeden Fall aber sollte sie in Michaels Rufweite bleiben.

Auf dem Rückweg vom Bach geriet Eily vor Freude fast aus dem Häuschen, als sie eine Stelle mit kleinen Walderdbeeren entdeckte. Die winzigen roten Herzen schimmerten schwach zwischen Brennnesseln und Unkraut hervor. Sie würde wegen der Beeren noch einmal wiederkommen, und auch, um noch ein paar frische Brennnesseln für eine Suppe zu sammeln. Peggy war vor ihr wieder zurück. Ungestüm vor Aufregung rannte sie ihr entgegen.

»Eily! Eily! Komm schnell!«, drängte sie. »Du wirst staunen, was ich gefunden habe!«

Eily stellte Becher und Kanne voll Wasser auf einer ebenen Stelle ab, neugierig, was sich hinter Peggys Aufregung verbergen mochte. Peggy verschwand hinter einem Baum, dann tauchte sie mit einem großen Kaninchen in der Hand wieder auf. Die glasigen Augen waren starr auf Eily und Michael gerichtet. Es sah aus, als wäre es mindestens schon einen Tag tot – wenn nicht länger.

»Wo hast du das gefunden?«, fragte Eily freundlich. »Du hast es doch nicht selber gefangen?«

»Nein, Eily, ich hab es neben einem Büschel schöner, blauer Blumen liegen sehen – ist es nicht prächtig?«, sagte Peggy stolz.

Eily wusste nicht, was sie sagen sollte. Sie konnten, weiß Gott, ein bisschen Fleisch vertragen, aber sie musste an Mary Kates Warnung denken: Nur frisches Fleisch essen, nichts anrühren, was man schon tot gefunden hat.

»Weißt du nicht mehr, Peggy, was uns die alte Mary Kate eingeschärft hat?«

Peggys Gesicht sackte vor Enttäuschung zusammen. Aber sie begriff, was Eily meinte. Sie rannte zurück zwischen die Bäume und schleuderte das Kaninchen davon. Eily versuchte sie zu trösten: Da, wo sie das eine gefunden hatte, könnten noch mehr Kaninchen sein und vielleicht würden sie eins fangen. Außerdem solle sie den Topf holen, dann würde sie ihr eine Stelle mit Walderdbeeren zeigen.

Der Tag verging mit dem Sammeln von Brennmaterial und allem, was auch nur entfernt essbar war. Michael wollte wieder laufen, aber Eily bestand auf einem weiteren Tag Ruhe für sein Bein. Sie lutschten die Walderdbeeren, bis ihre Münder rote Flecken hatten. Eily entdeckte ein vernachlässigtes Stück Land, auf dem vereinzelt noch ein paar Rüben und Karotten wuchsen. Sie füllte sich die Taschen damit, voller Freude auf die nahrhafte Suppe, die sie nun kochen konnten.

An diesem Nachmittag schien die Sonne so warm, dass Peggy und Eily zum Bach hinunterrannten, bis zu den Hüften hineinwateten und sich erfrischten. Sie bespritzten einander und wuschen sich den Dreck vom Gesicht, von Hals und Armen. Dann lagen sie im Unterhemd am Ufer, bis die Sonne sie getrocknet hatte. An diesem Abend bekam jeder eine große Portion Suppe, in die Eily das restliche Maismehl gerührt hatte.

Am nächsten Tag war Michael schon vor den Mädchen auf. Er stand vor ihnen und führte stolz sein geheiltes Bein vor. Sein Gang war noch etwas steifbeinig, aber er war voller Unternehmungslust. Sie wussten, dass es längst Zeit war weiterzuziehen, aber sie waren nur ungern bereit die Behaglichkeit des Feuers aufzugeben. Sie schichteten es sorgfältig auf, bevor sie Michael alles ringsum zeigten.

Peggy führte sie an die Stelle, an der sie das Kaninchen gefunden hatte. Sie kauerten sich ins Farnkraut und mussten lange warten, aber dann kam tatsächlich eine Kaninchenfamilie angehoppelt, die in wenigen Metern Entfernung spielte und herumknabberte. Mucksmäuschenstill verhielten sich die Kinder. Michael hatte einen großen Stein in die Hand genommen. Er visierte ein kleines Kaninchen an, das sich zu weit von den anderen entfernt hatte und eifrig an saftigen Grashalmen mümmelte. Er zielte und warf. Zuerst schien das Kaninchen nur betäubt. Die anderen waren eilig davongestoben. Dann erkannte Michael, wie genau er getroffen hatte – das Kaninchen war tot. Er rannte hin und hob es in die Höhe. Es war sehr klein. Viel zu essen würde nicht dran sein, aber immerhin war es Fleisch.

Peggy baute sich vor Michael auf und hämmerte ihm gegen die Brust. Sie war außer sich dieses kleine Tierchen sterben zu sehen. Eily lenkte Peggy ab, während Michael das Kaninchen häutete und ausnahm. Als Eily das Kaninchen mit Zwiebeln und Karotten gekocht hatte, kamen auch von Peggy keine Einwände mehr gegen dieses üppige Mahl. An diesem Abend kam das Grummeln in ihren Bäuchen daher, dass sie plötzlich gesundes und wohlschmeckendes Essen zu verdauen hatten.

Es war noch dunkel, als sie die ersten Regentropfen auf ihren Gesichtern spürten. Morgens gegen sieben regnete es schwer und gleichmäßig. Ihr Feuer war ausgegangen, das Regenwasser hatte die Asche unterspült und schwemmte sie in grauen Rinnsalen durch das Gras.

Sie sammelten ihre Habseligkeiten ein. Die Mädchen schlangen sich ihre Tücher um den Kopf. Es gab keinen Grund mehr, länger hier zu bleiben. Sie mussten weiter.

Die Suppenküche

Die nächsten zwei Tage regnete es ununterbrochen. Ihre Kleider waren feucht. Die Knochen taten ihnen weh. Nachts legten sie sich auf die nasse Erde und suchten ein wenig Schutz unter ihren klammfeuchten Decken. Sie waren nun doch auf der Straße weitergegangen, weil es sich im nassen Gras nicht gut laufen ließ.

Ab und zu waren sie Leuten begegnet. Die meisten nickten nur mit dem Kopf. Sie sahen entsetzlich aus – zerlumpt, unterernährt und dreckig. Die Kinder waren sich nicht im Klaren darüber, dass sie selbst keinen viel besseren Anblick boten. Neben ihnen lief plötzlich ein großer, schmächtiger Junge von ungefähr fünfzehn Jahren.

»Joseph T. Lucy«, stellte er sich mit einer Verbeugung vor. Seine Kleidung war schmutzig und Eily rümpfte unwillkürlich die Nase, weil er verschwitzt und ungewaschen roch. Aber er war trotz dieser Mängel ein guter Weggefährte und nach einer halben Stunde entspannte sich Eily so weit, dass sie ihren Griff um den fast leeren Essensbeutel lockerte.

Joseph sagte ihnen, dass sie nur noch etwa eine Stunde von dem kleinen Ort Kineen entfernt waren. Er hatte gehört, dass dort Angehörige einer fremden Religionsgemeinschaft eine Suppenküche für die Armen der Gegend eingerichtet hatten.

»Kommt schon«, drängte er, »vielleicht kriegen wir alle eine Mahlzeit, dann können wir eine kleine Verschnaufpause einlegen.«

Joseph hatte Recht, eine Mahlzeit würde ihnen gut tun, und wer weiß, vielleicht trafen sie Bekannte, von denen man möglicherweise etwas über Vater und Mutter in Erfahrung bringen könnte. Nach Kineen also.

Eily erschrak, als sie den Ort erreichten – sie konnte es gar nicht glauben, wie viele Menschen unterwegs waren. Hunderte verwahrloster, hungernder Männer, Frauen und Kinder drängten sich in der engen Hauptstraße. Sie hatten eine lange Warteschlange gebildet in ihrer verzweifelten Hoffnung auf Essen. Manche konnten nicht mehr stehen, so elend waren sie. Mutlos, doch fest entschlossen, ihren Platz in der Schlange nicht aufzugeben, hatten sie sich am Straßenrand niedergelassen. Joseph und die O'Driscoll-Kinder stellten sich hinten an. Eily ließ ihre Blicke über die Menge schweifen und suchte nach einem vertrauten Gesicht.

Die Gesichter – diese Gesichter –, nie würde sie die vergessen. Alle hatten denselben Ausdruck. Die Wangen eingefallen, tiefe Ringe unter weit aufgerissenen, starren Augen, die Lippen schmal und fest aufeinander gepresst, gelblich die Haut. Hunger und Krankheit hatten diese Menschen vollkommen verändert. Sie waren wie Gespenster. Alte Frauen kratzten und drängelten, um weiter nach vorn zu kommen. Mütter starrten mit leerem Blick vor sich hin und magere Kleinkinder wimmerten und zerrten an schmutzigen Röcken. Das muss die Hölle sein, dachte Eily, auf einmal zutiefst entsetzt.

Plötzlich tauchten weit vorn in der Tür eines baufälligen Schuppens drei Frauen mit Schürzen und Hauben auf. Sie schleppten einen großen, schweren

Kessel heran. Augenblicklich drängte die Menge vorwärts. Eily gelang es gerade noch, Peggy fest zu halten, der in der beginnenden Panik fast der Boden unter den Füßen weggerissen wurde. Fest klammerte sich Peggy mit den Armen um Eilys Hüften und drückte den Kopf an ihre Brust. Sie war voller Angst und am Ende ihrer Kraft.

Die Frauen hatten inzwischen mit dem Verteilen der Suppe begonnen. Für diejenigen, die kein eigenes Geschirr dabeihatten, gab es Blechbecher. Zweimal wurde der Kessel nachgefüllt, bevor die Kinder überhaupt von der Stelle kamen.

Nun hatte Eily eine bessere Sicht. Sie konnte im Innern des Schuppens Gestalten erkennen, die emsig Karotten, Rüben und Zwiebeln zerschnitten und in riesige Holzbottiche warfen. Schaufeln voll Gerste wurden dazugeschüttet und eimerweise Wasser. Dann kam ein Mann mit einem Kübel und leerte grob zerhackte Fleischstücke und Innereien in den Suppenkessel.

Der Nachmittag ging vorüber und die Kinder hatten den Anfang der Warteschlange noch immer nicht erreicht. Sie mussten tatsächlich befürchten, dass die Suppe ausgehen würde, bevor sie an die Reihe kamen. Endlich hatten sie es doch geschafft. Eine erschöpfte Frau bat einen der Essensausteiler um zwei zusätzliche Becher Suppe für ihre beiden Kinder, die eine halbe Meile weiter hinten an der Straße warteten. Sie waren zu schwach zum Weiterlaufen. Zwar wurde die Bitte der Frau abgelehnt, doch nachdem sie einen tiefen Schluck von der heißen Suppe getrunken hatte, füllte der Essensausteiler ihren Becher schnell noch einmal voll. Vorsichtig bahnte sich die Frau mit der kostbaren Flüssigkeit ihren Weg durch die Menge.

Eily, Michael, Peggy und Joseph nahmen ebenfalls sofort, nachdem sie an die Reihe kamen, einen großen Schluck, aber sie bekamen keine Kelle zusätzlich. Dann suchten sie sich ein freies Plätzchen zum Hinsetzen, um sich ihrer Mahlzeit gebührend widmen zu können. Die Suppe sah unappetitlich aus, Fettklumpen schwammen darin herum, aber sie würde ihnen Kraft zum Weiterlaufen geben.

Die Nacht verbrachten sie in Kineen, weil gerüchteweise verbreitet worden war, die Suppenküche würde am Mittag des nächsten Tages wieder geöffnet. Nachts wurden sie von einem alten Mann wach gerüttelt. Er redete auf sie ein, sie sollten sich auf die Socken machen, denn morgen würden die Heiden versuchen sie zu bekehren und falls die Kinder noch einen Becher Suppe annehmen würden, könnten sie sich gleich als Soldaten anwerben lassen. Die Kinder wussten nicht, was sie davon halten sollten. Schließlich beachteten sie den Mann einfach nicht mehr. Am nächsten Morgen stellten sie sich mitten unter die hungernden Menschen. Nach und nach fielen ihnen ein freundlich aussehender Herr und zwei Damen auf, die sich durch den zerlumpten Haufen schoben. Die jüngere Frau tauchte von Zeit zu Zeit aus der Menge auf, einen kleinen Jungen oder ein Mädchen im Schlepptau oder ein Kleinkind auf dem Arm. Sie strebte auf ein stattliches Gebäude am Ortsrand zu, klopfte an eine grüne Tür, verschwand im

Innern des Hauses und kam nach ein paar Minuten allein wieder zurück.

Eily überlegte. Brachten sie die Kinder in eine Art Waisen- oder Armenhaus? Sie rückten näher und näher. Die ältere Dame hatte mit Peggy zu plaudern begonnen. Sie wollte von ihr wissen, ob sie alleine hier sei. Peggy drehte sich um und deutete auf Eily und Michael, da kam die nächste Frage: »Aber wo sind euere Eltern?«

Eily griff nach Peggy und zog sie zu sich heran. Verwirrt starrte Peggy die Dame an und zermarterte sich das Hirn, was sie jetzt antworten sollte. Eilys Augen huschten fieberhaft über die Menge. Weit weg sah sie eine rothaarige Frau vor einem Eingang sitzen, ihr Mann stand neben ihr. »Dort sind sie, Miss!«, antwortete Eily rasch und zeigte auf das Paar. Die alte Dame wirkte nicht sehr überzeugt.

Da winkte Eily kurz entschlossen der rothaarigen Frau zu. Ihre Blicke trafen sich, die Frau nickte Eily zu und zerbrach sich dabei wahrscheinlich den Kopf, wer dieses Mädchen mit den langen, blonden Haaren war. Die alte Dame schien ihr zu glauben und ging weiter.

Die Kinder zogen sich sofort, nachdem sie ihren Eintopf in Empfang genommen hatten, zum Ortsrand von Kineen zurück. Die drei O'Driscolls wollten sich wieder auf den Weg machen, aber Joseph, der seine neu gewonnenen Freunde ungern verlor, bat sie inständig noch zu bleiben. Da erklärten sie ihm die Sache mit den Tanten, und dass sie hofften, Vater und Mutter würden dort auftauchen. Joseph wollte noch ein paar Tage in Kineen bleiben und sich dann zu einer der Hafenstädte

71

durchschlagen, wo er sich um eine Schiffspassage nach Liverpool bemühen wollte.

Schweren Herzens nahmen sie Abschied voneinander. Michael hatte einen Kloß in der Kehle und er schluckte schwer, als er noch einmal und noch einmal Lebewohl sagte.

Am See

Die Kinder setzten ihren Weg fort. Peggy hatte zwei große Blasen am Fuß. Alle paar Stunden schmierte Eily etwas von Mary Kates Salbe darauf. An den Fußsohlen der Kinder sah die Haut größtenteils wie geschwärztes Leder aus. Eilys Hände waren hart und schwielig geworden, die Haut eingekerbt vom Gewicht all der Sachen, die ständig zu schleppen waren. Sie litt unter leichtem Durchfall und Brechreiz – als Grund hatte sie den etwas ranzigen Eintopf von Kineen im Verdacht. Hin und wieder kaute sie die Kräuter von Mary Kate und hoffte, sie würden Übelkeit und Magenkrämpfe lindern.

Gerade hatten sie zu einer Rast angehalten, da fiel ihnen ein ganz bestimmter Geruch auf – mehr ein Gestank. Übler als die faulenden Kartoffeln damals.

»Was kann das sein, Eily?«, sagte Michael. »Meinst du, dass alles um uns herum verfault und stirbt?«

Peggy und Eily steuerten ein Gebüsch an, um sich zu erleichtern. Plötzlich verdichtete sich der Gestank und wurde noch widerwärtiger. Da sah Eily, woher er kam. Sie wandte sich ab und hoffte inständig, Peggy wäre von dem Anblick verschont geblieben. Aber das Gesicht der Kleinen war bereits bleich vor Schreck.

Es war ein Mann – besser gesagt, die Reste von einem Mann. Die Haut war am Verwesen und spiegelte alle möglichen Farben. Der Körper war mager, so mager, dass die Knochen aus der Haut spießten. Eily spürte den Schweiß in ihren Augenbrauen wie Nadelstiche, ihr Magen drehte sich um. Peggy rollte mit den Augen und zerrte an ihrem Kleid herum. Fast gleichzeitig mussten sich beide übergeben. Kaum war der Magen leer und der Brechreiz vorüber, rannten sie, so schnell sie konnten, zu Michael zurück.

Ein Blick in ihre Gesichter und er wusste, dass etwas Schreckliches geschehen sein musste. »Was ist?«, fragte er eindringlich. »Was ist los?«

Unter Weinen und Schluchzen brachten sie es schließlich hervor.

»Die arme Seele«, weinte Eily. »So allein hat er sterben müssen. Verhungern. Ohne Familie. Ohne Freunde.«

»Wir müssen für ihn beten«, sagte Michael leise. Er brach zwei Zweige ab, machte daraus ein Kreuz und band es mit langen Grashalmen zusammen.

Sie gingen zu dem Gebüsch zurück.

»Ich will nicht noch mal brechen«, jammerte Peggy und hielt sich hinter den anderen. Ein paar Meter vor dem Leichnam blieben sie stehen. Michael steckte das einfache Kreuz in die Erde.

»Was sollen wir beten?«, fragte er.

»Ein Vaterunser«, erwiderte Eily. Und sie bat Gott, nachdem sie das Gebet gesprochen hatten, er möge diesen armen, einsamen Mann nicht vergessen.

So schnell sie konnten, suchten sie ihre Sachen zusammen – nur weg von diesem grauenvollen Ort! Sie blieben nicht eher stehen, als bis sie einen hoch aufragenden, grünen Wald erkannten, der sich anscheinend meilenweit dahinzog. Der Wald zu Hause bei Duneen fiel ihnen ein und da wurde ihnen auf einmal klar, dass, seit sie ihre Heimat verlassen hatten, fast zwei Wochen vergangen waren. Sie kehrten der Straße den Rücken und tauchten in den Wald ein, der ihnen fast vertraut schien. Die mächtigen Bäume reckten sich hoch in den Himmel, alle Geräusche waren gedämpft. Die Kinder liefen wie auf einem weichen Teppich aus Nadeln und Moos. Nur schwach schimmerte das Sonnenlicht durch die Bäume. Hier, in dieser Stille und diesem Frieden – nur das komische Gurr-ruu der Ringeltaube ließ sich vernehmen – schien die Welt eine bessere zu sein.

Sie behielten die ferne Straße im Auge und wanderten in derselben Richtung weiter. In der Geborgenheit des Waldes ließ ihre Anspannung etwas nach. Ab und zu liefen ihnen kleine aufgeschreckte Tiere über den Weg. Weit weg war das gedämpfte Rauschen eines dahineilenden Bergbachs zu hören. Hier war die Zeit stehen geblieben. Die Kinder mussten an früher denken, an

Versteckspiele in den Wäldern zu Hause – jetzt hatten sie kaum Kraft zum Laufen.

Nach etwa zweistündigem Fußmarsch mussten sie wieder rasten. Peggy und Michael waren vollkommen erledigt. Peggy fing zu weinen an, schnappte zwischen tiefen Schluchzern stoßweise nach Luft. Sie konnte gar nicht wieder aufhören. Eily zog sie auf ihren Schoß. Wie leicht Peggy war, keine Spur von pummeligen Kinderarmen und -beinen. Ihre Haut schien nur eben über die Knochen gespannt und ihr Brustkorb wölbte sich weit vor. Eily lehnte ihren Kopf gegen den der kleinen Schwester, lautlos rannen ihr die Tränen über das Gesicht. Tiefe Hoffnungslosigkeit schlug über ihr zusammen. Wie sehnte sie sich nach Mutter und Vater! Wenn sie doch da wären, sich um sie kümmern und ihnen sagen würden, was sie tun sollten!

Michael sah die Mädchen an. Er ahnte Eilys Kummer und Sorgen.

»Wir werden sterben wie die anderen alle, nicht wahr?«, flüsterte er. Er hatte Angst. So viele Pläne hatte er immer gehabt für später, wenn er erst älter sein würde. Er kauerte sich neben Eily. Sie fielen einander um den Hals, weinten und erzählten sich ihre geheimen Hoffnungen.

»In einer Schlagballmannschaft wollte ich immer mitspielen, wie die Großen«, sagte Michael. »Und eines Tages wollte ich reiten lernen und vielleicht mal selber ein Stück Land besitzen.«

»Und ich habe mir immer ein feines Wollkleid gewünscht mit einem Spitzenkragen und Kämme für mein Haar und später vielleicht, wenn ich älter wäre, würde ich mich verlieben und heiraten wie Mutter und selber Kinder haben«, schluchzte Eily.

Sie sahen Peggy an. Sie hatte sich ein wenig beruhigt. »Ich wünsche mir eine Puppe ganz für mich allein«, sagte Peggy mit zittrigem Stimmchen. »Und vielleicht, dass ich in die Schule gehen darf und am meisten wünsche ich mir, dass ich so werde wie Eily.«

Eily drückte sie fest an sich, überwältigt von der Liebe zu ihrem Bruder und ihrer Schwester. Ihr war zumute, als müsse ihr Herz vor Traurigkeit zerbrechen. Auf einmal lachte Peggy. »Sieh mal Michael an! Er hat lauter Kleckse im Gesicht und seine Augen sind ganz rot!«

Michael besah sich die beiden Mädchen. Ihre Haare waren zerzaust und beide hatten Rotznasen und entzündete Augen. Er verschluckte sich fast und lachte. Unwillkürlich musste auch Eily lächeln und im Nu prusteten sie alle drei los und schnäuzten sich die Nasen.

»Was sind wir nur für Jammerlappen!«, versuchte Eily zu scherzen. »Wir leben ja noch. Wir sind müde und hungrig und allein – aber wir haben doch einander! Wir können noch laufen und uns was zu essen beschaffen. Wir werden Nano und Lena finden, und wenn wir einen Monat dazu brauchen!«

Das Weinen hatte ihren inneren Druck etwas gelöst und irgendwie fühlten sie sich erfrischt und in ihrem Vorhaben bestärkt.

Der Waldweg stieg nun leicht an. Sie wollten ihm folgen, bis es dunkel würde, und dann am Weg übernachten. Am nächsten Morgen, das war ihnen klar, mussten sie wieder zur Straße hinuntergehen.

Die Straße kam ihnen nicht mehr so bevölkert vor wie vor ein paar Tagen. Zwei Leichenzüge kamen ihnen entgegen und neben Eily gingen zwei Frauen mittleren Alters. Die eine trug in ihr Tuch eingewickelt ein schwächliches Baby. Sie hielten es für ihre Pflicht, Eily die neuesten Gerüchte aus der Gegend mitzuteilen.

»Sag, meine Liebe, hast du schon das von dem kleinen Dorf Dunbarra gehört? Der arme, alte Pfarrer machte in vier Hütten einen Besuch – da fand er sämtliche Bewohner tot! Am Hungerfieber gestorben. Und in den Hütten tummelten sich riesige Ratten! Man musste eine Meile vom Ort entfernt eine große Totengrube schaufeln und da wurden alle Leichen hineingeworfen.« So erzählten und erzählten die Frauen weiter, eine Geschichte grausiger als die andere. Eily wurde ganz schwach, sie musste sich setzen. Michael und Peggy kamen und wollten wissen, was los sei. Die Frauen, in panischer Angst vor dem Fieber, beschleunigten ihren Schritt und waren bald verschwunden. Eily aber erklärte ihren Geschwistern nicht, was sie so aus der Fassung gebracht hatte.

In der Ferne sahen die Kinder eine Gruppe Leute auf einem Feld arbeiten. Vor ihnen auf der Straße hatten zwei Männer die Steinmauer überklettert und steuerten nun auf dieses Feld zu. Die Kinder beschlossen ihnen zu folgen. Beim Näherkommen erkannten sie deutlich, dass eine zerlumpte Schar Menschen auf der Erde kniete und kleine Rüben ausgrub. Sie rannten hin. Ein alter Mann versicherte ihnen, dass der Bauer, ein alter Junggeselle, an diesem Morgen am Fieber gestorben sei und dass es durchaus kein Unrecht sei, wenn die Armen alles daransetzten, sich am Leben zu erhalten. Die drei Kinder liefen in verschiedenen Richtungen auseinander. Sie wühlten mit den Händen im feuchten Lehm, buddelten kleine, blasse Rüben aus und stopften sie in ihre Taschen. Eily sammelte sie ein und verstaute sie im Essensbeutel. Manche der bedauernswerten Menschen verschlangen die Rüben, sobald sie sie in Fingern hatten und klopften kaum die Erde ein wenig ab. Eily wandte die Augen ab. Es dauerte keine halbe Stunde, da war das Feld wie nach der Erntezeit sauber abgelesen. Danach löste sich die Gruppe auf und jeder ging seiner Wege.

Wenigstens war der Essensbeutel nun gut gefüllt, wenn auch nur mit Rüben, die man gewöhnlich den Tieren gab. Die Kinder zogen weiter. Immer wieder stiegen sie über Steinmauern. Die Felder waren von Klee und wilden Blumen überwuchert und in der stillen Luft hing das Gesumm der Honigbienen. Die Sonne brannte vom Himmel und ließ die feuchte Erde trocken werden. Nach etwa zwei Meilen Weg entdeckten die Kinder plötzlich das Glitzern von Wasser in der Sonne. Es war ein See. Er zog sich hin, so weit das Auge reichte. Hohes, schwankendes Schilf stand am Ufer und ab und zu gab es freie Stellen mit Sand und Kies, über die das klare Wasser schwappte. Die Kinder konnten es kaum erwarten – sie ließen alles, was sie trugen, zu Boden fallen und rannten in das Wasser hinein. Es war eine Wonne! Das kühle Nass schlug über ihnen zusammen. Sie bespritzten sich gegenseitig, tauchten mit den Köpfen unter Wasser, füllten ihre Münder, schnaubten und prusteten. Schließlich kamen sie heraus, streckten sich ins Gras und ließen sich von der Sonne braten – bis sie nach einer Viertelstunde wieder ins Wasser stürmten und sich noch einmal abkühlten. Vögel tauchten in der Mitte des Sees, sie stießen die Köpfe ins Wasser, reckten sie wieder heraus und schaukelten sanft auf der ruhigen Oberfläche des Sees.

Michael beobachtete die Vögel beim Fischefangen. Wenn er nur etwas zum Angeln hätte! Aber er hatte weder Schnur noch Netz. Er richtete sein Augenmerk auf die seichten Stellen und von Zeit zu Zeit konnte er dort einen Fisch ausmachen, der in der Nähe des Schilfs zwischen den Wasserpflanzen hin- und herschnellte oder sich bei den Lilienblättern sonnte. Aber wie könnte er ihn fangen? Das war die Frage. Er erklärte Eily, was er gern tun würde. Sie hatte sofort eine Idee – sie sprang auf und leerte den schmutzigen Leinenbeutel aus, ihre Essenstasche. »Damit wird es gehen, Michael, los, versuch es!« Michael hatte Zweifel, doch dann sah er sich ein wenig um und entdeckte eine Weide. Mit dem Messer schnitt er eine dünne Gerte ab und entfernte die Blätter. Die Rute war leicht, aber kräftig. Er steckte sie durch ein kleines Loch oben im Beutel. Dann watete er ins Wasser und hielt den Beutel so in Schräglage, dass er sich öffnete und mit Wasser füllte.

Michael rührte sich nicht. Zwei, drei kleine, neugierige Fische flitzten vorbei. Endlich schwamm einer in

die Tasche hinein, um das Innere zu erkunden. Blitzschnell riss Michael den Stecken mit dem Beutel hoch,
aber den Fisch sah er nur noch davonschießen. Nun
musste er warten, bis das Wasser wieder ruhig geworden war, bevor er die Prozedur noch einmal von vorn
beginnen konnte. Ungefähr eine Stunde lang stand er
bewegungslos, dann endlich hatte er Erfolg. Flink zog
er den Beutel aus dem Wasser. Der Fisch schlug um sich,
wollte wieder ins Wasser zurück, doch Michael schleuderte diesmal die ganze Tasche ans sichere Ufer. Der
silbrige Fisch zuckte hin und her. Schließlich aber lag er
still und gab den Kampf auf. Michael angelte weiter und
nach einer halben Stunde waren zwei kleine Sprotten zu
dem Fisch am Ufer hinzugekommen.

Nun hatten sie etwas zu essen, aber keiner wollte den
Fisch roh.

»Wir brauchen ein Feuer«, sagte Peggy, fest überzeugt, dass die großen Geschwister schon wissen würden, was zu tun war. Michael und Eily sahen sich an,
aber sie wussten keinen Rat.

»Pat hat mir mal erzählt, dass sein Vater ein Feuer
ankriegt, wenn er Feuersteine aneinander reibt«, erinnerte sich Michael.

»Meinst du, das schaffst du?«, fragte Eily.

Michael suchte lange, bis er zwei ähnliche Steine
gefunden hatte. Die Mädchen schichteten einen Haufen
dürrer Zweige und Stöcke auf, während Michael die
Steine gegeneinander rieb und schlug. Nach zehn Minuten taten ihm die Hände weh. Er gab Eily die Steine.
Es war zum Verrücktwerden! Sie sahen Funken aus den

Steinen springen, aber es gelang ihnen einfach nicht, das trockene Holz damit zu entzünden. Eily war drauf und dran, vor Ärger die Steine auf die Erde zu schleudern, da spürte sie einen Funken auf ihrem Finger. Gleichzeitig merkte sie, dass er die Zweige erfasst hatte, die zu glimmen begannen. Sie blies ein wenig – vorsichtig –, um das Flämmchen zu unterstützen. Plötzlich, wie die Antwort auf ein Gebet, fing das Feuer zu brennen an.

»Hab ich doch gleich gewusst, dass ihr das könnt«, erklärte Peggy.

Michael nahm das Messer, schnitt den Fischen die Köpfe ab und schlitzte die Körper der Länge nach auf. Dann wusch er sie im See und nahm sie aus.

Nach einer halben Stunde brannte das Feuer schön gleichmäßig. Peggy fand einen großen, flachen Stein, den Michael an den Rand der Feuerstelle schob. Die Flammen züngelten daran hoch. Die Fische lagen auf dem heißen Stein und brieten. Eily hängte den Topf mit etwas Wasser und sechs kleinen, in Stückchen geschnittenen Rüben über das Feuer. Ein köstlicher Duft stieg auf. Die Kinder schickten ein stilles Gebet zum Himmel und hofften, dass niemand in der Nähe war und ihre Mahlzeit erschnupperte. Sie hatten das Gefühl noch nie so etwas Gutes gegessen zu haben. Die Fische hatten einen leicht angebratenen Geschmack, die Rüben waren süß und weich – ein Mahl für einen König. Dazu einen Becher eiskaltes Wasser. Satt und zufrieden schliefen sie ein. Es hätte ihnen gefallen können, ein paar Tage an diesem idyllischen Ort zu bleiben, aber Eily fand es besser, wieder aufzubrechen.

Die Hunde

Auch am nächsten Tag brannte die Sonne heiß vom Himmel. Die Erde war hart und trocken. Michael goss einen Becher Wasser auf die Glut, sodass das Feuer auch wirklich gelöscht war. Eily wickelte den restlichen Fisch in ein großes Blatt und räumte den Essensbeutel ein. Es war ein herrlicher Tag zum Wandern. Sie durchquerten ein Roggenfeld, zogen dabei so viele Ähren wie möglich von den Halmen und gingen schließlich wieder auf der sich dahinschlängelnden Landstraße weiter.

Nach einer Weile hörten sie in der Ferne Hundegebell. Es kam näher. Aus den Augenwinkeln warf Eily einen Blick auf die Hunde hinter sich. Es waren sechs, eine wilde Meute. Ein großer schwarzer Collie war der Anführer. Außerdem waren zwei weitere Collies dabei und drei Mischlinge. Ihr Fell war zottig und verfilzt, das Maul stand ihnen offen, sie hechelten. Ihre Körper waren knochig und mager und zwei Hunde hatten die Räude. Es waren vor allem die Augen der Hunde, die Eily Angst machten. Sie hatten einen starren Ausdruck – wie toll.

»Keine schnellen Bewegungen machen!«, zischte Eily. »Einfach langsam und gleichmäßig weitergehen. Nicht rennen!«

Die drei Kinder waren vor Schreck wie gelähmt. Die Hunde kamen noch näher und schließlich strichen ihnen zwei der Collies zwischen den Beinen durch und umkreisten sie. Wie angewurzelt blieben die Kinder stehen, sie wagten kaum zu atmen. Peggy hatte ihre Augen fest zugekniffen. Nase und Maul der Collies waren dicht an ihrem Oberschenkel. Peggy zitterte von Kopf bis Fuß. Die Collies hatten die Zähne gefletscht, aus ihren Kehlen drang tiefes Knurren. Zwei der Mischlingshunde entblößten ebenfalls die Zähne und knurrten mit. Das war zu viel für die kleine Peggy. Sie riss sich aus ihrer Starre und wollte davonrennen, aber mit einer blitzschnellen Bewegung hatte sich ein Collie mit den Vorderläufen an ihr hochgezogen. Sie stieß ihn weg, da schlug er seine Zähne in ihren Arm und zerrte ihn hin und her, als wolle er ihn aus dem Gelenk reißen. Peggy brüllte vor Schmerzen.

Wie hypnotisiert hatte Eily zugesehen. Sie brachte keinen Laut heraus. Die anderen Hunde, ermutigt jetzt, beteiligten sich an dem Überfall. Erst als Michael anfing Steine auf die Hunde zu schleudern, erwachte Eily aus ihrem Trancezustand. Sie schrie die Bestien an und schlug auf zwei der Hunde ein, dass sie vor Schmerz jaulten. Inzwischen suchte Michael im Straßengraben nach einer Waffe. Eily wollte den Collie, der sich in Peggys Arm verbissen hatte, im Nacken packen und wegziehen, aber er ließ einfach nicht los. Peggy war vor Anstrengung unter dem Gewicht des Hundes schon halb in die Knie gegangen. Bald würde der Hund sie auf den Boden zwingen. Ein kleiner Terrier biss in Eilys Fersen, dass sie bluteten.

Plötzlich – Eily traute ihren Augen nicht – kam Michael mit einem kurzen, stämmigen Ast angestürmt. Er schwang ihn gegen den Collie, der sich jedoch in einer solchen Raserei befand, dass er überhaupt nicht darauf achtete. Michael versetzte ihm einen harten Schlag auf den Kopf. Peggy hatte die Augen geschlossen, ihre Knie knickten vollends ein. Immer wieder drosch Michael auf den Hund ein. Endlich jaulte er auf vor Schmerz und lockerte seinen Biss. Da verpasste ihm Michael einen letzten Hieb und das Tier sank tot in den Staub.

Eily stürzte auf Peggy zu. Das Gesicht der kleinen Schwester war aschfahl. Sie war so erschüttert, dass sie nicht einmal weinen konnte.

»Mein Gott, es ist ja alles gut, Peggy-Mädchen, er ist tot – und die anderen sind weg. Alles ist gut, Peggy, die bösen Hunde sind fort.« Eily wusste nicht genau, ob sie sich selbst oder ob sie Peggy trösten sollte.

Michael stand gekrümmt am Straßenrand und übergab sich.

Eily brachte den Becher mit Wasser. Erst hielt sie ihn Peggy an die Lippen und drängte sie zum Trinken, um sie wieder etwas zu beleben. Dann goß sie Wasser über den Arm und wusch Blut und Speichel ab. Tiefe, punktförmige Bissspuren zogen sich über den Unterarm. Die Haut war an einigen Stellen zerfetzt und blutete heftig. Zum Glück hatte Eily die Stoffstreifen aufbewahrt, die sie für Michaels Wunde damals zurechtgerissen hatte. Sie hatte sie gewaschen, ausgekocht und getrocknet. Nun nahm sie etwas von Mary Kates Salbe, trug sie behutsam auf die verletzte Stelle auf und verband den Arm. Allmählich wurde Peggys Atem gleichmäßiger und ihr Gesicht bekam wieder etwas Farbe. Danach wusch Eily auch die Bissstellen an ihren eigenen Fersen und tupfte einen Klecks Salbe darauf.

Michael hatte sich auf die Steinmauer gesetzt, den Kopf in den Händen. Feucht klebte ihm das schwarze, lockige Haar in der Stirn. Eily ging zu ihm und umarmte ihn.

»Ich will nicht töten, Eily«, murmelte er.

»Weiß ich doch, Michael«, sagte Eily. »Aber du hast Peggy gerettet und für das arme, verrückte Wesen ist es besser so.«

»Wahrscheinlich«, sagte er widerwillig.

Peggy war verängstigt und vollkommen durcheinander. Aber nach einstündiger Rast war sie doch bereit weiterzugehen. Falls sie auf dieser Straße blieben, würden sie am nächsten Vormittag die Stadt Ballycarbery erreichen.

Am Hafen

Sieh mal, Michael, sieh doch mal!« Peggy stand auf einem Zaun und zeigte auf das Meer hinaus.

Durch Löcher in der Hecke konnten die Kinder ein Stück leuchtendes Blau mit weißen Flecken erkennen und in der Luft hing ein salziger Geruch. Die Sonne brannte vom tiefblauen Himmel. Seit Tagen hatte keine Wolke und kein Lüftchen die glühende Hitze etwas erträglicher gemacht.

Die Kinder waren erhitzt und schweißverklebt, als sie

in Ballycarbery ankamen. Oft hatte der Vater ihnen von diesem betriebsamen Seehafen mit seinen Fischerbooten erzählt. In den Straßen der Stadt wimmelte es von Menschen. Vielleicht war Markttag. Scharen schmutziger Bettler zogen durch die Straßen und gleichzeitig herrschte rege Geschäftigkeit. Zwei, drei überfüllte Kutschen fuhren vorüber. Vor einem Gemischtwarenladen drängten sich Menschen. Besonders großer Mangel schien hier nicht zu herrschen. Damen und junge Mädchen steuerten zielstrebig eine Tuchhandlung an, in deren Fenster Ballen mit Baumwollstoff, Bänder und farbenfroh aufgeputzte Hauben auf Hutständern ausgestellt waren. In einer breiten Gasse hinter den Läden wurden eine Herde Vieh und etwa zwanzig Schafe versteigert. Michael rannte durch die Gasse und drängte sich zwischen die Tiere – er konnte es gar nicht fassen.

Plötzlich entstand Lärm auf dem Hauptplatz. Langsam näherten sich fünf Fuhrwerke hintereinander. Die hölzernen Karren ächzten unter dem Gewicht ihrer Last. Sie waren mit Säcken voller Getreide beladen!

Wie aus dem Nichts tauchten plötzlich sechs Soldaten auf und bezogen Stellung zu beiden Seiten der dahinrumpelnden Kolonne.

Die Zahl der Bettler und Passanten schien auf einmal zuzunehmen. Sie scharten sich zu einer einzigen, großen Gruppe zusammen. Die Kinder gerieten mitten in den Pulk hinein. Es waren hungernde Menschen, erschöpfte und verzweifelte Menschen. Sie hatten alles verloren.

Die Karren bahnten sich ihren Weg durch die Straßen,

ängstlich wieherten die Pferde und die Fuhrmänner murmelten leise beruhigend auf sie ein. Sie bogen vom Platz ab in eine allmählich abwärts führende Straße. Stumm drängend folgte die Menge. Eines der Pferde rutschte, konnte sich aber gerade noch fangen. Peggy umklammerte Eilys Hand. Sie war überzeugt, dass gleich etwas Schlimmes passieren würde.

Sie keuchten alle drei, als sie das Ende der Straße erreicht hatten. Unmittelbar vor ihnen lag der Hafen. Zwei Schiffe lagen an der Kaimauer festgebunden und schaukelten sanft auf dem Wasser. Auf der anderen Seite befand sich ein lang gestreckter Lagerschuppen. Männer waren dabei, wuchtige Fässer und Tonnen heraus- und zu den Schiffen hinzurollen. Ein paar muskulöse Männer waren zu den Fuhrwerken getreten und hatten mit dem Abladen der Getreidesäcke begonnen. Ein Raunen ging durch die Menge, die sich inzwischen am Rand des Hafenbeckens aufgestellt hatte.

Ein alter Mann nahm seinen Mut zusammen. »Wohin wird das Getreide gebracht?«, fragte er.

»England«, lautete kurz angebunden die Antwort.

Der alte Mann, den Körper gekrümmt und nach vorn gebeugt, schüttelte traurig den Kopf. Die Leute begannen zu tuscheln. Währenddessen wurden weiter die Karren ausgeladen. Zwei von ihnen, leer jetzt, fuhren in anderer Richtung davon.

Ein hoch gewachsener, rothaariger Mann drängte sich nach vorn. Er hatte einen gewaltigen Körperbau, doch seine Muskeln waren schlaff geworden, er hatte nicht mehr viel Kraft.

»So hört doch mit dieser Torheit auf!«, schrie er. »Seid ihr denn blind? Seht ihr nicht die hungernden Menschen überall?«

Niemand antwortete. Die Männer arbeiteten weiter, die Soldaten stellten sich in Position. Ein weiterer Karren war jetzt geleert.

»Wir leiden Not! Der Hunger erdrückt uns!«, rief der Große wieder und er konnte die Tränen in seinen Augen nicht verbergen. Auf der Stelle fielen an die zwanzig Stimmen ein und schließlich riefen alle gemeinsam: »Der Hunger erdrückt uns!«

Der verantwortliche Soldat trat vor. »Verschwindet und macht hier keine Schwierigkeiten! Diese Waren sind verkauft und bezahlt.«

»Wir sind Iren«, fing der rothaarige Mann an. »Und unsere Lebensmittel werden einfach weggeschickt! Was wir auf irischer Erde angebaut haben, das soll den Engländern die Bäuche füllen! Und unsere sind leer! Unsere Leute leiden Hunger und sterben! Das lassen wir uns nicht gefallen!«

Er machte einen Schritt vor und wollte einen Getreidesack packen. Da versetzte ihm einer der Soldaten einen Hieb und schlug ihn zu Boden. Ein Laut der Bestürzung kam aus der Menge.

Plötzlich, Eily hatte es gar nicht so schnell gesehen, waren drei bis auf die Knochen abgemagerte junge Männer auf die Karren gesprungen und schlitzten die Säcke auf. Erst rieselte das Getreide langsam heraus, dann ergoss es sich auf die Pflastersteine. Die Soldaten versuchten die Pferde in den Lagerschuppen zu zerren und gleichzeitig die Menschenmenge zurückzuhalten. Blitzschnell griffen die Kinder zu, füllten sich die Taschen und den Beutel, dann rannten sie davon, rannten um ihr Leben und wollten gar nicht sehen, was weiter geschehen würde. In alle Richtungen stoben die Menschen auseinander.

»Was nun, Eily?«, fragte Michael. »Mir gefällt es hier nicht, es ist zu gefährlich. Komm, lass uns fortgehen!« Eily und Peggy waren einverstanden und so suchten die Kinder nach einem Weg aus der Stadt hinaus. Sie waren noch nicht weit, da stießen sie auf einen Bauern, der ein paar Schafe über die Straße trieb. Argwöhnisch musterte er die Kinder.

»Verzeihung, Herr«, bat Michael. »Kennen Sie Castletaggart? Stimmt unsere Richtung?«

Der Bauer blieb stehen und starrte sie an. Elend und verwahrlost sahen sie aus, aber es waren doch nur Kinder, und sie schienen im gleichen Alter wie seine eigenen Kinder zu Hause.

»Ja, ihr seid ganz richtig«, sagte er. »Geht auf dieser Küstenstraße weiter, ein paar Meilen noch – ihr seht immer das Meer –, dann um den Berg herum und querfeldein bis zur Hauptstraße und auf der kommt ihr dann hin. Es ist aber noch ein ganzes Stück. Fragt immer wieder.« Er wandte sich ab und wollte weitergehen, blieb aber noch einmal stehen und zog einen kleinen Laib Brot aus der Tasche und eine Ecke Käse. »Hier!«, rief er und warf Michael die Sachen zu.

Ungläubig standen die Kinder da. Vielleicht wendete sich ihr Schicksal nun. Sie besaßen ein wenig Getreide, noch ein paar Rüben, etwas Brot und Käse und nun wussten sie auch noch, dass sie sich dem Ende der Reise näherten!

Sie stiegen über eine Steinmauer. Eine saftig grüne Wiese zog sich schräg abfallend bis zum Meer hinunter. Sie waren nie vorher am Meer gewesen. Nun wollten sie es aus der Nähe sehen. Sie kämpften sich durch das hohe Gras.

Doch die Aussicht hatte getäuscht, der untere Rand der Wiese stellte sich als jäher Absturz einer zerklüfteten, steilen Klippe heraus – weit unten plätscherten die Wellen. Die Kinder atmeten tief die frische Seeluft ein, fast konnten sie das Salz riechen und schmecken. Nie hätten sie sich eine solche Weite vorgestellt! Wo das Meer aufhörte, fing der Himmel an. In der Ferne war ein verschwommener Fleck zu erkennen, ein Schiff wahrscheinlich.

Schnell war ein geeigneter Platz zum Sitzen und Ausruhen gefunden. Sie sahen den Seemöwen zu, wie sie durch die Luft glitten, Kreise zogen und hinter der Klippe verschwanden. Und sie beobachteten, wie die Kormorane ins Wasser stießen und mit einem Fisch wieder auftauchten. Die Luft war ruhig und warm.

Michael teilte das Brot und den Käse. Sie wussten gar nicht mehr, wie lange es her war, dass sie frisches Brot gegessen hatten. Eily musste an Mutters Backtage denken. Die ganze Hütte war vom Brotduft erfüllt gewesen. Ohne es richtig abkühlen zu lassen, hatten sie das Brot gierig verschlungen.

Plötzlich überkam Eily heftiges Heimweh. Sie tat, als

schaue sie aufs Meer hinaus – die beiden Kleinen sollten die Tränen in ihren Augen nicht sehen.

Dann breiteten sie ihre Decken aus und legten sich hin. Das ferne Plätschern der Wellen lullte sie ein und bald schliefen sie.

Als sie aufwachten, füllten sie ihre Lungen noch einmal tief mit Seeluft. Dann gingen sie über die Wiese zurück zur staubigen Landstraße.

Nachtwanderung

Das heiße, trockene Wetter hielt an. Unbarmherzig brannte die Sonne vom Himmel. Am Mittag fanden die Kinder einen Schattenplatz unter einem Baum und machten drei Stunden lang Pause. Die in der Sonne hart und rissig gewordene Landstraße verbrannte ihnen fast die Fußsohlen. Kleine Blaumeisen und Sperlinge krächzten auf der Suche nach Wasser. Flüsse und Bäche waren ausgetrocknet, die Wasserkanne der Kinder leer. In der Ferne konnten sie immer das Meer sehen, es war, als mache sich das blaue Gekräusel der Wellen über sie lustig – es war eine Gemeinheit. Aber sie hatten gehört, dass man von Salzwasser, wenn man es trank, den Verstand verlieren könne. Das verzweifelte Bedürfnis nach Feuchtigkeit brachte sie dazu, auf Grashalmen herumzukauen und unreife Beeren von den Brombeersträuchern zu reißen. Sie saugten auch an irgendwelchen Stängeln – alles nur, um den Durst ein wenig zu lindern. Ihre Lippen waren trocken, aufgesprungen und wund. Der Durst war schlimmer als der Hunger.

Sie kamen gerade um eine Straßenbiegung, da blieben sie verblüfft stehen und starrten die Landschaft vor sich an. So weit sie sehen konnten, war alles schwarz verbrannt. Hier und da stiegen noch schwache Rauchspiralen auf. Kein einziger Grashalm war zu sehen.

Die Kinder bekreuzigten sich. Der Brandgeruch betäubte ihnen die Sinne. Sie banden sich Lappen um Mund und Nase.

»Da muss jemand ein Feuer gemacht haben, ohne es richtig auszulöschen«, sagte Michael. »Bei dieser Trockenheit breitet sich das schnell in alle Richtungen aus.«

Nichts rührte sich in dieser Schwärze, kein Vogel, kein Insekt, keine Biene, kein einziges Tier. Es war totenstill. Weite Flächen, ehemals Weideland mit Ginster und Heidekraut bewachsen, lagen kahl vor ihnen.

»Sind wir in der Hölle?«, fragte Peggy. Ihr schmales, kleines Gesicht war abgespannt und verängstigt.

»Nein«, sagte Eily, »aber hier ist alles zerstört. Kommt weiter, wir wollen es so schnell wie möglich hinter uns bringen.«

Sie gingen weiter und allmählich wurde ihre Umgebung wieder farbiger, weite Flächen waren von vertrocknetem, hohem Gras überwuchert. Peggy hatte einen Marienkäfer gefunden. Vorsichtig balancierte sie ihn auf ihrer Handfläche und unterhielt sich mit ihm. Eily betrachtete sie und auf einmal wurde ihr klar, wie jung Peggy eigentlich war – kaum sieben Jahre, und was für ein tapferes kleines Mädchen.

Hier zu rasten war sinnlos. Sie mussten weiter und irgendwo Wasser finden. Endlich stießen sie auf einen Graben. Hohes Unkraut und wucherndes Dorngestrüpp zog sich darüber hin und bildete einen Schutz gegen die stechenden Sonnenstrahlen. Sie knieten sich auf den eingetrockneten Schlamm. Auf dem Grund des Grabens war die Erde noch dunkelbraun. Sie konnten ihre Kanne nicht füllen, weil der Graben zu flach war, also schöpften sie abwechselnd das dreckige Wasser mit den Händen heraus und schlürften es. Auch den Dreck schluckten sie mit. Ihren Durst löschte es nicht, aber vielleicht würde es ein wenig helfen. Ermattet setzten sie sich unter eine Gruppe hoher Buchen.

»Was sollen wir tun?«, überlegte Eily.

Peggy war schon eingeschlafen, sie hörte nichts mehr.

Auch Michaels Augen fielen zu, er murmelte nur noch: »Warum gehen wir eigentlich nicht in der Nacht und frühmorgens, wenn es kühler ist?«

Das klang so vernünftig – Eily hätte sich ohrfeigen können, dass ihr das nicht eher eingefallen war. Genau, das würden sie tun.

In der Dunkelheit sah die Landschaft ganz anders aus. Glücklicherweise war keine Wolke am Himmel und der Mond schien hell.

Sie waren schwach und erschöpft, aber sie hatten doch das Gefühl eine längere Strecke ohne Pause zurücklegen zu können. In den Büschen, an denen sie vorüberkamen, huschte und raschelte es ständig und Peggy, die Angst hatte, etwas Unbekanntes könnte plötzlich hervorspringen und sie überfallen, drängte sich dichter an Eily und Michael. Sie waren umgeben von vielen verschiedenen Schatten und Geräuschen. Sie zuckten jedes Mal zusammen, wenn sie den gellenden Jagdschrei einer Nachteule hörten und das unheimliche, fast lautlose Schlagen ihrer Schwingen, wenn sie herabschoss und sich auf ihre Beute stürzte. Es war die Zeit der Jäger. Sie waren maßlos erstaunt, wenn sie von den Kindern gestört wurden, und zogen sich in die Dunkelheit zurück. Einmal sahen sie einen großen, grauen Dachs, wie er schwerfällig dahinschlurfte. Sie hielten den Atem an, weil sie ihn nicht erschrecken wollten. Zwei Meilen weiter stießen sie auf eine Füchsin und ihre Jungen, die vor dem Bau herumflitzten und Fangen spielten. Schweigend wanderten die Kinder weiter.

In der folgenden Nacht war der Blick auf das Meer verschwunden. Sie waren nun dicht am Fuß des Berges. Wenigstens stimmte ihre Richtung und wenn sie gut vorankämen, würden sie in wenigen Tagen in Castletaggart sein. Hoffentlich fanden sie dort ihre Verwandten! Hoffentlich würden sie aufgenommen und hoffentlich kümmerte sich jemand um sie!

Am nächsten Tag war es drückend und schwül. Ständig hatten sie ein trockenes Kratzen in Mund und Kehle und konnten kaum richtig atmen. Nichts regte sich. Selbst die Vögel hatten aufgehört zu zwitschern und zu singen. Es war merkwürdig. Die einzige, ab und zu wahrnehmbare Bewegung rührte von einem Schmetterling her, der träge über einem Büschel wilder Blumen dahinschaukelte. In dieser Nacht, sie wollten sich gerade wieder auf den Weg machen, vernahmen sie aus der Ferne ein tiefes Grollen. Erschrocken blieben sie, wo sie waren, und wickelten sich fester in ihre Decken.

Das Gewitter

Das Grollen wurde lauter und kam näher und näher. Ein Lichtstrahl zuckte über den orange und grau gefärbten Himmel, dann donnerte und krachte der ganze Himmel. Noch nie hatten sie ein so heftiges Gewitter erlebt. Die Blitze wurden länger und verzweigten sich immer mehr, bis sie schließlich vom Gipfel des Berges bis auf die Felder hinunter reichten.

Die Kinder waren entsetzt. War das das Ende der Welt? Sie beteten laut.

Peggy wimmerte wie ein kleines Hündchen. Sie hatte sich zwischen ihre großen Geschwister gezwängt, den Kopf tief unter ihrem Tuch und den Decken vergraben. Eily gab sich alle Mühe, ihr Zittern und ihre eigene Furcht nicht merken zu lassen.

Die flackernden Blitze ließen den Himmel alle paar Minuten wie eine Feuerwand aufleuchten. Ohrenbetäubend krachte der Donner. Es war, als ob die gewaltigen Wolken zusammenstießen und gegeneinander kämpften. Nie zuvor in ihrem jungen Leben hatten die Kinder etwas Ähnliches gesehen und gehört. Manchmal setzte es ein paar Minuten aus, dann, mit einem plötzlichen Schlag, begann das Getöse von neuem.

Nach einer Weile entkrampfte sich Michael ein wenig und fing an phantastische Gewittergeschichten zu erfinden. Zwei mächtige Riesen, sagte er, würden in einem Land weit über den Wolken miteinander kämpfen und einander umzubringen versuchen.

»Da!«, schrie er, wenn der Donner rumpelte, und: »Dich treff ich mit meinem Schwert!«, wenn der Blitz zuckte.

Stundenlang zog sich der Kampf hin. Manchmal trug selbst Peggy etwas zu Michaels Geschichte bei, auch wenn sie es nicht wagte, den Kopf hervorzustrecken, um nach dem Stand des Gewitters zu sehen.

Dann, so plötzlich, wie es begonnen hatte, schienen Donner und Getöse nachzulassen und hörten allmählich ganz auf. Nur in der Ferne hörten die Kinder noch das Grollen.

Den ersten Regentropfen spürte Eily auf der Nase, gleich darauf einen zweiten und augenblicklich öffnete der Himmel seine Schleusen. In Strömen stürzte der Regen herunter und schlug auf die Kinder ein. Innerhalb weniger Sekunden waren sie vollkommen durchweicht. Der Regen traf sie mit solcher Wucht, dass sie ihn wie Stiche auf der Haut spürten. Als würden sie von einem Schwarm Insekten angegriffen. Sie kämpften um Atem. Mit weit geöffneten Mündern ließen sie das Regenwasser in sich hineinlaufen. Die spröde, rissige Erde unter ihren Füßen weichte auf und wurde allmählich matschig.

Alles Lebendige, wenn auch noch so übel zugerichtet, schien sich dem Regen entgegenzustrecken, um nur jeden Tropfen der verzweifelt herbeigesehnten Feuchtigkeit und Nässe aufsaugen zu können. Das Leben erwachte neu. Bäche, Flüsse und Ströme würden sich bald füllen und mit frischer Kraft durch das Land rauschen.

Michael warf die Decke zur Seite. Er tanzte vor Vergnügen im frühen Morgenlicht, bespritzte sich mit Schlamm und ließ sich vom Regen wieder abspülen. Die Becher hatten sich in kürzester Zeit mit Wasser gefüllt.

Nach ein paar Stunden hörte der Regen auf. Die Sonne stand wieder freundlich am Himmel, doch nicht mehr in der grellen Glut der letzten Tage. Nun konnten sie wieder tagsüber wandern.

Peggys Fieber

Eily verstand es nicht. In den letzten zwei Tagen war es ihnen doch gut gegangen, sie hatten zu trinken gehabt und jeder eine Portion Getreide zum Kauen. Eily hatte eine Stelle mit großen, prallen Erdbeeren gefunden, außerdem ein paar winzig kleine Haselnüsse. Doch Peggy war ständig schlecht gelaunt, weinerlich und trödelte hinterher. Mal fasste sie Michael, mal Eily an ihrem gesunden Arm und zog sie mit sich. Aber immer wieder wollte sich Peggy hinsetzen und ausruhen. Sie war hungrig und abgemagert und am Ende ihrer Kraft – aber das waren sie alle.

Ein-, zweimal konnte Eily ihre Ungeduld nicht bezwingen und gab Peggy einen Klaps auf den Hintern. Sie ahnte jetzt, wie es der Mutter zumute gewesen sein musste, wenn sich die Kinder unartig aufgeführt hatten. Aber es änderte sich nichts, nach wie vor brach Peggy in Tränen aus und ließ sich zu Boden fallen. Eily bemühte sich geduldig zu bleiben und Peggys Vorzüge nicht zu vergessen. Michael dagegen machte sich lustig über die kleine Schwester. Das war seine Art mit dem Ärger fertig zu werden.

Sie waren am Berg vorbei und als sie noch ein Stück querfeldein gelaufen waren, standen sie plötzlich auf der Straße nach Castletaggart – fast am Ende ihrer Reise. Eily überließ sich einem Traum: Sie waren gemeinsam mit Vater und Mutter in ihre alte Hütte zurückgekehrt. Alle Nachbarn waren da und begrüßten sie, und …

»Eily! Eily! Schnell – sieh mal Peggy!«, schrie Michael.

Jäh tauchte sie aus ihrem Traum auf und rannte zurück.

»Was ist denn jetzt wieder mit diesem Kind?«, murmelte sie gereizt. »Wahrscheinlich will sie schon wieder Pause machen …« Sie schwieg abrupt. Vor ihnen lag Peggy auf der Erde. Ihre Augen waren geschlossen, sie atmete hastig. Sie beugten sich über sie.

»Peggy! Peggy!«

Peggy rührte sich nicht.

»Mein Gott, was ist das nur?«, rief Eily. Sie kniete sich hin und fühlte Peggys Stirn. Sie war brennend heiß. An Schultern, Beinen und überall fühlte sich ihre Haut heiß an. Peggy glühte vor Fieber.

Michael rannte voraus und suchte nach einer etwas geschützteren Stelle. Mitten auf einer Wiese mit hohem, scharfkantigem Gras stand ein großer Weißdornbaum. Etwa zwei Meter davon entfernt, zum Rand der Wiese hin, wuchsen ein paar dichte Sträucher. Der Platz dazwischen lag gut versteckt und geschützt. Michael lief zurück.

Sie bekamen Peggy nicht wach. Eily breitete eine Decke auf den Boden und gemeinsam mit Michael rollte sie die kleine Schwester vorsichtig darauf. Dann nahmen sie die Decke zwischen sich und schleppten und zerrten sie unter den Baum.

Peggy schien nicht mitzubekommen, was um sie herum geschah. Eily machte es ihr bequem und deckte sie mit einer anderen Decke zu. Ein heftiges Schuldgefühl überkam sie. Sie hätte doch erkennen müssen, dass Peggy eine Krankheit ausbrütete! Schließlich war sie die Älteste und die Klügste – die kleine Mutter.

»Glaubst du, dass sie das Fieber hat, Eily?«, fragte Michael. »Oder kommt es vielleicht noch von dem Hundebiss her?«

Eily zog die Schultern hoch. »Ich weiß nicht, Michael. Aber was es auch sein mag, sie ist sehr krank. Sie glüht vor Fieber. Es muss sich in den letzten Tagen zusammengebraut haben.«

Mary Kates Medizin fiel ihr ein. Sie kramte das Glas heraus und mischte etwas Pulver mit Wasser. Dann hob sie Peggys Kopf ein wenig an und schaffte es schließlich, ihr etwas einzuflößen. Peggy spuckte und prustete, als ihr die Flüssigkeit durch die Kehle rann. Dann schien sie in einen langen, tiefen Schlaf zu fallen.

»Sollen wir ein Feuer anmachen?«, fragte Michael, der irgendetwas tun wollte, um ihre Situation zu erleichtern. Er hielt angestrengt Ausschau nach Feuersteinen, sammelte Moos und jedes trockene Zweiglein, das er auftreiben konnte. Besser, irgendetwas tun, als Zeit zu haben für Grübeleien und Sorgen.

Eily sah ihm zu. Eine Stunde probierte er Funken zu schlagen, aber nichts passierte. Auch Eily machte ein paar Versuche.

»Lass nur, Michael, wir können es ja später noch einmal versuchen.« Eily feuchtete ein Tuch an und legte es Peggy auf die glühenden Wangen und auf die Stirn. Schweißnass klebten ihr die dunkelbraunen Haare am Kopf. Sie drehte und warf sich unruhig hin und her. Ein paarmal rief sie mit gepresster Stimme nach der Mutter.

»Still, meine Kleine, still!« Mehr fiel Eily nicht ein.

Den ganzen Tag und die folgende Nacht saß Eily neben Peggy, strich ihr über das Haar und hielt ihre Hand, flößte ihr das Fiebermittel ein und versuchte immer wieder sie abzukühlen. Michael lief herum und sammelte Brennnesseln, Wurzeln und Kräuter für eine dünne, kalte Wassersuppe.

In der Nacht schlief Michael ein, doch Eily zwang sich zum Wachen. Peggy warf sich hin und her und manchmal schrie sie vor Schmerz auf. In einem Alptraum erlebte sie noch einmal den Überfall der Hunde. Immer wieder rief sie: »Ein Hund! Ein Hund!« Dabei starrte sie mit aufgerissenen Augen vor sich hin. Schließlich sank sie wieder in dumpfen Schlaf.

Eily wurde klar, dass Peggy keine Ahnung hatte, wo und bei wem sie sich befand. Auch konnte sich Eily nicht gegen die Befürchtung wehren, dass sie nun alle das Fieber bekommen könnten. Und falls sie selber krank wurde – wer würde sie pflegen? Bald hatte sie das Gefühl, der Kopf müsse ihr vor Kummer zerbersten. Immer wieder befühlte sie prüfend Peggys Körper. Er brannte wie Feuer, es gab nicht das geringste Anzeichen von nachlassender Temperatur. Aber immerhin zeigte sich keine Gelbfärbung, und das war ein gutes Zeichen. Peggys Haut schimmerte rosa vor Fieber und ihre Wangen sahen wie zwei blühende Rosen aus.

Während Eily vor sich hin dämmerte, dachte sie an die Mutter und Bridget und wie sich das Baby in Mutters Arme geschmiegt hatte. War Mutter im Himmel bei ihrem jüngsten Kind? Eily öffnete ihr Herz und betete: »Lass Peggy nicht sterben – nimm meine kleine Schwester nicht fort – beschütze sie –, bitte mach, dass sie wieder gesund wird.«

Eily schlief ein und erst, als feucht der frühe Morgen heraufzog, wachte sie auf. Arme und Rücken waren steif und wund. Peggy schlief immer noch tief, ihr Atem ging laut und viel zu schnell.

Eily ging ein paar Meter zur Seite und erleichterte sich. Dann griff sie nach dem Wasserbecher und trank gierig. Den Rest spritzte sie sich über Gesicht und Rücken, um vollends munter zu werden. Sie konnte ja Michael wieder nach Wasser schicken, sobald er wach war. Wenn sie nur Feuer hätten! Sie nahm die Steine und schlug sie wütend aneinander. Da erfasste ein Funke das trockene Moos und es fing tatsächlich zu schwelen an! Kaum wagte sie sich zu bewegen, als sie nach ein paar kleinen Zweigen angelte, um das Flämmchen zu nähren. Die Zweige waren ein bisschen feucht und kalt nach der Nacht und sie zischten – aber sie gingen an. Wenigstens hatten sie nun den Luxus eines Feuers!

Michael und Eily kamen sich nutzlos vor. Es gab wenig für sie zu tun, außer bei Peggy zu sitzen. Michael durchstreifte die Gegend auf der Suche nach etwas zu essen, aber ohne Erfolg. Blumenköpfe, Gras, Blätter – sie verkochten alles mit ein paar Körnern zu einer Suppe, aber sie half nicht gegen den immer heftiger rumpelnden Hunger in ihren Bäuchen. Ständig hielt Michael die Augen offen nach einem Kaninchen oder Hasen, aber er entdeckte nicht mal eine Spur. Es war aussichtslos. Bald würden sie zu schwach zum Laufen sein. Sie mussten etwas unternehmen.

Im Lauf des Vormittags verschwand Michael mit einem grimmigen Ausdruck im Gesicht. Er kam mit irgendeinem gehäuteten, ausgenommenen Tier zurück, aber es gab wenig her. Gekocht mit Brennnesselblättern schmeckte es abscheulich. Eily kämpfte gegen die Übelkeit, aber sie zwang sich das Essen zu schlucken und im Magen zu behalten.

An diesem Abend, sie hatte Peggys Kopf auf ihren

Schoß gebettet, drängte sich ihr die Frage auf, was geschehen wäre, wenn sie mit Tom Daly und den anderen ins Armenhaus gegangen wären. Peggy wäre nicht krank geworden und sie hätten vielleicht jeden Tag ein bisschen Eintopf und ein Stück Brot bekommen. Hatte sie eine Entscheidung getroffen, die sie alle das Leben kosten würde? Sie war niedergeschlagen und entmutigt. Vielleicht konnten sie immer noch in ein Armenhaus gehen. Bestimmt gab es eines in der Gegend. Dort würde man ihnen helfen. Der Gedanke setzte sich in Eilys Kopf fest. Sie selbst konnte nicht weg von Peggy, aber Michael – er könnte doch gehen. Und vielleicht kam jemand her, der ihnen mit Peggy helfen würde.

Michaels vergebliche Suche

Michael machte sich auf den Weg durch die Felder. Er hatte genug Brennmaterial herangeschafft, damit Eily das Feuer in Gang halten konnte. Zum ersten Mal war er ganz allein unterwegs und er hatte Angst. Aber er sah ein, dass Eily bei Peggy bleiben musste. Eily hatte ihn umarmt, als er losgezogen war. Als er ein Stück gegangen war, hatte er sich umgedreht und seinen Schwestern einen letzten Blick zugeworfen. Ob er sie je wieder sehen würde? Ungefähr wusste er die Richtung, die er einschlagen musste. Er hoffte jemanden zu treffen, der den Weg zum Armenhaus kannte.

Länger als anderthalb Stunden lief er, ohne dass er einen einzigen Menschen zu Gesicht bekam. Endlich, am Ende eines kleinen Weges, erkannte er Rauch, der sich über einer verkommenen Hütte kräuselte. Er ging hin und klopfte an die Tür. Keine Antwort. Sein Trick von damals fiel ihm ein, als sie allein zu Hause geblieben waren. Und er dachte daran, wie sie sich gefürchtet hatten.

»Keine Angst, ich will nicht rein. Ich will nur eine Auskunft. Ist Castletaggart hier in der Nähe?«

Keine Antwort. Michael fragte noch einmal.

Eine tiefe, heisere Stimme ließ sich hören: »Gut zwei, drei Tage Fußmarsch noch, wenn man müde Beine und Füße hat.«

»Und gibt es hier in der Gegend ein Armenhaus?«, fragte Michael weiter.

Der alte Mann drinnen überlegte, bevor er sprach. »Ich habe gehört, dass man aus der O'Leary-Mühle ein Armenhaus gemacht hat. Das ist von hier aus ungefähr einen halben Tag. Halte dich auf der Hauptstraße. Bei der Brücke dann rechts, du siehst es schon. Du kannst es nicht verfehlen.« Und dann, wie ein Nachtrag: »Aber ich will auf jeden Fall lieber in meinem eigenen Bett sterben, nicht zusammen mit Fremden.«

»Danke«, sagte Michael und machte sich wieder auf den Weg.

»Gott möge dich behüten, mein Junge, und dich vor allem Leid bewahren!«

Michael fühlte Mitleid mit dem alten Mann, der offenbar ganz allein auf der Welt war und niemanden hatte, der sich um ihn kümmerte.

Er ging weiter. Ein paarmal wurde ihm schwindlig, er musste sich einen Augenblick setzen. Er hörte den Fluss rauschen, konnte ihn aber noch nicht sehen. Endlich erkannte er weit vor sich die Straßenkreuzung und die sich buckelartig erhebende Brücke. Zwei Frauen lagen vor der Brücke auf der Erde. Sie waren so kraftlos, dass sie Michael gar nicht bemerkten.

Michael hielt es nicht für möglich, was er bei der alten Mühle sehen musste. Scharen von Menschen warteten dort. Viele schliefen einfach auf den Pflastersteinen. Sie konnten nicht mehr weiter. Manche saßen in Gruppen zusammen wie Familien. In Lumpen und Decken gehüllt lagen sie da und waren froh nicht ganz allein zu sein. Pausenlos drang Stöhnen und Wimmern aus dem Gebäude. Der Geruch nach Krankheit und Leid schien die Luft schwer zu machen. Manche Leute beteten laut.

Eine Nonne in Ordenskleidung kam aus der kleinen Holztür. Laut rief sie: »Hier ist alles voll. Wir haben keinen Platz mehr. Für Männer nicht und für Frauen und Kinder auch nicht. Zu essen ist auch nichts mehr da. Vielleicht können wir morgen, wenn wir die Toten weggebracht haben, wieder ein paar Leute aufnehmen.«

Ein Murmeln ging durch die Menge, Frauen klagten und weinten. Sie wussten nicht, wohin, und zum Sterben war das Armenhaus ebenso gut wie jeder andere Ort. Wenigstens würden sie hier noch den Segen bekommen.

Michael rannte davon – er hatte keine Ahnung, woher er die Kraft nahm –, er rannte an der Brücke vorbei und dann den Weg zurück, den er gekommen war. Tränen stürzten ihm über das Gesicht. Er spürte einen tiefen Schmerz in der Brust, als würde ihm das Herz zerbrechen, und er ahnte, dass seine Kindheit endgültig vorüber war. Er lief langsamer. Der Weg, der vor ihm lag, war lang und erbärmlich. Es gab keinen Gott. Und wenn, dann war er ein Ungeheuer.

Ununterbrochen beobachtete Eily ihre kleine Schwester. Peggy schlug um sich, stöhnte und rief wieder und wieder nach ihrer Mutter. Eily gab ihr eine größere Menge von der Medizin, doch musste sie feststellen, dass das Glas beinahe leer war. Sie war nun selber am Ende. Nichts, was sie sagen oder tun konnte, würde Peggy jetzt helfen. Sie legte die Arme um das kleine Mädchen, küsste ihre Knopfnase und die Sommersprossen auf ihren Wangen. Peggys Haut fühlte sich kühler an. Es dauerte keine halbe Stunde, da fröstelte Peggy plötzlich. Trotz der zusätzlichen Decke liefen ihr Schauer über den Körper. Ihre Zähne schlugen aufeinander.

Eily kroch zu ihr unter die Decke und wärmte sie. Es war ein sonniger, heller Tag, ein mildes Lüftchen wehte. Sie nahm die kleine Schwester fest in die Arme. Nicht viel schwerer als ein Baby war sie! Eily rieb ihr Arme und Beine und mühte sich ab dem Schüttelfrost beizukommen.

»Ich bin ja da, Peggy, ich bin ja bei dir«, flüsterte sie

immer wieder, aber sie wusste nicht, ob die Kleine sie überhaupt wahrnahm.

Endlich hörten Frösteln und Zähneklappern auf. Peggys Körper wirkte entspannter, ihr Atem ging ruhiger.

Geborgen in Eilys Armen schlief sie ein, den Kopf an ihrer Brust.

Eily schaute über sich in den Weißdornbaum. Seine schweren Äste bewegten sich leicht in der Brise, dazwischen schimmerte der blaue Himmel. Eily war es, als sähe sie, versteckt zwischen den Blättern, eine Amsel sitzen. Die Lider wurden ihr schwer und bevor sie noch darüber nachdenken konnte, war sie eingeschlafen.

Michael beeilte sich nicht. Dazu war kein Grund, jetzt, wo er keine gute Nachricht mitzubringen hatte. Er stieg über eine niedrige, abbröckelnde Steinmauer. Ein Geruch nach wildem Knoblauch kam ihm in die Nase, da buddelte er so lange mit den Händen in der Erde, bis er ihn fand. Er steckte sich ein paar Knollen in die Tasche. Noch eine Mauer und noch ein Feld, dann würde er wieder bei den Mädchen sein.

Nach und nach drang ein Muhen in Michaels Bewusstsein. Eine Kuh war beim Versuch, über einen Graben zu kommen, mit zwei Beinen in einem Dorngestrüpp hängen geblieben. Tief hatten sich die Dornen in das braunweiße Fell verhakt. Michael konnte kein Tier leiden sehen und seine erste Regung war der Kuh zu helfen. Ungefähr vor einer Meile war er an einer Weide mit etwa zwanzig Kühen vorübergekommen. Er hatte sie im Gras liegen sehen. Diese Kuh hier musste von der Herde abgekommen sein. Plötzlich fiel ihm etwas ein. Er nahm die Beine unter den Arm und rannte los wie verrückt.

»Eily! Eily! Steh auf! Schnell!«, brüllte Michael. »Los, komm, wir dürfen keine Zeit verlieren!«

Eily streckte sich. Peggy schnarchte leicht. Eily bettete den Kopf der kleinen Schwester auf die Decke. Dann rieb sie sich die Augen – eben ging die Sonne unter. Fast war es dunkel. Sie musste stundenlang geschlafen haben.

»Kommst du, Eily? Wir haben noch eine winzige Chance. Bring Messer und Kanne mit!« Schon war er durch hohes Gras und Unkraut wieder davongerannt.

Eily warf ein paar Zweige auf das Feuer, es war fast ausgegangen. Dann griff sie nach dem Messer und der Wasserkanne und lief hinter Michael her.

Die Kuh

Warte, Michael!«, rief sie. »Was ist denn los? Wohin laufen wir?«

Er drehte sich um und gab ihr ein Zeichen still zu sein. Schon bald hatte er sie zu dem Graben geführt, wo – immer noch gefangen – die Kuh stand.

Eily war verblüfft. Michael wollte doch nicht etwa versuchen die Kuh zu schlachten! Eily strich der Kuh mit der Hand über das Hinterteil. Verzweifelt sah die

Kuh um sich, die feuchten Augen freundlich und sanft, aber voller Angst.

»Pass mal einen Moment lang auf«, sagte Michael hastig.

Eily sah sich um, entdeckte aber nichts Verdächtiges in der Nähe.

»Was willst du machen?«, zischte sie.

»Sie bluten lassen«, erwiderte er.

»Was?«, sagte Eily. »Aber du weißt doch gar nicht, wie man das macht!«

»Vater hat oft genug Geschichten erzählt aus der Zeit vor der Kartoffelfäule, als er und sein Vater das Vieh des Gutsherrn zur Ader gelassen haben. Komm, hilf mir.«

Er tätschelte die Kuh am Hals und fuhr gleichzeitig mit der anderen Hand über Brust und Seite, um nach einer Vene zu tasten. Sein Vater hatte gesagt, wenn man versehentlich die Hauptschlagader träfe, würde das Tier in wenigen Minuten verbluten. Er tastete lange, bis er eine geeignete Vene gefunden hatte. Eily gab ihm das Messer. Er machte einen Schnitt in die glatte Haut unter dem Hals, aber nichts geschah. Da vertiefte er den Schnitt und ein Tröpfchen Blut quoll heraus. Die Kuh brüllte und rollte entsetzt mit den Augen.

»Ruhig, altes Mädchen, ganz ruhig!«, murmelte Eily tröstend. Sie streichelte die Kuh und gab sich alle Mühe sie zu beruhigen. Michael drückte inzwischen mit den Fingern an der Wundöffnung herum. Erst kam das Blut langsam, doch dann strömte es nur so aus der Wunde und spritzte auf die Erde. Eily hielt die Kanne so, dass das Blut hineinfloss. Schneller und schneller schien das

Blut jetzt hervorzuschießen und in kürzester Zeit war die Kanne fast voll.

Michael erklärte Eily, dass sie, um die Blutung wieder zum Stillstand zu bringen, fest auf die Vene drücken musste. Er selbst mischte währenddessen einen Brei aus Lehm, Gras und Spucke. Den schmierte er auf den Schnitt. Es dauerte ungefähr noch zehn Minuten, bis der Blutstrom zu einem dünnen Rinnsal versickerte.

Das Tier war verstört. Die Kinder befreiten die Beine der Kuh von Ranken und Dornen. Dann schoben und zerrten sie sie aus dem Graben und führten sie auf das Feld. Michael dachte sich, dass es nur eine Frage der Zeit sein könne, bis der Hirte erscheinen und nach der Kuh suchen würde.

Keine fünf Minuten später hörten sie einen Mann nach der Kuh rufen! Obwohl sie ein ganzes Stück von der Stimme entfernt waren, erschraken sie und warfen sich in das hohe Gras. Hoffentlich waren sie gut versteckt! Eily hielt die kostbare Kanne umklammert. Zwanzig Minuten wagte sie nicht sich zu rühren, doch dann liefen sie, so schnell sie konnten, zu Peggy zurück.

Immer noch schlief sie friedlich. Eily legte ihr die Hand auf die Stirn und fand die Temperatur ziemlich normal.

»Erzähl, Michael – wie ist das mit dem Armenhaus? Ist es weit? Können wir dort Hilfe für Peggy erwarten?« Eily bombardierte Michael mit Fragen.

Michael wusste nicht, wo er anfangen sollte. Er senkte den Kopf, wich Eilys Blicken aus.

»Es hat alles keinen Zweck«, flüsterte er. Eily kauerte

sich neben ihn und legte ihre Hand auf seinen Arm. »Zum Armenhaus sind es ein paar Stunden zu laufen«, fuhr er fort. »Wir würden es nie schaffen, sie so weit zu tragen. Außerdem würde es sowieso nichts nützen.« Er schwieg einen Augenblick. »Es war grauenvoll, Eily. Man konnte das Gestöhn und Geschrei von der Straße aus hören. Und der Gestank! Es ist ein einziges Krankenlager. Die Leute sitzen vor dem Haus und warten auf ein Bett zum Sterben. Sie sehen aus wie lebendige Leichen. Gerade so eben noch lebendig. Und Essen – es gibt nichts, nicht ein bisschen. Wir können wirklich nirgendwo hin. Bis Castletaggart sind es noch zwei, drei Tage. Wir sind zu geschwächt – wir schaffen das nie. Mir ist schwindlig und in meinem Kopf dreht sich alles. Vielleicht ist es am besten, wir legen uns einfach hin und warten?«

»Und was ist mit der Kanne? Die haben wir doch jetzt. Immerhin was!«, brachte Eily hervor. »Das Blut wird uns ein bisschen Kraft geben.«

Sie stand auf, nahm die Kanne und goß so viel Blut in den Topf, dass der Boden bedeckt war. Wenn sie nur ein wenig Mehl oder etwas anderes zum Einrühren hätten! Im Essensbeutel ganz unten fanden sich noch ein paar Körner Getreide und leere Hülsen. Sie schüttete alles in den Topf. Stumm reichte ihr Michael den wilden Knoblauch. Sie streute etwas davon in die Mixtur, dann hielt sie den Topf über das niedrige Feuer. Sie passte auf, dass das Zeug nicht anbrannte, während es dickflüssig und allmählich fest wurde. Zuletzt sah es aus wie ein dunkelbrauner, fast schwarzer Kuchen. Sie teilte ihn, und Michael bekam die größte Portion.

Der Geschmack war streng und ungewohnt. Zögernd knabberte Eily an ihrem Stück, dann schluckte sie das krümelige Zeug schnell hinunter. Einen Teil hob sie – auf alle Fälle – für Peggy auf. Sie fühlten sich ausgelaugt und ruhten sich den ganzen Abend aus. Michael schlief ein.

Einmal schrie er, wie in einem Alptraum, laut auf.

Dann, es war wie ein Wunder, machte Peggy plötzlich die Augen auf.

»Eily – kann ich einen Schluck Wasser kriegen? Ich hab so Durst.«

Peggy war völlig überrumpelt von den Freudenschreien und Kosenamen, die Eily nun von sich gab. Eine ganze Kanne Wasser trank sie leer. Ihr Gesicht war schneeweiß, die Augen darin zwei riesige braune Flecken mit tiefen Ringen darunter. Eily nahm sie auf den Schoß und küsste sie von Kopf bis Fuß. Das Fieber war vergangen. Peggy war auf dem Weg der Besserung! Eily sang ihr ihre Lieblingslieder vor und versicherte ihr immer wieder, was für ein braves, kleines Mädchen sie sei.

Michael war ebenso überrascht, als er mitten am Vormittag erwachte und Peggy an den gekrümmten Baumstamm gelehnt dasitzen sah. Er zwinkerte ihr zu. Dann rannte er über die Wiese davon, pflückte einen Strauß Blumen und legte ihn in ihren Schoß. Peggy war geschmeichelt von so viel Aufmerksamkeit. Sie fühlte sich schwach und zittrig, hatte aber keine Ahnung, wie krank sie gewesen war. Eily gab ihr die restliche Portion Blutkuchen. Sie würde heute Abend noch einen machen. Nach einer Weile schlief Peggy wieder ein.

Michael und Eily beschlossen noch so lange zu bleiben, bis Peggy und auch sie selbst wieder so zu Kräften gekommen waren, um den letzten Abschnitt der Reise doch noch zu schaffen. Das war ihre einzige Chance.

In den nächsten Tagen hatten sie alle Hände voll zu tun mit der Nahrungssuche. Auch das Feuer musste in Gang gehalten werden. Das Blut hatten sie aufgebraucht.

Michael ging auch nachts los und einmal hatte er das Glück, eine Ratte und einen Igel zu fangen. Sie hatten ihre Empfindlichkeit längst abgelegt, sie wussten, dass es einzig und allein darauf ankam zu überleben. Brennnesseln gab es im Überfluss und jede einigermaßen reife Beere wurde gepflückt.

Endlich war Peggy wieder auf den Beinen. Am dritten Tag gingen Eily und Michael mit ihr an den Fluss. Peggy setzte sich auf einen Felsen, während Eily sie wusch. Danach prickelte ihr die Haut und Peggy hatte das Gefühl, dass nun die letzten Spuren der Krankheit abgespült waren.

Um die Mittagszeit frischte der Wind auf. Der Himmel hatte sich verfinstert, Wolken jagten darüber hin und verdeckten die Sonne.

»Wollen wir los?«, fragte Eily. »Meinst du, Peggy, dass du es schon schaffst?«

Die bleichen Gesichtszüge des kleinen Mädchens hatten allmählich wieder ein wenig Farbe bekommen.

»Ich will die Tanten finden, die den schönen Kuchen für Mutter gebacken haben!«, erwiderte Peggy.

Da sammelten sie ihre Habseligkeiten ein und warfen

Erde auf die Feuerstelle. Es sah aus, als würde es bald zu regnen anfangen. Am besten, sie machten sich wieder auf den Weg.

Castletaggart

Kein Wunder, dass vornehme Damen in Kutschen herumfahren, dachte Eily. Laufen ist nur etwas für Arme! Der Weg schien sich endlos hinzuziehen. Sie ging neben Peggy her und passte auf, dass sich die kleine Schwester nicht überanstrengte. Stumm und mit gesenkten Köpfen schlurften sie dahin, jeder in seine Gedanken versunken.

Sie kamen an einer Weide mit Kühen vorbei. Michael und Eily lächelten. Sie dachten an ihre Freundin, die Kuh. Ob sie sich noch an sie erinnerte? Kurz vorher hatte Michael den Mädchen die Abzweigung zum Armenhaus gezeigt.

Sie kamen langsam voran, hielten sich immer auf der Straße und ruhten sich häufig aus.

Einmal saßen sie vor der hohen Mauer eines großen Grundbesitzes. Die Mauer wachte wie eine Festung über die Ländereien, Gärten und Alleen eines alten Gutes. Das ansehnliche Haus mit den breiten Steintreppen, die prachtvollen Blumenbeete und Gartenanlagen blieben neugierigen Blicken verborgen.

Peggy beobachtete hingebungsvoll ein Heer Ameisen, das hin und her hastete und durch ein kleines Loch in einem staubigen Mauerstein verschwand. »Schaut mal, was hinter der Mauer ist!«, rief sie ihren Geschwistern zu. Doch Michael und Eily achteten nicht auf sie.

»Schau doch nur, Eily, hier gibt's Apfelbäume und Beerensträucher.«

Eily rannte hin und spähte durch den Spalt. »Ohhh!«, hauchte sie. Aber die Mauer war ja viel zu hoch – sechs Meter ungefähr und wohl extra gebaut, um hungrige Menschen abzuhalten. Michael ging am vorderen Mauerabschnitt entlang, er wollte untersuchen, ob sie an einer Stelle niedriger wurde, oder ob vielleicht irgendwo der Ast eines Baumes darüber hing.

Plötzlich hüpfte Peggy vor Begeisterung auf und ab und deutete auf eine Stelle in der Mauer, die rissig zu sein schien. Hohes Gras und Efeu zogen sich hier über die ganze Höhe der Mauer. Peggy schob den Efeu zur Seite und ein enges Loch kam zum Vorschein. Zwei, drei Mauersteine waren zerbröckelt und eingefallen. Nie würden sie da durchkommen.

»Ich komme da rein«, behauptete Peggy.

Es war Diebstahl, das wusste Eily, aber in diesen Zeiten war alles anders. Sie gab Peggy den fast leeren Essensbeutel.

»Versprich mir, Peggy, dass du auf der Stelle rauskommst, wenn du irgendwas hörst«, sagte Eily ernst.

Peggy nickte, dann verschwand sie durch den Efeu.

Eily ging an der Mauer entlang und versuchte durch einen schmalen Spalt zu linsen. Keine Spur von Peggy.

Eine Ewigkeit schien sie schon in dem Garten zu sein. Auch Michael ging nervös vor der Mauer auf und ab. Da erschien plötzlich Peggys dunkler Schopf hinter dem Efeu. Sie streckte Michael den prall gefüllten Beutel entgegen. Dann tauchte sie noch einmal weg. Als sie schließlich herauskletterte, hielt sie einen Strauß verschiedenfarbiger Gladiolen und schwerer, wachsartiger Pfingstrosen krampfhaft umklammert. Eily musste sich ein Lachen verbeißen.

Sie gingen ein Stück weiter die Straße hinunter, dann stiegen sie über einen Zauntritt. Im Schutz eines Dornengestrüpps, von der Straße aus nicht zu sehen, ließen sie sich zum Essen nieder.

»Das hättest du sehen sollen, Eily!«, seufzte Peggy sehnsüchtig. »Da waren alle möglichen Arten von Beeren und Obst!« Der Essensbeutel war schwer und voll mit Stachelbeeren, Himbeeren und riesigen Erdbeeren, außerdem steckten ein paar noch ziemlich harte, grüne Falläpfel dazwischen. »Eine kleine weiße Bank war da und ein Teich und mitten in dem Teich ein Ding, aus dem kam Wasser rausgespritzt, und überall sind kleine Fische rumgeschwommen. Ich hätte versucht einen zu fangen, aber sie waren sehr klein und ganz und gar golden. Drinnen war noch mal eine hohe Mauer und mittendrin ein weißes Tor. Alles war zugesperrt. Ich habe durchgeschaut und dahinter waren Felder mit Kohlköpfen, Blumenkohl, Karotten, Zwiebeln, Getreide – eine besonders große Sorte – und riesigen Kürbissen. Wenn das Tor bloß offen gewesen wäre!«

»Du hast deine Sache sehr gut gemacht, Peggy«, versicherte Eily der kleinen Schwester. Sie fuhren mit den Händen in den Beutel und balancierten sie mit Beeren gefüllt wieder heraus. Wie süß und saftig sie im Mund zergingen! Peggy bestand hartnäckig darauf, den Blumenstrauß mitzunehmen. Für die Tanten, sagte sie.

Am nächsten Morgen hatten sie alle drei Magenkrämpfe. Sie kauten Mary Kates Spezialkräuter und hofften auf etwas Linderung.

Ein Pfarrer im Einspänner mit einem kleinen Pferd davor kam vorbei. Sie fragten ihn, ob es noch weit bis Castletaggart sei. Als er sich umdrehte, um ihnen zu antworten, hielt er sich ein Taschentuch vor das Gesicht. Um sechs Uhr würden sie dort sein, versicherte er ihnen. Dann ruckte er am Zügel und fuhr in Richtung Castletaggart davon, ohne sie auch nur zu fragen, ob sie mitfahren wollten.

Peggy fing zu weinen an. »Wir kommen nie hin – es ist noch so weit – und meine Beine tun so weh!«

Eily bückte sich und massierte ihr die Waden. »Kann sein, es sind Wachstumsschmerzen. Du wirst doch jetzt ein großes Mädchen«, sagte sie aufmunternd. Michael bot Peggy an den schlaffen Blumenstrauß zu tragen.

Auf diesem letzten Abschnitt der Reise erschien ihnen jeder Schritt wie zehn und sie mussten sich zum Weitergehen zwingen. Kurz vor Einbruch der Dunkelheit kamen sie an. Castletaggart! Peggy blieb vor Staunen der Mund offen stehen und Michael bemühte sich um einen aufrechten, stolzen und sicheren Gang.

»Seht mal die Häuser!«, rief Peggy. »Und die Geschäfte!« Und sie zeigte mit dem Finger hierhin und dorthin.

Obwohl es beinahe dunkel war, und sie alle drei erschöpft bis auf die Knochen und am Ende ihrer Kraft waren, prickelte ihnen die Erregung in den Adern.

»Wo ist denn der Laden? Und die Tanten?« Peggy drangsalierte Eily pausenlos mit Fragen.

Eily kam es vor, als würde ein Traum wahr. Ein breites Lächeln zog über ihr Gesicht. Sie hatte es geschafft! Sie hatte ihre Geschwister heil hierher gebracht! Sie waren abgemagert und todmüde – aber sie waren in Castletaggart. Sie gingen durch die Stadt.

Ein, zwei Leute huschten an ihnen vorüber. Sie wichen den Blicken der Kinder aus, weil sie befürchteten um Hilfe gebeten zu werden. Im Ort war es ruhig, die Straßen fast leer. In den beiden Wirtshäusern saßen ein paar Männer und tranken Bier.

An der linken Straßenseite stand ein hohes, weißes Gebäude, breite Stufen führten hinauf und vor der Tür standen plaudernd Frauen und Männer. In einem riesigen, von einem Kronleuchter erhellten Raum standen gedeckte Tische.

Ein Soldat blieb stehen, als er die Kinder sah, dann kam er auf sie zu. »Los, los, ihr Rotznasen, schert euch vom Hotel weg. Wir wollen keine Bettler in der Stadt. Was habt ihr hier zu schaffen?«

Eily spürte, wie sie knallrot wurde. Plötzlich wurde ihr klar, wie übel zugerichtet sie aussehen mussten. »Wir suchen unsere Tanten«, erklärte sie. »Sie haben einen Laden hier.«

Ungläubig starrte der Soldat sie an. »Was soll das für ein Laden sein?«, wollte er wissen.

»Ein Laden mit Kuchen und Törtchen und Pasteten«, platzte Peggy heraus.

Der Soldat kratzte sich bei dieser Auskunft am Kopf, dann wies er sie schließlich in eine Nebenstraße.

Eily konnnte es nicht fassen – endlich waren sie angekommen. Das Herz hämmerte ihr in der Brust. Sie gingen durch das Nebensträßchen hinunter. Die Eingangstüren der Häuser waren direkt an der Straße. Eine blauweiße Tür sei an dem Laden, hatte der Soldat gesagt, und ein großes, breites, blaues Fenster mit weißen Rollläden. Endlich fanden sie es.

Die Rollläden waren heruntergelassen. Die Kinder klopften an die Tür, aber niemand kam. Dann versuchten sie es mit dem Türklopfer – es war anscheinend keiner zu Hause. Waren die Tanten womöglich ausgegangen? Die Kinder schlüpften in ein enges Seitengässchen und legten sich zum Schlafen hin.

Morgen würden sie es noch einmal versuchen.

Das Ende der Reise

Die Geräusche der Stadt weckten die Kinder auf. Sie streckten sich. Ihre Muskeln waren steif geworden. Eily wischte sich und den Geschwistern, so gut es ging, Staub und Schmutz von den Kleidern. Sie platzte vor Hoffnung und beinahe war sie vergnügt. Heute war der

Tag. Sie hatten es geschafft. Sie standen wirklich und wahrhaftig mitten in Castletaggart. Die Stadt, von der ihnen die Mutter so oft erzählt hatte.

Sie gingen das kurze Stück zum Laden zurück. Die Geschäftsleute richteten bereits ihre Waren her und bauten Ständer auf, die sie mit einer Auswahl ihres Angebots dekorierten. Der Besitzer des Haushaltswarenladens hängte Eimer, Töpfe, Pfannen und Krüge an Messinghaken an die Fassade seines Geschäfts. Schaufeln und Feuerzangen lagen neben der Tür. Peggy war so erstaunt von dem Treiben, dass sie nicht Acht gab, direkt in einen Aufbau grüner Gießkannen hineinlief und alles zum Einstürzen brachte.

Voll Verlangen starrten die Kinder in die Auslagen einer Lebensmittelhandlung. Wie gebannt hingen ihre Blicke an den vielen Esssachen. Säcke voll mit feinem und grobem Mehl lagerten dick und schwer unter dem Ladentisch. Von der Decke hingen verschiedene große Fleischstücke herab. Auf einem weiß gestrichenen Bord standen Gläser mit den unterschiedlichsten Süßigkeiten. Der Ladeninhaber polierte gerade behutsam die frischen Eier und legte sie in ein Weidenkörbchen. Seine Frau wog inzwischen kleine Tüten mit Tee ab. Die Kinder schluckten. Erst jetzt merkten sie, wie hungrig sie waren.

Eily nahm Peggy an der Hand und steuerte zielstrebig den Laden mit den weißen Rollläden an. Eine Frau mit einem Eimer Wasser und einem Wischlappen stand davor. Sie trug eine lange weiße Schürze.

Peggy platzte fast vor Aufregung. »Ist das eine von Mamis Tanten?«, wisperte sie.

Eily war nicht sicher. Langsam näherte sie sich der Frau, die jetzt emsig dabei war, Treppe und Weg vor dem Eingang zu scheuern. Die Frau drehte sich um und erblickte die Kinder.

»Verschwindet, ihr Strolche! Hier habt ihr nichts verloren. Los, los, macht euch fort, sonst hol ich die Soldaten!«

»Wir sind Eily, Michael und Peggy O'Driscoll«, fing Eily an. »Die Kinder von Margaret Murphy aus Drumneagh.«

Die Frau starrte sie an. »Kümmert mich einen Dreck, wer ihr seid. Ich kenn euch sowieso nicht. Macht jetzt, dass ihr wegkommt! Für solche wie euch gibt's das Armenhaus und die Straßen.« Eily verließ der Mut.

Peggy riss die Augen auf. Dicke Tränen glänzten in ihren Augen. »Du bist nicht unsere Tante!«

Die Frau schüttelte den Kopf. Dann drehte sie sich um, fing wieder zu wischen an und beachtete die Kinder nicht mehr. Eily trat noch einmal auf sie zu.

»Haben Sie, Madam, vielleicht einmal von den Murphys aus Drumneagh gehört? Nano und Lena waren die Schwestern unserer Großmutter. Sie müssen jetzt schon sehr alt sein. Sie haben einen Laden, einen Bäckerladen. Haben Sie vielleicht mal von ihnen gehört?«

Die Frau stellte den Schrubber zur Seite. Sie ging zur Straßenecke und deutete auf die andere Seite der Hauptstraße.

»Dort drüben ist eine Gasse, die kommt vom Marktplatz her. Die Marktgasse. Da war immer ein Laden, den zwei alte Damen geführt haben. Versucht es dort.«

Dann drehte sie sich auf dem Absatz um und machte kehrt. Kein Wort wollte sie weiter an die Kinder verschwenden. Sie griff nach Eimer und Lappen und schloss die Tür fest hinter sich.

Die Kinder blieben auf der Stelle stehen. Langsam füllte sich die Stadt mit Leben. Schließlich überquerten sie die Hauptstraße und fanden bald die Marktgasse. Zweimal gingen sie hinauf und hinunter. Keine Spur vom Laden der Tanten. Ställe waren hier und eine geschlossene Gemischtwarenhandlung, da fiel ihnen daneben ein Haus mit einem schmalen Erkerfenster auf. Die Farbe blätterte ab, der Eingang war schmutzig. Das könnte ein Laden gewesen sein!

Eily klopfte an die Tür und war überrascht, dass sie von allein aufging. Die Kinder tasteten sich durch einen düsteren, von einem hölzernen Ladentisch unterteilten Raum. Dahinter auf einem Brett stand eine Reihe staubiger Gläser und Konserven. Das kann es nicht sein, dachte Eily. Nicht der saubere, geschäftige Laden, in dem sich an Markttagen die Kunden gedrängt hatten. Eine Welle der Enttäuschung überkam sie.

Peggy fielen fast die Augen aus dem Kopf, als sie sich umsah. »Hier sind aber keine Kuchen und Pasteten! Wo sind sie?«

Eily versuchte sie zum Schweigen zu bringen. Hinter einem Vorhang auf der anderen Seite des Ladentisches tauchte eine alte Frau auf. Sie ging langsam und gebückt. Ihr weißes Haar war zu einem ordentlichen Knoten zusammengesteckt. Als sie die Kinder sah, bekreuzigte sie sich.

»Ihr armen, verhungerten Dinger! Ich habe gar nichts für euch da. Geht in die Stadt, da gibt es vielleicht eher eine Möglichkeit, dass ihr ein wenig Unterstützung bekommt«, sagte sie freundlich. »Wo ist denn euere Mutter und euer Vater, dass sie euch so allein herumziehen lassen?«

»Tante Lena«, sagte Eily. Ihre Stimme zitterte.

Die alte Frau stutzte. Sie starrte die Kinder an. Wandelnde Gerippe alle drei, nichts als Haut und Knochen. Der Junge starrte vor Dreck und die Kleine sah aus, als könne der geringste Windhauch sie schon umpusten. Und das größere Mädchen – es wirkte todmüde. Die alte Dame schüttelte den Kopf. Kaum vorzustellen, was sie in diesen schrecklichen Zeiten mitgemacht haben mussten!

»Tante Lena«, wiederholte Eily. »Du bist unsere Großtante. Wir sind die Kinder von Margaret und John O'Driscoll. Ich heiße Eily und das ist Michael und das ist unsere kleine Schwester Peggy.«

Mit offenem Mund starrte die alte Dame die Kinder an. Sie zog sich einen Stuhl heran und setzte sich. Forschend musterte sie die Kinder. Das ältere Mädchen war ihrer Mutter Margaret ähnlich. Aber sie sahen alle aus wie Bettler oder wie Kinder aus dem Armenhaus.

»Ich bin Lena Murphy«, sagte sie.

»Und wo ist die andere?«, plapperte Peggy los.

»Du meinst meine Schwester Nano? Sie liegt im Bett. Sie ist nicht ganz gesund und muss sich oft ausruhen.«

Peggy schob sich vor und drückte ihrer Großtante den schmutzigen, verwelkten Blumenstrauß in die Hand.

Lena musste lächeln. »Ich habe noch nie Kuchen mit Zuckerguss und glasierten Veilchen gegessen«, vertraute Peggy der Tante an.

Die alte Dame konnte keinen Blick von den Kindern wenden. Es war einfach nicht zu glauben, dass diese verkommenen Gassenkinder mit ihr verwandt waren. Ausgehungert sahen sie aus und ganz erschöpft. Sie mussten weit gelaufen sein. Sie führte die Kinder durch den Laden in die Küche und ließ sie sich hinsetzen. Dann stellte sie den Wasserkessel auf den Herd, holte frisches Brot heraus und ein Glas ihrer besten Pflaumenmarmelade. Zum Erzählen würde noch Zeit genug sein. Sie würde schon noch erfahren, was passiert war und wo John und Margaret waren. Doch zuallererst musste man die Kinder ein wenig füttern, sonst würden sie noch umkippen. Von oben war ein Klopfen auf dem Fußboden zu hören. Diese Nano! Ständig braucht sie was, dachte Lena. Na warte nur, du wirst noch dein blaues Wunder erleben, wenn du erst erfährst, wer in unserer Küche sitzt, und was es für Neuigkeiten gibt!

Eily sah sich um. Die Küche war alt, sie könnte ein wenig frische Farbe vertragen. Aber alles war sauber und ordentlich. Auf dem einen Bord stand schönes Steingutgeschirr, auf dem anderen Backschüsseln und Gläser in verschiedenen Größen. Auf jeden Fall waren sie, Michael und Peggy, wieder mit der Familie zusammen – das war das Wichtigste. Hoffentlich, hoffentlich konnten sie bleiben! Von oben war jetzt ein ärgerliches Aufstampfen zu hören, und gleich darauf ein Knarren auf der Holztreppe – eine hoch gewachsene Frau war heruntergekommen. Sie hatte ein rundes Gesicht, graue Locken hingen ihr bis auf die Schultern. Sie trug ein blaues Flanellnachthemd und um die Schultern hatte sie sich ein graues Tuch geschlungen. Ungläubiges Staunen stand ihr ins Gesicht geschrieben, als sie die Kinder sah.

»Hast du den Verstand verloren, Lena? Wie kannst du einen Haufen Bettler in unsere Küche lassen? Wir haben, weiß Gott, selber wenig genug – nächstens kriegen wir noch das Fieber. Raus mit euch, ihr kleinen Fratzen! Nutzt nicht die Gutmütigkeit einer alten Frau aus!« Nano hatte sich Luft gemacht.

»Willst du wohl still sein, Nano!«, sagte Lena energisch. »Das hier sind Margarets Kinder, Mary Ellens Enkelkinder – unser eigen Fleisch und Blut!«

Nano trat heran und nahm die Kinder in Augenschein. Trotz ihres ausgezehrten Äußeren und der Dreckschicht – ja, doch, es gab ein paar Ähnlichkeiten. Mit einem Plumps ließ sie sich in einen alten Polsterstuhl fallen und zog ihr Tuch enger um die Schultern.

»Wo kommt ihr her? Und wo ist Margaret?« Sie ließ einen Hagel von Fragen auf die Kinder losprasseln. Lena sagte tadelnd: »Lass sie jetzt erst mal einen Schluck Tee trinken – siehst du denn nicht, Mensch, dass sie vollkommen erledigt sind?«

Die Kinder nippten an dem heißen, süßen Tee mit Milch und stopften sich Brot und Marmelade in den Mund. Sie vertilgten den ganzen Laib. Die Tanten saßen da und betrachteten die Kinder. Keine sagte ein Wort, jede war tief in ihre Gedanken versunken.

Als die Kinder fertig waren, warf Lena noch zwei Stücke Torf auf das Feuer. Peggy ging zu ihr und kletterte auf ihren Schoß. Dann fingen Eily und Michael zu erzählen an – wie Vater zum Straßenbau gegangen war, wie Bridget, das Baby, starb und wie Mutter sich auf die Suche nach Vater gemacht hatte. Dann die Sache, wie sie ihre Hütte verlassen mussten und wie freundlich Mary Kate zu ihnen gewesen war. Sie erzählten von der schönen Landschaft und von der ständigen Suche nach etwas zu essen. Die schrecklichen Ereignisse auf dem Weg. Peggys schwere Krankheit und wie ihnen vor Erschöpfung jeder Knochen wehgetan hatte, weil sie so weit gelaufen waren. Wie sie dann endlich Castletaggart erreicht und die Marktgasse gefunden hatten. Eily sah auf. Die Tanten wurden gar nicht fertig mit Naseputzen und Augentrocknen.

»Also, das sag ich euch, Kinder, ihr werdet keinen Schritt mehr tun, so lange ich hier bin, und Nano. Wir haben nicht viel, wie ihr seht, aber Platz ist genug. Und mit der Zeit, wer weiß, wird der gute Herrgott Margaret und John herführen, damit sie euch finden.«

Lena war aufgestanden und breitete ihre Arme aus. Da endlich fiel eine Last von Eily ab. Nun war sie überzeugt, dass sie hier in ihrem neuen Zuhause bei Nano und Lena gut aufgehoben sein würden. Aber im selben Moment wusste sie auch, dass sie im Herzen immer bei der kleinen, strohgedeckten Hütte sein würden mit den flachen Steinen davor, dem verwilderten Garten und den Feldern ringsum. Und bei dem Weißdornbaum, durch den leise der Wind rauschte.

II. Buch
Aufbruch nach Amerika

Die alte Brücke

Als Peggy aus der Schule kam, entdeckte sie sofort den großen Briefumschlag, der hinter einem Krug auf dem Küchenschrank steckte. Sie zog ihn vor.

»Ich kann es nicht glauben! Ich kann es einfach nicht glauben! Jetzt haben wir auch eine Nachricht wegen der Auswanderung nach Amerika! In der Schule haben manche davon erzählt, dass sie einen Brief mit den Unterlagen bekommen haben. Die ganze Stadt redet davon.« Sie platzte fast vor Aufregung.

Eily sah sie an. »Langsam, Peggy! Immer mit der Ruhe!«

Eilys Hände und Arme waren bis zu den Ellbogen voll Mehl. Sie knetete Brotteig.

»Bist du denn gar nicht aufgeregt, Eily? Wie kannst du nur dastehen und Brot backen, wenn vielleicht unsere ganze Zukunft von diesem Stück Papier abhängt?«

Peggy sah sich in der Küche um. Ihre große Schwester starrte in die Teigschüssel auf dem gescheuerten Holztisch und wich Peggys Blicken aus.

»Da stimmt doch was nicht! Genau! Du verheimlichst mir etwas!«

Das ältere Mädchen hielt in der Arbeit inne. Mit dem Handrücken schob sie eine blonde Haarsträhne zur Seite, dann zuckte sie mit den Schultern. »Wir fahren nicht fort.«

»Halt mich nicht zum Narren, Eily! Ich bin doch kein Dummkopf!«, rief Peggy.

Eily schüttelte den Kopf.

»Nein, Peggy, ich meine es ernst. Die Verhältnisse haben sich geändert«, sagte sie. »So vieles ist jetzt anders«, ergänzte sie leise.

»Geändert!«, rief Peggy aus. »Das sehe ich auch, dass sich alles geändert hat! Es ist weniger Geld da als je zuvor. An manchen Tagen haben wir keinen einzigen Kunden im Laden und Arbeit kriegen wir alle drei nicht. Das sind doch Gründe genug, um jetzt auszuwandern!«

»Hör zu, Peggy, ich habe es dir gesagt – wir fahren nicht. Wir verlassen Castletaggart nicht und damit basta!«

»Wir … wir … Schließlich sind wir zu dritt! Warum sollst immer und immer nur *du* für uns alles entscheiden?« Peggy spürte fast ihr Blut kochen. »Was ist mit mir?«

»Mit dir? Du bist noch ein Kind, Peggy. Jemand muss die Verantwortung für dich übernehmen … sich wie eine Mutter um dich kümmern …«

»Eine Mutter! Eine Mutter!« Heiße Tränen stiegen Peggy in die Augen. »Du! Du bist nicht meine Mutter!«

Eily wurde bleich. Im selben Augenblick spürte Peggy einen Schlag im Gesicht.

»Ich hasse dich!«, schrie Peggy. »Ich hasse dich! Ich hasse dich …« Sie schrie noch, als sie die Hintertür aufstieß und durch den engen Seitenweg zur Marktgasse hinunterrannte.

Zwei Frauen standen plaudernd auf einer Eingangstreppe. Jäh unterbrachen sie ihre Unterhaltung und starrten Peggy an. Sie streckte ihnen die Zunge heraus und lief, was das Zeug hielt, durch die letzten Straßen von Castletaggart zur alten Brücke am Fluss. Hoffentlich war keiner dort!

Ihr Gebet wurde erhört. Die Stelle lag verlassen da. Peggy beugte sich über die niedrige Steinmauer der Brücke. Darunter floß reißend das Wasser dahin, die Strömung zerrte an den Pflanzen im Fluss. Sie starrte ins Wasser und verbannte die Stadt aus Blicken und Gedanken.

Alles in ihr bebte vor Wut und Enttäuschung.

Und ich werde den Gedanken ans Auswandern nicht einfach vergessen! Eily kann mich doch nicht wie ein Baby behandeln!

Ihr Atem ging stoßweise und brannte in der Kehle.

Es ist ungerecht!

Peggy war wie hypnotisiert vom Funkeln des dahinströmenden Wassers unter der Brücke und fasziniert sah sie zu, wie ihre Tränen in den Fluss tropften und verschwanden. Geistesabwesend hob sie die Hand und wischte sich über die Augen. Die Wangen brannten ihr. Sie schüttelte den Kopf und passte auf, wie sich feiner weißer Mehlstaub auf das Wasser senkte. Ein winziger, silbriger Fisch schoss hinter einem Stein hervor, sperrte sein rundes Maul auf und schnappte nach den Staubteilchen. Peggy fing zu kichern an, schnalzte mit den Fingern über dem Wasser und sah dem Fisch zu.

Allmählich wurde sie ruhiger. In der Ferne hörte sie einen Kuckuck rufen. Auf der anderen Uferseite zog sich ein Eichen- und Buchenwald hin. Vögel und andere Tiere, die darin hausten, fanden in dem lebhaft dahinziehenden Fluss einen natürlichen Schutz vor den Einwohnern der Stadt.

Diese Stelle war etwas ganz Besonderes, hier grenzten Stadt und Land aneinander. Es war Peggys Lieblingsplatz in ganz Castletaggart. Nur wenige Leute beachteten diese Brücke. Es war normalerweise ruhig hier unten, dagegen herrschte auf der Stadtbrücke immer rege Betriebsamkeit.

Peggy zog sich an der Mauer hoch und setzte sich auf die unebenen Steine. Die nackten Füße ließ sie über dem klaren, funkelnden Wasser baumeln.

Manchmal saß sie hier stundenlang, es war solch ein friedliches Fleckchen. Schon als kleines Mädchen war sie oft hierher gerannt …

Sie dachte an den Tag, als sie zum ersten Mal in Castletaggart in die Schule gehen sollte und als sie ausgerissen und hierher gelaufen war. Gerade hatte sie ihre neuen Schuhe in den Fluss schleudern wollen, da war sie von ihren beiden alten Großtanten entdeckt worden. Sie hingen mit ganzem Herzen an Peggy, ihrem Bruder und ihrer Schwester. Tante Nano hatte damals zu einer ordentlichen Strafpredigt angesetzt, Tante Lena jedoch hatte durch gutes Zureden Peggy schließlich von der Brücke gelockt und ihr geholfen die derben schwarzen

Schnürschuhe wieder anzuziehen. Peggy lächelte. Sie war schon mit sieben Jahren ein kleiner Racker gewesen. Tante Lena hatte ihre Ängste vor dem Schulanfang gut verstanden. Schließlich hatten die anderen Kinder alle Mütter, von denen sie hingebracht wurden.

Sie hatten Peggy wieder zum Bäckerladen geführt und dann, als auch Eily noch dazukam, hatten sie sich gemeinsam auf den Weg zur Schule von Castletaggart gemacht. Es war ein wunderschöner Herbsttag gewesen, früher Morgen, die Geschäfte wurden gerade geöffnet und ganze Trauben von Kindern schoben sich auf das kleine weiße Gebäude zu, das schimmernd wie ein Leuchtturm den höchsten Punkt von Castletaggart markierte. Am Schultor war Peggy von Schüchternheit und panischer Angst ergriffen worden.

Die Tanten hatten sie umarmt, dann hatte Eily sie fest an die Hand genommen und bis an die grüne Holztür geführt. Schon war Peggy drauf und dran gewesen, in das große Schulzimmer zu stürmen, um einen Platz neben ihrer Freundin Julia zu ergattern, da hatte sie sich noch einmal umgedreht.

Nano und Lena hatten aufrecht und stolz in der Schar der Mütter gestanden, die ängstlich am Schultor warteten. Und selbst aus der Entfernung hatte Peggy die Tränen in Eilys Augen erkannt – als wäre sie eine von den Müttern …

»Peggy! Peggy!« Der Ruf riss sie jäh aus ihren Erinnerungen.

Sie sah auf. Schuldbewusstsein überkam sie. Da stand Eily und wischte sich die Hände an der Schürze ab.

»Ich habe gewusst, dass ich dich hier finden würde, Peggy. Es tut mir so Leid!«

»Ach, Eily, ich hätte das nicht sagen dürfen!«

»Trotzdem hätte ich dich nicht schlagen dürfen!«

»Wirklich, es tut mir Leid – war gemein, was ich gesagt habe!« Peggy sprang von der Brückenmauer, lief zu ihrer älteren Schwester und fiel ihr um den Hals. »Komm, wir gehen heim«, sagte sie.

Langsam spazierten sie zum Laden zurück. Sie kamen an einer Reihe alter Hütten vorbei, alle standen leer. Die Bewohner, die nicht während der großen Hungersnot umgekommen waren, hatten sie schon längst aufgegeben und Castletaggart verlassen.

»Mein Gott, wie schäbig es hier aussieht«, murmelte Eily. »Wenn das so weitergeht, wird bald kein Mensch mehr da sein.«

Peggy biss sich auf die Lippen und unterdrückte eine vorlaute Antwort.

»Sieh mal, Peggy, Kennys Tuchgeschäft existiert auch nicht mehr.« Eily blieb stehen und linste durch die Bretter vor dem leeren Schaufenster. »Nichts mehr da!«

Peggy stellte sich auf die Zehenspitzen, um durch die Ritzen etwas zu erkennen. Die Regale waren alle abgeräumt, nur auf dem Ladentisch lag verloren ein Ballen staubiger Stoff. Castletaggart verkam zusehends. Es war längst nicht mehr die betriebsame Stadt, die Peggy, Michael und Eily vor fast sieben Jahren kennen gelernt hatten, als sie zur Zeit der großen Hungersnot heimatlos und ausgehungert hierher gekommen waren.

»Komm, Peggy! Wir wollen uns lieber beeilen, sonst

geht noch meine ganze Backerei in Rauch auf«, scherzte Eily. »Und sowieso mag ich Nano nicht gern allein lassen.«

Die beiden Mädchen liefen schneller, bis sie ihr Zuhause, den kleinen, armseligen Bäckerladen an der Marktgasse, erreicht hatten.

»Lauf hoch, Peggy, und begrüße Nano, aber sag ja kein Wort von dieser Nachricht – man muss sie nicht unnötig aufregen.«

Eine schwere Entscheidung

Am Abend saßen die vier um den Tisch in der kleinen, gemütlichen Küche.

»Du bist die beste Köchin der Welt, Eily«, erklärte Michael und nahm sich noch eine Portion Eintopf. Peggy merkte, dass Eily ihr Essen kaum anrührte. Es war so enttäuschend für die große Schwester, am Ende des Tages, nachdem sie gekocht und gebacken hatte, doch nur so wenig auf den Tisch bringen zu können. Aber Kunden waren rar, der Junge aus dem Fleischerladen in der Hauptstraße hatte eine Rechnung gebracht, und der Bottich mit Mehl war nur noch zu einem Drittel voll.

»Ich arbeite morgen Nachmittag und Abend im Gutshaus, Peggy, du musst Nano im Laden helfen«, sagte

Eily. Peggy nickte. »Nicht, dass du es vergisst oder weg-
läufst!«

»Hast du keine Aussicht auf einen richtigen Arbeitsplatz auf dem Gut?«, fragte Michael.

»Wenn es eine Stelle in der Küche gäbe, hätte ich sie
längst. Du weißt doch selbst, dass es ihnen ohnehin
schwer fällt, ihre gewohnte Belegschaft zu halten.«

»Nun, wir wollen dankbar sein, dass du immerhin ein
paar Stunden dort arbeiten kannst, wenn sie besonders
viel zu tun haben«, mahnte Nano.

»Ach, ich bin vielleicht dumm!«, rief Michael. »Fast
hätte ich es vergessen, Nano – ich habe unseren Hauseigentümer auf dem Viehmarkt getroffen. Er hat gesagt,
dass er in den nächsten Tagen mal in den Laden
kommt.«

»Billy Kelly! Was kann er nur wollen?« Nano war
sofort beunruhigt. »Meinst du, es ist wegen der Pacht?«

Peggy hätte zu gern von dem Brief auf dem Küchenschrank erzählt.

»Nicht heute Abend«, deutete Eily mit den Lippen an.
Michael verschwand nach dem Essen zu einem
Freund, dem er beim Melken half, und Nano erhob sich
vom Tisch und schlurfte in den leeren Laden hinüber.
»Der einzige Ort, wo ich Zeit zum Nachdenken finde.«

Eily rannte zum Umziehen nach oben. Pfeifend
räumte Peggy die Küche auf und wischte den Boden. Sie
unterbrach ihre Arbeit, als sie ein Klopfen an dem kleinen Fenster hörte, und lief zur Tür.

»Guten Abend, Peggy!«

»Komm herein, John, sie wird gleich runterkommen.« Der junge Bauer trat ein, setzte sich neben den Herd und wartete auf Eily. Aus den Augenwinkeln betrachtete Peggy den Mann. Er war groß und mit seinen dichten schwarzen Locken recht ansehnlich. Hände und Gesicht waren von der Arbeit auf den Feldern gebräunt und wettergegerbt, seine Kleidung zwar sauber, doch hätte die Jacke geflickt werden müssen und das Hemd war ausgefranst. Er war ein stiller, bedächtiger Bursche, doch Eily schien verrückt nach ihm zu sein. »Junge Liebe«, flüsterte Nano immer, wenn sie die beiden zusammen sah.

Als Eily John Powers erblickte, lächelte sie und legte sich ihr Tuch um die Schultern.

»Wir machen einen kleinen Spaziergang in die Stadt. Machst du hier fertig, Peggy, ja? Und vergiss nicht später für Nano Milch zu wärmen, damit sie schlafen kann.«

»Wird gemacht«, sagte Peggy und grinste. Dann sah sie den beiden nach, wie sie Arm in Arm die Gasse hinunterschlenderten. Das bisschen Glück war Eily nur zu gönnen!

Später schlich Peggy auf Zehenspitzen in den dunklen Laden. Er war klein und sauber. An der einen Wand standen auf Regalen Gläser mit Eingemachtem – Gelees, Marmeladen und Kompott; der Ladentisch auf der anderen Seite war für die täglichen Backwaren bestimmt – ungesäuertes Brot, braunes Brot, Weizenbrot und Brötchen. Immer hing der Duft nach frischem Brot im Laden und vor dem Eingang. In einem kleinen Kästchen mit Schubladen wurden besondere Backzutaten aufbewahrt wie kandierte Kirschen, Zuckerveilchen und Marzipanfrüchte.

Nano saß in ihrem alten Lehnstuhl und schaukelte. Das machte sie immer, wenn sie Angst oder Sorgen hatte.

Am nächsten Nachmittag bimmelte die Ladenglocke. Peggy blinzelte hinter der Küchentür vor und sah, wie sich Eily mit Billy Kelly, dem Hauseigentümer, unterhielt. Eily machte ihrer Schwester Zeichen, sie solle Nano holen.

»Tante Nano, komm schnell! Mr Kelly ist im Laden. Er will mit dir reden.«

»Bring mir mein gutes Tuch, Kind, – ja, das schwarze – und wenn du mir bitte hinten die Haare ein bisschen richtest.«

Peggy nahm die stachlige Bürste, ordnete Nanos Haarknoten neu und steckte ihn mit ein paar zusätzlichen Haarnadeln fest. Nano war nervös, doch als sie den Laden betrat, hatte sie scheinbar zu einer gelassenen Haltung gefunden. Sie schüttelte Mr Kelly die Hand und setzte sich in ihren Stuhl.

»Seid so gut, Mädchen, und holt dem Herrn eine Tasse Tee und wie wäre es mit einem Stück von dem frischen Apfelkuchen mit Zimt, Eily, den du heute Vormittag gebacken hast?«

»Sehr liebenswürdig, Miss Murphy, vielen Dank«, antwortete Mr Kelly.

Er war groß und dürr, ein nervöser Mann, und er durchschritt ein paarmal den Raum, bevor er sich endlich setzte.

»Ich weiß nicht genau, wo ich beginnen soll«, murmelte er vor sich hin.

»Am Anfang – das ist für gewöhnlich am besten«, sagte Nano und lächelte. Sie spürte seine Nervosität.

»Nun, Miss Murphy, ich komme heute mit der Frage zu Ihnen, ob Sie nicht Interesse am Kauf dieses Hauses hätten. Sie waren nahezu vierzig Jahre Mieterin.«

Nano schnappte nach Luft. »Sie müssen doch wissen, Mr Kelly, dass ich den Laden längst gekauft hätte, wenn ich genügend Ersparnisse hätte!«

»Der Kaufpreis, Miss Murphy, wäre nicht allzu hoch. Ich weiß selbst, dass das Dach durchlässig ist und repariert werden muss«, sagte er entschuldigend. »Sehen Sie denn wirklich keine Möglichkeit, wie Sie das Geld aufbringen könnten?«

Nano sagte kein Wort, sie schüttelte nur langsam den Kopf. Peggy gab ihr eine Tasse mit schwachem Tee. Sie nippte daran und musterte eindringlich den Mann neben sich.

»Mr Kelly, soll ich Ihnen mal was sagen?«, brachte sie schließlich hervor. »Sie sind das leibhaftige Ebenbild Ihres Vaters. Er ist auch ein guter Mann gewesen ...«

»Mein Vater konnte Sie und Ihre Schwester gut leiden. Und am Zahltag hat es bei uns immer die besten Kuchen in der ganzen Stadt gegeben.« Er versuchte ein Lächeln. »Sie sehen ja selbst, Miss Murphy, wie sich die Verhältnisse in der Stadt verschlechtert haben. Ich bin ein verheirateter Mann mit vier kleinen Kindern, aber nicht einmal mit dem Besitz von fünf Häusern komme ich einigermaßen über die Runden. Die Leute können ihre Pachtgelder nicht aufbringen.«

Nano fing mit Entschuldigungen an. »Sind wir schon wieder zu spät dran mit unserem Pachtzins?«

»Nein, hören Sie, Miss Murphy, deshalb bin ich nicht gekommen. Die Wahrheit ist, dass ich mein Eigentum hier in der Stadt verkaufe und dann mit meiner Familie nach Dublin ziehe. Ich habe einen Bruder, der dort ein eigenes Geschäft betreibt.«

Er schwieg.

»Was wird aus uns? Nimmt man uns das Dach über dem Kopf? Und was ist mit den drei Kindern?«

»Es tut mir Leid, aber ich kann nicht anders handeln. Ich brauche mein Geld selbst. Die O'Donnells und die Kennys haben sich für eine kostenlose Überfahrt nach Amerika gemeldet. Ich bin nicht der einzige Hauseigentümer, der zu diesem Schritt gezwungen ist. Etliche von uns versuchen wirklich sich nach besten Kräften um ihre Pächter zu kümmern, deshalb wurden in diesem Viertel an viele Leute Briefe mit Anmeldungen für eine Schiffsüberfahrt verschickt.«

Mit großen Augen sahen Eily und Peggy ihre Tante an. Ihr Gesicht war schneeweiß geworden, die Lippen blau.

»Er ist gestern gekommen«, meldete Peggy. Sie lief zum Küchenschrank und holte den Brief.

Nano starrte ihn verständnislos an. »Ihr wollt mich also in so einen alten Kasten stecken, in so ein Schiff, das in die Neue Welt segelt? Ja?«

»Aber nein, Miss Murphy. Es ist nur so, dass viele

Leute gern nach Amerika wollen. Wir bieten ihnen lediglich unsere Hilfe an«, erklärte Mr Kelly. »Die Jungen sollten es sich vielleicht überlegen«, schloss er matt.

»Wie viel Zeit bleibt mir, bis ich hier rausmuss?«, fragte Nano.

»Es wird eine ganze Weile dauern, bis ich einen Käufer gefunden habe, obwohl es bereits einen Interessenten gibt. Ich denke, ein paar Wochen.«

Nano erhob sich. »Ich mache Ihnen keine Vorwürfe, Mr Kelly, ich bin nur froh, dass meine arme Schwester Lena diesen Tag nicht erleben musste. Vielen Dank für Ihren Besuch.«

Peggy sah zu, wie der Hauseigentümer sich verlegen von Nano verabschiedete.

»Alles in Ordnung, Nano?«, erkundigte sich Eily.

»Ich gehe jetzt zu Bett, wir reden später über alles.« Sie nuschelte vor sich hin, sichtlich am Ende ihrer Kraft nach diesem Gespräch.

Peggy und Eily sahen sich an. Beide wussten, dass die Schließung des Ladens ihrer alten Großtante das Herz brechen konnte.

Es war fast Mitternacht. Eily, Michael und Peggy saßen am Herd und überlegten hin und her, wie es weitergehen sollte.

»Warum können wir denn nicht alle nach Amerika fahren?«, drängte Peggy. »Das ist doch das Einfachste. Unsere Überfahrt wird bezahlt.«

»Das ist keine Lösung, Peggy!«, sagte Eily entschieden. »Meinst du, die arme Nano würde eine solche Reise überleben?«

Niedergeschlagen schüttelte Peggy den Kopf und flüsterte: »Nein.«

»Tante Nano und Tante Lena haben uns aufgenommen, als wir keinen Menschen hatten und als wir nicht wussten, wohin. Ihr erinnert euch ja wohl beide noch, in welchem Zustand wir nach all den Wochen auf der Landstraße hier angekommen sind und wie die beiden Tanten sich um uns gekümmert und uns wieder hochgepäppelt haben? Sie hätten uns in ein Armenhaus stecken können oder ins Waisenhaus – stattdessen sind wir eine richtige Familie geworden. Sie haben uns zu essen gegeben, obwohl Lebensmittel knapp waren, und sie haben uns aufgezogen. Nie, nie würde ich die arme Nano verlassen – sie ist jetzt ganz allein. Nun sind wir an der Reihe, uns um sie zu kümmern.« Eilys Wangen glühten.

»Kann sein, wenn ich fahren würde, dass ich leicht eine Stelle kriege. Dann könnte ich euch Geld schicken«, überlegte Michael.

»Und ich könnte auch arbeiten«, schloss sich Peggy an. »Ich bin fast mit der Schule fertig und du weißt genau, dass es hier keine Arbeit gibt. Aber auf der anderen Seite des Ozeans, sagen sie, gibt es Arbeitsplätze in Hülle und Fülle.«

Eily schüttelte den Kopf. »Nein, nein, ich will nicht, dass ihr fahrt. Wir sind bisher immer zusammengeblieben, wir drei. Wir dürfen jetzt nicht einfach auseinander laufen. Peggy ist noch ein Kind. Wer soll sich um sie kümmern?«

»Ich bin kein Kind! Ich bin dreizehn und alt genug in Stellung zu gehen!«, rief Peggy empört.

»Sieh mal, Eily, wenn du hier bleiben und für Nano sorgen willst, brauchst du Geld«, sagte Michael.

»Wenn es hier Arbeitsstellen gäbe, würden wir sie bekommen, aber es gibt eben keine. Was bleibt uns also anderes übrig?«, fragte Peggy.

»Du weißt, dass sie Recht hat, Eily! Wir könnten zu zweit nach Amerika fahren. Ich habe es satt, tagein, tagaus hier meine Zeit zu vertrödeln, mal bisschen auf dem Markt zu helfen, beim Melken oder gelegentlich auf dem Bauernhof. Ich will eine richtige Arbeit! Auf alle Fälle, Eily, werde ich die Anmeldung für Peggy und mich ausfüllen, es kann ja nichts schaden.«

»Die Molloys fahren und die O'Caseys auch, wir wären nicht mal allein ...«, fing Peggy an.

»Ich brauche Zeit, um darüber nachzudenken. Wir müssen uns alle überlegen, wie es am besten ist. Kommt, wir wollen schlafen gehen, sonst sind wir morgen früh müde. Betet, dass wir die richtige Lösung finden«, sagte Eily.

Zwei Tage später erzählte Eily ihrem Bruder Michael, dass es für ihn möglicherweise eine Stelle auf dem Gut von Castletaggart gebe. Ein breites Grinsen zog sich über Michaels Gesicht. Vielleicht bekam er ja doch noch eine richtige Arbeit.

Eily hatte am Abend zuvor, als im Gutshaus ein Ball stattfand, in der Küche ausgeholfen. Wie immer hatte sie die Köchin gefragt, wie es mit freien Stellen aussah. Die Frau hatte den Kopf geschüttelt.

»Höchstens, wenn du in den Pferdeställen helfen willst«, hatte sie im Scherz gesagt. »Der Stalljunge ist weggegangen, nachdem er einen bösen Tritt von einer Stute eingefangen hat. Nun sucht der Stallmeister einen zuverlässigen Burschen, der gut mit Tieren umgehen kann und der keine Angst vor Pferden hat.«

Sofort hatte Eily die Rede auf ihren Bruder gebracht, hatte seine Liebe zu Pferden erwähnt und seinen geduldigen Umgang mit Tieren.

Michael konnte es nicht fassen. Mit Pferden arbeiten – sie striegeln, füttern, putzen, vielleicht sogar reiten! Es wäre ein Wunder, bekäme er diese Stelle!

»Stalljunge, Stalljunge …« Wie oft er es sich auch vorsagte, es hörte sich einfach herrlich an. »Bist du sicher, Eily?«

Die ältere Schwester nickte. »Ich führ dich doch nicht an der Nase herum, Michael. Es ist, bei Gott, eine großartige Möglichkeit!«

»Ich werde mein Bestes tun, Eily, dass ich diese Stelle kriege. Es ist genau das, was ich immer wollte!«

Peggy lächelte. Michael konnte sich vor Glück nicht fassen. Aber was sollte aus ihren Plänen werden, falls er diese Stelle wirklich bekäme?

Nano bekreuzigte sich. »Gott sei gedankt«, murmelte sie und gleich setzte sie hinzu: »Aber wir dürfen unsere Küken nicht zählen, bevor sie ausgebrütet sind.« Peggy liebte ihre Tante und ihre alten Sprüche.

Eily schien verlegen. Sie nahm sich noch eine Tasse Tee.

»Also, ich habe noch mehr Neuigkeiten«, sagte sie

und sah auf. »John hat mich gefragt, ob ich ihn heiraten will.«

Drei Augenpaare hefteten sich auf Eily. Ihr Gesicht glühte.

»Du hast ›Ja‹ gesagt, Eily! Oh, du hast bestimmt ›Ja‹ gesagt«, rief Peggy eindringlich und drückte der Schwester die Hand.

Bedächtig schob Eily ihr langes blondes Haar zurück. »Na ja, ich denke schon … aber es gibt da allerhand zu bedenken.« Sie erkannten jedoch klar, dass Eily vor Glück fast überquoll.

»Wie kommen John und sein Vater denn mit dem Hof zurecht?«, fragte Nano. »In letzter Zeit hat der arme, alte Josh doch wohl keinen seiner Anfälle mehr gehabt?«

In Castletaggart wussten alle Bescheid über Joshua Powers. Während der großen Hungersnot hatte er seine Frau verloren, zwei Söhne und die kleine Tochter. Daraufhin war Joshua über seine Felder gestürmt, hatte Steine und Torfsoden gen Himmel geschleudert und Gott verflucht für das, was er ihm angetan hatte. Fünf Tage hatte er in seiner Raserei durchgehalten, bis es schließlich seinem ältesten Sohn John gelungen war, ihn zu beruhigen. Von Zeit zu Zeit jedoch kam die Erinnerung wieder, dann lärmte und tobte und fluchte er von neuem über die Felder. In der Stadt war er als der »fluchende Josh Powers« bekannt.

Nano sah Eily, Michael und Peggy an und dankte dem Himmel, dass Gott ihr und ihrer Schwester Lena ausgerechnet diese Kinder geschickt hatte. Dicke Tränen stiegen ihr in die Augen, sie nestelte ihr großes weißes Taschentuch hervor und schnäuzte laut.

Eily warf ihr einen prüfenden Blick zu. »Erzähl mir nicht, Tante Nano, dass du vor Glück weinst?« Eily legte der alten Frau den Arm um die Schulter, sie spürte ihre Traurigkeit. »Mach dir keine Sorgen! Mag sein, dass es in Powers Hütte ein wenig eng ist, aber für dich wird Platz sein. Du glaubst doch wohl nicht, dass ich davonlaufe und dich allein lasse? Hör zu, Nano, es gibt da ein kleines Zimmer, das früher Johns Schwester gehört hat – es soll für dich sein. Und Peggy kann auf der Küchenbank schlafen.«

Peggy wurde plötzlich aus ihren Gedanken und Träumen gerissen.

Ein Bett auf der Küchenbank von Powers Farm, meilenweit von der Stadt und den Freundinnen entfernt! Keine Aussicht auf eine richtige Stelle, weiter nichts als Eilys Haushaltshilfe! Peggy fiel es schwer, den Mund zu halten.

Peggy stand auf dem Hof. Sie zerrte die tropfnassen Wäschestücke aus dem Eimer und machte sich daran, die Sachen über eine Leine zu hängen, die quer über den gepflasterten Hof gespannt war.

Michael kam heraus.

»Willst du mir helfen, Michael?«, fragte sie schelmisch.

Michael beugte sich über den Eimer und zog ein altes Bettlaken heraus. Achtlos ließ er das Wasser über seine Schuhe tröpfeln.

»He, Michael!« Peggy sah ihn an. »Was ist los? Wirf
es doch über die Leine, bevor es dich ganz durchweicht!«

»Ich muss mit dir reden, Peg.«

Sie sah ihn forschend an. Etwas bedrückte ihn, das
spürte sie.

»Spuck's aus, Michael – egal, was es ist!«

Michael wurde puterrot.

»Ich hab die Stelle gekriegt. Auf dem Gutshof.«

Peggy starrte ihren Bruder an. Sie fühlte sich im Stich
gelassen.

»Wohnen kann ich über den Ställen. Denk dir, sie
haben zwanzig Pferde, und bei allen werd ich mithel-
fen!«

»Ach, Michael«, brachte Peggy hervor, »ich freu mich
für dich.« Sie schluckte.

»Weißt du, ich hätte nie geglaubt, dass es mal so
kommt«, sagte Michael strahlend. »Schon immer habe
ich Tiere gern gehabt, wollte mit Tieren zu tun haben.
Du weißt doch noch, wie ich mich nach meiner Schul-
zeit um Arbeit auf einem Bauernhof bemüht habe,
nicht? Ich dachte, es wird nie was – und nun!«

Peggy zwang sich zu einem Lächeln.

Michael schwieg und sah seine Schwester an. »Ich
glaube, Peggy, ich muss dich enttäuschen. Es gibt für
mich keinen Grund mehr, nach Amerika zu fahren.
Richtig gewollt hab ich sowieso nie. Jetzt hab ich hier
in der Heimat meine große Chance, und die werd ich
mir nicht entgehen lassen.«

»Verstehe ich, Michael. Dann bin ich jetzt also
allein.«

»Sei mir nicht böse, Peggy! Es tut mir wirklich Leid, aber für mich geht ein Traum in Erfüllung – mit Pferden arbeiten. Wir alle haben Träume, nach denen wir handeln müssen, und deshalb, Peggy, musst du tun, was du für dich richtig findest!« Michael hob den leeren Emaileimer hoch. »Eily und Nano sind ganz begeistert. In zwei Tagen wohne ich schon auf dem Gut.«

Am nächsten Tag wurde ein brauner Umschlag abgegeben, adressiert an Michael und Margaret O'Driscoll. Er enthielt eine weitere Benachrichtigung und zwei Gutscheine. Die silbern bedruckten Gutscheine konnten in Queenstown beim Schifffahrtsbüro *Masters & McCabe* als Zahlungsmittel für eine Überfahrt nach Amerika vorgelegt werden. »Bei Einlösung des Gutscheins wird dem Eigentümer eine Schiffskarte ausgehändigt.« Auf der beiliegenden Mitteilung standen Einzelheiten über die Auswanderung und Ratschläge, was mitgenommen werden sollte, sowie gute Wünsche für die Antragsteller.

Michael warf einen flüchtigen Blick auf seinen Gutschein, dann zuckte er mit den Schultern und schob ihn in den Umschlag zurück. Er hatte anderes im Kopf.

Peggy nahm ihren Gutschein alle naselang heraus und betrachtete ihn. »Überfahrt nach Amerika« – die Worte dröhnten in ihrem Kopf.

»Bitte, Eily, ich könnte doch allein fahren. Ich würde sofort eine Stelle finden und dann schicke ich Geld«, flehte Peggy.

»Nein! Nein! Du bist zu jung. Du könntest dich nie durchsetzen, so ganz allein in einem fremden Land.« Eily war nicht zu bewegen.

»Aber ich will fahren! Es ist nicht unbedingt dein Wille, aber es ist meiner!«

»Mit deinen dreizehn Jahren glaubst du wohl, es hat recht viel zu bedeuten, was du willst, du kleiner Racker!«

»Mit knapp dreizehn Jahren hast du Michael und mich damals vor dem Armenhaus bewahrt und uns den ganzen Weg von Duneen bis Castletaggart gebracht. Du hast uns angetrieben und ermuntert, du hast für Nahrung gesorgt und uns zum Durchhalten gezwungen, damit wir die Hungersnot überstehen«, erinnerte Peggy ihre Schwester.

»Das war etwas anderes. Ich hatte keine Wahl«, gab Eily zu.

»Aber mir ist, als hätte auch ich keine Wahl. Der Laden wird geschlossen. Du und John, ihr werdet heiraten. Ich habe Powers Hütte mal gesehen, da ist kein Platz für mich. Es ist Nano, die ein Zuhause braucht. Du hast dich in den letzten beiden Jahren immer wieder um Arbeit bemüht und wenn es dir schon nicht gelungen ist, Eily, wie kannst du annehmen, dass ich je eine Stelle kriege?«

Peggys Frage blieb im Raum stehen.

Sie hörte auch in den nächsten Tagen nicht zu drängen und zu bitten auf. Mit vorgerecktem Kinn und der ganzen O'Driscollschen Hartnäckigkeit tat sie alles, um ihren Willen durchzusetzen.

»Wenn du jung wärst, Nano, was würdest du tun?« Sie ermunterte ihre Großtante zu einer Antwort.

Nano schaukelte unermüdlich vor und zurück und

nach langem Überlegen sagte sie schließlich widerwillig: »Ich will dir mal was sagen, Peggy, wenn meine Schwester Lena noch leben würde, und wir wären beide jung und in der Blüte unserer Jahre, dann wären wir die Ersten, die sich für eine Überfahrt nach Amerika melden würden. Niemals hätten wir uns die Gelegenheit zu einem solchen Abenteuer entgehen lassen.«

Sie tätschelte Peggy die Hand. »Ich werde mit Eily reden«, versprach die alte Frau.

An diesem Abend fand in der Küche hinter Murphys Bäckerladen eine Konferenz statt. Peggy war oben im Schlafzimmer, während unten Nano, Eily und John Powers ihre Zukunft besprachen und entschieden. Sie lauschte dem Singsang der Stimmen und wartete gespannt auf das Ergebnis.

Eilys Augen waren rot gerändert und ihr Gesicht fleckig, als sie schwerfällig die Treppe hochkam und sich auf Peggys Bett setzte.

»Also dann, Peggy!«

Peggy schnellte hoch. Sie umarmten sich.

Eily sah müde aus. »Ja. Die Antwort ist: Ja.« Sie ließ den Umschlag auf die hellbraune Wolldecke fallen.

»Bist du wütend auf mich?«, fragte Peggy.

»Nein, Kindchen, ich bin nicht wütend. Nur traurig. Traurig meinetwegen, glaube ich. Du wirst mir fehlen. Ich werde sehr allein sein. Michael ist fort und wenn du dann auf der anderen Seite der Welt bist …« Die Stimme versagte ihr. »Warum musst du denn fahren, Peggy?

150

Meinst du nicht, du könntest mit uns zusammen auf der Farm glücklich werden?«

Peggy studierte die Wollfäden in der Decke und gab keine Antwort.

Eily hatte zu weinen angefangen. »Es ist einfach so schwer. Ach, Peggy, du bist meine kleine Schwester – wie kann ich dich so einfach fortlassen? Ich halte das nicht aus!«

»Ich kann mir vorstellen, Eily, wie dir zumute ist«, sagte Peggy. »Weißt du noch, wie es war, als Mutter von zu Hause fortgegangen ist, um Vater zu suchen?« Eily sah sie erstaunt an und nickte. »Ich war erst sieben, aber ich kann mich an diesen schrecklichen Tag erinnern, als sei es gestern gewesen. Ich habe gewusst, als sie über diesen schmalen Weg davonging, dass sie nie wiederkommen würde.«

»Peggy – das hat keiner von uns gewusst. Sie ist zu den Straßenarbeitern gegangen, um Vater zu suchen. Wir haben alle gedacht, dass sie wiederkommt«, sagte Eily.

»Nein, das habe ich nie geglaubt. Ich habe gewusst, dass ich sie zum letzten Mal gesehen hatte. Und es war richtig, wir haben sie nie wieder gesehen. Manchmal stelle ich mir diesen Tag noch einmal genau vor, nur dass ich mich an sie erinnern kann.«

»Ach, Peggy, mein armer, kleiner Liebling! Wir alle vermissen Mutter und Vater. In den ersten beiden Jahren bin ich Tag für Tag, jedes Mal, wenn unten die Ladenglocke ging, hingerannt – für den Fall, einer der beiden könnte plötzlich da stehen.«

»Mir ist es genauso gegangen«, flüsterte Peggy. »Manchmal habe ich Angst gehabt, Eily, ich könnte sie nicht wieder erkennen. Ich will mir immer und immer wieder vorstellen, wie Mutter ausgesehen hat, damit ich mich an sie erinnern kann.«

Eily stand auf, nahm einen ovalen Spiegel und hielt ihn Peggy vors Gesicht.

»Schau, Peggy, schau in den Spiegel. Du siehst genau aus wie sie.«

Peggy betrachtete das runde Gesicht, den dicken, kastanienbraunen Haarschopf darüber, die großen braunen Augen und die niedliche, leicht geschwungene Nase, die Sommersprossen und die kleinen weißen Zähne.

»Wenn du fortgehst, Peggy, was bleibt mir dann als Erinnerung an dich und Mutter?«, seufzte Eily.

Peggy schlang ihr die Arme um den Hals. »Du bist für mich der wichtigste Mensch auf der ganzen Welt, Eily. Du hast mich geliebt wie eine Mutter und bist doch meine Schwester und meine beste Freundin. Daran wird sich nichts ändern«, flüsterte sie.

»Ich kann dich nicht begreifen, Peggy – hast du denn keine Angst vorm Wegfahren? Vor dem Schiff und vor Amerika, und dass du ganz allein bist?«, fragte Eily.

»Nein«, sagte Peggy entschieden und blickte ihrer Schwester in die Augen. »Ich erinnere mich an Schlimmeres, an sehr viel Schlimmeres.«

»Ich rede morgen mit dem Lehrer«, sagte Eily. »Kennst du übrigens Nell Molloy? Ich habe gehört, sie fährt mit ihrer Familie auch nach Amerika. Ich will mal hingehen und mit ihr reden, vielleicht kann sie dich ein wenig im Auge behalten. Und ich denke, es wäre nicht verkehrt, wenn wir einen ganzen Berg Haferkuchen backen, die sollen ja die lange Reise am besten überdauern.«

Abschied

Am Sonntag im Gottesdienst gab Pater Lynch die Namen der Auswanderer bekannt, danach sprach er ein zusätzliches Gebet für sie. Peggy heftete ihren Blick auf das hölzerne Kreuz. Sie spürte, dass sie von der ganzen Gemeinde angestarrt wurde, während ihr Name fiel. Nach der Kirche kamen viele zu ihr, drückten ihr die Hand und wünschten ihr alles Gute. Eily und Nano standen wie Statuen links und rechts neben ihr.

An diesem Abend herrschte reger Betrieb in der Marktgasse – die Nachbarn waren gekommen, um sich von Peggy zu verabschieden. Michael hatte ein paar Stunden freibekommen. Die kleine Küche war überfüllt, denn Nano und Eily hatten für einen kleinen Imbiss gesorgt – es gab ungesäuertes Brot, weiches Teegebäck und zwei große Fladenbrote zum Bier. Teller und Becher funkelten im Schein des Feuers. Auf dem Küchenschrank standen zwei Krüge mit schwarz gebranntem Whisky und aus einem Fässchen Bier tropfte Schaum auf den roten Ziegelboden.

Es war ein richtiges Abschiedsfest – alle wussten, dass sie Peggy O'Driscoll in diesem Leben wahrscheinlich nicht mehr zu Gesicht bekommen würden.

Mit Begeisterung wurde John Joe Daly begrüßt. Er zog mit einer schwungvollen Geste seine Fiedel heraus und ließ zum Einspielen ein paar Töne hören.

Peggy musterte die Schar der Freunde und Nachbarn. Schlechte Zeiten, ein hartes Leben – und doch konnten sie noch lachen. Ich werde sie nie wieder sehen, dachte sie, während sie sich ihre Gesichter und ihre Geschichten fest einzuprägen versuchte. John Joe war mit seinen Vorbereitungen fertig, nun ließ er seine Musik erklingen. Zwei kleine Mädchen vom Marktplatz, die in Peggys Schule gingen, standen auf und fingen zu tanzen an. Wie zwei Elfenkinder wirbelten sie durch die Küche und ließen in straffer, aufrechter Haltung ihr Haar durch die Luft sausen, während ihre schmalen Füße in den spitzen Schuhen über den Boden glitten, als seien es eigenständige Wesen. Ihr Vater lehnte am Türrahmen und rauchte aus seiner Tonpfeife. Er platzte fast vor Stolz, als die Vorführung mit lautem Beifall belohnt wurde.

Michael, heftig errötend, stellte sich vor Nano und verbeugte sich übertrieben. Die alte Frau erhob sich aus ihrem Stuhl und ging mit ihm auf die Tanzfläche. John Joe spielte etwas Langsameres, damit Nanos komplizierte Tanzschritte richtig zur Geltung kämen. Einfühlsam tanzte Michael mit ihr um den Raum. Peggy starrte ihn an. Er sah sehr gut aus. Durch seine Liebenswürdigkeit und Umsicht strahlte er Kraft aus. Ihr Bruder war auf dem besten Weg ein stattlicher junger Mann zu werden. Peggy biss sich auf die Lippen. Tränen standen ihr in den Augen – sie musste sie unterdrücken. Nano sah zu ihr her, während sie mit einer zierlichen Geste ihren Rock ein wenig anhob und den Tanz beendete. Dann ließ sie sich laut lachend in Michaels Arme fallen.

Bald war die halbe Gesellschaft auf den Beinen und versammelte sich zu einem lebhaften Volkstanz. Peggy wurde von einem kraftvollen Tänzer zum anderen geschleudert, bis sie vor Atemlosigkeit kaum mehr reden konnte. Kate Conolly stellte sich in Positur und sang zwei Lieder. Die Zeit schien nur so dahinzufliegen. Peggy konnte sich denken, dass alle über sie redeten – in gewisser Weise war es, als sei sie schon fort.

Schließlich gingen die Nachbarn nach Hause und sie war mit ihrer Familie wieder allein. Michael machte Nano eine Tasse Tee. Sie sah erschöpft aus. »Nie hätte ich geglaubt, als vor fast sieben Jahren drei zerlumpte Kinder in unserer Küche standen, wie viel Glück und Liebe sie in das alte Leben von meiner Schwester Lena und mir bringen würden. Und nun verlassen die Jungen das Nest. Ich kann es nicht ändern, aber mir ist traurig zumute – ganz gleich, wie stolz ich auf euch drei bin«, sagte sie.

Peggy sah sie an. Die sanften, graublauen Augen waren verschleiert.

»Komm, Tante Nano, geh schlafen, du bist vollkommen erledigt. Eine ordentliche Mütze voll Schlaf, dann bist du morgen früh wieder taufrisch. Komm hoch, ich setze mich zu dir, bis du einschläfst.«

Peggy nahm Nanos Schultertuch und ging hinter ihr die Treppe hinauf, schlagartig wurde ihr bewusst, dass es das letzte Mal war. Nano zog ihr Nachthemd an und ließ sich von Peggy das Haar bürsten. Sie wollte eben ins Bett steigen, da fiel ihr etwas ein und sie schlurfte noch einmal zu der alten Eichenkommode mit den Schubladen. Aus dem untersten Kasten kramte sie ein großes, ledergebundenes Buch heraus.

»Setz dich, Peggy, ich will dir noch etwas geben.«

Das Mädchen erkannte den vertrauten Umschlag mit dem Harfen- und Blattmuster.

»Erinnerst du dich? Das ist Lenas Bibel gewesen und nun gebe ich sie dir weiter.«

Peggy hob den Buchdeckel an. »Lena Murphy« stand in großen, energisch geschwungenen Buchstaben auf der Innenseite. Dann kamen zwei unbedruckte Seiten voller Namen und Geburtsdaten. Es war der Stammbaum der Familie. Peggy fuhr mit dem Finger über die Zeile mit dem Geburtsdatum ihrer Mutter – 5. November 1814 – und dem Datum ihrer Hochzeit mit John O'Driscoll. Tante Lena hatte darunter geschrieben: »Gestorben während der großen Hungersnot in Irland«. Und dann: »Mary Ellen (Eily), Michael und Margaret (Peggy), Baby Bridget (im Himmel)« und dahinter ihre Geburtsdaten.

Ihre Blicke trafen sich und Peggy wurde klar, dass es mehr als nur eine Bibel war, was sie da bekam. Es war ihre eigene Geschichte – die überlieferte Geschichte der Familie O'Driscoll. Worte waren nicht mehr nötig. Peggy umarmte ihre alte Tante Nano und rannte aus dem Zimmer. Der Kloß in ihrer Kehle war so dick, dass sie fast daran erstickte.

Peggy schlich in ihr Schlafzimmer. Sie hatte das Gefühl, als sei jeder Funken Mut und Abenteuerlust in ihr erloschen. Die Nacht war plötzlich kühl geworden, Peggy zog die Decke hoch. Kurz darauf kam Eily. Sie schien todmüde und niedergeschlagen. Sie zog ihr Nachthemd an und stieg neben Peggy ins Bett.

»Du schläfst doch noch nicht, Peggy, oder?«

Peggy schüttelte den Kopf und tastete nach Eilys Schulter.

»Weine nicht, Schwesterchen«, tröstete Eily und dabei liefen ihr selbst dicke Tränen über das Gesicht. Peggy bekam Schluckauf, dann fing sie zu kichern an. Eily kitzelte sie. Sie kannte alle empfindlichen Stellen. Die beiden lachten sich kaputt, da kam Michael und steckte seinen Kopf durch den Türspalt.

»Pssst! Ihr weckt noch Nano auf!« Michael kam herein und setzte sich auf die Bettkante. Da saßen sie nun alle drei – sie waren so lange immer zu dritt gewesen. Sie redeten und redeten, über die vergangenen Jahre und über die, die vor ihnen lagen. Die Vögel hatten bereits mit ihrem Morgengesang begonnen, aber Eily bestand darauf, dass sie alle noch ein wenig schlafen sollten.

Wie sie es auch anstellen mochte, Peggy konnte nicht schlafen. Sie war zu aufgeregt, zu nervös, zu bedrückt – einfach alles. Behutsam rollte sie sich zur Seite und kroch aus dem Bett. Eily schlief weiter.

Peggy zog sich an und schlich wie ein Kätzchen aus

dem Schlafzimmer, die Treppe hinunter und in die Küche. Sie schob den Riegel an der Tür zurück und schlüpfte hinaus. Kein Mensch war zu sehen. Alle lagen noch in ihren Betten. Peggy hätte am liebsten losgebrüllt: Heute ist der Tag! Wacht auf! Aber sie hielt sich zurück. Übermütig sprang sie durch die engen Straßen und Gässchen bis zu der kleinen Brücke, die ihr noch nie so einsam vorgekommen war wie an diesem Morgen. Aber heute hatte sie keine Zeit, sich hinzusetzen und ihren Träumen nachzuhängen. In der Ferne zogen sich kleine Ackerstücke hin, auf denen bald die Kartoffeln reif sein würden, üppige Wiesen mit frischem, grünem Gras und Kornfelder mit Gerste und Weizen.

Sie stieg über eine rissige, niedrige Mauer auf ihre Lieblingswiese. Das Gras war taufeucht, es durchnässte ihre Schuhe und Strümpfe und ließ den Kleidersaum an den Beinen kleben. Schlüsselblumen, Butterblumen, Glockenblumen und hohe, wilde Petersilie, die wie Spitze aussah – alle standen schläfrig da und warteten auf die Morgensonne. Sie pflückte eine Blume nach der anderen und zog Ranken von Heckenrosen aus einem Busch. Sie tanzte und wirbelte herum, immer rund herum, bis der blaue Himmel und das grüne Gras zu einer Einheit verschwammen. Die Arme hatte sie voll wilder Blumen. Plötzlich bemerkte sie einen alten Bauern, der mit seinem Karren langsamer und langsamer wurde und sie mit unverhohlener Neugier anstarrte. Bald würde die Stadt erwachen. Sie rannte zur Marktgasse zurück und stürmte durch die Küchentür.

Nano saß im Nachthemd am Küchentisch. Sie sah alt

aus und müde – und schön. Peggy lief zu ihr. »Sind die nicht prachtvoll, Nano?« Sie öffnete die Arme und ließ ihrer Großtante die Blumen auf den Schoß regnen. »Sie sind für dich!«

»Peggy, immer bringst du mir Blumen ...« Nano hielt sich die Heckenrosen vors Gesicht. »Heute Abend wird ihr Duft das ganze Haus erfüllen ... heute Abend ...«

Peggy wusch sich und zog sich vollends an. Eily bereitete das üppigste Frühstück, das es je gegeben hatte. Alle saßen um den Tisch, sahen Peggy beim Essen zu und verfolgten jeden ihrer Bissen. Eily hatte Proviant für die Reise hergerichtet und hoffte, er werde auf der wochenlangen Seereise reichen. Der Vorrat bestand aus getrocknetem Fleisch, Tee und Zucker, einem großen Laib Brot, einem runden gelben Käse und trockenen Haferkuchen. Noch eine Stunde, dann wurde es Zeit für den Aufbruch.

Nano schwankte hin und her zwischen Aufregung und sinnloser Geschäftigkeit. Alle paar Minuten setzte sie sich und drückte ihr Taschentuch an die Augen. Peggy sagte nichts dazu, sie musste sich ohnehin allmählich fertig machen.

Michael befestigte um Peggys Handgelenk ein Armband aus Pferdehaaren. »Von den drei besten Pferden im Stall!« Er hatte schwarzes, kastanienbraunes und goldenes Haar so zusammengeflochten und verknüpft, dass es einen festen Ring bildete. »Das soll dir Glück bringen und Mut und Stärke«, erklärte er.

Peggy sah das Armband an. Es gefiel ihr auf Anhieb und sie kannte seine Bedeutung.

Nano brachte einen kleinen Beutel mit Geld, der oben mit einer Schnur zugezogen werden konnte. »Für schlechte Zeiten, mein Liebling, und als Starthilfe!«

Eily schlang ihr bestes Tuch um Peggys Schultern. »Das soll dir gehören. Wir können dich doch nicht mit einem abgetragenen Tuch in die Neue Welt schicken!« Peggy fasste nach den Zipfeln des Tuchs und zog es eng um ihren Körper. Sie rieb ihr Gesicht an dem weichen Wollstoff. Das Tuch würde ihr Geborgenheit geben und sie daran erinnern, wie Eily sie immer eingehüllt und beschützt hatte.

Nur zu bald hörten sie das Klappern des Wagens auf den Pflastersteinen der Gasse. Nell Molloy saß auf dem Wagen, ihre Kinder thronten hoch oben auf den fest zusammengeschnürten Kleiderbündeln. Michael holte Peggys Tasche, Eily verstaute den Proviant.

Nano war im Laden verschwunden. Sie ging auf und ab und fuhr nervös mit der Hand über den Ladentisch. Auf Zehenspitzen schlich Peggy zu ihr und drückte sie fest an sich.

»Bleib hier, Tante Nano! Komm nicht auf die Gasse heraus!«

Nano brachte ein unsicheres Lächeln zustande. Für Tränen war später noch Zeit genug.

Michael hob Peggy auf den Wagen hinauf. Eily rannte fast den ganzen Weg zur Hauptstraße winkend neben dem Wagen her – wie ein kleines Mädchen. Peggy schaute zurück und winkte, bis der Dunstschleier und auch der letzte Rauchfetzen über Castletaggart in der Ferne verschwunden war.

Queenstown

Der Wagen rumpelte über die holprigen Landstraßen und Fahrwege. Die zwei Pferde trotteten im gleichen Rhythmus dahin und ihre Mähnen wehten im Wind. Nell Molloy hatte alle Hände voll zu tun, um ihre Kinder in Schach zu halten – sie sangen lauthals und trieben Schabernack. Nach ein paar Meilen sollten noch die Sullivan-Brüder zusteigen.

Das ist Reisen mit Stil!, dachte Peggy, während sie frei und unbekümmert ihre Füße über den Wagenrand hängen ließ. Pater Lynch hatte den Wagen bezahlt. Er erzählte regelmäßig die Geschichte von einem Mann, der während der Hungersnot mit seiner Familie an den Rand des Todes getrieben worden war. Der gute Pater hatte ihnen zu essen gegeben und ihnen die Überfahrt nach Amerika bezahlt, aber eine Woche später hatte sich herausgestellt, dass die Leute auf dem Weg zum Hafen gestorben waren. Sie waren für die Reise zur Hafenstadt zu erschöpft und kraftlos gewesen. Seitdem sorgte Pater Lynch dafür, dass alle Auswanderer aus der Gemeinde Castletaggart den ersten Abschnitt ihrer Reise bequem per Pferdewagen hinter sich bringen konnten. Keiner verließ die Stadt in Elend und Verzweiflung, solange Pater Lynch etwas zu sagen hatte. Das war schon zu oft vorgekommen.

Die sommerliche Landschaft flog vorüber. Meile um Meile verschmolz zu Farben und Bildern – grüne Hecken, Geißblatt, hohe, schwere Weißdornbüsche unter der Last ihrer üppigen Blütenzweige, kleine

Gehölze alter Eichen und Eschen, aus denen Waldtauben hochschreckten und in den klaren, blauen Himmel flatterten.

»Ich habe deiner Tante und deiner Schwester versprochen, dass ich gut auf dich aufpassen werde«, verkündete Mrs Molloy. Sie war eine groß gewachsene Frau und bereits jetzt rot und verschwitzt von der Hitze und der ganzen Aufregung. »Obwohl ich ja weiß, was für ein braves, kleines Mädchen du bist. Wir wollen alle aufeinander aufpassen.«

»Danke«, murmelte Peggy und griff hastig nach dem jüngsten Molloy-Sohn, bevor er vom Wagen stürzen konnte.

Seine Mutter gab ihm einen Klaps auf den Hintern und drohte, er dürfe nicht mit aufs Schiff, wenn er sich nicht anständig hinsetzte. Peggy kramte ein paar Bonbons hervor und verteilte sie unter den Kindern. Mit Tess Donlons Karamellbonbons war man mit Sicherheit eine ganze Weile beschäftigt.

Nell lehnte das Bonbonangebot ab. »Nein, Peggy, behalt sie nur selber.« In der nächsten halben Stunde erzählte sie Peggy von ihrem Mann Dan, der schon vor zwei Jahren nach Amerika ausgewandert war. Er hatte geschuftet wie ein Pferd, damit er von seinen Ersparnissen Geld nach Hause schicken und außerdem noch etwas für eine eigene Wohnung in Amerika zurücklegen konnte. Die Familie bekam für die Überfahrt finanzielle Unterstützung. Mit Gottes Hilfe würden sie die Schrecken der Vergangenheit vergessen und – hätten sie erst fremde Küsten erreicht – ein neues Leben anfangen.

An der Kreuzung stiegen die beiden Sullivan-Jungen zu. Nie hatte Peggy sie so sauber und ordentlich erlebt. Ihre Haare waren gewaschen, ihre Gesichter glänzend und gründlich gescheuert, ihre Kleider abgetragen, aber sauber. Keine Spur von der üblichen Schmutzschicht, die man sonst an ihnen kannte, wenn sie sich auf dem Marktplatz in Castletaggart herumtrieben. Der jüngere, Liam – er war ungefähr fünfzehn –, stieß einen schrillen Pfiff aus. Die Luft vibrierte richtig vor Lärm und Gelächter, als der Wagen weiterratterte.

Sie kamen an Dörfern, Bauernhöfen und kleinen Städten vorbei. Vor Steigungen sprangen die meisten Fahrgäste vom Wagen. Der alte Francie lockte die Pferde aufwärts, tätschelte sie am Hals und redete ihnen gut zu. Von Zeit zu Zeit legten sie eine Pause ein, damit sich die Tiere ausruhen konnten. Nach fünf Stunden waren alle wie erschlagen von der Rüttelei, aber sie spürten endlich den Geruch nach Meerwasser.

»Seeluft!«, verkündete Nell Molloy. Sofort wurden alle munter. »Atmet nur diese gute, salzige Luft ein, sie ist gesund für die Lungen!«, drängte sie.

Sie waren auf eine geschäftige Landstraße eingebogen und fuhren an einer Flussmündung über eine schmale Brücke mit einem kleinen, steinernen Turm. Hier begann ein ziemlich steiler Anstieg. Alle bis auf Nell und das jüngste Kind sprangen vom Wagen.

Durch Hecken und dichte Büsche sah Peggy etwas Blaues schimmern. Dann rollten sie um eine Biegung – und befanden sich mitten in Queenstown. Die Stadt war auf einem steilen Hügel hoch über dem unendlichen blauen Meer erbaut. Große Seevögel ließen vor dem klaren Himmel träge ihre Schwingen schlagen, ihr Geschrei füllte die Luft.

Peggy hatte so etwas noch nie gesehen. An den Straßen reihten sich Läden und Verkaufsbuden aneinander, Leute schubsten und drängelten und wollten ihr Geld loswerden. Es herrschte Ferienstimmung. Das Wasser plätscherte gegen die Hafenmauer, hob und senkte sich in kleinen Wellen glitzernd in der Sonne. Gegenüber von Queenstown lagen zwei Inseln im Meer und dahinter begann die offene See. Eine ganze Reihe von Schiffen drängte sich im Hafen; zwei- und viermastige Lastkähne lagen da und Fischerboote. Am Horizont verschwand ein großes Schiff.

Alle hoben ihr Gepäck vom Wagen und stellten es auf die Erde, unsicher, was nun weiter zu tun war.

»Ich muss nach Castletaggart zurück, sobald die Pferde versorgt und ein bisschen ausgeruht sind«, sagte Francie. »Das Beste wird sein, ihr geht zum Schifffahrtsbüro weiter oben an der Straße.« Er zeigte ihnen die Richtung. »Viel Glück euch allen«, ergänzte er und drückte jedem die Hand, auch dem kleinen Tim. Sie sahen zu, wie Francie in einer gepflasterten Seitengasse verschwand – ihre letzte Verbindung zu Castletaggart.

Mrs Molloy voran, zogen sie alle zu dem großen Steingebäude mit der gestrichenen Holzfassade, auf der in goldenen Buchstaben »Schifffahrtsbüro *Masters & McCabe*« stand. Davor, auf einer Holztafel, hing ein Plakat mit Angaben über die verschiedenen Schiffe und ihre Bestimmungsorte wie Liverpool und New York.

Der kleine Tim und Nellie blieben draußen, die anderen gingen hinein. An der einen Seite des Raums stand eine lange Holzbank und sie setzten sich. Nach ein paar Minuten winkte ein Angestellter Nell heran. Sie baute sich vor dem Tresen auf und sprach mit dem Mann.

Dann kam Peggy an die Reihe. Sie kramte die Benachrichtigung und den Gutschein aus einer geheimen, eingenähten Tasche in ihrem Rock. Der Mann hinter dem Tresen sah alt und müde aus. Er musterte Peggy eingehend, danach studierte er die beiden Schriftstücke.

Peggy sah auf ihre Hände. Sie bemühte sich ihre Nervosität zu verbergen. Nach einem Kopfnicken verschwand der Mann in einem Hinterzimmer und kam mit einem braunen Buch zurück. Er klappte es auf, trug das Datum ein, Peggys Namen und ihre Anschrift.

»Alter?«, fragte er.

»Fast vierzehn.«

»Bist du vierzehn oder nicht?«, fragte er ungeduldig.

»Fast ... in ein paar Tagen«, stammelte Peggy. Sie reckte sich, damit sie größer und älter aussah – sie schwindelte.

Sie spürte, dass sie rot wurde, und schon fing auch ihr rechtes Bein zu zittern an – das passierte ihr immer, wenn sie aufgeregt war. Was um Himmels willen sollte sie machen, wenn er sie nicht fahren ließe?

»Hm ... also dann ... Beruf?«

»Hausangestellte«, sagte Peggy entschieden, zog energisch ihr Tuch fester um die Schultern und sah dem

Mann in die Augen. Er klappte das Buch zu, trat zu dem Schreiber, der gerade Nells Papiere überprüfte, und zog ein schwarzrotes Buch zu sich heran.

Über der aufgeschlagenen Seite stand: »Passagierliste«. Er kritzelte Peggys Namen und ihre weiteren Angaben hinein. Dann zog er eine Schublade auf und nahm von einem Stapel eine große, hellbraune Fahrkarte mit schwarzer Schrift und der Teilskizze eines Schiffes darauf.

»Du fährst mit der *Fortunata*, die in zwei Tagen nach Boston ablegt. Unterbringung auf dem Zwischendeck, Mahlzeiten und frisches Wasser werden gestellt. Hast du jemanden, der sich bei der Ankunft um dich kümmert?«

Peggy blieb der Mund offen stehen. Was sollte sie antworten?

Nell kam zu ihr, sie hatte inzwischen für sich und ihre Kinder alles geregelt. »Mein lieber Mann ist schon dort. Er hat in den vergangenen zwei Jahren alles für uns vorbereitet. Und Peggy hier ist das Kind von meiner armen verstorbenen Schwester. Natürlich können wir sie nicht allein hier zurücklassen, wir wollen alle ein neues Leben anfangen.«

Der Mann nickte und schrieb wieder in sein Buch.

Kaum aus der Tür, fiel Peggy Nell Molloy um den Hals. »Haben Sie vielen Dank!«, rief sie erleichtert. Ihre Schiffskarte hielt sie fest in der Hand.

»Nun, kleines Fräulein, mach mal langsam«, wehrte Nell ab. »Wir müssen eine Unterkunft finden für die Zeit, bis unser Schiff absegelt. Auf dem Hügel oben gibt es eine Herberge mit großen Zimmern und einer ganzen Anzahl Betten, hat man mir gesagt.«

Sie trotteten den Hügel hinauf und fanden oben ein schäbiges Haus mit einem Holzschild über der Tür: »Fremdenheim – Seeblick«. Peggy und Nell gingen hinein. Nell verhandelte mit der Wirtin. Die Frau, die mittleren Alters sein mochte, seufzte schließlich und erlaubte ihnen die Kinder hereinzubringen. Peggy und Nell übersahen die schmutzigen Treppen und sie achteten nicht auf den Kohlgeruch, der durch das ganze Haus zog. Sie folgten der Frau nach oben. Die Sullivan-Jungen und Tom und Tim Molloy nahmen den kleineren Raum, Nell und die Mädchen den anderen.

Peggy sah sich um. Es gab ein kleines Fenster im Zimmer – so schmutzig, dass man kaum durchschauen konnte –, ein großes Doppelbett und ein kleineres in der Ecke. Die Decken waren fadenscheinig, das Bett knarrte und quietschte, als sich Mary und Nellie darauf setzten. Sie verstauten ihr Gepäck ordentlich in einer Zimmerecke.

»Wir brauchen eine gute Mahlzeit, damit wir bei Kräften bleiben«, sagte Nell. »Ich will die Herbergsmutter darum bitten.«

Eine Stunde später saßen sie um den Tisch in der feuchten, dampfigen Küche. Jeder bekam eine dünne, gräuliche Scheibe Speck und einen Berg Kartoffeln und Kohl. Widerwillig erklärte sich die Wirtin bereit zum Frühstück Porridge zu machen – für einen geringen Aufpreis. Durch das fröhliche Lachen und Plaudern der Kinder vergaßen sie bald die zerkochte Mahlzeit. Sie beschlossen sich ein wenig die Beine zu vertreten und sich die Stadt noch einmal gründlicher anzusehen.

Als es dunkel wurde, fand Nell es an der Zeit, schlafen zu gehen. Sie kehrten ins Haus Seeblick zurück, wo sie trotz der freudlosen, unbehaglichen Atmosphäre bald in tiefen Schlaf sanken. Aufregung und Müdigkeit hatten sie überwältigt.

Die Fortunata

Peggy wachte als Erste auf. Der kleine Tim hatte sich aus dem Zimmer der Jungen davongemacht und sich neben seiner Mutter ausgestreckt. Die beiden kleinen Mädchen lagen aneinander geschmiegt dicht an der Bettkante. Alle schliefen noch fest.

Peggy tappte auf Zehenspitzen zum Fenster und spähte durch die Vorhänge mit dem ausgeblichenen Blumenmuster. Es war früh am Morgen. Sie erkannte in der Ferne die kleinen Fischerboote, die zu ihren Fanggründen in die offene See hinausfuhren – und dann sah sie es! Dort lag – durch die Lücken zwischen den Häusern deutlich zu erkennen – ein mächtiges Segelschiff mit hohen, bis zum Himmel aufragenden Masten, höher als bei allen anderen Schiffen.

»Die *Fortunata*«, hauchte sie, »sie ist schon da!« Am

liebsten hätte Peggy die anderen lautstark mit dieser Neuigkeit geweckt, aber sie hielt sich zurück.

Sie kroch wieder ins Bett, zog sich die Decke bis ans Kinn und versank in einem seltsamen Traum: Sie hatte ein wunderschönes weißes Kleid an. Eily rief nach ihr, aber sie tanzte und wirbelte herum und gab keine Antwort.

»Peggy! Peggy! Das Schiff ist da!« Der kleine Tim kletterte auf ihr herum und schüttelte ihr mit seinen klebrigen Händen den Kopf hin und her.

Fiebernd vor Aufregung standen Nell und die Mädchen am Fenster und rieben sich ungeduldig den Schlaf aus den Augen. Peggy gähnte und sprang aus dem Bett.

»Schau mal, Peggy, siehst du es?«, rief Mary. »Ist es nicht großartig? Unser Schiff ist da!«

So schnell war wohl noch keine Familie mit Anziehen und Frühstücken fertig geworden! Alle sechs rannten den steilen Hügel von Queenstown zum Hafen hinunter. Peggy schauderte vor Erregung, als sie die *Fortunata* aus der Nähe sah.

»Die ist ja riesengroß!«, staunte Tim.

Himmelhohe Masten ragten vom Schiff auf und von vorn nach hinten waren kreuz und quer Seile und Flaschenzüge gespannt. Hoch über ihren Köpfen hing schwankend ein Schiffsjunge in einer Leiter aus Tauen. Seine Kunststücke brachten ihm bewundernde Rufe von den Leuten unten an der Hafenmauer ein. Die Segel waren fest aufgerollt. Zwei junge Matrosen saßen mit gekreuzten Beinen an Deck und flickten an einem großen Stück weißen Segeltuchs. Das hölzerne Deck war blank gescheuert, doch außen, am unteren Teil des Schiffsrumpfs, hingen graue Muscheln und schleimiger grüner Seetang.

Seeleute luden dicke Ballen Baumwolle aus, Kisten mit Tee und eine ganze Anzahl Holzstämme. Sie stapelten alles vor der Hafenmauer auf. Barsch riefen sie den Kindern zu: »Aus dem Weg da! Dass ihr ja nichts kaputtmacht!« Am ganzen Kai wimmelte es von Menschen, die einen Blick auf die *Fortunata* werfen wollten – zweifellos Peggys Reisegefährten.

Der nächste Tag war der längste, den sie je erlebt hatten. Alles war gepackt und reisefertig – nur das Schiff nicht. Nahrungsvorräte wurden an Bord gebracht und Nell wurde nicht mit ihren Überlegungen fertig, ob sie auch genügend für sie alle dabeihatte. Auf den getuschelten Rat der Herbergswirtin hin hatte sich Nell zum Kauf eines Nachttopfs und eines Blecheimers entschlossen.

»Sie werden es mir noch danken, gute Frau«, hatte sie versichert. »Denken Sie an meine Worte!« Dann hatte sie Nell ein Haushaltswarengeschäft unten an der Gasse gezeigt, wo die preisgünstigsten Waren angeboten wurden. Widerwillig hatte Peggy ein wenig von ihrem Geld herausgekramt und sich an den Kosten beteiligt – nun war sie Mitinhaberin.

Gegen vier Uhr nachmittags hatte sich eine Schlange an der Hafenmauer gebildet. Dicht hinter Nell stand Peggy mit der kleinen Nellie an der Hand. Die Kinder quengelten und waren weinerlich, aber keiner durfte es ihnen verübeln: Es war fast sechs Uhr, als sie endlich die Spitze der Schlange erreicht hatten. Ihre Namen wurden aufgerufen und auf der Liste abgehakt. Dann balancierten sie über eine schmale Laufplanke direkt ins Zwischendeck, das unter dem eigentlichen Deck lag.

Es war fürchterlich. Kein bisschen so, wie sie es sich vorgestellt hatten. Sie kamen in einen großen, düsteren Raum hinunter, in dem dicht aneinander kleine, schmale Kojen standen. Sie hatten an den Längsseiten etwas erhöhte Kanten aus Holz. Da passt bestimmt keiner rein, dachte Peggy. Die Menschen schoben und stießen einander ins Zwischendeck. Es war schon jetzt maßlos überfüllt und doch drängten mehr und mehr Passagiere herein.

»Besetz ein paar Kojen, Mary, los, mach schnell!«, rief Nell und zog die Kinder hinter sich her. Dann raffte sie ihr Gepäck auf und warf alles auf zwei übereinander liegende Kojen. Eimer und Nachttopf schob sie unter die untere Koje. Eine andere Frau wollte eine Decke auf die obere Koje legen.

»Hören Sie mal, auf dieser Koje sitzen meine Kinder!«, schrie Nell. »Sie haben wohl keine Augen im Kopf?«

»Hier ist kein Fenster, Mama«, jammerte Mary.

»Keine Einzelpersonen pro Koje!«, rief ein Matrose mit rötlichem Haar. »Nur zu zweit oder dritt in einer Koje. Wir sind überbelegt, ihr müsst euch schon zusammentun.«

Peggy stand wie angewurzelt. Sie fühlte sich so allein. Was sollte sie nur machen? Da tauchte plötzlich Nell neben ihr auf, packte Peggys Tasche und warf sie auf die obere Koje zum Gepäck ihrer Töchter. »Du bist wohl nicht ganz bei Trost, Peggy! Natürlich schläfst du bei Nellie und Mary. Ich bleibe mit den Jungen unten. Wir müssen das jetzt gemeinsam durchstehen.«

Still kroch Peggy in die obere Koje. Sie setzte sich auf die abgewetzten Holzbretter und betrachtete das Chaos ringsum. Da jede Familie an Bord genommen wurde, kam es zu immer verzweifelteren Kämpfen um einen Schlafplatz. Einzelne Personen, Witwen und Waisen standen mitten im Gewühl auf dem Zwischendeck und wussten sich keinen Rat. Schließlich teilte ihnen ein Matrose Schlafstellen zu, die sie zu mehreren belegen sollten. Es war demütigend. Weiß der Himmel, wie das sein mag, dachte Peggy, wenn man diese Enge auch noch mit völlig fremden Menschen teilen muss.

In der unteren Koje hatte sich Nell inzwischen häuslich eingerichtet. Sie unterhielt sich mit einer Frau in der Koje daneben. »Kaum hatte ich diesen Platz hier gesehen, hab ich mir gleich vorgenommen, dass der uns gehören muss. Sehen Sie mal, da ist eine kleine Luke zum Lüften und bis zum Tisch ist es nicht zu weit und nicht zu nah – wenn Sie verstehen, was ich meine – und ist nicht eine nette Nachbarin wie Sie noch ein zusätzlicher Pluspunkt? Ich heiße Nell Molloy und das sind meine Kinder – Mary, die kleine Nellie, Thomas und Tim – und nicht zu vergessen Peggy O'Driscoll, die so gut wie zur Familie gehört.«

Peggy lächelte, doch sie war zu sehr mit ihren eigenen Beobachtungen beschäftigt, als dass sie in Nells Geschichten und Familienzusammenhänge hineingezogen werden wollte. In der Mitte des Zwischendecks waren stabile Eichentische befestigt mit langen Bänken an jeder Seite. Das war ihr Speisesaal; offenbar mussten sie sich bei der Benutzung der Tische abwechseln.

Nach anderthalb Stunden etwa hatte sich Ruhe auf der Fortunata ausgebreitet.

Es war düster und trostlos hier unten. Peggy konnte die Vorstellung kaum ertragen, dass sie die nächsten fünf, sechs Wochen in dieser bedrückenden Enge verbringen würde. In den Gesichtern der Reisegefährten konnte sie allerhand lesen – Aufregung, Hoffnung, Furcht, und in manchen höchste Verzweiflung. Alle hörten, wie das Wasser klatschend gegen die Holzplanken des Schiffsrumpfs schlug. Plötzlich kam es ihnen lauter und heftiger vor – und daran erkannten sie, dass das Schiff abgelegt hatte und den Hafen verließ.

»Es geht los«, rief jemand. »Das Schiff segelt ab!«

Augenblicklich drängten alle nach oben an Deck. Sie bildeten eine Menschenkette rund um das Schiff. Es fiel kein Wort, als sie einen letzten Blick auf Irland warfen. Die Matrosen hasteten hin und her, manche balancierten auf den endlosen Masten hoch über dem Deck, andere zerrten an dicken, geschwungenen Tauen, als nun der Wind in die schweren Segel fuhr. Dann segelte die Fortunata mit der Flut davon und glitt ruhig in die offene See hinaus. Die Reise hatte begonnen.

Als sie, einer nach dem anderen, wieder ins Zwischendeck hinunterstiegen, war es dunkel. Alle wussten, dass es kein Zurück mehr gab.

Volle Kraft voraus

In dieser ersten Nacht auf See wurde gesungen und erzählt. Als hätten sie sich untereinander abgesprochen, waren ausschließlich phantastische Geschichten von Auswanderern zu hören, die in Amerika Millionäre geworden waren und die heute elegante Kleider und eigene Häuser besaßen. Es war eine Nacht, in der man voller Zuversicht war, in der man an die Zukunft denken wollte und nicht an die Vergangenheit.

In der Dunkelheit der Nacht schob sich die *Fortunata* durch ruhige See. Der Gesang von unten durchbrach die Stille und die wachhabenden Matrosen an Deck klopften mit den Füßen den Takt. Sie wussten genau, dass den Passagieren die Heiterkeit der ersten paar Tage bald vergehen würde.

Peggy lag dicht an Mary und Nellie gedrückt auf den harten Brettern der Koje. Als Kopfkissen benutzte sie ihr altes Tuch und zum Zudecken hatten sie gemeinsam zwei Wolldecken. Peggy konnte unmöglich schlafen. Ständig hörte man, wie sich jemand hin und her warf oder sich umdrehte, wie alte Männer stöhnten und Frauen Gebete vor sich hin murmelten – nicht zu vergessen die Schnarcher und Nachtwandler. Peggy schlief während der ganzen Nacht unruhig, döste ein und schreckte wieder auf. Wenn das so weiterginge, war sie bei der Ankunft in Amerika am Ende ihrer Kraft.

Am nächsten Morgen war es heiß und stickig im Zwischendeck und es stank. Könnten sie doch wenigstens ein Fenster öffnen und ein wenig Licht und frische Luft hereinlassen! Schon hatte der Atlantische Ozean dafür gesorgt, dass fast drei Viertel der Passagiere seekrank waren. Die beiden Molloy-Mädchen Mary und Klein Nellie würgten und mussten sich übergeben. Am schlimmsten schien es Frauen und Kinder zu treffen. Nell Molloy sprach ein Dankgebet, dass sie so vernünftig gewesen war den Blecheimer mitzunehmen.

Peggy lag auf ihrer Seite der Koje. Ich will nicht brechen, ich will nicht brechen, versuchte sie sich einzureden – aber dann musste sie doch. Sie war schweißnass und der Mund schien ihr wie ausgetrocknet. Seekrankheit war schlimmer als alles, was sie sich je vorgestellt hatte. Wäre sie kräftig genug gewesen, um an Deck zu gehen, hätte sie ernsthaft überlegt, ob sie nicht am besten über Bord sprang. Brechreiz und kalter Schweiß überfielen sie in Wellen, ständig wiederkehrend und fast im Rhythmus des Meeres. Darauf hatte niemand Peggy vorbereitet. Zwei Tage lag sie reglos in der Koje und spürte die gleichmäßige Bewegung des Schiffes durch ihren Körper rollen. Sie konnte außer ein paar Tropfen Wasser nichts bei sich behalten. Wie schaffen das nur Mütter mit kleinen Kindern, dachte sie mitfühlend. Die See war rau und stürmisch, das Wasser toste gegen das Schiff, als wolle es eindringen. Peggys einziger Gedanke war: Ich will nach Hause.

Am vierten Tag konnte sich Peggy immerhin aufsetzen. Sie fühlte sich schmutzig und verschwitzt, aber wenigstens hatte das entsetzliche Schwindelgefühl aufgehört.

Der freundlichste unter den Matrosen war Bill Harvey, ein großer, fröhlicher Bursche. Als er sah, dass einige der unglücklichen Passagiere den schlimmsten Teil der Seekrankheit überstanden hatten, brachte er sie hinauf an die frische Luft. Mit einem derben, feuchten Handtuch konnten sie sich ein wenig abwischen. Wenn sie auch nur für eine Stunde dem säuerlichen Geruch im Zwischendeck entkamen – es war der reinste Himmel. Die Sonne schien. Der Koch und zwei Helfer rührten geschäftig in einem Eintopf aus Schweinefleisch und Bohnen. Der Essensgeruch brachte Peggys Magen in Aufruhr, doch konnte sie die aufsteigende Übelkeit bezwingen. Sie sah sich an Deck um.

Die Unterkünfte der Seeleute – es hieß, sie seien nicht viel besser als die der Zwischendeck-Passagiere – lagen am oberen Ende des Schiffs und darüber befand sich die Kajüte des Kapitäns. Vor seiner Tür stand ein großer Korb mit Hühnern, die ständig gackerten und spektakelten. Kaum hörte Bill den Kapitän, der seinem Kajütenjungen Befehle entgegenblaffte, da schickte er die Passagiere schnell wieder nach unten. Der Kapitän wünschte sie möglichst nicht zu Gesicht zu bekommen.

Nell hatte mit ihren Kindern alle Hände voll zu tun. Die Seekrankheit war bei ihr ziemlich glimpflich verlaufen, aber trotzdem sah Nell nicht gut aus.

Die Glocke ertönte zum Zeichen, dass die gekochte Mahlzeit des Tages fertig war. Peggy lehnte ab, als Nell ihr das Essen brachte. Sie gab es Thomas und Tim in der unteren Koje, die immer am Verhungern waren.

Peggy saß in ihrer Koje und knabberte an einem der trockenen Haferkuchen, die ihr Eily gebacken hatte. In der Nähe stand ein Mädchen und sah ihr beim Essen zu. Sie hatte grüne Augen mit grauen Dreckschmierern darunter und ihr Lächeln war offen und freundlich. Peggy klopfte mit der Hand auf den freien Platz neben sich. Das Mädchen schwang sich hinauf.

»Ich heiße Sarah Connolly«, sagte sie und grinste.

»Peggy O'Driscoll aus Castletaggart.«

Gleichzeitig streckten beide Mädchen die Hand zur Begrüßung aus. Peggy kicherte, sie stellte sich den komischen Anblick vor, den sie boten.

»Warst du auch krank?«, fragte Peggy.

Sarah nickte. »Ganz fürchterlich. Ich wäre am liebsten gestorben.«

»Bist du allein?«

»Nein, ich fahre mit meinen beiden großen Brüdern. Dort drüben sind sie, James ist siebzehn und John sechzehn.« Ihre Brüder saßen am Tisch und löffelten Bohneneintopf mit Fleisch in sich hinein.

»Ich bin fünfzehn«, sagte Sarah und lächelte. Sie war zierlich und das schwarze Haar hing ihr in dünnen Locken um das immer noch elend aussehende Gesicht. Aber wenn sie lächelte, strahlte sie rundum.

»Ich bin dreizehn und so gut wie allein. Mein Bruder Michael sollte erst mitfahren, aber dann hat er eine Stelle gefunden«, sagte Peggy und seufzte. »Aber ich habe immerhin die Molloys, eine Familie aus Castletaggart.«

»Ist Castletaggart eine schöne Stadt?«, wollte Sarah wissen.

Peggy musste sich voll auf die Holzkante der Koje

konzentrieren. Sie traute sich kaum zu sprechen. »Castletaggart ist der schönste Ort der Welt. Meine zwei alten Großtanten hatten einen Laden dort ...«

Stunden später saßen sie immer noch nebeneinander auf der Koje, unterhielten sich und vertrauten einander die Höhen und Tiefen ihres Lebens an. Sarahs Familie war während der großen Hungersnot von ihrem Hof vertrieben worden. Sie waren ins Armenhaus gegangen und dort war Sarah aufgewachsen. Ihre Mutter war dort gestorben und ihr Vater war so verwirrt, dass er das Armenhaus wohl nie mehr würde verlassen können. Vor einem Monat hatte fast die Hälfte der Bewohner das Angebot einer kostenlosen Überfahrt nach Boston bekommen. Sarah und ihren Brüdern blieb gar nichts anderes übrig, als es anzunehmen und einen neuen Anfang zu wagen.

»Ich bin nicht traurig, Peggy, dass ich von Irland wegfahre«, erklärte Sarah. »Ich lasse ja niemanden zurück. Ich weiß, mein Vater ist noch dort, aber in seiner Erinnerung sind wir schon längst alle gestorben. Seit einem Jahr oder so hat er uns kaum mehr erkannt.«

»Mein Gott, Sarah, wie traurig!«, sagte Peggy.

»Ich will ganz von vorn anfangen, weißt du. Komm, wir üben schon mal«, drängte das ältere Mädchen. »Lass uns ein bisschen auf und ab gehen!«

Peggy ließ sich vorsichtig von der Koje hinunter. Ihr war immer noch leicht schwindlig. Sie gingen an den überfüllten Tischen vorbei. Am Tisch neben Peggys Koje saßen die Frauen. Jeder Zentimeter Sitzplatz war besetzt. Die Kinder stürmten inzwischen die Kojen zum

Spielen. Viel Platz zum Herumlaufen gab es nicht, aber das war nicht so schlimm, wenn man nur eine Freundin hatte, mit der man reden konnte.

Der Sturm

Allmählich bekam Peggy wieder Appetit. Bald ging es ihr so wie den anderen Passagieren und sie hatte die meiste Zeit Hunger. Mit den Haferkuchen ging sie sparsam um und wenn sie an einem knabberte, dachte sie bei jedem Bissen an zu Hause und wie alles gewesen war. Die See war in den letzten Tagen rau und stürmisch geworden. Man blieb am besten in der Koje.

Sarah hatte alle Hände voll zu tun, weil einer ihrer Brüder schwer seekrank war. Sie musste sich ständig um ihn kümmern.

»Ich komme später zu dir, Peggy! Es ist nur, weil John mich jetzt braucht.«

Nell Molloy gab sich Mühe Peggy aufzumuntern, aber in ihren Gesprächen ging es meistens nur um Ehemänner, Babys und Hausfrauensorgen. Sie behandelte Peggy wie ihre eigenen Kinder. Wollte sie sich mit anderen Frauen unterhalten, sagte sie zu ihr: »Geh spielen.«

»Das gibt einen Sturm, merkt euch, was ich sage!«, kündigte Nell an.

Ein donnernder Schwall von Wogen krachte gegen das Schiff. Die Bewegung wurde ungleichmäßig. Es wurde kein Essen gebracht.

Bill Harvey brüllte von oben herunter: »Bleibt in euren Kojen! Die Frauen sollen gut auf die Kinder aufpassen und seht zu, dass ihr eure Habseligkeiten festbindet! Wir fahren mitten durch orkanartige Winde in das Auge eines Sturms.«

Allein gelassen im Halbdunkel des Zwischendecks, breitete sich Panik unter den Passagieren aus. Seewasser drang durch die Schiffsplanken und bedeckte den Boden. Sobald der Sturm mit Geheul loslegte, fingen die Kinder zu weinen an. Das Schiff schwankte von einer Seite auf die andere. Alle klammerten sich an die Seitenkanten der Kojen.

»Bleibt, wo ihr seid!«, schrien die Männer. Der riesige Wasserbehälter brach aus seiner Halterung und krachte gegen die unteren Kojen. Das ganze Trinkwasser ergoss sich ins Salzwasser. Zerbrochene Haferkuchen trieben darauf. Innerhalb einer Stunde war das gesamte Zwischendeck überflutet.

Drei kleine Kinder wurden aus einer unteren Koje ins Wasser geschleudert. Das Wasser schwappte und wirbelte um sie her, sie riefen um Hilfe. Zersplitterte Holzteile, Vorratsdosen und Fässer wurden gegen die Wände geschmettert. Alle schrien.

»Rettet sie! Rettet sie!«

Sarahs Bruder James und der Vater der Kinder bahnten sich mühsam einen Weg zu ihnen. Sie wurden heftig von einer Seite auf die andere geschleudert. Das kleine

Mädchen brüllte und klammerte sich an ein Tischbein. Ihr Bruder versuchte immer wieder sich aufzurichten, rutschte aber ein ums andere Mal aus. Den zwei Männern gelang es schließlich, sie zu packen und auf eine der oberen Kojen zu hieven.

»Alle hinauf in die oberen Kojen!«, brüllte der Vater der Kinder. Ein wüstes Durcheinander entstand. Verzweifelt tastete sich James auf der Suche nach dem dritten Kind durch das Wasser. Endlich zog er den kleinen Zweijährigen heraus. Die Passagiere waren schweigsam geworden. Kaum hatte James den Kleinen in eine Koje gehoben, aus der sich ihm Hände entgegenstreckten, fing das Kind zu husten und zu würgen an und Wasser ergoss sich aus Mund und Lungen.

Die Männer pochten gegen die verschlossenen Luken. »Lasst uns an Deck!«, schrien sie. »Wir ersaufen hier unten wie die Ratten! Wir sind doch keine Verbrecher!«

Ihre drängenden Rufe gingen im Sturmgeheul und im Getöse der haushohen Wellen unter.

Mary Molloy wurde wie eine Puppe gegen die Koje geworfen. Sie war im Gesicht verletzt und ihr Arm hing kraftlos herunter – gebrochen.

»Betet, meine kleinen Lieblinge! Betet zu Gott!«, rief Nell eindringlich. »Er ist der Einzige, der uns jetzt retten kann.«

Wie sehr sich Peggy auch festklammerte, sie spürte, dass sie mit jedem Heben des Schiffes heftiger von ihrer Koje weggerissen wurde. Sie hing nur noch an der seitlichen Kante, entsetzt vor der Schwärze unter ihr. Plötzlich war sie mitten darin! Sie schluckte salziges Wasser.

Es erstickte sie fast, es stach ihr in den Augen und quoll ihr in die Nasenlöcher. Sie tastete in der Dunkelheit nach einer Koje und versuchte sich daran hochzuziehen. Ihre Arme und ihr Körper waren zu schwer. Da streckten ihr Sarah und James die Arme entgegen und zerrten sie zu sich hoch. Peggy war eiskalt, ihre Zähne klapperten.

»Alles in Ordnung, Peggy, wir haben dich«, sagte Sarah tröstend.

Peggy schloss die Augen, sie zitterte wie Espenlaub. Sarah hielt ihr fest die Hand. Ein Brecher nach dem andern klatschte gegen das Schiff. Auch von oben lief Wasser herunter. Vom oberen Deck war ein mächtiges Splittern und Bersten zu hören.

»Mach, dass es nicht der Hauptmast war!«, beteten John und James.

Jemand fing mit einem geflüsterten »Vaterunser« an und nach und nach beteten immer mehr Leute mit. Endlich schlief Peggy ein, die Worte des Gebets noch im Ohr. Sie träumte von Michael, wie er auf einem stattlichen weißen Pferd über eine Wiese ritt.

»Wach auf, Peggy, wach auf! Es ist alles vorbei. Der Sturm ist aus.« Hellwach saß Sarah neben ihr.

Peggy fühlte sich benommen, jeder Knochen tat ihr weh. Aber wenigstens bewegte sich das Schiff ruhig und gleichmäßig. Männer, Frauen und Kinder in den oberen Kojen rührten sich allmählich. Ihre Kleider und Decken waren völlig durchnässt. Habseligkeiten, die ihren Besitzern lieb und teuer waren, trieben zerschmettert im Wasser.

James stand bei einer Gruppe von Männern, die den Kapitän zum Öffnen der Luken bewegen wollten. Peggy kletterte in die untere Koje und schob sich an der Kante entlang, bis sie bei den Molloys war. Tim weinte.

»Wie hast du es überstanden, Nell?«

»Ich glaube, ich bin noch heil«, scherzte die Frau. »Die Kinder sind alle halb tot vor Angst und Kälte.«

Peggy spürte einen Schauder der Erleichterung.

»Ist schon gut, Peggy-Mädchen, wir sind alle noch mal davongekommen.«

»Was ist mit Marys Arm?«

»Gebrochen höchstwahrscheinlich, aber gebrochene Knochen heilen wieder.«

Eine Stunde später waren alle an Deck. Die Matrosen waren auch erschöpft, sie hatten ihr Äußerstes getan, um das Schiff über Wasser zu halten. Das Hauptsegel war zerrissen und übel zugerichtet und die Masten mussten repariert werden. Ein Matrose war, als der Sturm am heftigsten getobt hatte, über Bord geschwemmt worden.

Decken wurden zum Trocknen ausgebreitet. Eine Frau weinte, sie hatte ihr Baby verloren. Ein Mann von der Besatzung erschien mit der Passagierliste und rief die Namen auf. Außer dem Baby fehlte noch ein alter Mann. Beide wurden gefunden, als die Seeleute das Zwischendeck ausschöpften. Sie waren ins Wasser gerutscht und ertrunken. Alle drängten sich dicht zusammen, als der Kapitän für die Toten ein paar Gebete aus der Bibel las.

Die zwei Leichen wurden in Decken gehüllt und an

Deck getragen – ein großes Bündel und ein winzig kleines. Voll Entsetzen kniff Peggy die Augen zu, als die Deckenbündel über Bord geworfen wurden. Sarah schluchzte laut, James barg ihr Gesicht an seiner Brust. Die Mutter des Babys schrie und weinte. Plötzlich nahm sie einen Anlauf, als wolle sie hinter ihrem Kind her ins Wasser springen, aber ihr Mann konnte sie gemeinsam mit einem anderen gerade noch zurückhalten. Ihr Schluchzen und Stöhnen hörte nicht auf.

Peggy starrte gebannt und widerwillig ins Wasser, als die Wellen über das erste der dahintreibenden grauen Bündel schwappten. Bald ging es unter. Das kleinere Bündel schaukelte in den Wasserwirbeln neben dem Schiff auf und ab, als wolle es einfach nicht von der Oberfläche verschwinden. Peggy wusste nicht, warum, aber auch sie fing zu weinen an. Sie weinte um einen alten Mann und ein kleines Kind, die sie nicht gekannt hatte.

Die lange Reise

Fünf ekelhafte Wochen in stickiger Enge und Gestank. Peggy hatte fünfunddreißig Strohhalme in einem Häufchen aufeinander gelegt – besser gesagt, Bruchstücke von Strohhalmen – für jeden Tag einen. Jeden Morgen und jeden Abend zählte sie sie. Fünfunddreißig Tage auf diesem fauligen Holzding, das sie Schiff nannten. Das Glück suchen – ein neues Leben anfangen – in ein Land der Verheißung fahren! Peggy hatte das Gefühl, als würden sie alle zum Narren gehalten. Es gab Zeiten, da war sie so wütend, dass sie mit bloßen Händen jemanden hätte erwürgen können. Nur wen? Eingepfercht in ihrer Koje, zwei der Molloy-Kinder neben sich, zwang sich Peggy zu Ruhe und Freundlichkeit – damit sie durchhielt und nach Amerika kam. Es fehlten nur noch ein paar Strohhalme auf dem Haufen, dann lag das neue Leben vor ihr.

»Kübel ausleeren!«, rief ein Matrose ins Zwischendeck hinunter und machte die Luke auf. Ein wohltuender Schwall frischer Luft strömte herein. Mütter rüttelten ihre schlafenden Kinder wach und ermunterten sie tief durchzuatmen.

Peggy sah Mrs Molloy an. Sie wirkte krank. Eines ihrer kleinen Kinder lag neben ihr, es hatte Fieber bekommen in dieser drückenden, schwülen Enge. Nell Molloy nickte Peggy zu.

Peggy rümpfte die Nase und fasste nach dem Henkel des ziemlich vollen Eimers. Fest presste sie die Lippen aufeinander und versuchte ihre Nasenlöcher dicht zu machen – es war am besten, gar nicht an den Inhalt zu denken, sondern sich nur auf die wackligen Treppen zu konzentrieren und auf das Deck, wo die ganze Brühe über Bord geschüttet wurde.

»Es ist windig oben, pass gut auf, aus welcher Richtung es bläst«, witzelte ein Matrose.

Peggy stand auf dem schräg liegenden Deck und tat

so, als wolle sie die Windrichtung feststellen. Die Wellen peitschten gegen das Schiff. Je nachdem, wie die Wolken am Himmel zogen, sah das Wasser wie eine blaue oder wie eine grüne Decke aus. Stellenweise war es grün wie ein kleines Feld, dann wieder dunkel, fast schwarz. Es war das dritte Mal diese Woche, dass Peggy oben an Deck war. Gierig sog sie die Luft ein und ließ sie in die Lungen strömen. Der Wind erfasste ihr Haar und wehte es ungestüm nach einer Seite. Hoffentlich pustet er auch ein paar Flöhe davon, dachte Peggy. Und sie malte sich aus, wie das Ungeziefer aus Kleidern und Haaren in die unendliche Weite hinausgeblasen wurde.

Wie ein Schatten überkam sie plötzlich die Erinnerung an ihre Großtante, wie sie den über der Wäscheleine hängenden Wohnzimmerteppich ausklopfte. »Heraus mit den Spinnweben« – so hatte Nano immer gesagt.

»Beeil dich, Mädchen, es wird Zeit, dass du wieder nach unten kommst!«

Peggy leerte langsam den Kübel aus, blieb stehen und schaute sich auf dem Schiff um. Schwach hörte sie das Gegacker der Kapitänshühner in ihrem großen Weidenkäfig.

»Die dummen Hühner werden besser behandelt als wir«, murmelte sie vor sich hin.

»Das kann schon sein, mein Kind«, gab der Matrose zurück, der Peggy zur Luke begleitete, »aber einem von diesen Hühnern wird bis heute Mittag der Hals umgedreht.«

»In einen Käfig gesperrt, genau wie wir«, sagte Peggy.

Der Matrose schubste den Mann, der hinter Peggy ging, sodass er auf die Treppe zustolperte. Die Besatzung hatte strikten Befehl niemanden an Deck herumtrödeln zu lassen – der Kapitän befürchtete nämlich, die Passagiere könnten sich gegen die schlechte Behandlung auflehnen.

Peggy brauchte ein paar Minuten, um sich nach dem hellen Sonnenschein an das Dämmerlicht im Zwischendeck zu gewöhnen. Ein fürchterlicher Gestank war hier unten. Peggy blinzelte und atmete tief ein. Dann ging sie zu ihrer Koje und beugte sich über Nell Molloy.

»Alles in Ordnung, Nell?«

»Ist schon Land in Sicht?«, fragte die Frau krächzend.

Peggy schüttelte den Kopf. Sie ging zu dem Behälter mit Frischwasser, füllte einen Blechbecher und brachte ihn der Patientin.

»Kommt nach oben und lasst eure Mutter schlafen«, sagte sie zu den Kindern und klopfte einladend auf die obere Koje.

Die Kinder wurden allmählich alle unleidlich. Zehn oder mehr kleine, spindeldürre Knirpse spielten am anderen Ende des Zwischendecks Verstecken.

»Denkt an eure Mutter«, flüsterte Peggy.

Sie kramte ihre Bibel unter dem Schultertuch hervor und schlug sie auf. Ihre Lieblingsgeschichte stand im Buch Genesis. Peggy lächelte und fing an aus dem Kapitel über die Arche Noah vorzulesen. Manche Wörter waren ihr zu kompliziert, die übersprang sie einfach. Sie kannte die Geschichte schon so gut. Den Kindern blieb der Mund offen stehen, so sehr bewunderten sie den Mut von Noah und seiner Familie. Sie versuchten auch sich all die Tiere vorzustellen. Klein Nellie überlegte, ob es wohl auf der Arche auch so stickig und überfüllt gewesen sein mochte wie auf der Fortunata. Alle liebten sie ganz besonders die Stelle, an der die Taube einen Olivenzweig an Bord brachte.

»Schickt der Kapitän eine Taube aus, damit er weiß, ob wir bald in Amerika sind?«, fragte Nellie. Sie war entzückt von ihrer Idee.

Nach einer Stunde wehte Essensgeruch von oben herunter. Wenigstens ließ der Kapitän heute etwas zu essen bringen. Die paar Haferkuchen, die Peggy noch hatte, waren mit der Zeit hart und schmutzig geworden. Viele der Passagiere wurden lebhaft, sie streckten sich und gingen, um sich ein wenig Bewegung zu machen, auf und ab, bevor die Tagesmahlzeit gebracht wurde.

Peggy überließ die Kinder sich selbst und ging durch das Zwischendeck zur Kojenreihe auf der anderen Seite. Sarah Conolly schlief noch fest. Ihre schwarzen Locken klebten feucht an den Wangen und Peggy bewunderte ihre langen schwarzen Wimpern.

»Sarah, ich bin's«, flüsterte Peggy. Sie hoffte, Sarah würde nicht noch Fieber bekommen wie so viele andere hier. Sarah gähnte, grinste Peggy an und stand auf. Danach gingen auch die beiden Mädchen auf und ab und machten alle möglichen Pläne für ihre Ankunft in Amerika.

Amerika

Land in Sicht!« Der Ruf ging von Mund zu Mund. Das Geschrei der Seemöwen erfüllte die Luft. Die Matrosen, die zuletzt mürrisch und gereizt gewesen waren, fingen zu pfeifen an und wirkten erleichtert. Wie zermürbt und kraftlos alle auch sein mochten – das Ende der Reise war in Sicht. Eine zusätzliche Portion Fleischeintopf und ein frisch gefüllter Wasserbehälter wurden ins Zwischendeck gebracht.

Peggy war kribbelig vor Aufregung, doch sie machte sich Sorgen um Nell Molloy. Nell lehnte jedes Essen ab und als ihr Peggy mit einem angefeuchteten Tuch Hände und Gesicht abwischte, spürte sie ihre hohe Temperatur. Der kleine Tim war weinerlich und lustlos und ließ sich von Peggy nicht zum Spielen überreden. Er wollte nur still neben seiner Mutter liegen.

Am nächsten Morgen kam – zur Überraschung aller Passagiere – der Kapitän halb die Treppe zum Zwischendeck herunter. Eine Glocke forderte bimmelnd Aufmerksamkeit. Das Schweigen, das sich sofort ausbreitete, wurde nur vom Geschrei eines Babys unterbrochen. Neugierig richteten sich alle Blicke auf den Kapitän.

»Wie ihr vielleicht schon erraten habt, befinden wir uns im Augenblick in amerikanischem Gewässer und später am heutigen Tag werden wir die Ostküste Amerikas erreichen und unseren Bestimmungsort Boston. Wir haben eine reibungslose Überfahrt gehabt.« Unwilliges Murren erhob sich. Er redete weiter: »Vor unserer

Ankunft gibt es Verschiedenes zu erledigen. Es ist anzunehmen, dass ein Arzt an Bord kommt, der alle Passagiere untersucht und danach beurteilt, ob ihr Gesundheitszustand die Einwanderung erlaubt. Bettzeug und Kojen müssen gereinigt und aufgeräumt werden, alles muss tadellos in Ordnung sein.« Und schnell wie der Blitz drehte er sich um und verschwand wieder an Deck, bevor hunderte von Fragen auf ihn niederprasseln konnten.

Nachdem sich die Luke geschlossen hatte, senkte sich eine eigenartige Ruhe über die Passagiere im Zwischendeck. Tränen traten in Peggys Augen, sie fühlte sich glücklich, erleichtert – und gleichzeitig ängstlich. Sarah ging es ebenso. Peggy überlegte, was mit Nell und dem kleinen Tim geschehen sollte. Keiner konnte den Kranken und Leidenden, die in ihren Kojen lagen, ins Gesicht sehen und die Fragen in ihren Augen beantworten. Würden sie den ganzen Weg zurückgeschickt werden?

Nach einer Stunde wurde die Luke geöffnet und sechs Matrosen stiegen herunter. Sie zerrten das alte Stroh aus den Kojen, bestreuten das Zwischendeck mit trockenem Sand und einer bearbeitete den schmutzigen Boden mit einer großen Bürste. Das faulige, stinkende Stroh und der ganze Dreck wurden in alte Säcke geschaufelt und an Deck hinaufgeschleppt. Dann kamen noch zwei Matrosen und zogen die schimmligen, schmutzverklebten Decken aus den Kojen. Zwei, drei alte Frauen versuchten vergeblich ihre Decken fest zu halten und sich darin einzuwickeln.

»Die kriegt ihr nicht, ihr Diebe!«, kreischte eine der

Frauen, als die Matrosen sie – nicht allzu sanft – aus ihrer Decke schälten.

Die Decken wurden zusammengeschnürt und ebenfalls nach oben gebracht. Rasch war Peggy über die Treppe an Deck gestürmt, da konnte sie eben noch sehen, wie die Matrosen die Säcke packten und ins Meer schleuderten. Danach stießen sie die Deckenbündel über Bord. Der Schmutz aus den Decken breitete sich langsam auf dem Wasser aus und dann, als sich die Decken voll Wasser gesaugt hatten und schwerer wurden, sanken sie wie dunkle Riesenquallen allmählich unter den Schaum.

Später wurden Eimer, Scheuerbürsten und große Seifenstücke gebracht und die Frauen fingen an die Tische und den Boden zu scheuern. Die Luke war offen gelassen worden und der Wind tat sein Bestes, um den Geruch nach Krankheit und die schlechte Luft zu vertreiben. Die Frauen hatten vor Scham und Zorn rote Augen. Sie scheuerten mit Wut und Verbissenheit und wuschen sich mit der groben Seife die schmutzigen Hände und Arme. Manche spülten sich sogar das Gesicht mit der scharfen Seifenlauge ab und trockneten es schnell an ihren Tüchern. Sie fühlten sich gekränkt und gedemütigt. Wie oft hatten sie um Wasser und Seife zum Waschen gebeten, besonders nach dem Sturm und nachdem so viele seekrank gewesen waren, und immer war es ihnen verweigert worden!

Peggy brannte vor Wut. Während sie arbeitete, verfluchte sie den Kapitän und seine Mannschaft für die Unverschämtheit, mit der sie die Leute im Zwischendeck behandelten. Sie füllte zwei Blechbecher mit heißem Wasser und rief die Molloy-Kinder zu sich. Sarah lachte, als Peggy mit einem abgerissenen Stück Stoff den verschmierten Dreck von den kleinen Gesichtern und Händen rieb.

»Stillhalten!«, befahl sie, als die Kinder wie kleine Schweinchen quiekten und herumzappelten. Sie fand, das war das Wenigste, was sie für Nell und ihre Familie tun konnte.

Oben an Deck konnte man schon die Küstenlinie mit ihren schwungvollen, in goldenes Sonnenlicht getauchten Krümmungen und Buchten erkennen. Ob unten oder oben – alle saßen ruhig da, während sie dem Land näher und näher kamen. Sie hatten tatsächlich die ganze, weite Fahrt von Irland nach Amerika geschafft! Und dann gab es plötzlich einen Ruck – der Kapitän hatte befohlen: »Anker auswerfen!«

Warum hatten sie angehalten? Niemand schien es zu wissen. Sie bemerkten ein großes Ruderboot, das auf die Fortunata zuhielt. Es kam näher, schließlich lag es neben ihrem Schiff. Drei Leute stiegen über die Leiter an Bord. Von ihrer Koje aus konnte Peggy Stimmengemurmel hören, während die Fremden überall an Deck herumgingen. Dann kam Bill Harvey die Treppe herunter.

»Ruhe bitte! Wir haben Gäste – einen Arzt, eine Krankenschwester und einen Beamten von der Hafenbehörde Boston. Der Kapitän lässt euch also bitten, dass ihr ihre Arbeit unterstützt, da wir alle so schnell wie möglich anlegen wollen.«

Peggy hatte Angst. In den letzten Wochen war ihr

manchmal schwindlig gewesen, sie spürte ihr Herz in der Brust klopfen und sie war kurzatmig. Was, wenn die es merkten?

Die meisten Männer machten einen unbekümmerten Eindruck, doch die Frauen wirkten ängstlich. Sie tuschelten mit den Kindern und kniffen sie in die Wangen, damit sie ein wenig Farbe bekamen.

Sie stellten sich in Reihen auf und einer nach dem anderen ging an den Tisch und nahm vor der Krankenschwester Platz. Der Arzt saß am anderen Ende des Tisches und untersuchte diejenigen, die die Schwester zu ihm schickte.

Der Beamte ging mit Bill Harvey zwischen den Kojen herum und sah sich die Bettlägerigen an. Voll Nervosität stand Peggy neben Nell und den Kindern vor ihrer Koje. Tim schlief fest, aber seine Blässe und Mattigkeit ließ sich durch nichts verbergen. Peggy und Mary hatten sich die größte Mühe gegeben Nell ordentlich herzurichten und ihr das Haar zu bürsten und zu flechten. Sie war schneeweiß und fühlte sich feuchtkalt an. Der Beamte notierte die Kranke und das Kind in der Koje für eine ärztliche Untersuchung. Bill winkte Peggy zu, sich mit den anderen in die Reihe zu stellen.

»Name?«, fragte die Krankenschwester.

»Peggy O'Driscoll«, brachte Peggy hervor und schluckte.

»Wie alt? Und fährst du allein oder in Begleitung?«

Was sollte sie sagen? Sarah vermutete, dass auch die Familien der Kranken nicht an Land gelassen würden. Wenn sie nun sagte, sie gehörte zu Nell – würden sie sie dann nach Irland zurückschicken? Aber wenn sie zu jung war?

»Ich ... ich bin dreizehn und ich bin ... so gut wie allein«, sagte Peggy in der Hoffnung, dass es die richtige Antwort war.

Die Krankenschwester fing an überall an Peggy herumzudrücken. »Husten? Schweißausbrüche oder Fieber?«

Peggy schüttelte den Kopf und betete zu Gott, dass die Krankenschwester nicht merkte, wie wild ihr Herz pochte. Die Schwester schien zufrieden. Jedoch der Arzt rief Peggy zu sich. Er sah ihr prüfend in Augen und Rachen, dann tastete er ihren Hals ab und horchte am Herzen. Peggy bemühte sich langsamer zu atmen. Sie sah ihm in die Augen und war auf das Schlimmste gefasst.

»Tja, kleines Fräulein, dir fehlt weiter nichts als frische Luft und eine etwas ausgeglichenere Ernährung. Viel Glück und alles Gute für die Zukunft.«

Peggy stürmte davon und stieg zu Sarah in die Koje. Sie fielen einander um den Hals.

»Ich bin gesund, Sarah!«, rief Peggy lachend.

»Ich auch«, sagte Sarah, »er hat nur gesagt, ich soll nicht zu schwer arbeiten.«

»Was ist mit den Molloys?«, fragte Peggy leise. Sie hatte ein schlechtes Gewissen, weil sie die Zugehörigkeit zu ihnen geleugnet hatte. Sie warf einen flüchtigen Blick auf die andere Deckseite. Der Arzt und der Beamte schienen gerade ausführlich über die Patientin und ihr Kind zu reden. Sobald sie sich entfernten, lief Peggy hinüber. Nell hatte die Augen geschlossen. Die Anstrengung möglichst nicht sehr krank zu erscheinen, hatte sie vollkommen erschöpft.

»Weißt du, Peggy«, erklärte Mary, »wir müssen auf eine Insel mit einem besonderen Krankenhaus. Für ein paar Wochen, bis es Mama wieder besser geht. Wir alle. Ich glaube, es ist so was wie ein Armenhaus.« Marys Augen waren vor Schreck weit aufgerissen.

Peggy bückte sich und setzte sich auf die Kante neben sie.

»Haben sie gesagt, dass es ein Armenhaus ist, Mary?«

»Nein, nicht so richtig.«

»Dann ist es auch keines. Es ist ein Haus, wo sie deine Mama und deinen Bruder gesund machen und wo sie sich um euch alle kümmern. Ist das nicht viel besser, als sofort mit dem Schiff wieder nach Hause geschickt zu werden, wie wir es von manchen gehört haben?«, sagte Peggy tröstend. »Ihr seid immerhin in Amerika!« Peggy verbarg ihre Bestürzung bei dem Gedanken von der liebenswerten, freundlichen Familie getrennt zu werden. Die Molloys würden ihr sehr fehlen.

Die nächsten Stunden vergingen in einem Taumel der Begeisterung. Die Luke war wieder fest geschlossen. Sie kamen sich vor wie Tiere auf dem Weg zum Viehmarkt. Dann strömte plötzlich Tageslicht herein und die Kranken wurden an Deck gebracht. Sie kamen ins Krankenhaus auf der Insel Deer Island.

»Meinst du, Nell, dass du zurechtkommst?«

»Mach dir keine Gedanken, Peggy, Unkraut vergeht nicht! Das Einzige, was mich beunruhigt, ist mein

Mann. Wirst du ihn finden und ihm sagen, was passiert ist und wo wir sind?«, bat Nell.

»Ich finde ihn, Nell, keine Angst!«

Peggy umarmte sie, dann küsste sie der Reihe nach Mary, Tom, Tim und Klein Nellie.

Schweigen senkte sich über das ganze Zwischendeck, als die Kranken fort waren. Das Schiff kam wieder in Bewegung. Peggy saß teilnahmslos auf der leeren Koje. In einer Stunde würde sie dieses Schiff verlassen haben. Kaum zu glauben, dass in zwei Monaten vielleicht ein anderes Mädchen hier saß – ebenfalls im Aufbruch nach Amerika.

»Boston! Amerika!«, ertönte ein Ruf.

Peggy stürzte sich in das wüste Gedrängel der Passagiere und bahnte sich einen Weg an Deck, damit sie ungehindert einen Blick auf ihre neue Heimat werfen konnte. Langsam segelten sie in die Bucht. Ringsum drängten sich Schiffe in und aus dem betriebsamen, überfüllten Hafen. Die prächtige Stadt Boston lag vor ihnen.

»Wir haben es geschafft!«, rief Sarah und lachte. »Peggy, kannst du dir das vorstellen? Ist es nicht wundervoll? Sieh nur diese Häuser und die vielen Schiffe!«

Verglichen mit Queenstown war es eine riesige Stadt. All die Hafenanlagen und Buchten, die weit ins Meer hinausragten! Und sie konnten die langen, breiten Straßen sehen, die beidseitig von hohen Steinhäusern gesäumt waren. Vornehme Häuser in jeder Richtung. Die Punkte in der Ferne kamen näher und näher – bald konnte Peggy die Namen an den Gebäuden lesen und die Hauben und Tücher der Frauen erkennen.

Sie kramte ihre Zählhalme hervor. Langsam öffnete sie die Hand und vierzig abgebrochene Strohstücke wurden vom Wind erfasst und über das Wasser getrieben. Im Nu waren sie verschwunden.

Die Fortunata machte sich zum Anlegen bereit. Auf der einen Seite des Hafens waren große Speicherschuppen. Davor wurden Kisten und Behälter aufgestapelt und von Hafenarbeitern weitertransportiert. In der Nähe wurden gerade zwei, drei Schiffe beladen. Schließlich fand die *Fortunata* einen Anlegeplatz. Peggy und die anderen Passagiere mussten aufpassen, dass sie den Matrosen nicht in die Quere kamen, als diese den wartenden Hafenarbeitern am Kai Taue zuwarfen.

Es dauerte nicht lange, bis die Laufplanke angelegt war, und dann verließ ein Passagier nach dem anderen das Schiff. Peggy hoffte nur, dass sie in ihrem ganzen Leben nie wieder einen Fuß auf die *Fortunata* oder ein ähnliches Schiff setzen müsse.

Erste Schritte

Mit wackligen Schritten kamen Peggy und Sarah mit ihrem Gepäck vom Schiff herunter. Es gab Hochrufe für jeden, der von Bord ging und zum ersten Mal den Fuß auf festen amerikanischen Boden setzte. Eine Menschenmenge stand am Kai und hieß die Ankömmlinge willkommen. Welch ein Umarmen, Weinen und Lachen! Peggy beneidete alle, die abgeholt und begrüßt wurden.

Kleine Kerlchen von neun, zehn Jahren drängten sich durch die Menge. Sie wollten scheinbar mit dem Gepäck behilflich sein, doch eigentlich waren sie nur darauf aus, die Leute in ein bestimmtes Fremdenheim zu lotsen. Es waren diese Botenjungen, die immer bei Ankunft eines Schiffes zum Hafen geschickt wurden, um neue Kunden zu bringen. Peggy war vor ihnen gewarnt worden, sie hielt Tasche und Bündel fest umklammert. Der ganze Kai stand voller Koffer und Kisten, die von den Neuankömmlingen ängstlich bewacht wurden. Peggy war wie geblendet von dem ganzen Treiben, von den hohen Häusern in der Ferne und dem geschäftigen Leben auf den Straßen. Sie musste sich aufraffen in der Menge der Wartenden nach Daniel Molloy zu suchen.

Das Schiff hatte sich geleert, nun gingen die Matrosen an Land. Peggy bemerkte einen Mann, der zielstrebig bis an die Laufplanke drängte. Er machte einen recht besorgten Eindruck. Er war kleiner, als Nell ihn beschrieben hatte. Seine Wangen sahen frisch und gesund aus, er trug einen abgetragenen Tweedanzug und ein sauberes weißes Hemd. Er hastete hin und her, als suche er jemanden. Peggy ließ Sarah stehen und trat auf den Mann zu. Sie zupfte ihn am Jackett, da drehte er sich um.

»Mr Molloy, nicht wahr?«

»Ja, Kind, kann ich dir helfen?«, fragte er. Er wirkte völlig verstört.

»Nein, Mr Molloy, aber ich habe eine Nachricht für Sie von Mrs Molloy.«

»Meine Frau! Du hast Nachricht von ihr? Wo um Himmels willen ist sie? Und meine kleinen Lieblinge?«

»Sie ist in Sicherheit, nur, sie und Tim sind krank geworden und sie mussten alle ein paar Stunden vor uns vom Schiff. Sie sind in ein Krankenhaus auf Deer Island gebracht worden. Viele Passagiere sind dort.« Peggy sah die Angst und Besorgnis in seinem Blick. »Wirklich, Mr Molloy, sie hat Fieber gehabt, aber es gibt dort Ärzte, die sich um sie kümmern werden.«

Dan Molloys heiteres Lächeln hatte sich in Bestürzung verwandelt. Er zog ein schmuddeliges Taschentuch heraus und schnäuzte sich.

»Du bist prächtig, Mädchen, dass du nach mir gesucht hast! Ich danke dir! In der letzten halben Stunde bin ich fast verrückt geworden vor Sorge um meine Familie.«

Peggy nickte. Sie verstand seine Enttäuschung.

»Ich bin Peggy O'Driscoll aus Castletaggart. Mary und ich, wir sind in dieselbe Schule gegangen. Ich war die ganze Fahrt mit Mrs Molloy und den Kindern zusammen. Sie hat sich so nett um mich gekümmert und ich bin froh, dass ich solche Freunde habe.«

Da schlang ihr Dan Molloy spontan die Arme um den Hals und drückte sie an sich.

»Es ist wunderbar, nach zwei Jahren einen Menschen aus der alten Heimat zu treffen!«, rief er. »Ich habe mich auf der anderen Seite von Boston niedergelassen. Ich arbeite auf einem großen Holzplatz und wohne dort in der Nähe in einem möblierten Zimmer.« Er unterbrach sich. »Hast du denn eine Unterkunft? Oder jemanden, bei dem du wohnen kannst?«

Peggy fasste einen raschen Entschluss. Dan Molloy war ein herzensguter Mann, aber er hatte mit Nell und den Kindern genug zu tun. Sie besaß selbst ein wenig Geld und außerdem wartete Sarah auf sie.

»Ich komme schon zurecht, Mr Molloy, vielen Dank. Meine Freundin Sarah und ich, wir wollen zusammenbleiben.«

Herzlich drückte er ihr die Hand und sagte ihr noch schnell seine Anschrift. Dann machte er sich auf die Suche nach jemandem, bei dem er erfahren konnte, wie er nach Deer Island käme.

Peggy lief wieder zu Sarah, die voll damit beschäftigt war, einem rotznasigen Bengel ihren übel zugerichteten Koffer zu entwinden. Kaum tauchte ihr Bruder John auf, rannte der Kerl davon.

Peggy fühlte sich auf einmal einsam und müde, ihr war zum Weinen zumute. Sie hockte sich auf ihre Tasche. John und James wollten sich in einem Arbeiterwohnheim einmieten und danach etwas für ihre kleine Schwester und für Peggy suchen. John nahm den Koffer und Peggys Tasche und führte die Mädchen ein Stück weiter, wo sich eine Menschenmenge vor einem kleinen Tabakladen drängte. Auf einer Art Klappstuhl saß eine große, stämmige Frau. An der Hauswand unter dem Fenstersims lehnte ein Plakat mit der Aufschrift: »Mrs Margaret Halligan – Stellenvermittlung und Wohnheim für junge Mädchen«. Darunter, grün geschrieben und in

Klammern: »Fast wie bei Mutter«. Vier Mädchen aus dem Schiff standen schon da. James führte Sarah und Peggy hinüber. Dann nahm er eine Geschäftskarte von Mrs Halligan, las sie und steckte sie ein.

»Was meinst du, Peggy?«, fragte Sarah.

Peggy zog die Schultern hoch.

»Hört sich an, als könnten wir da hingehen.« Sarah war ganz begeistert.

»Helfen Sie uns Stellen zu finden?«, fragte Peggy die Frau.

Sie lachte. »Die vornehmsten Stellen in Boston!«

Kurz entschlossen traten Sarah und Peggy zu den Mädchen neben ihr.

John und James verabschiedeten sich und nachdem sie versprochen hatten Sarah am kommenden Sonntag zu besuchen, tauchten sie in der Menge unter. Die Menschentrauben hatten sich allmählich aufgelöst, das Hafenviertel geleert. Überall hörte man Rufe: »Viel Glück!«

Margaret Halligan erhob sich, ein junger Bursche klappte den Stuhl zusammen und griff nach dem Plakat.

»Nun, ihr Mädchen, dann folgt mir jetzt nach Empire Hill 49, zum besten Haus für junge Mädchen in ganz Boston«, rief sie energisch und schritt voran.

Sie gingen langsam. Die sechs Mädchen kamen nicht aus dem Staunen heraus. Ihr Weg führte an der prachtvollen Stadthalle vorbei. Mrs Halligan zeigte ihnen den großzügig angelegten Marktplatz und die Markthalle daneben. Dicht belaubte Bäume warfen ihre Schatten auf die breiten, reinlichen Straßen. Mrs Halligan ließ es sich nicht nehmen, eine Bemerkung darüber zu machen. Bald kamen sie in ein Viertel mit engen, gewundenen Straßen, da sagte ihnen Mags Halligan die Straßennamen und in welchen Läden man günstig oder ungünstig einkaufte. Die meisten Mädchen waren zu durcheinander, um sich etwas davon zu merken. Sie hielten sich streng in einer Reihe hinter der ausladenden goldschwarzen Haube und den Röcken und Unterröcken von Mags Halligan, ihrer gemeinsamen Mutter. Bei Haus Nummer 49 angekommen, spürte Peggy ihren Mut sinken. Es war ein großes Steingebäude. Baufällige Stufen führten zu einer braunen Tür. Ein grünes Kleeblatt aus Holz – das Wahrzeichen Irlands – war seitlich davon an den Putz genagelt.

Im Innern des Hauses kämpfte der Duft nach Möbelpolitur und Bienenwachs gegen den Küchengeruch nach gepökeltem Rindfleisch und Gemüse. Ein Dienstmädchen, etwa in Peggys Alter, führte sie über die Treppe in einen langen, schmalen Raum. Wie staunte Peggy, als sie wieder Kojen sah!

»Besetz zwei Kojen, Sarah, schnell!«, rief Peggy. Sie stürzten sich beide auf die Koje in der Ecke neben dem Fenster. Peggy nahm die obere.

»Ihr könnt euch ausruhn. Mrs Halligan wird raufkomm' und mit euch reden, wenn sie fertig is'.« Das Mädchen, das müde aussah, öffnete den großen, unförmigen Kleiderschrank und sagte, sie sollten ihre Sachen darin verstauen. Nichts auf oder unter die Betten, da würde sich nur der Staub darauf legen.

Peggy streckte sich auf ihrer Koje aus. Sie wunderte

sich über sich selbst. Vor wenigen Tagen hätte sie wetten können, dass sie, sobald sie vom Schiff käme, in ganz Boston herumlaufen und jede Ecke auskundschaften würde. Und nun? Nun lag sie doch wieder in einer Koje! Ihre Beine konnten sich nicht an festen Boden gewöhnen und außerdem hatte sie das Gefühl, als könne sie einen ganzen Monat schlafen. Sarah schnarchte schon leise.

Empire Hill, Boston, Amerika – egal, wo in der Welt man war – Bett war Bett und Schlaf war Schlaf ...

»Auf, auf mit euch, meine Besten!«, rief nach ein paar Stunden Mags Halligan dröhnend. Eine gestärkte weiße Schürze war straff um ihre stattliche Figur gebunden und über ihrem hellhäutigen Gesicht mit den breiten Wangenknochen und den zwinkernden grünen Augen saß ein dicker, aufgerollter Knoten aus kastanienbraunem Haar.

Peggy und Sarah rieben sich den Schlaf aus den Augen und bemühten sich nach Kräften munter und aufmerksam zu erscheinen.

»Es gibt kein Krümelchen zu essen, bevor ihr nicht alle heiß abgeschrubbt und gründlich gesäubert seid. Ich will keinen Schmutz und Dreck in meinem Haus, also keine Geschichten und ab nach unten in den Waschraum mit euch!«

Nancy, das junge Dienstmädchen, das sie schon kannten, führte sie paarweise in einen großen Raum mit gefliestem Boden. Aus zwei großen Badewannen quollen Dampf- und Hitzeschwaden.

Peggy und Sarah wurden in das beinahe kochend heiße Wasser gesteckt. Von Kopf bis Fuß musste jede Faser gründlich gereinigt werden. Sie rieben sich mit einem dicken Stück Seife ab, das nach Lilien duftete. Nachdem Nancy sich die Köpfe der Mädchen angesehen hatte, massierte sie ihnen ein übel riechendes Shampoo in die Kopfhaut – Peggy hatte das Gefühl, ihr Hirn müsse zerspringen. Ihre Augen tränten und ihre Haut war so rot und erhitzt, dass sie sich wie ein gekochter Krebs vorkam. Sie fragte sich allmählich, ob sie einer Wahnsinnigen in die Hände gefallen war, da befahl Nancy: »Los, raus aus der Wanne jetzt!« Und sie warf ihr ein großes, graues Badetuch zu. Sarah hustete und sprudelte vor Lachen – Peggy sah zu komisch aus.

Dann wurden sie in die Diele vor Mrs Halligans Zimmer gebracht. Sarah sollte warten, Peggy ging hinein. Mags Halligan musterte sie von oben bis unten, Peggy spürte, wie sie vor Verlegenheit puterrot wurde. Dann musste sie sich auf einen Stuhl setzen und Mrs Halligan untersuchte ihr Haar, indem sie es mit dem Stiel eines Kammes ein wenig anhob.

»Schon wieder eine, Nancy. Gib mir die Schere.«

Nancy reichte Mags die große Schere. Mrs Halligan schnitt ungefähr zwanzig Zentimeter von Peggys Haar ab. Es fiel zu Boden und blieb auf dem Haufen Haare liegen, die von den Mädchen vor ihr stammten.

Als Nächstes fing Nancy an Peggys Kopf mit einem feinen Kamm zu bearbeiten.

Nach ein paar Minuten gab sie ihr den Kamm, damit sie selbst weitermachen konnte.

»Kämm dir die restlichen Nissen selber raus und dann zieh das hier an!« Sie gab Peggy Kleider und Wäsche, alles abgetragen, aber frisch gewaschen.

Peggy sah sich im Spiegel an und konnte kaum glauben, dass sie sich in den paar Wochen auf See in so ein bleichgesichtiges, mageres Mädchen verwandelt hatte. Aber sie musste zugeben, dass sie sich – so frisch gewaschen – wohl fühlte. Außerdem war sie froh den ständigen Juckreiz und die Plage der Läuse los zu sein, die sie seit dem ersten Augenblick an Bord der Fortunata gequält hatten.

Unten in der Küche teilte die Köchin eine dicke Ochsenschwanzsuppe aus. Danach gab es gepökeltes Rindfleisch mit einem Berg Kartoffeln und eine Schüssel voll Möhren. Es kam ihnen wie eine Himmelsspeise vor und gierig schlangen sie das Essen in sich hinein.

Dann kam Mrs Halligan und stellte schwungvoll ein großes Früchtebrot auf den Tisch. Sie gab jedem Mädchen einen Becher Tee mit Milch und eine Scheibe von dem Früchtebrot. Für einen Moment konnte sich Peggy fast zu Hause fühlen.

Die Mädchen waren irritiert, weil Mrs Halligan plötzlich laut zu lachen anfing. »Vor fünfundzwanzig Jahren bin ich mit meiner Schwester Bridget hier angekommen«, erklärte sie. »Und wir waren genau wie ihr – grün, dumm und ängstlich – und seht mich nun an! Eine angesehene Frau, wohl geachtet, mit einem eigenen Haus und einem glänzenden Geschäft, das jeden Tag besser geht. Ich habe sechs Zimmer vermietet und ich versorge meine Quartiergäste gut. Dann sind da die

Mädchen, solche wie ihr, die ich aufnehme und denen ich bei der Suche nach Arbeit und Unterkunft behilflich bin. Ich weiß genau, was die vornehmen Damen von Boston wollen. Ich habe zwanzig Jahre lang Küchenarbeit gemacht, Speisen angerichtet und Geschirr gespült, ich habe unten ebenso gearbeitet wie in den oberen Etagen. Seid geschickt und hört auf mich, dann kann euch nichts passieren. Ich finde für euch alle etwas, wenn ihr meine Anweisungen befolgt. Keiner will ein schmutziges Dienstmädchen, eine saubere, anständige Erscheinung ist also unbedingt erforderlich. Ich weiß gut, wie es ist, wenn man hungrig und todmüde in einem fremden Land ankommt. Ich gebe euch zu essen und behalte euch ein paar Tage bei mir, damit ihr einen guten Start habt.«

Peggy sah Mags bewundernd an. Welch eine Frau, und so großherzig!

»Und was springt für Sie dabei raus?«, wollte Josie O'Donnel wissen, ein großes, rotgesichtiges Mädchen.

Peggy und Sarah blinzelten einander zu. Wieder mal Josie! Immer hatte sie als Erste wissen wollen, was auf dem Zwischendeck vor sich ging – und jetzt hatte sie den Mut so mit Mags zu reden.

»Gut, dass eine von euch Grips im Kopf hat«, sagte Mags und lachte. »Ich hoffe, dass ich möglichst bald Stellen für euch habe, aber bis dahin gibt es hier genügend zu tun. Als Hausangestellte werden die meisten von euch unterkommen, aber es gibt auch Arbeitsplätze in der Fabrik, wer das will – Hand- und Maschinennäherei. Natürlich müsst ihr mir euren Aufenthalt hier bezahlen und später eine Gebühr für die Stellenvermittlung. Ist jetzt alles geregelt?« Sie sah in sechs erwartungsvolle Gesichter.

Dienstmagd

Es ist eine großartige Gelegenheit, Mädchen, dass du mich nur nicht enttäuschst!« Mrs Halligan sah Peggy eindringlich an.

Peggy sollte als Dienstmagd in einem Männerwohnheim arbeiten. Sie versuchte ein Lächeln. Sie sollte froh sein, dass sie so schnell an einen Arbeitsplatz gekommen war, aber sie hatte Angst vor dem Alleinsein.

»Glauben Sie, dass ich alles richtig mache?«

»Peggy O'Driscoll, du bist – genau wie ich – störrisch wie ein Maulesel. Aber du bist auch ein heller Kopf. In einem Wohnheim zu helfen ist eine ausgezeichnete Möglichkeit zum Einarbeiten«, versicherte ihr Mags.

»Wahrscheinlich!«, sagte Peggy und zog die Schultern hoch.

»Nun, dann lauf, hol deine Sachen und verabschiede dich von den anderen. Ich bringe dich in einer Stunde zu Mona Cavendish. Es ist nicht am Ende der Welt, weißt du!«

Die Stunde war im Nu um. Nach etwa zehn Minuten Fußweg stand Peggy vor einem düsteren Holzhaus in einer engen, schäbigen Straße, in der sich die Menschen drängten.

»Hör mal, Peggy, ich will nicht sagen, dass Mrs Cavendish die beste Herrschaft in Boston ist«, räumte Mrs Halligan ein, »aber sie ist auch nicht die schlechteste. Sie stammt aus Liverpool. Auf alle Fälle ist es ein Anfang.«

Eine Frau mit gerötetem Gesicht, das fettige Haar an beiden Seiten des Kopfes zu zwei Schnecken gerollt, öffnete die Tür.

»Aha, das ist wohl das Mädchen?«, fragte sie.

Mrs Halligan nickte. »Kommt gerade vom Schiff, Mona, ist aber eine gute Arbeitskraft.«

»Na ja, ich hoffe nur, dass sie besser ist als die vorige!«

Peggy war elend zumute. Sie stand da und warf einen Blick in die schmierige Eingangsdiele. Ihr Gefühl riet ihr davonzulaufen, doch stattdessen verabschiedete sie sich von Mags und folgte der andern Frau ins Haus.

»So, Peggy, du richtest dich genau nach meinen Anweisungen, dann kommen wir bestens miteinander aus!«

In der Küche herrschte ein heilloses Durcheinander. Eine halb fertige Fleischpastete stand mitten auf dem Tisch. »Sieh dir nur an, in welcher Unordnung mich die andere verlassen hat«, sagte Mrs Cavendish, »und nun muss man schon wieder einen Neuling anlernen!«

Peggy musste Schalen und den Schmutz auf dem Boden zusammenfegen. Aus den Augenwinkeln beobachtete sie, wie Mona Cavendish geschickt den Teig fertig machte und die Pastete in den riesigen Backofen schob.

»Komm, Peggy, ich will dir alles zeigen!«, sagte sie dann und führte Peggy in einen lang gestreckten, schmalen Raum mit zwei aneinander gerückten Holztischen. Zur Straße hin gab es ein Fenster. »Hier essen sie alle. Merk dir, Esssachen auf den Zimmern sind nicht erlaubt! Das lockt nur Ratten an und anderes Viehzeug.«

Ein weiteres Zimmer war mit einem Sofa und einzelnen Sesseln zum Bersten voll gestellt. Ein muffiger Geruch nach altem Tabak hing in der Luft. Vor dem geschlossenen Fenster zum Hinterhof hingen schlaff gelbe Vorhänge. Oben – auf zwei Etagen verteilt – waren fünf Zimmer mit jeweils drei, vier Betten. Auf der einen Seite ragten Haken aus der Wand, an denen Kleidungsstücke wild durcheinander hingen. Peggy rümpfte die Nase. Ein abgestandener Geruch nach Schweiß hing in den Zimmern.

»Jedes Zimmer muss täglich kontrolliert und ausgefegt werden, besonders unter den Betten – ich sage dir, keiner würde für möglich halten, was ich schon unter diesen Betten gefunden habe!«

»Ja, Mrs Cavendish«, murmelte Peggy. Sie schwor sich, bevor sie hier etwas anfasste, erst überall die Fenster aufzureißen.

Sie kamen an einer geschlossenen Tür vorbei. »Das ist mein Zimmer«, sagte die Eigentümerin und nickte gegen die Tür hin.

Peggy überlegte, wo sie wohl schlafen sollte. »Gibt es noch mehr Zimmer?«

»Nein, Peggy, das reicht vollauf. Meistens ist alles belegt.«

Sie gingen wieder nach unten und Peggy hatte immer noch nicht in Erfahrung gebracht, wo sie schlafen würde. Die Frau marschierte durch die Küche und wies auf einen kleinen, engen Raum neben der Spüle. Ursprünglich als Vorratskammer gedacht, war er inzwischen zu einem behelfsmäßigen Schlafraum umfunktioniert worden. Auf einer schmalen Pritsche lag ein Strohsack und durch das winzige Fensterchen sah man eine Toilette auf dem Hof.

»Es ist klein, aber praktisch.« Mona Cavendish war wieder in die Küche gegangen. »Hol deine Tasche und räum deine Sachen weg. Es gibt eine Menge zu tun.«

Peggys Mut sank, als sie feststellte, dass sie das einzige Dienstmädchen im Haus war. Am liebsten hätte sie ihre Tasche geschnappt und wäre fortgelaufen, hätte die Fortunata gesucht und den Kapitän gebeten sie wieder mit nach Hause zu nehmen. Aber es war zwecklos. Sie hatte nicht genug Geld für die Überfahrt und Gott weiß, wie lange sie dafür sparen müsste. Allein der Gedanke an eine solche Reise! So schlimm konnte nichts sein.

Es war später Nachmittag, als Peggy das Getrampel schwerer Füße auf den Fußbodendielen über sich hörte. Die Heimbewohner waren gekommen. Zwei gewaltige Töpfe Kartoffeln wurden aufgesetzt, die Fleischpastete war noch kochend heiß. Mona Cavendish tropfte der Schweiß herunter, während sie mit Peggy das Essen in das bis auf den letzten Platz besetzte Esszimmer brachte. Die Männer ließen Beifallsrufe hören, als sie eintraten, und manche zwinkerten Peggy zu. Sie wurde mit Fragen bestürmt.

»Ja, aus Irland«, antwortete sie, »aus Castletaggart – kennen Sie es? ... Mit der *Fortunata*.«

Mona und Peggy passten auf, dass jeder einen gerechten Anteil auf seinem Teller hatte. Riesige Krüge mit Milch wurden auch noch gebracht. Stille breitete sich im Raum aus, als sich die Männer über ihre Mahlzeit hermachten.

Peggy sah sich unter ihnen um. Die meisten waren Iren, aber einige stammten aus Ländern mit fremd klingenden Namen. Ihre Kleidung war schmutzig und voller Flecken, ihre Gesichter gebräunt und wettergegerbt und unter ihren Fingernägeln hatten sich Schmutzkrusten gebildet. Sie hatten alle mit Bauarbeiten zu tun.

Es dauerte gar nicht lange, da waren die Teller geleert. Peggy musste sie einsammeln und nach unten zum Spülen bringen. Mrs Cavendish kochte vier große Kannen Tee.

»Du spülst unten ab«, befahl sie und ließ Peggy mit dem Abwasch allein.

Peggy war hier in einem Haus, in dem die Menschen beengt zusammen wohnten, und doch war sie sich noch nie so verlassen vorgekommen. Es war fast dunkel, als sie mit der Küche fertig war. Ein paar Männer spielten Karten in dem verräucherten Raum. Andere hatten sich oben auf ihren Betten ausgestreckt, lasen oder schrieben Briefe. Wieder andere waren zu einem kleinen Spaziergang aufgebrochen.

Peggy fand, sie sollte sich lieber noch einmal bei Mrs

Cavendish melden, bevor sie zu Bett ginge. Schüchtern klopfte sie an die Zimmertür der Hauswirtin und da keine Antwort kam, machte sie die Tür auf.

»Mrs Cavendish, Mrs Cavendish!«

Die Frau lag in Kleidern auf dem Bett, die Augen geschlossen.

»Ich glaube, ich habe alles aufgeräumt.«

Mrs Cavendish murmelte halb im Schlaf: »Ich bin völlig am Ende von all der Arbeit, kein Wunder, dass ich eingeschlafen bin.« Peggy nickte. »Sieh zu, dass das Zimmer für das Frühstück hergerichtet ist – man kann keinen Arbeiter mit leerem Magen fortschicken, damit er Straßen, Eisenbahnen und sonst was baut. Wenigstens ist das immer mein Grundsatz gewesen. Du bist dann für heute fertig, also ab ins Bett mit dir.«

In Peggys Zimmer war es trotz der warmen Nachtluft feucht. Sie warf sich auf der unbequemen Pritsche hin und her. Das einzig Gute war, dass sie das gleichmäßige Schnarchen nicht hörte, das oben allmählich einsetzte. Sie betete zu Tante Lena, dass sie ihr in diesem fürchterlichen Haus helfen möge. Vielleicht war ja morgen alles besser.

Ihre Gebete wurden nicht erhört. Es wurde jeden Tag unerträglicher. Mrs Cavendish, die eben noch freundlich war und liebenswürdig plauderte, konnte im nächsten Augenblick eine Furie sein. Peggys Arm war schon blau von Püffen, die sie von ihrer neuen Herrin bezogen hatte.

»Steh auf, du faules Ding, ich bezahle dich nicht, dass

du im Bett herumliegst«, schrie sie früh am Morgen des dritten Tages. Sie war in die Kammer gestürmt und hatte Peggy die dünne, fadenscheinige Decke weggezogen. Dann warf sie ihr das Kleid hin. »Wir haben ein Frühstück zu servieren!«

Jeden Vormittag pflegte Mrs Cavendish zu verschwinden, entweder in die Stadt oder ins Bett. Peggy musste sich allein um alles kümmern. Nachmittags gegen drei Uhr erschien die Hauswirtin wieder und wenn dann die Zimmer oder die Diele nicht sauber genug waren oder Peggy etwas vergessen hatte, bekam das Mädchen eine Ohrfeige.

Das einzig Gute waren die Logiergäste. Sie unterhielten sich mit Peggy, sie erzählten ihr alles über ihre Familien und weihten sie in ihre Träume ein. Aber sie blieben immer nur ein paar Tage, dann waren sie wieder verschwunden.

»Wir bauen die Eisenbahn von Amerika«, sagten sie und lachten. »Wir werden noch Millionäre.«

Damit verglichen schien Peggys Leben grau und elend. Ein-, zweimal fuhr sie weinend aus dem Schlaf auf. »Ich will nach Hause. Lieber Gott, lass mich nach Hause!«, betete sie. »Schick mich nach Irland zurück, dann will ich gut sein mein Leben lang!« Sie fragte sich, wie es Sarah gehen mochte und ob sie wohl schon eine Stelle hatte. Sie sehnte sich nach ihrer Freundin.

Es geschah kein Wunder und als sie die Augen aufmachte, war sie immer noch im selben Zimmer und im selben Haus. Jeder Tag kam ihr vor wie hundert. Ihren freien Tag schien Mrs Cavendish vergessen zu haben.

»Kann ich bitte am Donnerstag freihaben, Mrs Cavendish?«

Die Hausfrau schlürfte ihre morgendliche Tasse Tee.

»Nein, diese Woche passt es nicht. Wenn es mir besser geht, Peggy, holen wir das nach.«

Peggy konnte sich das Weinen in Gegenwart der Frau gerade noch verkneifen.

Eines Tages war um vier Uhr nachmittags noch keine Spur von der Hausfrau zu sehen. Peggy stand im fahlen Sonnenlicht auf der Straße und hielt Ausschau nach ihr. Um sechs Uhr geriet sie in Panik – sie hörte die Männer nach Hause kommen. Kartoffeln hatte sie schon geschält und in einen großen Blechkübel mit Wasser gelegt.

Der große Jim Donovan kam an und warf einen forschenden Blick in die Küche.

»Wir haben da oben mächtig Hunger, Mädchen.«

»Ich bin gleich fertig«, versicherte sie.

Wie ein Wirbelwind fegte sie durch die Küche, stellte Pfannen und Töpfe auf den Herd … Sie durchsuchte den Speiseschrank und den Kühlraum nach Fleisch. Es war nichts da.

Was soll ich machen? Was soll ich nur machen? Was würde Eily tun? Peggy überlegte fieberhaft.

Sie fand zwei Dutzend Eier, schlug sie auf und verrührte sie mit gehackter Zwiebel. Dann kochte sie einen Topf voll Bohnen. Dabei lauschte sie die ganze Zeit auf das Räuspern von oben, auf das Füßescharren und das Geklapper von Gabeln und Löffeln auf den Tischen.

Einer der jüngeren Burschen half ihr das Essen hinaufzutragen. Peggy konnte sehen, wie die Gesichter der Männer beim Anblick dieser Hauptmahlzeit lang wurden. Sie war rot vor Verlegenheit. Der Schweiß lief ihr über den Rücken und Haar und Stirn waren feucht nach der ganzen Anstrengung. Die untersten Kartoffeln im Topf waren zu Matsch zerkocht, während die oberen erst halb gar waren. Von dem Rührei gab es nur eine kleine Portion für jeden. Als sie den Tee eingoss, merkte sie, dass er zu stark war.

»Könnte man drauf tanzen, würde meine alte Mutter sagen«, meinte einer der Männer scherzend.

Peggy ließ sie allein. Unten an der Treppe hörte sie Schnarchen. Sie ging dem Klang nach und stand plötzlich vor Mrs Cavendishs Schlafzimmer. Die Hauswirtin lag im Bett zwischen ihren Decken. Die gute Bluse hatte sie noch an, andere Kleidungstücke lagen auf dem Boden verstreut.

Peggy starrte sie ungläubig an. Sie trat näher, da roch sie es. Whisky!

Eine große Hammelkeule, in weißes Papier eingewickelt, lag blutverschmiert auf dem Boden. Hier also ist das Abendessen, dachte Peggy. Sie hob das Fleisch auf und brachte es in die Küche.

In den frühen Morgenstunden wurde Peggy von Geschrei wach. »Steh auf, du Rotznase!«

Sie rieb sich die Augen und sah Mrs Cavendish über sich gebeugt. Sie hatte erwartet, die Wirtin würde ihr dankbar sein.

»Was hast du dir bloß dabei gedacht, du dummes Ding?«

Peggy blinzelte. Mona Cavendish hing das Haar wirr um den Kopf. Sie wirkte verstört.

Peggy stieg von ihrer Pritsche. »Was meinen Sie, Mrs Cavendish? Es ist mitten in der Nacht!«

Die Frau zerrte Peggy in die Küche und deutete auf die Regale. »Nun sag mir, was ich machen soll! Kein einziges Ei mehr im Haus! Glaubst du, ich schicke einen Mann nur mit einem Stück Brot zur Arbeit?«

»Aber ich habe mein Bestes getan ... sie haben etwas zu essen gebraucht, da habe ich Kartoffeln gekocht und Rühreier ...«

Die Frau packte Peggy und schüttelte sie. Dann stieß sie wütend ihre Faust vor und traf Peggy am Mund. »Geh wieder ins Bett, du Nichtsnutz!«

Peggy lief in ihre Kammer und knallte die Tür zu. Schon waren Blutspritzer an das Nachthemd gekommen und auf den Boden getropft. Kurz darauf hörte sie Schritte über sich, als Mona Cavendish in ihrer Trunkenheit wieder nach oben torkelte.

Peggy wurde von Schluchzen geschüttelt. Sie lief zum Ausguss und kühlte sich Gesicht und Mund mit kaltem Wasser, damit es nicht weiter anschwoll. Ihre Lippe war eingerissen und sie schmeckte mit der Zunge Blut. Behutsam tastete sie mit den Fingern Kiefer und Zahnfleisch ab. Dann nahm sie die Hände wieder aus dem Mund und sah zwischen den Blutspritzern auf dem Boden – ihren Zahn.

»Du alter Drachen!«, schrie sie.

Peggy lief in der Küche herum und murmelte vor sich hin. »Du hast mir den Zahn ausgeschlagen – das ist *mein* Zahn!« Sie schluchzte, sie war wütend. »Ganz ruhig«, beschwichtigte sie sich, »ganz ruhig!«

Da fiel ihr plötzlich ein altes Heilmittel von Nano ein. Sie nahm sich eine kleine Tasse und füllte sie mit Milch. Dann, indem sie versuchte den Zahn nicht zu berühren, balancierte sie ihn auf ihren Fingernägeln in die Tasse hinein. Die Milch wurde hellrot. Nun tastete sie mit der Zungenspitze nach der Lücke, trank vorsichtig die Milch aus und ließ dabei den Zahn sachte an seinen Platz gleiten. Sie schob ihn in seine Höhle zurück. Das Zahnfleisch war geschwollen und blutete, aber der Zahn schien zu halten. Sie wagte nicht, es mit der Zunge nachzuprüfen. Nach zehn Minuten hatte sie das Gefühl, dass er wohl festsaß.

Sie lief ein paar Runden um den Küchentisch. Immer rundum. Sollte sie dableiben, oder sollte sie weglaufen? Dableiben oder weglaufen? Peggy überlegte hin und her.

Plötzlich war ihr Entschluss gefasst. Sie lief in die Kammer, kramte ihre Sachen zusammen und schob alles in ihre Tasche. Sie zog ihr Nachthemd aus, warf es obendrauf, schlüpfte in ihr Kleid und schlang sich ihr Tuch um die Schultern.

Den neuen Tag will ich nicht mehr unter dem Dach von so einer erleben, entschied sie.

Bald würde der Morgen dämmern. Sie machte die Hintertür auf und leise wie eine Maus schlich sie auf Zehenspitzen durch den Hof. Sie musste aufpassen, dass sie nicht über altes Zeug und Gerümpel stolperte, das hier überall herumlag. Ein Holztor am anderen Ende des Hofs führte in eine Seitengasse, die der Inha-

ber des überfüllten Kramladens nebenan für seine Lie-
ferungen benutzte. Das Tor war unbeweglich und
schwer. Peggy konnte es nicht öffnen.

»Geh auf … geh auf«, flehte sie und zog und zerrte,
so fest sie konnte.

Ein letzter verzweifelter Ruck, da flog der Riegel
zurück, und wie der Blitz war Peggy draußen auf der
Gasse. Hier lagen überall Kisten, zerbeulte Schachteln
und Pferdeäpfel. Peggy floh in Windeseile.

Die Ausreißerin

Zwei Stunden später, nachdem sie im ersten Tageslicht durch halb Boston gelaufen war, befand sich
Peggy auf den Stufen vor Mags Halligans Haus. Sie wartete auf erste Lebenszeichen im Haus. Kam ein Fremder
um die Ecke, war sie sofort auf dem Sprung – für den
Fall, dass Mrs Cavendish sie zurückholen wollte.

Sie war an dem riesigen Marktplatz vorbeigekom-
men. Die ersten Händler hatten gerade mit dem Aufbau
ihrer Stände angefangen. Es musste noch dunkel gewesen sein, als sich die Bauern mit ihren Erzeugnissen auf
den Weg gemacht hatten.

Erst als sie sich etwas zu trinken hatte kaufen wollen,
war ihr klar geworden, dass sie noch gar nicht bezahlt
worden war. Sie besaß keinen Pfennig. Und sie wusste

nicht, wohin. Ihre einzigen Freunde waren in Empire Hill 49.

»Peggy! Bist du das?«

Peggy machte einen Satz vor Schreck. Nancy stand, eine Bürste in der Hand, auf der Treppe über ihr. »Was um Himmels willen is' denn mit dir passiert? Wart nur, bis Mrs Halligan dich sieht!«

Peggy wollte nicht zu viel reden, sie befürchtete, ihr Zahn könnte wieder herausfallen.

»Komm rein! Komm doch rein!«, drängte Nancy.

Sie führte Peggy ins Haus und in die Küche hinunter. Oben rührte sich etwas, aber außer Nancy war noch niemand auf den Beinen.

»Magst du 'ne Tasse Tee? Es heißt, Tee soll gut sein, wenn einer 'n Schock hat«, sagte Nancy.

Peggy nickte.

Das andere Mädchen setzte Wasser zum Kochen auf, dann verschwand sie. Kurz darauf kam sie mit Mrs Halligan zurück. Die Frau war im Nachthemd, das Haar hing ihr in wirrem Durcheinander halb über den Rücken. Irgendwie sah sie sanfter und jünger aus als sonst.

Peggy schaute ihr vor Angst nicht in die Augen. Vielleicht würde sie sie wieder vor die Tür setzen?

»Na, was hat denn das wohl zu bedeuten?«, frage sie. Langsam ging sie zu Peggy, streckte die Hand aus und hob ihr Gesicht ein wenig ins Licht. »Wer hat dir das getan, Kind? Einer von den Männern?«

Peggy schüttelte den Kopf. »Es war Mrs Cavendish selber.«

»Diese alte Furie! Sucht sich ein Kind wie dich aus! So geht das nicht!«

Peggy konnte nicht sagen, ob vor Erleichterung, aber sie fing von Kopf bis Fuß zu zittern an.

»Komm mit rauf, Peggy, du bist ja völlig fertig. Mach schnell, bevor dich die anderen Mädchen sehen!« Mags ging hinter ihr die Treppe hoch. »Hier hinein, Kind.« Sie schob sie in ein Einzelzimmer. »Leg dich ins Bett, warte, ich richte dir die Kissen her.«

Peggy kroch ins Bett. Die Matratze war weich und mit frischen Laken bezogen, die Bettwäsche rosa-grün gestreift.

»Ich bin in einer Minute wieder da, Peggy.«

Mrs Halligan ging aus dem Zimmer.

Heiße Tränen liefen Peggy über das Gesicht und nachdem sie erst einmal zu weinen angefangen hatte, konnte sie nicht mehr aufhören. Sie fühlte sich wieder als kleines Mädchen und sehnte sich nach jemandem, der sie tröstete. Ich hasse Amerika, dachte sie, ich will nach Hause. Oh Gott, lass mich doch nach Hause!

Mags Halligan stand mit einer Schüssel und einem Tuch neben Peggys Bett.

»Lass dir die Lippe abtupfen, Peggy, und ein bisschen sauber machen. Tut es sehr weh?«

Peggy konnte nicht antworten. Sie überließ sich ihrem Schluchzen. Die Frau achtete nicht auf Peggys Tränen. Behutsam reinigte sie ihr das Gesicht.

»Ich bleibe eine Weile bei dir sitzen«, sagte Mags leise.

Peggy schämte sich, weil Mags sie beobachtete.

»Ich bin so allein«, stammelte sie. »Mir fehlt meine Schwester. Und mein Bruder und meine Tante. Mir fehlen meine Freunde – mir fehlt alles von zu Hause!«

Mags strich ihr über das Haar. Mit geschlossenen Augen konnte sich Peggy fast einreden, dass Eily neben ihr säße.

»Weine nur, kleines Mädchen, lass alles raus. Wenn du nicht weinst, bricht dir das Herz.«

Peggy sah Mags fragend an. Die freundliche Frau schien müde.

»Wir haben hier alle geweint, Peggy, kannst mir glauben. Wir alle vermissen unser Zuhause und die, die wir lieben. Die Jahre vergehen und wir werden älter, aber ich glaube nicht, dass dieser Schmerz je vergeht.«

»Nie?«

»Er wird nachlassen, Kindchen. Sieh dich doch selber an! Hier liegst du, hast Angst, eine aufgeplatzte Lippe und das Gesicht voll blauer Flecke. Und doch kann ich dir versichern, dass dich diese Tränen befreien werden.«

»Verstehe ich nicht.«

»Pass auf, in diesem Haus gibt es kein einziges Mädchen, das nicht Tränen vergießen wird, wie du eben. Kann sein, noch nicht jetzt, vielleicht erst in einem halben Jahr oder in einem Jahr, wenn sie heiratet oder ihr erstes Kind bekommt. Irgendwann später. Aber du – du kannst froh sein, dass es dich so früh erwischt hat. Du wirst darüber wegkommen. Du bist die geborene Kämpferin.«

Peggy war verblüfft. Aber sie spürte, dass Mags seltsamerweise verstand, wie ihr zumute war.

»Willst du den Schaden mal sehen?«, fragte Mags. Sie hielt einen kleinen Spiegel hoch.

Peggy konnte gar nicht glauben, wie übel zugerichtet ihr Gesicht aussah.

In ihrer Oberlippe war ein Riß, und der ganze Mund war geschwollen. Unter der Nase leuchtete ein blauer Fleck. Wenn sie den Mund aufmachte, tat es weh. Doch wenigstens war der Zahn noch da!

»Mrs Cavendish hat mir den Zahn ausgeschlagen«, murmelte sie.

»War Mona betrunken? War es das?«

»Ich glaube.«

Mags nickte. »Ich habe Gerüchte gehört, aber sicher wusste ich es nicht.«

»Wird sie mich wieder holen?«

Mags Halligan warf den Kopf zurück und lachte. »Mona soll nur einen Fuß über meine Schwelle setzen, dann bekommt sie es mit mir zu tun! Ich glaube nicht, dass sie einen Auftritt gegen dich wagen wird.«

Peggy gähnte. Sie spürte erst jetzt, wie müde sie war. Mags redete weiter, aber Peggy hörte nichts mehr davon.

Stunden später wachte sie auf und sah Sarah am Bett-ende sitzen. »Ich bin froh, Peggy, dass du wieder da bist, ich habe dich so sehr vermisst!«, sagte sie.

Peggy brachte nur ein klägliches Grinsen zustande. »Au, tut das weh!« Ihr Gesicht war steif geworden, das Sprechen schmerzte. »Wie geht es den anderen?«, fragte sie.

»Die Mädchen sind alle weg außer mir. Ich habe in

Goldmans Hemdenfabrik angefangen. Ist gar nicht so schlecht. Ich bin hier so etwas wie ein Logiergast, bis die Jungen eine eigene Wohnung haben. Die beiden haben sofort Arbeit gefunden. James bei der Eisenbahn und John bei einem Bankneubau.«

»Hat dir Mrs Halligan erzählt, was passiert ist?«, fragte Peggy. Sarah nickte. »Ich habe es durchgestanden, so lange ich konnte, aber auf einmal habe ich genau gewusst, dass ich davonlaufen muss. Keinen Pfennig hab ich für meine ganze Arbeit gekriegt. Ach, Sarah, hoffentlich bekomme ich wieder eine Stelle!«

Nach dem Abendessen brachte Mags Halligan Peggy in einem kleinen Zimmer zusammen mit Sarah unter. In den nächsten Tagen half Peggy bei der Hausarbeit, da Sarah jedoch morgens um 7.30 Uhr aus dem Haus musste, hatten sie kaum Zeit füreinander.

»Warum gehst du nicht mit mir in Goldmans Fabrik?«, wollte Sarah wissen. »Dann wären wir zusammen.«

Peggy schüttelte den Kopf. Sarah hatte ihr von ihrem widerlichen Aufseher erzählt und wie überfüllt und stickig es in der Fabrik war. Und überhaupt, es lohne sich gar nicht, weil der ganze Verdienst für Essen und Unterkunft draufginge.

»Du kennst mich doch! Ich und nähen!«, sagte sie lachend zu Sarah. »Das würde ich nicht schaffen.«

Gegen Ende der Woche verkündete Mrs Halligan, dass sie eine neue Stelle für Peggy gefunden hätte.

»In einem vornehmen Haus, ein paar Meilen außerhalb der Stadt.«

»Bin ich das einzige Dienstmädchen?«, fragte Peggy.

»Sie haben mehrere Angestellte, du wirst also nicht allein sein. Und diesmal stimmt alles. Es handelt sich um eine sehr angesehene Familie namens Rowan, für die du arbeiten wirst.«

»Wann soll ich anfangen?«

»Ich bringe dich morgen hin. Die Haushälterin ist eine frühere Bekannte von mir«, sagte Mrs Halligan.

Sarah fiel Peggy um den Hals, als sie die gute Nachricht erfuhr.

»Ich freue mich für dich, Peggy, du verdienst es! Wir haben beide gute Arbeitsplätze, wart nur ab, wir sind auf dem besten Weg unser Glück zu machen!«

Peggy versuchte ein Lächeln. Aber sie hatte einfach Angst vor der neuen Stelle und weil sie Sarah verlassen und die Geborgenheit von Haus Nr. 49 aufgeben musste.

Ein gutes, tüchtiges Mädchen

Es war ein drückend heißer Tag. Peggy O'Driscoll stand in der Einfahrt einer Villa und betrachtete staunend das eindrucksvolle Haus mit den runden Säulen an der Vorderseite und den hell gestrichenen Fensterläden.

»Ist das schön«, hauchte sie.

»Mach den Mund zu, Peggy, sonst verschluckst du Fliegen«, neckte Mags Halligan.

Es war den beiden gelungen, für die Fahrt in den Vorort Greenbay eine Ponykutsche zu ergattern. Auf der einen Seite der geschwungenen Hauptstraße standen, von Rasenflächen und Gärten umgeben, prachtvolle Villen, jede anders, doch alle wunderschön und von der Straße her einsehbar – ganz anders als bei den Prunkbauten zu Hause, erinnerte sich Peggy.

Haus Rushton sah aus wie ein römischer Tempel. Der Garten loderte in einem Meer von Sommerblumen.

»Ach, Mrs Halligan«, seufzte Peggy, »ich werde mich sehr wohl fühlen in solch einem herrlichen Haus, das weiß ich genau!«

Mrs Halligan blieb plötzlich stehen, wandte sich Peggy zu und sah ihr ins Gesicht. »Hör zu, Peggy, das ist ein vornehmes Haus in einem vornehmen Stadtviertel. Schau dir die Gärten an, na los, schau dich richtig um. Oh ja! Du darfst all diese schönen Blumen betrachten – Lilien, Rosen und Orchideen – und bewundern … aber untersteh dich sie anzufassen oder zu pflücken! Du und ich, wir kommen aus einer anderen Welt, wir sind mit Hahnenfuß und Gänseblümchen aufgewachsen. Du hast Verstand in deinem hübschen Köpfchen, also mach Gebrauch davon. Benimm dich höflich und wohlerzogen – das haben sie gern –, aber halte deine Wünsche und Träume geheim. Ein gutes, tüchtiges Mädchen wollen sie, und das bekommen sie auch.«

Peggy verstand, was ihr Mags klarmachen wollte. Sie hatte das Gefühl, als sei ihr Magen verknotet, und vor

Nervosität war ihr fast übel. Mags klopfte an die Tür. Eine große Frau mittleren Alters öffnete und führte sie in einen sonnigen Salon. Sie setzten sich. Die große Frau, es war Mrs Madden, die Haushälterin, fing eine Unterhaltung mit Mrs Halligan an.

»Ist sie kräftig und arbeitswillig?«, fragte sie. Peggy wurde rot. »Sie scheint ein braves Mädchen zu sein, aber hat sie denn Küchenerfahrung?«

Ängstlich und schüchtern begann Peggy der Haushälterin etwas von Castletaggart zu erzählen, von dem Laden in der Marktgasse und wie sie Eily und den Tanten immer geholfen hatte.

Die Frau nickte. Dann wandte sie sich an Mrs Halligan und kam auf Bedingungen und Bezahlung zu sprechen, sie redete von freien Tagen und dass an den Sonntagen eine Freistunde zum Besuch des Gottesdienstes zur Verfügung gestellt werde. Peggy hörte dem Gespräch aufmerksam zu. Dann erschien die Dame des Hauses, Mrs Elizabeth Rowan. Die Haushälterin stellte ihr die Gäste vor.

»Nun, Mrs Madden, haben wir ein neues Küchenmädchen?«, erkundigte sich Mrs Rowan.

Die Haushälterin nickte. »Ja.«

Mrs Rowan wandte sich an Peggy. Sie hatte prächtiges, braun gewelltes Haar und ein sanftes Gesicht.

»Willkommen, Peggy, in Haus Rushton! Ich hoffe, dass du dich hier in Stellung wohl fühlst!«

Als Mrs Rowan lächelte, sah Peggy unwillkürlich, wie klein und gleichmäßig ihre Zähne waren – fast ein tadelloses Gegenstück zu der Perlenkette um ihren Hals.

»Nun, Peggy«, sagte Mrs Madden, »dann werde ich dich zu Mrs O'Connor, unserer Köchin, hinunterbringen und zu Kitty. Aber zuerst verabschiede dich von Mrs Halligan.« Sie gingen gemeinsam in die Eingangshalle.

Peggy trat von einem Fuß auf den anderen. Sie kam sich fremd und unbeholfen vor und fürchtete um ihre Fassung.

»Also, Peggy, mach mir keine Schande. Diesmal wird alles gut gehen.«

Peggy nickte wie betäubt. Sie wollte Mags Halligan für alles danken, aber sie brachte kein Wort hervor. Sie stand da und starrte auf den Treppenabsatz, während die Frauen zur Tür gingen und sich voneinander verabschiedeten.

»Viel Glück, Peggy!«, rief Mrs Halligan, als sich Peggy umdrehte und ihr von der Treppe aus nachwinkte.

Die Eingangshalle war dunkel und mit Hutständern und Antiquitäten voll gestellt. Von ihrem Standort aus konnte Peggy direkt durch die drei Stockwerke des Hauses bis unter das Dach sehen, in das unsichtbar eine Art Glasviereck eingelassen war. Die Sonne schien durch das Glas und malte ein Muster auf die Fußbodenplatten. Peggy ging hinter Mrs Madden die Treppe zur Küche hinunter.

Die Haushälterin öffnete eine grün gestrichene Tür. Obwohl es draußen hell und sonnig war, drang nur wenig Tageslicht durch die kleinen, schmalen Küchenfenster.

»Das ist die kleine Peggy O'Driscoll, unser neues Küchenmädchen«, verkündete Mrs Madden.

Die Köchin drehte sich um.

»Willkommen, meine Liebe, ich bin Mrs O'Connor. Ich bin die Köchin und Küchenchefin. Du wirst von mir angelernt, ich zeige dir alles. Kitty, komm einen Augenblick her und lass deine Arbeit mal kurz!«

Ein Mädchen, es wirkte ein wenig älter als Peggy, war gerade dabei, eine große Schüssel voll Kartoffeln zu schälen. Sie wischte sich die Hände ab und kam gemächlich heran.

»Hör zu, Kitty, zeig dem Mädchen mal eure Kammer. Ich habe zu viel zu tun, ich kann jetzt nicht bis rauf unters Dach steigen. Meine Füße bringen mich sowieso noch um in dieser Hitze.«

Kitty nickte. Sie machte kehrt und führte Peggy durch eine andere grün gestrichene Tür über einen Flur mit gemustertem Fliesenboden und dann eine schmale Holzstiege hinauf. Steil ging es vier Stockwerke hoch. Das fremde Mädchen sah sich kein einziges Mal um und blieb auch nicht stehen, um Peggy vielleicht zu helfen. Als sie endlich ihre Kammer erreicht hatten, war Peggy außer Atem, sie keuchte. Der Raum war klein, aber sauber. Zwei schmale Betten standen darin.

»Das ist meins«, stellte Kitty klar und deutete auf das Bett, das näher am Fenster stand. »Du nimmst das andere.«

»Gut«, sagte Peggy friedfertig. Sie fuhr mit der Hand über die Messingstange und begutachtete die Bettdecke. Sie war so bunt, als hätte man viele verschiedene Stoffreste aneinander geflickt und wie Sträuße von Herbstlaub zusammengestellt. Sie sah alt aus und ein wenig verwaschen, aber Peggy fand sie sehr schön.

»Das ist amerikanische Quiltarbeit«, informierte Kitty. »Hier, tu deine Sachen in die unteren zwei Schubkästen und an der Wand sind Haken für Kleider und so. Los, komm, wir wollen lieber wieder runtergehen, sonst frisst uns Mrs O'Connor. Vor dem Abendessen gibt es noch eine Menge zu tun.«

Wieder in der Küche, verschwand Kitty sofort in der Spülecke. Mrs O'Connor war damit beschäftigt, Fleisch in dünne Scheiben zu schneiden.

»Komm, Mädchen, krempel dir die Ärmel auf und hilf mit den Kartoffeln. Danach kannst du mit den Früchten für den Obstkuchen anfangen.«

Da stand Peggy nun. Keiner hatte sich näher mit ihr unterhalten oder gefragt, woher sie kam. Blitzartig kam ihr ein Bild in den Sinn – Eily in der Küche, daheim in der Marktgasse – es war wie ein Messerstich. Sie biss sich auf die Lippen und zwang sich zur Konzentration auf ihre Arbeit. Die Kartoffeln waren im Nu geschält und schimmerten blass in der Schüssel. Dann knallte ihr Mrs O'Connor einen großen Korb Erdbeeren, Himbeeren und Pflaumen hin.

»Nun lies das aus – und nicht naschen, mein Mädchen!«

Peggy spürte, wie ihr Tränen in die Augen stiegen, aber sie beherrschte sich. Sie hörte Kitty in der Spülecke mit Töpfen und Pfannen klappern und vor sich hin singen. Mrs O'Connor bewegte sich geschäftig zwischen dem großen Herd und der Vorratskammer hin und her. Oft ging sie dabei zur Küchentür und schwenkte sie ein paarmal hintereinander auf und zu, damit ein wenig frische Luft in die Küche kam. Es war ein heißer, schwüler Tag. Ab und zu konnte Peggy kurz die Haushälterin im Garten sehen.

Ungefähr nach einer halben Stunde stellte Peggy mit Schreck fest, dass die Köchin vor ihr stand.

»Hier, Mädchen, ein Glas selbst gemachte Zitronenlimonade zur Erfrischung!«

Ein großer Krug mit Eis, Wasser und Zitronen stand auf dem Tisch. Peggy nahm einen Schluck aus ihrem Glas. Es schmeckte herb und bitter, doch es war genau das, was sie jetzt brauchte.

Mrs O'Connor blinzelte ihr zu, während sie sich mit einem tiefen Schluck aus ihrem eigenen Glas erfrischte. »Man muss sehen, wo man bleibt! Wir werden mit diesem Abendessen bald fertig sein, und wenn dann der ganze Tumult vorbei ist, unterhalten wir uns mal in Ruhe. Sag Kitty Bescheid, sie soll herkommen und auch was trinken.«

Peggy holte Kitty.

»Wenn es etwas gibt, was ich hasse, sind es Töpfe!«, stöhnte Kitty. »Die sind noch mein Tod!«

Sie tranken gerade ihre Zitronenlimonade aus, da erschien Mrs Madden in der Tür – die Arme voll Blumen. Sie fielen ihr nach allen Seiten herunter. Peggy lief hin, um ihr zu helfen. Noch nie hatte sie solche Blumen angefasst.

»Also, Mrs O'Connor, wie ich Sie beneide!«, rief die

Frau. »Dass Sie die Zeit für eine Pause und eine Erfrischung haben! Und das mitten in den Vorbereitungen für ein Essen mit Gästen!« Eilig ging sie zu einem großen weißen Ausgussbecken, das von Regalen mit Krügen, Vasen und Behältern jeder Form und Größe umgeben war.

»Alte Schachtel!«, murmelte Mrs O'Connor vor sich hin, rot im Gesicht vor Ärger. Sie machte Kitty ein Zeichen weiterzuarbeiten.

Die Haushälterin fing an mit einer scharfen Schere die Blumen zurechtzumachen, zu schneiden und geschickt zu Sträußen zusammenzustellen. Dann gab sie Kitty knappe Anweisungen, wo die Blumen hinsollten.

»In den Empfangsraum, Kitty.«

»Große Eingangshalle.«

»Unten an die Treppe.«

»Treppenabsatz.«

»Ins Esszimmer, Mädchen.«

Peggy musste beinahe lachen, weil Kitty Wasser auf den gekachelten Böden verschüttete und weil sie so über die Treppen hetzte. Sie schnitt ihr eine Grimasse.

»Und du, Mädchen, hör mit deinen albernen Grimassen auf, hol einen Lappen und wisch den Boden auf«, befahl die Haushälterin, bevor sie mit dem letzten Blumenstrauß hinaufging.

Es war schon längst dunkel, als Peggy mit der Arbeit fertig war. Die Schultern schmerzten ihr, die Arme und die Waden. Schon vorher waren ihr die Augen zugefallen, als Mrs O'Connor ihr etwas erklärt hatte. Um sieben hatte sie es geschafft, schnell ein paar Scheiben

Fleisch zu essen, knuspriges Brot dazu und ein Stück ziemlich altbackenen Biskuitkuchen. Um elf Uhr schleppte sie sich schließlich mühsam die Treppe hoch. Sie brachte es gerade noch fertig, ihr Kleid an den Haken zu hängen, bevor sie sich auf ihr Bett fallen ließ. Es war heiß im Zimmer und sie legte sich die Bettdecke nur leicht über die Beine. Sie wollte noch wach bleiben und von Kitty etwas mehr über das Haus erfahren, aber ihre Müdigkeit siegte über ihre Neugier.

Im Hause Rushton

Peggy, Peggy, schnell, steh auf! Mrs O'Connor bringt dich um, wenn du nicht in die Gänge kommst!«

Der Morgen dämmerte. Verschlafen suchte Peggy sich zu erinnern, wo sie war. Aus der weißen Waschschüssel zwischen den Betten spritzte sie sich ein wenig Wasser ins Gesicht, dann schlüpfte sie hastig in ihr Kleid. Kitty gab ihr die Haarbürste und half ihr beim Frisieren.

»Wir reden später«, versprach das andere Mädchen, schob Peggy aus der Tür und brachte schnell ihr eigenes Haar in Ordnung.

In der Küche war es kühl. Der Geruch des gestrigen Abendessens hing noch in der Luft. Im Herd musste die Asche entfernt und Kohlen aufgeschichtet werden.

Peggy füllte den großen Wasserkessel. Mrs O'Connor kam gemächlich in die Küche, das Gesicht blass im frühen Morgenlicht. Peggy musste eine Schüssel holen, Speck und Eier. Bald war das Frühstück zubereitet und konnte serviert werden. Bewundernd sah Peggy zu, wie Kitty das schwere Tablett die Treppe hinaufbalancierte, sie wirkte sicher und schien die Sache durchaus im Griff zu haben.

Nachdem auch Peggy gefrühstückt hatte, wollte sie endlich mehr über die Rowans erfahren.

»Wie groß ist die Familie?«, fragte sie Kitty.

»Also«, fing Kitty an, »erst mal die Frau, Mrs Elizabeth – du hast sie gesehen. Dann der Herr, Mr Gregory Rowan – er ist so was wie Bankier. Miss Roxanne ist fünfzehn und ein richtiges kleines Biest. Nimm dich vor ihr in Acht. Wenn sie auch aussieht, als könne sie nicht bis drei zählen …«

»Kitty!«, sagte warnend die Köchin.

»Schließlich noch Simon, er ist ein lieber Kerl. Sechs Jahre ist er alt. Meistens sind auch noch Cousinen, Onkel oder Tanten im Haus, aber im Augenblick ist die Familie unter sich.«

Da tauchte Mrs Madden am Tisch auf.

»Kitty, ich habe dich, was das Schwatzen angeht, schon einmal ermahnt! Geh jetzt wieder hoch, heute Vormittag gibt es oben eine Menge sauber zu machen. Und dich, Peggy, möchte ich, wenn du mit dem Abwasch fertig bist, in meinem Büro sehen.«

Peggy füllte das Spülbecken mit kochend heißem Wasser. Sie machte sich daran, das Geschirr abzuwaschen und zu spülen, die Hände im fettigen Wasser. Ich will mich mal lieber gleich dran gewöhnen, dachte sie.

Nach einer Stunde ging sie in das kleine Zimmer der Haushälterin. Der Nussbaumschreibtisch war mit Papieren übersät und mehrere Notiz- und Haushaltsbücher lagen aufgeschlagen da. Mrs Madden hatte zwei, drei Kleider über dem Arm.

»Probier mal an, damit wir sehen, was dir passt«, sagte sie.

Das erste Kleid war etwas zu klein und Peggy stellte fest, dass es ganz schwach nach altem Schweiß roch. Mrs Madden warf es über den Stuhl. Kaum hatte Peggy das zweite Kleid übergestreift, wusste sie, dass es genau passen würde. Es war aus hellgrünem Baumwollstoff und es hatte Streifen aus einem winzigen Muster feiner, pflaumenblauer Blätter. Die langen Ärmel endeten in besonders breiten, geknöpften Manschetten, die man bei der Arbeit umschlagen konnte. Peggy drehte sich wirbelnd herum.

»Es ist einfach himmlisch und es passt tadellos!«, sagte sie und lächelte.

Danach brachte die Haushälterin ein dunkles, schiefergraues Kleid mit dem gleichen Muster. Peggy fand sich darin fad und langweilig.

»Jawohl, das eignet sich hervorragend«, sagte die Frau und nickte.

Dann händigte sie Peggy drei weiße Schürzen samt passender weißer Ärmelschoner aus, einen hübschen weißen Kragen und zwei Häubchen.

»Heb dir den Kragen und eine Schürze für besondere

Gelegenheiten auf. Ich erwarte, dass du höflich bist und dich sauber und ordentlich hältst. Eine schlampige Erscheinung lasse ich nicht durchgehen. Nun, ich denke, wir verstehen uns, nicht wahr? Für die kalte Jahreszeit gibt es eine ähnliche Ausstattung, aber wärmer. Ist etwas daran auszubessern, bist du selbst dafür verantwortlich.«

»Ja, Mrs Madden.«

»Arbeite tüchtig, Mädchen, dann bin ich mit dir zufrieden. Ich halte viel von Gerechtigkeit und nur zu gern helfe ich einem Mädchen wie dir, das gerade aus Irland gekommen ist. Ich habe selbst so angefangen.«

Peggy sah sie fragend an, aber offenbar hatte Mrs Madden nicht vor ihr mehr zu erzählen.

»Nun lauf hinauf, zieh das grüne an und binde dir die Haare zusammen. Dann kommst du sofort wieder herunter und gehst an deine Arbeit.«

Als Peggy in die Küche kam, stand da die Frau des Hauses und besprach mit der Köchin den Speisezettel für die Woche. Elizabeth Rowan war die schönste Frau, die Peggy in ihrem Leben je gesehen hatte. Ihre Haut war rein, ohne jeden Makel und ohne Fleckchen. Peggy kräuselte ihre Nase und dachte an die vielen Sommersprossen darauf, die auch durch gründliches Reiben nicht weggingen. Und erst die Eleganz der Frau und ihr Stil – sie trug eine feine Bluse mit Spitzenrüschen und einen Rock in der Farbe des weichen, irischen Mooses, der in Volants fast bis auf die Erde fiel.

»Die kleine Peggy, nicht wahr?«

Peggy sank fast zu Boden. Bürste und Pfanne noch in

der Hand, näherte sie sich der Dame mit der angenehmen Stimme und der feinen Aussprache.

»Ja, Madam«, sagte sie und errötete.

»Nun, ich nehme doch an, du hast dich eingewöhnt. Mrs Madden hat dich bereits ausgestattet, wie ich sehe. Ich hoffe, dass du mir und Mrs Halligan keine Enttäuschung bereitest.«

»Nein, Madam«, versprach Peggy.

»Mrs O'Connor wird dir immer sagen, was zu tun ist. Sie führt die Küche wie ein Armeeregiment – blitzsauber, hervorragendes Essen, immer pünktlich und jede Kleinigkeit an Ort und Stelle. Ich weiß bei ihr alles in zuverlässigen Händen.« Die Dame des Hauses warf Mrs O'Connor einen Blick der Erleichterung zu. Peggy fand, in diesem Augenblick erinnerte die Köchin an eine große Waldtaube: Sie gurrte fast vor Stolz, als Mrs Rowan wieder nach oben ging.

»Sie ist eine gute, liebevolle Herrin, Peggy, denk dran. Kein bisschen Schlechtigkeit ist in ihr, und ich muss es wissen. Ich arbeite schon für sie, seit Gott meinen armen Paddy vor neun Jahren zu sich geholt hat. Meine Tochter hat auch hier gearbeitet, aber sie ist jetzt verheiratet und hat selber kleine Kinder. Hättest du je gedacht, Peggy, dass ich Großmutter bin? Wohlgemerkt, Mrs Rowan ist eine großartige Frau, wenn sie's auch nicht zustande bringt, ein Ei zu kochen oder sich mal selber eine Tasse Tee zu machen. Kann nicht jeder sein Leben in der Küche verbringen. Das ist was für unsereins!«

Peggy nickte. Für unsereins ... Sie hatte das Gefühl, ein plumper Stein sei in ihre Träume geplatzt. Prüfend betrachtete sie Mrs O'Connors rundes, gutmütiges Gesicht. Ihre Haut schien in den vielen Jahren, die sie im Kochdunst über Töpfen und Pfannen zugebracht hatte, zu einem kräftigen Rosa aufgedunsen zu sein.

»Also, Mädchen, setz dich und hör mir gut zu, dann will ich dir erklären, was von dir erwartet wird«, fing Mrs O'Connor an.

»Ein gutes Küchenmädchen …«

Die Knie unter das Kinn gezogen, saß Peggy auf dem Bett. In ihrem Hirn drehte sich alles, sie hatte Kopfschmerzen. Bestimmt hatte sie sich nicht die Hälfte von dem gemerkt, was ihr Mrs O'Connor erklärt hatte. Es war einfach viel zu viel Arbeit für eine Person, wie sollte man das behalten! Mitten in der ganzen Litanei hätte sie fast gelacht, weil sie dachte, die Köchin wollte sich lustig über sie machen. Aber ein Blick in das würdevolle Gesicht der Frau sagte ihr, dass sie es durchaus ernst meinte.

Das sollte nun die Nachmittagspause sein!

»Ich bestehe auf einer Stunde Pause jeden Nachmittag«, hatte Mrs O'Connor gesagt. »Es ist der einzige Punkt, in dem Mrs Madden und ich vollkommen einer Meinung sind – eine Stunde oder länger, um ein wenig zu schlafen, sich auszuruhen und die Füße hochzulegen oder mal an die frische Luft zu gehen. Das ist das Mindeste, was ein Körper erwarten darf.«

Aber Peggy war in Hochspannung, der Kopf rauchte ihr von all dem Neuen. Wie sollte sie sich in diesem Zustand ausruhen?

»Na, Peggy, du machst doch wohl kein Nickerchen bei dieser Hitze, oder?« Kitty riss die Tür auf, damit die Luft in der kleinen Kammer zirkulieren konnte.

Kitty hatte ihre Arbeitskleidung abgestreift. Sie warf sich, nur in der Unterwäsche, auf das schmale Bett und streckte alle viere von sich. Peggy konnte der Versuchung nicht widerstehen. Sie tauchte ihre Hand in den gefüllten Wasserkrug auf dem Gestell zwischen den Betten und spritzte Kitty nass.

»Ich werde ertränkt, allmächtiger Gott!«, brüllte Kitty. Sie schoss vom Bett hoch und packte den Krug. Für einen Moment dachte Peggy, Kitty würde ihr das ganze Wasser über den Kopf gießen. Stattdessen platzierte Kitty die große Waschschüssel auf dem Boden und schüttete das Wasser hinein. Dann stellte sie behutsam einen Fuß in die Schüssel. »Gott, ist das herrlich!«

Wie der Blitz war Peggy neben ihr und schob, auf einem Bein stehend, das andere in das wohltuend kalte Wasser. Bald ließ ihre Müdigkeit nach und der hämmernde Schmerz in ihrem Fuß verschwand.

»Sind wir nicht das rechte Gespann? Planschen hier in einer Waschschüssel herum statt in einem eisigen Bergbach oder in den kühlen Wellen am Meer!«

Sie schoben die Schüssel zurecht, dann setzten sie sich beide auf Kittys Bettkante und ließen ihre Füße im Wasser baumeln.

»Ich bin froh, Peggy, dass du gekommen bist. War schrecklich einsam hier die letzten Wochen, seit Norah Owens fort ist.«

»Wo ist sie hin?«, wollte Peggy wissen. Das Schicksal

der vorigen Inhaberin ihres Bettes und ihrer Dienst-mädchen-Kleidung interessierte sie.

»In den Westen«, erzählte Kitty. »Über Steppen und Prärien. In Ländern wie Kalifornien kann man doppelt so viel Geld verdienen. Norah ist eine Abenteurerin – sie sagt, es ist ein Land voller Möglichkeiten. Sie wollte mich zum Mitkommen überreden, aber ich habe ihr gesagt, ich weiß, was ich hier habe!«

Peggy nickte verständig und unterdrückte ein kurzes Bedauern, dass sie nicht die Gelegenheit gehabt hatte die stürmische Norah Owens kennen zu lernen. Immer-hin war es schön, Kitty zu haben.

In den nächsten Tagen legten Peggy und Kitty den Grundstein zu einer festen Freundschaft. Sie unterhiel-ten sich nachts oft und erzählten einander abwechselnd ihre Lebensgeschichten – so lange, bis aus dem Bett gegenüber Schnarchen zu hören war.

Kittys Familie hatte Irland 1847 verlassen, als die große Hungersnot ihren Höhepunkt erreicht hatte. Kitty war damals zehn Jahre alt gewesen. Die Überfahrt war ein Alptraum gewesen. Nach einem Monat auf See war fast die Hälfte der Passagiere an Fieber gestorben, auch Kittys Eltern und zwei Brüder. Am Ende der Reise war von der ganzen Familie Murphy nur noch Kitty mit ihrer vierjährigen Schwester May übrig geblieben. Sie wurden in einem Waisenhaus untergebracht. Im darauf folgenden Jahr hatte Kitty dann zu arbeiten angefangen.

Ihre erste Stelle hatte sie in einem Haus in der Innen-stadt von Boston gehabt, als Küchenmagd. Die Leute hatten sie mit Nahrung und Kleidung versorgt, geschlafen hatte sie in einer Kammer neben der Spüle. Darüber hinaus hatte sie das ganze Jahr keinen Pfennig bekommen. Schließlich war sie davongelaufen und wieder ins Waisenhaus gegangen. Ihre kleine Schwester war inzwischen in ein anderes Heim verlegt worden und Kitty hatte ihre Spur nicht weiter verfolgen können.

Als Nächstes hatte sie für eine alte Frau gearbeitet, die als Einsiedlerin meilenweit von ihrem nächsten Nachbarn entfernt wohnte. Lebensmittel waren einmal pro Woche geliefert worden und in Ausnahmefällen hatte Kitty meilenweit zum nächsten Laden laufen müssen. Sonst war die ganze Woche in fast völliger Abgeschiedenheit gekocht und geputzt worden. Selbst von Kitty hatte sich die alte Frau abgesondert, den ganzen Tag hatte sie gelesen und Briefe geschrieben. Kitty hatte es nicht noch einmal gewagt davonzulaufen. Dann war Mrs Bridgeton gestorben und die Anwälte hatten Kitty zu der Stelle bei Familie Rowan in Greenbay verholfen.

»Die Stelle ist so gut, Peggy, wie man sie nur kriegen kann. Ich weiß Bescheid. Und überhaupt, schwere Arbeit hat noch niemanden umgebracht«, erklärte Kitty.

Kitty mochte ein paar Jahre älter als Peggy sein, aber sie war in ihrem Leben schon oft zu kurz gekommen. Peggy nahm sich vor ihr Bestes zu tun, um Versäumtes vielleicht nachzuholen. Kitty ihrerseits beschloss Peggy die Eingewöhnung und die Last der Arbeit zu erleichtern und ihr zu helfen das Beste aus ihrem neuen Leben in Boston zu machen.

Während sie in der aufgestauten Hitze ihrer Dachkammer langsam in Schlaf sanken, hielten sie sich über die kahlen Fußbodendielen hinweg an der Hand.

Der Ablauf der Woche war genau geregelt. Jeder wusste genau, was er zu tun hatte, und es gab nur selten Missverständnisse. Ein Tag verschmolz mit dem nächsten. Am Abend schmerzten Peggy sämtliche Knochen. Kitty massierte ihr die Beine. Peggy stöhnte, sie hatte das Gefühl, ihre verkrampften Adern müssten platzen.

»Nicht so laut, Peggy!«, warnte Kitty. »Sonst haben wir Mrs Madden hier oben und dann beschwert sie sich über uns.« Die Haushälterin schlief im Zimmer unter ihnen.

Es verging kein Tag und keine Nacht, ohne dass Peggy Heimweh hatte. Sie schrieb einen langen Brief an Nano und Eily und sehnte sich Tag für Tag nach ihrer Antwort.

An den Abenden saßen die Köchin und die beiden Mädchen oft in der Küche und warteten auf das Gebimmel einer der Hausglocken. Mrs O'Connor gelang es meistens, sich Mr Rowans Zeitung vom gestrigen Tag zu sichern. Dann zog sie ihren wuchtigen Stuhl in die Wärme neben den Herd und las Bruchstücke aus Zeitungsartikeln vor. Am liebsten hatte sie Berichte über Morde oder verschwundene Kinder. Solche Geschichten las sie voller Hingabe und vergewisserte sich dabei alle paar Minuten, ob Peggy und Kitty auch gut zuhörten.

Es dauerte nicht lange, da kam Peggy dahinter, dass Kitty nicht lesen und schreiben konnte. Andächtig lauschte Kitty Mrs O'Connors Lesungen und vollends war sie entzückt, wenn ihr Peggy abends im Bett die letzte Folge des Fortsetzungsromans aus der Zeitung vorlas.

»Würdest du nicht gern selbst ein wenig lesen können, Kitty?«, fragte Peggy. »Hat es dir nie jemand beigebracht?«

Kitty schüttelte beschämt den Kopf.

»Ich kann mich nicht erinnern. Vielleicht im Waisenhaus, aber da gab es auch meistens anderes zu tun – nähen, putzen, mit den Babys und den kleinen Kindern helfen. Ich hatte Besseres vor«, rechtfertigte sich das ältere Mädchen.

»Ich könnte es dir ein bisschen zeigen, wenn du willst«, bot Peggy an.

»Nein, lieber nicht – das gibt nur Ärger«, murmelte Kitty. Sie wich Peggys Blicken aus.

»Ärger? Welchen Ärger denn? Du meinst, wenn ich mir die Mühe mache abends mit dir zu lernen?«

»Nein, nein – nur, es würde uns beide vielleicht belasten. Auf jeden Fall ist es das nicht wert. Es ist nicht so wichtig, was ich kann und was nicht.«

Peggy schnellte herum. »Nicht wichtig?«, rief sie wütend. »Natürlich ist es wichtig! Willst du vielleicht dein Leben lang eine dumme Dienstmagd bleiben?«

Gespanntes Schweigen hing im Raum. Peggy spürte das Blut in ihren Ohren brausen. War sie zu weit gegangen? Kitty sah sie unverwandt an.

»Nein«, flüsterte sie.

»Siehst du!« Peggy hätte jubeln können, doch sie begnügte sich mit einem Lächeln. Und schon überlegte sie, wie man es wohl am besten anstellte, jemandem das Alphabet, die Wörter und die Aussprache beizubringen.

Wenn also Kitty den Versuch wagen wollte – sie war dabei.

»Zeigst du mir, Peggy, wie man meinen Namen schreibt?«, bat Kitty. »Das würde ich schon gern können.«

»Das ist gleich die erste Unterrichtsstunde«, versprach Peggy.

Am nächsten Abend lag die ganze Dachkammer voller Papierfetzen, auf die mit großen, ungelenken Buchstaben KITTY MURPHY gekritzelt war.

Ärger mit Roxanne

Die Mitglieder der Familie Rowan waren normalerweise zurückhaltend und hatten mit den Dienstmädchen wenig zu tun, nur der kleine Simon ging gern in der Küche ein und aus. Er stand oft auf einem Stuhl und sah Mrs O'Connor zu, dann ließ sie ihn Schüsseln auslecken und ab und zu in einem ihrer Gerichte rühren.

Es kam häufig vor, dass er aus dem Garten in die Küche gerannt kam und ein Glas oder eine Büchse brauchte – als vorübergehende Wohnung für irgendein bedauernswertes Wesen. Danach kam er meistens noch einmal und zeigte ihnen alle möglichen Insekten, wie sie

Peggy noch nie gesehen hatte. Amerikanische Insekten sind anscheinend viel größer als irische, dachte sie. »Vielleicht geht's denen besser«, sagte Kitty und lachte.

Roxanne, die einzige Tochter, war fünfzehn und genauso makellos hübsch wie ihre Mutter. Ihr fast silberblondes Haar, das sich in Locken um ihr Gesicht kringelte, brachte ihre großen blauen Augen vorteilhaft zur Geltung. Sie spielte jeden Tag Klavier. Von einem Privatlehrer, der ins Haus kam, wurde sie in Französisch, Englisch, Literatur und Kunst unterrichtet. Manchmal kamen andere junge Damen zu Besuch, dann sah Peggy von der Küchentreppe aus zu, wenn sie zu einer kleinen Kutschfahrt durch Greenbay aufbrachen. Als Begleitperson hatten sie immer eine der Mütter bei sich.

Roxanne kam selten in den Küchenbereich herunter, und wenn, dann nur, um sich zu beschweren. Eines Samstags stand sie plötzlich an der Küchentür und verlangte Mrs Madden. Kitty und die Haushälterin mussten auf der Stelle Roxannes helles, pfirsichfarbenes Kleid bügeln, da sie es zum Abendessen anziehen wollte.

Peggy wurde aufgetragen, den Saum von Roxannes Lieblingsunterrock festzunähen, an dem sich heute Morgen beim Stadtbummel ein Faden gelöst hatte.

»Ich kann aber nicht gut nähen und flicken!«, hatte Peggy gleich zu Beginn eingestanden, doch sie begegnete nur höflichen, ungläubigen Blicken.

Krampfhaft hielt Peggy die Nadel zwischen den Fingern und gab sich Mühe die feinen Stiche, mit denen der Saum noch an manchen Stellen hing, nachzuahmen. Sie schaffte es sogar, den Unterrock an einer Stelle an ihrer Schürze festzunähen, solchen Eifer entwickelte sie.

Nach einer Stunde kam Roxanne heruntergestürmt und warf Peggy den Unterrock an den Kopf.

»Jetzt sind Blutflecke drauf – von der ihrem Blut!«, schrie sie und zeigte auf Peggy. »Ich zieh ihn nicht an, bevor er nicht gewaschen ist!«

Nie hatte sich Peggy so beschämt gefühlt.

»Dann, Miss Roxanne, werden Sie sich leider bis Montag gedulden müssen, wenn die Waschfrauen kommen«, entgegnete Mrs Madden entschieden.

Die Tochter des Hauses stolzierte aus der Küche und murmelte Bemerkungen über »diese Iren« vor sich hin.

Ein paar Tage darauf hörte Peggy die erregten Stimmen von Familienmitgliedern und Freunden, die Miss Roxanne zum sechzehnten Geburtstag gratulierten und auf ihr Wohl tranken. Mrs O'Connor hatte für ein auserlesenes Abendessen gesorgt und einen besonders guten Kuchen gebacken.

Als Peggy den Kuchen auf dem silbernen Tablett sah, musste sie an die herrlichen Kuchen und Süßigkeiten denken, die die Tanten Nano und Lena früher gemacht hatten – und sie sehnte sich wieder nach der kleinen, gemütlichen Küche in der Marktgasse.

»Peggy, Mrs O'Connor, seht mal!« In der Küchentür stand der kleine Simon mit einem zappelnden Welpen auf dem Arm.

»Das beste Geschenk, das ich je gesehen habe!«, rief

der Junge aufgeregt. »Ist Roxanne nicht ein Glückspilz? Tante Melissa hat ihr den geschenkt.«

»Ein Schätzchen ist das! Sieh mal, Peggy, ist er nicht süß?«, sagte Mrs O'Connor zum Spaß.

Peggy durchfuhr ein Angstschauder, als sie den Hund sah. In einem plötzlichen Kraftakt machte er einen Satz aus Simons Armen, tollte in der Küche herum und untersuchte sämtliche Ecken und Winkel.

Peggy wich in die Spülecke zurück. Sie versuchte ihr Zittern zu unterdrücken. Vor Jahren – sie war damals erst sieben gewesen – war eine Meute verwahrloster, ausgehungerter Hunde über sie hergefallen. Seitdem hatte Peggy ihre Furcht vor Hunden nie mehr verloren, ganz gleich, wie diese aussahen. Sie konnte einfach keinen Hund in ihrer Nähe ertragen.

Der Welpe fiepte vor Erregung und wedelte mit dem Schwanz. Er ließ seine lange Zunge aus dem Maul hängen und sah Peggy erwartungsvoll an. Er berührte fast ihre Füße.

»Geh weg! Verschwinde!«, zischte sie.

»Bonaparte! Guter Hund!« Vor Schönheit strahlend wie noch nie, tauchte plötzlich Roxanne in der Küche auf. Vor Peggy blieb sie stehen.

»Ist es nicht ein wundervoller Hund?«, flötete sie.

Das kleine Wesen hatte Peggy so in Angst und Schrecken versetzt, dass sie kaum ein Wort herausbrachte. »Großartig, Miss«, murmelte sie.

»Dann komm her und streichle ihn!« Das ältere Mädchen sah Peggy unverwandt an.

Sie weiß es, dachte Peggy – sie kann Gedanken lesen!

Widerstrebend streckte Peggy den Arm aus und zwang sich das glänzend braunweiße Fell anzufassen. Sie konnte es einfach nicht.

»Hat du Angst vor so einem kleinen Kerl wie Bonaparte?«, erheiterte sich Roxanne.

Am liebsten hätte Peggy das Mädchen an den Locken gezogen, als sie ihr selbstgefälliges Gesicht sah.

»Nein, das ist es nicht, Miss. Nur ... meine Hände sind fettig von den Töpfen«, erklärte sie, einer plötzlichen Eingebung folgend.

Schließlich langweilte Roxanne die ganze Sache und sie wandte sich den anderen zu.

Peggy blieb stumm und steif stehen, bis der Hund samt seiner Herrin wieder weg war. Erst dann stürzten ihr die Tränen aus den Augen. Die anderen stellten es mit Verwunderung fest. Peggy wollte ihre Angst erklären, aber niemand hörte richtig zu. Da nahm sie sich vor dem Hund, der von nun an das Haus unsicher machen würde, aus dem Weg zu gehen. Aber fünf Tage später gab es Ärger.

Peggy war eben mit dem Kamin in Roxannes Zimmer fertig geworden, sie hatte ihn sauber gemacht und Holzscheite für das Feuer aufgeschichtet. Ich zünde es nachher an, dachte sie. Die einfallenden Sonnenstrahlen brachten das helle Mädchenzimmer voll zur Geltung – die Vorhänge mit den Rüschen, den Kirschbaumschrank und den Frisiertisch.

Peggy ging durch die Diele und wollte eben mit Master Rowans Zimmer anfangen, da hörte sie Schreie.

Roxanne erschien im Morgenmantel. »Mutter, komm und sieh dir an, was die hier gemacht hat!«

Peggy sah sie an. »Was ist denn, Miss Roxanne?« Vielleicht hatte sie ein wenig Asche auf den Vorleger fallen lassen oder das Holz im Kamin war umgefallen. Sie ging in Roxannes Zimmer, um nachzusehen.

»Sieh doch nur mein Kleid, Mutter!«, rief Roxanne weinerlich. »Ich brauche es heute Nachmittag für meine Tee-Party mit den Abbots. Siehst du denn nicht, was sie damit angestellt hat?«

Peggy sah das Kleid an. Es lag ziemlich achtlos über das Bett geworfen. Es war cremefarben und hatte ein hübsches Mieder mit hellen Einsätzen. Quer über das ganze Kleid zog sich eine Reihe schwarzer Schmierer und Flecken.

»Überall Asche und Dreck an meinem Kleid! Warum kann diese dumme Magd – Bridget oder wie sie heißt – nicht Acht geben, wo sie ihre dreckigen Hände abwischt?«, rief Roxanne empört.

»Ich habe das Kleid nicht angefasst, Miss Roxanne, wirklich nicht!«, versicherte Peggy. Sie war sprachlos über Roxannes Verhalten. Peggy sah sich das Kleid näher an, da erkannte sie es – die Flecken auf dem Stoff ergaben ein ganz bestimmtes Muster.

»Das sind keine Fingerabdrücke, Miss Roxanne«, sagte sie. »Wenn Sie genauer hinsehen, können Sie feststellen, dass es Spuren von Pfoten sind. Bonaparte muss aus dem Garten hier hereingekommen sein. Ich wische jeden Tag solche Spuren vom Fußboden.«

Mrs Rowan nickte Peggy zu. »Nun, Roxanne, du

weißt, dass Peggy Recht hat. Ich habe dir auch bereits gesagt, dass du den Hund aus deinem Zimmer fern halten sollst.«

Die beiden Mädchen starrten einander an und Peggy merkte, dass sie sich eine gefährliche Feindin geschaffen hatte.

Wiesenblumen

Ich sage euch, Mädchen, diese Hitze ist noch unser Tod!«, stöhnte Mrs O'Connor. Es war stickig in der Küche. Peggys Wangen waren gerötet vom Hin- und Herlaufen. Kleid und Schürze klebten ihr am Körper.

»Sobald das Mittagessen vorüber ist, Mädchen, lauft ihr hinaus und schnappt ein bisschen frische Luft. Es ist zu heiß, um sich in der Dachkammer aufzuhalten«, schlug die Köchin vor. Kitty wartete ungeduldig auf Peggy, die noch nicht ganz fertig war.

»Das ist das Letzte, was weggeräumt werden muss, das schwöre ich dir«, sagte Peggy und machte die Tür zur Spülecke zu.

Sie gingen durch den kleinen Küchengarten und verließen das Grundstück durch die hintere Gartenpforte.

»Wohin gehen wir?«, fragte Peggy.

»Mir nach!«

Sie kamen an anderen, neueren Häusern vorbei, lie-

fen durch ein schmales, von Heckenrosen gesäumtes
Gässchen – und hatten plötzlich einen unbegrenzten
Ausblick über Wiesen und Kornfelder.

»Oh, Kitty, das ist genau wie zu Hause!«, jubelte
Peggy.

»Ich kann mich nicht mehr gut daran erinnern«, sagte
Kitty schulterzuckend.

Sie stiegen über einen Holzzaun auf eine weite, offene
Wiese. Das hohe Gras reichte ihnen fast bis zur Taille.
Sie ließen sich auf den weichen Teppich fallen und räkel-
ten sich auf dem Kissen aus Grün.

»Ein Schuh, zwei Schuhe«, lachte Peggy und schleuderte ihre Schuhe durch die Luft. Es bereitete ihr großes
Vergnügen, Gras und Erde unter den Füßen zu spüren –
eine einst vertraute Berührung. Sie wackelte mit den
Zehen.

Kitty hatte ihren Rock bis zu den Knien hochgebun-
den und Manschetten und Ärmel zurückgerollt. Ihre
Haut war blass und ihr mausbraunes Haar matt, aber
ihr Gesicht strahlte eine liebenswürdige Sanftheit aus.

»Schau dir nur diesen Himmel an!« Peggy starrte in
die funkelnde Bläue. »Kein Wölkchen in Sicht!« Sie
blinzelte gegen die Sonne. Eine Grille zirpte ihr seltsames Lied – ein fremder Klang für Peggy.

Sie machte die Augen zu und schon sah sie sich zu
Hause neben Eily in den Feldern vor Castletaggart.
Herbst lag in der Luft. Bald würde es Brombeeren
geben. Jeder Busch bog sich unter der Last der Früchte.
Sie würden wieder herkommen und sie pflücken, wenn
sie reif wären ...

»Peggy! Peggy!«

Sie zwinkerte. Kitty rüttelte an ihrer Schulter.

»Wach auf! Ich glaube, du kriegst einen Sonnenbrand. Du bist eingeschlafen.«

Peggy rappelte sich hoch. »Ich habe von zu Hause geträumt.« Ein Gefühl sonderbarer Leere überkam sie. Sie fragte sich, ob in Irland wohl noch manchmal jemand an sie dachte. Sie erzählte Kitty ihren Traum.

»Soll ich dir ein Geheimnis verraten, Peggy? Ich habe immer nur einen einzigen Traum«, bekannte Kitty. »Ich träume, dass ich irgendwo rumlaufe, manchmal in der Stadt, manchmal auf dem Lande, und dann treffe ich ein Mädchen, und das sieht genauso aus wie ich – nur kleiner, jünger und hübscher, aber ich kenne es, und es kennt mich. Es ist meine Schwester May ... Meinst du, Peggy, Träume werden mal wahr?«

Peggy nickte stumm, sie wagte nicht zu sprechen. Da saßen sie nun beide mitten auf einer Wiese in einem fremden Land und dachten an ihre Schwestern ...

Schließlich standen sie auf und streckten sich wohlig. Dann schlenderten sie über die Wiese und pflückten Blumen. Die Wiesen und Felder ringsum waren übersät von wilden Blumen. Ganze Polster von Blumen leuchteten in der Sonne – strahlend blaue Kornblumen, rosa Oleander, Margeriten und dazwischen wie weißer Schaum Schafgarbe. Wind und Regen, Tiere und auch Menschen mochten sie flach drücken und zu Boden schlagen, sie sprangen immer wieder in ihre Stellung zurück und tanzten und verneigten sich im leichten Sommerwind. Ihre ungezähmte Schönheit

half den Mädchen ihre gedrückte Stimmung zu über-
winden.

»Komm, wir sollten uns lieber auf den Heimweg
machen«, sagte Kitty. Sie klopfte Grassamen und Pol-
lenstaub aus Peggys Haar.

Sie nahmen üppige Sträuße der schlichten Blumen mit
nach Hause. Und während der langen, heißen Sommer-
wochen stellten sie zum Schmuck ihrer Dachkammer
immer wieder frische Blumen in Marmeladengläsern auf.

Ein warmes Bad

Kitty, sag ehrlich, stinke ich?« Peggy sah ihre Freundin an und wartete auf eine verneinende Antwort.

»Wir riechen alle – jedenfalls ein bisschen –, wenn
man in dieser Hitze arbeiten muss«, sagte Kitty diplomatisch.

»Du sagst es mir nicht offen, Kitty!«

»Sieh mal, wir tun unser Bestes. Wir haben nur einen
Krug und eine Schüssel zum Waschen. Draußen neben
dem Holzschuppen steht eine Blechbadewanne – ich
habe sie schon ein paarmal hier oben im Zimmer
benutzt, aber man muss sie über die Treppen schleifen
und dann noch heißes Wasser hochschleppen.«

»Über all die Treppen bis hier oben!« Sofort erkannte
Peggy in dieser Aktion eine reine Schwerarbeit.

Die Rowans hatten ein Badezimmer mit einer großen weißen Wanne. Jeden Morgen hing der ganze Raum voll Dampf und es duftete nach Parfum und Seife.

Am nächsten Tag fasste sich Peggy ein Herz und ging in Mrs Maddens Büro. Die Frau sah auf.

»Ja, Peggy, was gibt's?«

»Ich wollte mal fragen wegen Baden.«

Die Haushälterin blickte sie fragend an. Sie sagte nichts.

»Ich meine – darf ich das Badezimmer benutzen?«

Mrs Madden sprang auf. Peggy konnte sehen, wie ihre Halsschlagader pulsierte. »Unter keinen Umständen, Peggy! Du wirst dich nicht unterstehen dich dort zu waschen! Es bleibt dir überlassen, wie du deine persönliche Körperpflege betreibst, wie auch immer sie aussehen mag.«

Mit schamrotem Gesicht verließ Peggy das Büro. Sie ging hinaus in den Holzschuppen. Daneben, in einem Verschlag mit verschiedenem Krimskrams, entdeckte sie einen alten Kinderwagen, zwei zerbrochene Stühle, einen verbeulten Emaileimer und schließlich die Blechbadewanne. Sie war rostig und auf dem Boden, fast in der Mitte, ließ sich ein Loch ahnen. Peggy konnte sich lebhaft die Strafpredigt vorstellen, wenn das Wasser aus der Badewanne durch die Decke sickern würde – ins Zimmer der Haushälterin. Es ist ungerecht, dachte sie. Wir sollen sauber und ordentlich sein, aber man gibt uns keine Gelegenheit, uns sauber und ordentlich zu halten! Als sie wieder in die Küche kam, ging sie an dem großen Ausguss neben der Tür vorbei. Er wurde nicht oft benutzt. Ob es nicht möglich wäre …?

Am nächsten Tag war es ruhig im Haus. Mrs Rowan und Miss Roxanne waren fortgegangen, um neue Kleider anzuprobieren. Mrs O'Connor war zum Tee bei einer verwitweten Freundin, die in einem Haus am anderen Ende von Greenbay Köchin war. Sie hatte sich eine ausladende, weiße Haube aufgesetzt und war verschwunden. Kitty hatte genaue Anweisungen für ein einfaches Essen bekommen, das mittags zu servieren war, da die Herrschaften heute Abend auswärts speisen würden. Mrs Madden arbeitete oben in ihrem Büro.

»Jetzt oder nie!«, dachte Peggy. Sie setzte zwei riesige Töpfe Wasser zum Kochen auf den Herd, dann stürmte sie in die Dachkammer hinauf. Kitty lag in tiefem Schlaf, sie atmete schwer und gleichmäßig. Peggy holte ihr zweites Kleid, frische Unterwäsche und ihr großes Handtuch. Vom Waschtisch nahm sie sich das Stück Seife mit Zitronenduft, das Kitty von Mrs Madden bekommen hatte, dann rannte sie die Treppen wieder hinunter. Sie senkte den großen schwarzen Stöpsel in das Abflussloch des Beckens. Sie zog einen Stuhl heran und schleppte die Töpfe mit heißem Wasser vom Herd zum Ausguss. Das Becken wurde fast halb voll. Sie schüttete kaltes Wasser dazu, denn schließlich wollte sie nicht bei lebendigem Leib gekocht werden. Sie prüfte das Wasser – einwandfrei. Sie machte die Hintertür zu, dann zog sie ihr Arbeitszeug aus. Im ganzen Haus herrschte Stille, nur das Ticken der Küchenuhr war zu hören. Im Nu hatte sich Peggy nackt ausgezogen.

Oh nein! Ich brauche ja noch einen Krug für mein Haar, fiel ihr ein. Zum Glück stand ein großer Emailkrug unter dem Ausguss. Sie stieg auf den Stuhl und von da aus behände in das Ausgussbecken. Das Wasser war warm und wohltuend. Sie konnte sich nicht hinlegen, dafür war das Becken zu kurz, aber immerhin konnte sie ziemlich bequem sitzen und fast ihre Beine ausstrecken. Sie drehte sich und kniete sich hin, dann beugte sie den Kopf ins Wasser und seifte ihr Haar mit der Zitronenseife ein. Sie tauchte den Kopf nochmals ins Wasser, um den Schaum abzuspülen, danach goss sie sich Wasser aus dem Krug über Kopf und Schultern. So, nun konnte sie entspannen. Sie ließ ihren Körper in dem warmen Wasser einweichen. Es war eine Wonne! Die Haut an ihren Fußsohlen fühlte sich rau und hart an und auch Hände und Ellbogen brauchten eine Sonderbehandlung. Behutsam massierte sie die Seife in Hals und Rücken. Zu Hause hatten sie und Eily sich immer gegenseitig den Rücken gewaschen, wenn in der Marktgasse Badetag gewesen war. Ärger und Sorgen wegwaschen – das hatte die alte Tante Nano dabei immer gesagt.

Dann, wie in einem Alptraum, hörte Peggy Schritte. Du lieber Gott! Wer war das? Mrs Madden? – die würde sie umbringen! Die Mistress? – nicht auszudenken! Peggy lag wie hypnotisiert im Wasser. Sollte sie aus dem Becken springen und sich in ihr Handtuch wickeln? – aber dann würde man sie hören. Vielleicht, wenn sie sich ganz ruhig verhielte, würde die Person – wer immer es sein mochte – wieder weggehen ...

Aber die Tür wurde aufgerissen und vor ihr stand Simon Rowan. Peggy spürte sozusagen jede Faser ihres Körpers dunkelrot werden. Der kleine Junge sah sie an, ohne mit der Wimper zu zucken, als seien nackte, junge Mädchen im Haus etwas völlig Alltägliches. Aus seinen großen blauen Augen richtete er arglos den Blick auf sie. Gesunde Röte lag auf seinem Gesicht und sein blondes Haar, sonst ordentlich frisiert, war zerzaust.

»Schnell, Peggy! Unter den Stachelbeerbüschen ist ein komisches Tier! Ich brauche einen Käfig – wenigstens ein Glas – zum Fangen. Ich hab es in die Ecke getrieben!«

Peggy hätte ihn umarmen können. Stattdessen sagte sie nur: »Lauf raus, Simon, und lass es nicht aus den Augen! Ich suche gleich den besten Behälter, den du je gesehen hast! In einer Minute bin ich draußen bei dir, aber jetzt lauf – sonst kann es entwischen!«

Wie der Blitz verschwand Simon durch die Hintertür und wie der Blitz stand Peggy tropfnass auf dem gefliesten Boden.

Noch nie in ihrem Leben war sie so schnell angezogen. Energisch rieb sie sich trocken, zog ihre frische Unterwäsche an, das graue Kleid und eine neue Schürze. Sie glättete ihr Haar ein wenig und trocknete die Strähnen an dem derben Handtuch. Dann schlüpfte sie in ihre Schuhe. Sie ließ das Wasser aus dem Ausguss abfließen und stellte den Stuhl an seinen Platz zurück, die schmutzigen Sachen und das Handtuch rollte sie zusammen und steckte das Bündel in das Schränkchen unter dem Ausguss. Schließlich schnappte sie sich eine leere

Keksdose aus der Vorratskammer und hastete in den Garten hinaus, wo Simon ausgestreckt auf der Erde lag.

»Du hast ja Ewigkeiten gebraucht, Peggy! Was war denn los?«

Sie schmunzelte.

»Sieh mal, Simon, wird das gehen? Mrs O'Connor hat da normalerweise immer Biskuitgebäck drin.«

Er griff nach der runden Dose und machte Peggy ein Zeichen, sich hinzukauern. Eifrig zeigte er auf ein einsames Grasbüschel zwischen den Stachelbeersträuchern.

»Schau dort!«, flüsterte Simon.

Zwei winzig kleine Augen starrten Peggy an. Es war eine kleine, junge Feldmaus, die ihrer Mutter abhanden gekommen sein musste. Sie war umzingelt und vollkommen verängstigt, Peggy konnte sich genau vorstellen, wie ihr zumute war.

»Halt den Deckel, Peggy, und komm dicht neben mich!«

Simon streckte die Hand aus, er wollte die Maus zur Flucht in die Dose zwingen.

Peggy gelang es, halb zufällig und halb absichtlich, den Deckel zu schließen, genau bevor die Maus in der Dose war. Simon wollte sich mit dem ganzen Körper auf das winzige Tierchen werfen, aber Peggy sah, wie es zur Seite davonschoss und durch die Stachelbeerbüsche huschte, bevor es endgültig verschwand. Simon stöhnte vor Enttäuschung und setzte sich auf.

Peggy lachte. Sie und die Maus – sie waren beide mit knapper Not entkommen.

Der freie Tag

Freitag! Freitag! Peggy platzte fast vor Erregung. Endlich war ihr Probemonat um.

Der erste Lohn und am Nachmittag frei, beides an einem Tag – es war zu schön, um wahr zu sein. Sie hatte sich genau überlegt, wo sie hingehen wollte.

Mrs Madden rief Peggy zu sich ins Büro.

»Setz dich, Peggy. Fühlst du dich denn wohl hier?« Peggy nickte. »Mrs O'Connor und ich, wir sind beide mit deiner Arbeit recht zufrieden. Ich habe hier deinen Lohn. Für die Kleider und Schürzen wurde nichts abgezogen – wie in manchen Häusern üblich –, und da Mrs O'Connor kein zerbrochenes Geschirr zu melden hatte, bekommst du deinen Lohn in voller Höhe ausbezahlt.«

Sie überreichte Peggy einen verschlossenen braunen Umschlag. Als Peggy aufstand und gehen wollte, fügte Mrs Madden noch hinzu: »Ich weiß, dass es aufregend und verführerisch ist, wenn man seinen ersten Lohn erhält, aber ich darf dir vielleicht den Rat geben – spare den größten Teil und gib dein Geld nur für wirklich Unentbehrliches aus. Die Winter in Boston sind kalt und lang, du wirst höchstwahrscheinlich einen warmen Mantel brauchen und feste Stiefel für draußen. Kitty kann dir sagen, wo du solche Sachen bekommst.«

Peggy bemühte sich um eine ruhige und vernünftige Haltung, während sie die Tür hinter sich schloss. Dann riss sie den Umschlag auf und – war enttäuscht. Das konnte doch nicht stimmen! Es fehlten mindestens zwei Dollar! Die Haushälterin musste sich geirrt haben. Sie klopfte an die Tür und betrat nochmals das Büro. Erstaunt sah die Frau auf.

»Ja, Mädchen, was gibt's?«

»Es stimmt nicht, Mrs Madden, da fehlt Geld. Sie müssen sich verrechnet haben.«

»Verrechnet! Was fällt dir ein, Kind!« Die Haushälterin legte ihr Abrechnungsbuch auf den Tisch und schlug die Seite mit dem aktuellen Datum auf.

Peggy zählte das Geld auf den Schreibtisch.

»Nein, Peggy, das ist alles korrekt. Vergiss nicht – ein Teil deines ersten Gehalts geht als Bezahlung an Mrs Halligan.« Peggy starrte sie an. »Hast du das vergessen, Kind?«, fragte Mrs Madden.

Peggy antwortete nicht. Sie kam sich wie ein Dummkopf vor, dass sie so einen Aufstand gemacht hatte. Sie brachte eine gemurmelte Entschuldigung hervor und eilte aus dem Büro. Den ganzen Vormittag über war sie aufgebracht. Mrs Halligan – so teuer! Um halb drei Uhr nachmittags erlaubte ihr Mrs O'Connor sich zurechtzumachen und wünschte ihr einen schönen freien Nachmittag.

In der Hoffnung, dass sich eine Gelegenheit zum Mitfahren bieten würde, spazierte Peggy die breite Hauptstraße von Greenbay entlang. Etwa nach einer Viertelstunde hielt eine kleine Pferdekutsche neben ihr. Es war der Kutscher aus dem Haus nebenan, sie erkannte ihn an seiner Livree.

»Steig auf, Kleine, ich nehme an, du willst in die Stadt?«

»Ja«, sagte sie und lächelte.

Der Umhang des Kutschers flatterte im Fahrtwind und während zu beiden Seiten der Straße die Häuser an ihnen vorbeiflogen, erzählte er Peggy von den Leuten, die darin wohnten. Als sie sich der Innenstadt näherten, verlangsamte er das Tempo. Er hatte eine ganze Liste zu erledigen, doch um sechs Uhr würde er nach Hause fahren. Falls sie pünktlich sei, könne sie wieder mitfahren.

»Aber länger werde ich nicht warten! Wenn du nicht rechtzeitig da bist, hast du einen langen Heimweg vor dir«, warnte er in seiner amerikanischen, gedehnten Sprechweise, die Peggy noch fremd in den Ohren klang.

Sie dankte ihm hocherfreut.

Die Innenstadt von Boston gefiel ihr außerordentlich. Es gab breite Straßen, reinlich und von Bäumen gesäumt. Die Gebäude standen ordentlich in Reihen, es gab Häuser mit geschwungenen Fassaden und Bogenfenster – und in der Ferne immer der Hafen. Kitty hatte ihr von dem großen öffentlichen Platz erzählt und von dem breiten, reißenden Charles River. Es gab so viel zu sehen, dass Peggy gar nicht wusste, wo sie anfangen sollte. Sie schaute in die funkelnden Fensterscheiben eines Ladens, dessen gesamte Auslagefläche von der neuesten Mode beansprucht wurde. Da waren Hauben mit passendem Muff ausgestellt, zwei herrliche Samtkleider und am Boden des Schaufensters Handschuhe, zierliche Abendtaschen und Fläschchen mit französischem Parfum.

Vornehme, berauschend duftende Damen mit modischen Hauben eilten an ihr vorüber und verschwanden hinter den messingbeschlagenen Türen.

Wenn ich hier etwas kaufe, ist mein Geld alle und trotzdem hätte ich mich nicht satt gesehen, überlegte sie. Sie durchstreifte den eleganten Teil der Stadt und wandte sich dann abwärts, wo die Straßen enger wurden, gewundener und verwahrloster. Hier fand sie einen großen Laden, in dem man alles kaufen konnte. Beim Eintritt jedes Kunden bimmelte fröhlich eine Glocke. Eine Frau mittleren Alters zeigte Peggy die Textilabteilung. Ständer voller Kleider gab es da und ganze Stöße zusammengefalteter Blusen und Schürzen. In einer langen Vitrine waren in Schubfächern Strümpfe, warme Unterziehjacken und solcherlei Dinge ausgestellt. Peggy sah den Ständer mit den Mänteln durch. Die meisten waren schwarz, dunkelgrün oder burgunderrot. Sie fühlten sich warm an. Beim Anblick der Preisschilder schauderte sie und entschloss sich lieber zu einem Paar warmer Wollsocken. Dann ließ sie sich zum Kauf eines kleinen Gläschens nach Geißblatt duftender Handcreme verlocken, die als »Mittel gegen trockene, raue Haut« angepriesen wurde. Das war genug für einen Tag.

Wieder auf der Straße, fragte sie einen rotgesichtigen Mann nach der Richtung und machte sich vergnügt auf den Weg zum Empire Hill Nr. 49. Als sie den Hügel hinanstieg, kam sie an einem Eckgeschäft vorbei. Die Fenster waren über und über voll gestellt mit Porträts von Frauen, Männern und Kindern. Es waren keine Zeichnungen, sie wirkten völlig echt. Die meisten waren sepiafarben, manche mit anderen Farben unterlegt. Auf dem Fenster stand: »Das wertvolle Geschenk für die

Lieben zu Hause. Eine Sitzung – garantiert ein Abzug. Besuchen Sie unser Daguerreotypie-Studio!«

Peggy studierte die Bilder und schrieb sich – für ein anderes Mal – die Adresse auf. Heute hatte sie noch etwas vor. Eilig setzte sie ihren Weg zum Empire Hill Nr. 49 fort. Sie klingelte und Nancy öffnete die Tür.

»Guten Tag, Nancy, ich suche Sarah. Ist sie noch hier?«, sagte Peggy atemlos. »Es tut mir Leid, aber ich habe gar keine Zeit für einen kleinen Schwatz.«

Nancy schüttelte den Kopf. »Sarah Connolly is' ungefähr vor zehn Tagen weggezogen. Sie wohnt bei ihren Brüdern in der Russell Street, da haben sie ein paar Hinterzimmer gemietet. Arbeiten tut sie noch in Goldmans Hemdenfabrik.«

»Dann hab ich sie also verpasst. Ich hab nämlich nur bis sechs Uhr Zeit.« Peggy war enttäuscht.

»Warte doch – wenn du runterläufst, kannst du sie noch erwischen, wenn sie aus der Fabrik kommt. Ihre Schicht muss in ein paar Minuten aus sein.«

Peggy versprach, wenn es ihr möglich sei, wieder zu kommen, dann zog sie das Tuch enger um die Schultern, nahm die Beine in die Hand und rannte los. Kurz darauf war sie wieder am Fuß des Hügels. Sie überquerte zwei Straßen und da sah sie schon das hohe, hässliche Fabrikgebäude.

Nach zehn Minuten wurde ihr Warten belohnt – sie sah Sarah Connolly durch die schwere, rostfarbene Tür kommen. Sarah erkannte Peggy und lief ihr entgegen.

»Ach, Peggy, du hast mir so gefehlt!«, rief sie.

»Ich muss dir so viel erzählen, Sarah. Aber wie hat sich denn bei dir alles so entwickelt?«

»Wir wohnen hier in der Nähe und bei Goldman bin ich jetzt in der Abteilung, wo Knöpfe angenäht werden.«

Sie freuten sich beide so über das Wiedersehen, dass sie kaum zu reden aufhören konnten und doch kaum zu Wort kamen. Peggy hielt Sarah am Arm, als sie durch die Russell Street gingen. Sie stiegen in den dritten Stock eines großen, schäbigen Hauses, da war Sarahs neues Zuhause.

Es bestand aus zwei Schlafzimmern und einer kleinen Wohn- und Kochnische. An einer Schnur quer vor dem Fenster hing eine Reihe Hemden und langer Unterhosen. Sarah machte sich sofort daran, den einfachen Herd zu heizen. Dann setzte sie einen Topf mit dicker Suppe zum Kochen auf. Peggy merkte, dass die Freundin ziemlich am Ende ihrer Kraft war. Ihr Gesicht war blass mit dunklen Schatten unter den Augen und die Hände waren kreuz und quer von Schnitten übersät, sahen steif und entzündet aus. Die Fingernägel waren abgebrochen, eingerissen und geschwärzt vom Knöpfeannähen. Sarah musste nach einem schweren Arbeitstag in der Fabrik – Arbeitsbeginn früh um sieben Uhr – zu Hause noch putzen und kochen.

»Wenn die Jungen bessere Arbeit bekommen und ein bisschen vom Baugeschäft verstehen, können wir uns bestimmt eine schönere Wohnung leisten«, versicherte Sarah Peggy.

Peggy wollte nichts essen, aber zu einer Tasse Tee reichte es noch.

»Ich muss gehen, Sarah, aber vielleicht, wenn ich in ein paar Wochen meinen freien Sonntag habe, sehen wir uns wieder.«

Das andere Mädchen wirkte so verloren und einsam, dass Peggy nicht wusste, was sie machen sollte. Spontan griff sie in ihre geräumige Kleidertasche. Sie brachte das Glas mit Handcreme – noch eingewickelt – zum Vorschein.

»Fast hätte ich's vergessen, ich habe ein kleines Geschenk für dich gekauft.«

Sarahs Augen füllten sich mit Tränen, als Peggy die Treppen hinunterpolterte, immer zwei Stufen auf einmal, damit sie pünktlich zum Treffpunkt kam.

Peggy war schwer ums Herz. Schweigsam saß sie in der Kutsche, während das Pferd heimwärts trabte.

Der verschwundene Ring

In der folgenden Woche arbeitete Peggy im Musikzimmer.

»Besonders gründlich, Peggy, musst du den Boden wischen und die Holzdielen polieren«, ordnete Mrs Madden an.

»Ich hol mir frisches Wasser, Mrs Madden, dann fange ich gleich damit an«, sagte Peggy.

»Staub und Schmutz wirkt sich offenbar auf das Klavier aus, achte also darauf, dass alles fleckenlos sauber ist!« Damit ging die Haushälterin die Treppe hinauf, um Kittys Arbeit zu kontrollieren.

Im Musikzimmer war es herrlich. Peggy ließ den Schrubber mit dem Wischlappen über den Ahornboden gleiten. Sie würde ihn, wenn er getrocknet war, einwachsen und glänzend reiben.

Klavier und Notenständer bildeten den Mittelpunkt des Zimmers. Überladene Bücherregale zogen sich an den Wänden hin, davor standen zwei, drei zierliche Stühle. Peggy hielt manchmal in der Arbeit inne und warf einen Blick auf die Titel der ledergebundenen Bände – zu gern hätte sie die Bücher gelesen.

Um an die Holzdielen unter dem geschwungenen Fenstersitz zu kommen, musste sie sich hinknien und fast über den Boden kriechen. Der feuchte Lappen hing voller Staub, als sie ihn in den Wassereimer tauchte. Eben wollte sie den Lappen auswinden, da fiel ihr ein silbriger Schimmer auf. Es war ein Ring mit zwei ineinander verwickelten Schlangen. Sie hob ihn auf. Er gefiel ihr nicht besonders. Sie steckte ihn in die Schürzentasche, um ihn nachher bei Mrs Madden abzugeben.

Gern hätte sie den Klavierdeckel aufgemacht und ihre Finger über die Elfenbeintasten huschen lassen, aber sie beherrschte sich. Nachdem sie mit dem Musikzimmer fertig war, ging sie in die Küche und leerte den Eimer in der Spülecke aus.

Kitty kam angerannt.

»Mrs Madden verlangt nach dir, Peggy! In ihrem Büro! Sofort!«

Peggy trocknete sich die Hände ab, lief nach oben und klopfte an die Bürotür.

In der Ecke stand Roxanne und tat so, als schaue sie in den Hof hinaus.

»Ja, Mrs Madden?«

»Hast du eben das Musikzimmer sauber gemacht, Peggy?«

»Ja, Madam, und ich hab alles so gemacht, wie Sie gesagt haben«, antwortete sie.

»Bist du ans Klavier gekommen?«

Röte überzog Peggys Gesicht. Roxanne sah sie prüfend an.

»Nein, Mrs Madden, ich habe es nicht angerührt.« Du lieber Gott, vielleicht war etwas kaputt, und nun wollten sie ihr die Schuld geben!

»Bist du ganz sicher?«

Peggy nickte und zwang sich zu äußerlicher Ruhe.

»Sie ist eine Lügnerin!«, rief Roxanne wütend. »Eine Lügnerin und eine Diebin!«

Plötzlich dämmerte es Peggy, worum es hier ging – um diesen dummen Schlangenring, den sie in der Ecke unter dem Fenstersitz gefunden hatte.

»Ich habe beim Üben meinen guten Ring auf das Klavier gelegt. Sie hat ihn gestohlen!«

Peggy griff in die Tasche nach dem Ring. Sie wollte ihn auf den Schreibtisch legen und alles erklären. Er war verschwunden!

»Ich möchte, Mrs Madden, dass Sie sie durchsuchen! Wir leiden keine Diebin in Haus Rushton!«

»Tut mir Leid, Peggy. Hast du etwas dazu zu sagen?«

Peggy wusste nicht, was tun. Wie sollte sie die Wahrheit sagen, wenn sie den Ring nicht vorweisen konnte? Dann steckte sie ja erst recht in Schwierigkeiten.

Mrs Madden leerte Peggys Schürzentaschen und auch die Taschen ihres Kleides. Dann ließ sie Peggy die Manschettenknöpfe aufmachen.

»Sie müssen sich geirrt haben, Miss Roxanne«, sagte die Haushälterin, die das Mädchen beschwichtigen wollte.

»Durchsuchen Sie jeden Ort, wo sie sich aufgehalten hat, und auch ihr Zimmer. Sie kann den Ring dort versteckt haben!«

Kitty wurde hereingerufen, sie sollte in der Spülecke nachsehen. Mrs O'Connor musste bei Peggy im Büro bleiben, während die Haushälterin das Dachzimmer absuchte. Miss Roxanne ging mit ihr die Bodentreppe hinauf.

Peggy war wie betäubt. Der Ring hatte nicht auf dem Klavier gelegen. Wäre er dort gewesen, hätte sie ihn nicht angefasst. Mrs Rowan ließ oft überall im Haus ihre wertvollen Ohrringe herumliegen – im Esszimmer, im Salon oder im Bad. Sie wurden nie angerührt. Aber der Schlangenring hatte an einem völlig abseitigen Ort gelegen. Niemals konnte er zufällig dort hingekommen sein.

Mrs O'Connor sagte kein Wort zu Peggy.

»Ich hab ihn nicht gestohlen!«, rief Peggy flehend.

Die Köchin nestelte verlegen an ihrer Schürze herum. Sie sah Peggy nicht in die Augen. Kitty kam zurück. Sie lehnte sich an die Wand und starrte angestrengt aus dem

Fenster. Nach zwanzig Minuten erschien Mrs Rowan, um nach dem Grund der ganzen Aufregung zu sehen. Vor dem Büro sprach sie mit der Haushälterin, mit der Köchin und mit Roxanne. Die beiden Dienstmädchen saßen allein im Zimmer.

»Peggy ist eine Diebin! Ich weiß, dass sie ihn gestohlen hat. Du musst sie loswerden, Mutter!«, hörten sie Roxanne zetern.

»Kitty!«, wisperte Peggy. »Kitty!«

Das Mädchen drehte sich nicht um. »Du musst mir helfen! Bitte, Kitty, such den Ring und sieh zu, dass du ihn findest!«

Kitty gab keine Antwort.

Peggy hätte sie am liebsten angeschrien, sogar geschlagen. »Ich habe ihn nicht gestohlen, ich schwöre es!« Sie dämpfte ihre Stimme. »Kitty, wir sind doch Freundinnen – bitte!«

Kitty fuhr herum. Auf ihrem Gesicht lag der Ausdruck eines gehetzten Tieres. »Hör auf, Peggy. Ich will keinen Ärger. Davon hab ich schon genug gehabt, also lass mich in Ruhe«, zischte sie.

Peggys Mut sank. Sie spürte Kittys Angst und Schwäche, sie würde nicht für sie eintreten. In diesem Augenblick kamen die anderen zurück und beschuldigten Peggy von neuem.

Roxanne tobte und geiferte.

»Diebin … Peggy ist eine Diebin … Ich weiß, dass sie ihn gestohlen hat. Du musst sie loswerden, Mutter!«

Mrs Rowan wirkte erregt und nervös.

»Roxanne, meine Liebe, beruhige dich. Wir haben

keinen Beweis, dass Peggy deinen Ring genommen hat. Ich schlage vor, wir lassen die Sache erst mal ruhen, vielleicht taucht er ja auf. Also dann, alle wieder an ihre Arbeit!«

Mrs Rowan verschwand mit Roxanne nach oben.

Aber der Schaden war angerichtet. Natürlich konnten die anderen nicht sicher sein, ob Peggy den Ring gestohlen hatte oder nicht. Kitty mied sie für den Rest des Tages. Mrs Madden und Mrs O'Connor verhielten sich kühl ihr gegenüber und sprachen sie nur an, wenn sie ihr eine Arbeit aufzutragen hatten. Beim Essen wurde sie ignoriert. Peggy zitterte und war den Tränen nahe. Keiner wollte ihr glauben!

Kitty ging zeitig schlafen und bot nicht ihre Hilfe beim Abwasch an. Ein ganzer Berg von Geschirr hatte sich angehäuft – Teller und Schüsseln und viele Töpfe, Pfannen und Ofenbleche.

»Das muss heute Abend alles noch fertig werden, Peggy!«, befahl Mrs O'Connor. Dann verließ sie die Küche und zog sich nach oben in ihr Zimmer zurück.

Die Tränen, die Peggy schon den ganzen Nachmittag zurückgehalten hatte, liefen ihr nun übers Gesicht. Es ist nicht gerecht, dachte sie. Warum glauben sie mir nicht? Sie haben keinen Beweis, dass ich den Ring genommen habe.

Sie überlegte, ob sie nun wegen Diebstahls entlassen würde. Wie sollte sie dann eine andere Stelle finden? Diesmal konnte sie nicht wieder zu Mags Halligan gehen. Peggy krempelte die Ärmel auf.

In der Spülecke war es kalt, aber nach einer Stunde

Arbeit lief ihr der Schweiß herunter. Ihre Hände waren rau und ihre Augen brannten. Als sie fertig war, zeigte die Küchenuhr ein Uhr nachts.

Auf Zehenspitzen schlich sie die Hintertreppe hinauf. Ihr war elend zumute und sie fühlte sich wie erschlagen. Kitty hatte sich im Schlaf auf die andere Seite gedreht, weg von Peggy.

Mit Kleid und Schürze ließ sich Peggy ins Bett fallen. In ein paar Stunden würde sie sich ohnehin wieder anziehen müssen. So war sie wenigstens gleich fertig zum Aufstehen.

Mädchen für alles

Am nächsten Morgen fühlte sich Peggy müde und kaputt. Kitty lag zusammengerollt schlafend im anderen Bett.

»Schlaf du nur, Feigling, und sieh zu, wer dich weckt«, dachte Peggy. Sie schlich sich aus der Dachkammer und ging nach unten. Kitty kam und kam nicht.

Peggy wusste, dass Mrs O'Connor jedem Gespräch mit ihr aus dem Weg gehen würde, aber zuletzt sah sich die Köchin doch gezwungen nach Kitty zu fragen.

»Wenn sie noch schläft, wecke sie auf der Stelle, sonst wird es mit dem Frühstück zu spät!«, befahl sie.

Peggy lief die Hintertreppe hoch, immer zwei Stufen auf einmal, und stieß die Tür zur Dachkammer auf.

»Kitty, bist du jetzt wach?«, rief Peggy und spähte zum Bett hin. Kittys Gesicht war grauweiß, sie atmete flach und rasselnd.

»Kitty! Kitty, was ist mit dir?«

»Hol jemanden, Peggy!«, murmelte Kitty schwach.

Peggy bekam es mit der Angst. »Mach dir keine Sorgen, Kitty, ich geh runter und hol Mrs Madden.« Sie fühlte ein stechendes Schuldbewusstsein.

Das andere Mädchen nickte. Sie konnte kaum sprechen.

Peggy klopfte an Mrs Maddens Zimmertür. Die Haushälterin machte auf und stand in weißem Nachtgewand und gerüschter Nachthaube vor ihr. Peggy redete so hastig, dass Mrs Madden den Zusammenhang nicht verstehen konnte.

»Beruhige dich doch, Peggy! Was ist los, um Himmels willen?«

»Kitty! Sie ist richtig krank! Sie müssen bitte kommen. Ich weiß nicht, was mit ihr los ist.«

Die Haushälterin spürte die Dringlichkeit und folgte Peggy ins Dachzimmer. Sie schob Peggy beiseite und kniete sich neben Kittys Bett. Sie fühlte an ihrer Stirn, dann nahm sie ihr Handgelenk und hielt es eine Minute zwischen den Fingern fest.

»Hol zwei Decken für sie aus der Diele, Peggy. Sie friert. Bring auch zwei Kissen mit. Wir wollen sie ein wenig aufrichten, damit sie besser atmen kann.«

Im Nu war Peggy wieder oben. Die Haushälterin gab ihr weitere Anweisungen.

»Sag Mrs O'Connor, wir brauchen eins ihrer Spezialgetränke mit Honig und Zitrone, und du musst es – bevor du mit dem Frühstück anfängst – Kitty sofort raufbringen.«

Mrs O'Connor in der Küche zeigte sich immer noch unversöhnlich. Ohne ein Wort bereitete sie das Getränk zu und reichte es Peggy.

»Dass du ja nicht rumtrödelst, Peggy, du musst das Frühstück servieren!«

Voller Nervosität trug Peggy kurz darauf das schwere Silbertablett die Treppe hinauf.

Nur Master Rowan und Simon waren zum Frühstück anwesend. Der Herr war in Papiere vertieft und Simon beschäftigte sich mit seinem Rührei, das er in Muster zerlegte.

Die Damen klingelten erst am hellen Vormittag nach ihrem Frühstück. Sie bekamen es auf Tabletts in ihren Schlafzimmern serviert. Peggy hielt den Blick gesenkt und sah keinem in die Augen. Und es schien niemandem aufzufallen, dass sie an Kittys Stelle auftrug.

In den nächsten Stunden lernte Peggy den Unterschied zwischen einem Hausmädchen und einem Küchenmädchen kennen.

»Ein Mädchen für alles – das bin ich jetzt!«, stöhnte sie und lief auf das Klingelzeichen hin wieder nach oben. Bei der Arbeit in den oberen Räumen hatte sie Gelegenheit etwa einmal stündlich die Bodentreppe hinaufzuhuschen und nach Kitty zu sehen. Es ging ihr nicht viel besser. Sie hatte die Hühnerbrühe und das frische Brot kaum angerührt, die ihr Peggy zu Mittag gebracht hatte. Peggy trug das Tablett wieder in die Küche hinunter.

An diesem Abend sank Peggy regelrecht ins Bett. Kitty hatte sich zum Schlafen auf die andere Seite gedreht.

»Geht es dir nicht ein bisschen besser, Kitty?«

Das Mädchen schien keine Kraft zum Antworten zu haben. Peggy hatte Mitleid mit Kitty. Sie fand es sinnlos, weiterhin wütend auf sie zu sein. Schweigend lag Peggy in ihrem Bett und betrachtete die Holzbalken an der Decke. Eine winzige Spinne webte an ihrem Netz. Da wehte ein Luftzug durch das Gebälk und blies sie aus ihrer luftigen Höhe herunter. Unerschütterlich hangelte sie sich über ihren schwingenden Faden wieder nach oben und fing von vorne an.

Den ganzen Tag hatte kein Mensch ein freundliches Wort für Peggy gehabt. Sie schloss die Augen. Hat keinen Zweck in Selbstmitleid zu zerfließen, dachte sie. Morgen ist ein anderer Tag.

Am nächsten Tag bat Mrs Madden darum, dass Mrs Rowan den Arzt für Kitty riefe. Er kam am Vormittag. Peggy sollte unten die Stellung halten, während Mrs Madden den Arzt ins Dachzimmer führte.

Peggy ging auf und ab. Sie hatte nun große Angst um ihre Freundin. Es war noch nicht Mittagszeit, Peggy saß am Tisch und aß von der restlichen Gemüsepastete, da erschien die Haushälterin in der Küche und setzte sich neben sie.

»Ich weiß, Peggy, dass du dir Sorgen um Kitty machst. Das geht uns allen so. Sie hat sich eine Infektion in der Brust eingefangen, die sich auch auf die Lungen auswirkt. Sie ist äußerst schwach und wird vermutlich Fieber bekommen. Der Arzt hat ein Rezept für ein Medikament dagelassen, ich will es heute Nachmittag zubereiten lassen. Sie muss viel Flüssigkeit zu sich nehmen und sich warm halten. Sie muss warme Flanellauflagen, mit Terpentingeist getränkt, auf die Brust bekommen, damit sie besser atmen kann – du kannst es ihr dann gleich bringen. Sie wird viel Ruhe brauchen und jemanden, der gut auf sie achtet ...« Mrs Maddens Bericht riss ab.

»Ich mache das! Ich will ja nur, dass es ihr wieder besser geht!«, erklärte Peggy.

»Bist ein gutes Mädchen, ich wusste, dass ich mich auf dich verlassen kann!«

Roxanne setzte Mrs Madden immer noch zu.

»Dieses Mädchen muss entlassen werden!«, forderte sie und zeigte mit dem Finger auf Peggy.

»Sie haben den Ring höchstwahrscheinlich verlegt, Miss Roxanne«, gab Mrs Madden zu bedenken.

»Verlegt! Ich habe ihn ganz bestimmt nicht verlegt! Ich habe ihn da liegen lassen, wo sie ihn finden würde – ich wusste ja, dass sie ihn behalten würde ...« Roxanne unterbrach sich, sie merkte, dass sie zu viel gesagt hatte.

Mrs Madden war schockiert.

»Dieses Dienstmädchen, Peggy O'Driscoll, ist ein Störenfried«, sagte Roxanne trotzig, »und sie passt nicht für die Arbeit hier!«

Mrs Madden erhob sich. »Es gibt keinen Beweis, Miss Roxanne, dass sich Peggy unkorrekt verhalten hat.«

Roxanne stürmte in den Garten hinaus.

Mrs Madden ging in die Küche, wo sie mit Mrs O'Connor ein vertrauliches Gespräch führte. Dann riefen sie Peggy herein.

»Roxanne hat dir da etwas angehängt, Peggy«, sagte Mrs Madden. »So etwas kommt schon mal vor!«

»Hast du den Ring nun gesehen, Peggy, oder angefasst?«, fragte die Köchin.

Peggy konnte nur die Wahrheit erzählen. »Ich habe ihn in meinem Wischlappen gefunden, ganz voll Staub vom Fußboden unter dem Fenstersitz. Er sah hässlich aus, ich hab ihn in die Schürzentasche gesteckt und wollte ihn Mrs Madden geben.«

»Warum hast du das nicht gesagt, du dummes Mädchen?«, stöhnte die Haushälterin.

»Weil er plötzlich weg war – ich muss ihn verloren haben. Ich habe ihn hier in diese Tasche gesteckt«, erklärte sie und stülpte zum besseren Verständnis die Tasche um.

An der Stelle, wo die Nähte aneinander grenzten, war ein winziger Riss. »Das hab ich vergessen zu flicken«, jammerte Peggy. »Der Ring muss mir beim Putzen irgendwo rausgefallen sein.«

Mit schamroten Gesichtern entschuldigten sich Haushälterin und Köchin, weil sie Peggys Aussage bezweifelt hatten. Peggy hatte die ganze Angelegenheit gründlich satt, sie zuckte nur mit den Schultern und versicherte, sie sei noch nie nachtragend gewesen.

An diesem Abend entdeckte Mrs Rowan den Ring neben einem Bücherregal im Musikzimmer.

»Dann hat ja diese kleine Schlange ihren Ring wieder«, murmelte Mrs O'Connor. »Geh ihr in Zukunft lieber aus dem Weg, Peggy!«

In den nächsten Tagen hatte Peggy kaum Zeit, darauf zu achten, was um sie her geschah. Sie lief durch das ganze Haus, erledigte ihre und Kittys Arbeit, sie hastete treppauf, treppab, um nach der Patientin zu sehen, sie brachte ihr unzählige Gläser zu trinken und leerte den Nachttopf aus.

Kitty war so geschwächt, sie konnte kaum aufrecht sitzen und wollte am liebsten immer nur schlafen. Sie wollte keinen Bissen essen. Peggys freier Nachmittag kam und ging – sie hatte viel zu viel Arbeit, um das Haus verlassen zu können.

Ein Brief aus Irland

Es war Herbst geworden. Das Laub der Bäume färbte sich und aus der Hauptstraße von Greenbay war eine vergoldete Prachtstraße geworden. Wenn es nur weiterhin sonnig und warm bliebe! Die Arbeit fiel Peggy inzwischen viel leichter, aber Kitty lag immer noch krank zu Bett.

In der Küche ging es zu wie in einem Bienenhaus, da Mrs O'Connor Mengen von reifem Obst und Gemüse einkochte. Durch das ganze Haus zog der Duft nach Essig und eingelegtem Gemüse. Die Regalbretter in der Speisekammer bogen sich, als würden Vorbereitungen für eine Belagerung getroffen.

Mrs Madden setzte sie alle in Erstaunen.

»Ich muss euch eine Neuigkeit mitteilen!« Rote Flecken erschienen auf ihren Wagen. »Ich werde Haus Rushton zum Ende des Monats verlassen.«

Ein breites Lächeln glitt über ihr Gesicht. »Ihr seht die Besitzerin von *The Haven* vor euch, das ist ein erstklassiges, neues Wohnheim in Walnut Hills auf der anderen Seite von Greenbay. Ich werde etwa in fünf Wochen eröffnen und hoffe mit der Zeit auf fünf bis sechs Quartiergäste.«

»Wie das Heim von Mrs Halligan!«, rief Peggy.

»Etwas besser, möchte ich doch annehmen«, sagte Mrs Madden. »Mein erster Heimgast ist ein verwitweter Professor, der gern wieder in der Gegend wohnen möchte.«

Mrs O'Connor zwinkerte Peggy zu, die zu kichern anfing. Mrs Madden, verwirrt und heftig errötend, flüchtete sich in ihr Zimmer.

»Ist ja phantastisch!«, murmelte Peggy. Ihre Lebensgeister erhielten neuen Auftrieb durch Mrs Maddens Vorankommen. Sie fing von ihrer eigenen Zukunft zu träumen an. Vielleicht würde auch sie eines Tages …

»Keine verdient es mehr als sie«, sagte Mrs O'Connor. »Sheila Madden hat, seit sie einen Fuß in dieses Land gesetzt hat, immer geknausert und gespart und geschuftet. Ihr Taugenichts von Ehemann hat jeden Pfennig versoffen, den sie verdient hatten, und dann, als eines Tages kein Geld mehr da war, verschwand er auf Nimmerwiedersehen. Wahrscheinlich hat er sich längst zu Tode gesoffen. Ich habe die letzten Jahre mit Mrs Madden zusammengearbeitet. Es hat schon mal Meinungsverschiedenheiten zwischen uns gegeben, aber ich konnte ihr immer Achtung und Freundschaft entgegenbringen.«

Als Mrs Maddens Abschied näher rückte, rief sie Peggy in ihr Büro. Sie überreichte ihr den gewohnten braunen Umschlag. »Willst du nachzählen, Peggy?«

Lächelnd schüttelte Peggy den Kopf.

»Weißt du, Peggy, du bist blitzgescheit. Es ist durchaus nicht so, dass viele Hausangestellte lesen und schreiben können, und du bist offenbar auch im Rechnen ganz gut. Ich habe dich beobachtet, wie du die Gehaltsaufstellung nachgerechnet hast. Im Augenblick ist es hier nicht ganz einfach, aber schwere Arbeit, sagt man, hat noch niemanden umgebracht. Mach weiter so! Ich bin überzeugt, dann wirst du es zu etwas bringen im Leben. Du hast einen hellen Kopf und Mut und ein angenehmes Wesen.«

Peggy nickte. »Vielen Dank. Ich wünschte, Sie würden nicht weggehen«, sagte sie der älteren Frau.

»Kann ich verstehen, Peggy. Aber ich habe meine Schulden nun mehr als bezahlt und dafür habe ich all die Jahre gearbeitet und gespart. Nun ist für mich der

Zeitpunkt und die Gelegenheit da. Weißt du, Walnut Hills ist nicht das Ende der Welt. Es ist nur ungefähr eine Stunde von hier entfernt.« Sie sah Peggy eindringlich an und das Mädchen spürte, dass es in Mrs Madden jederzeit eine Freundin haben würde.

»Nun, bevor ich allzu sentimental werde, hör zu, ich habe mit Mrs O'Connor gesprochen und wir fanden beide, dass du einen richtigen freien Tag bekommen musst, bevor ich das Haus verlasse. Du brauchst mal eine Unterbrechung. Am nächsten Donnerstag, wenn du das Frühstück aufgetragen und bei der Vorbereitung für das Mittagessen geholfen hast, sollst du den Rest des Tages für dich haben.«

Später, als Peggy dabei war, den Boden im Salon zu wischen und den mächtigen, vergoldeten Spiegel zu polieren, betrat Mrs Rowan den Raum.

»Sieh mal, Peggy, ein Brief für dich! Aus Irland!« Sie reichte Peggy den schlichten weißen Umschlag.

Peggy wollte ihn auf der Stelle öffnen und lesen, da jedoch Mrs Rowan sie beobachtete, ließ sie ihn einfach in ihre Schürzentasche gleiten und putzte weiter. Er brannte ihr in der Tasche und das Blut schoss ihr vor freudiger Erwartung durch die Adern.

Zu Mittag endlich, unter dem Vorwand, Kitty etwas Heißes zu trinken zu bringen, rannte sie sämtliche Treppen hinauf und in die Dachkammer. Sie stellte das Getränk neben Kittys Bett, dann setzte sie sich mucksmäuschenstill auf ihr eigenes Bett. Sie roch an dem Umschlag. Er schien den Duft nach Irland an sich zu haben – feucht und windig und herrlich. Er enthielt zwei

279

Briefe. Der erste war von Nano. Peggy konnte kaum ein Schluchzen unterdrücken.

Meine liebste Großnichte Peggy!
Mit großer Freude und Erleichterung haben Eily und ich deinen Brief erhalten, in dem du uns über deine gute Ankunft in Boston berichtest. Du warst schon immer ein kleiner, zäher Racker! Schön zu wissen, dass du eine gute Stellung bei einer anständigen Familie hast. Sofort den richtigen Anfang zu finden war ein großes Glück, und ich weiß, dass du als Küchenmädchen fest zupacken wirst.
Eily und John sind verheiratet. Noch nie ist deine Schwester so hübsch gewesen und John so stattlich! Es war eine kleine Feier. Wie habe ich mir gewünscht, du und deine Eltern wärt mit dabei gewesen! Michael hat freibekommen.
Der Laden ist zwei Wochen nach der Hochzeit geschlossen worden. Immer, wenn wir durch Castletaggart kommen, sehen wir ihn leer und die Fenster mit Brettern vernagelt.
Wir wohnen nun alle auf der Farm. Mit Joshua Powers komme ich gut zurecht, er ist froh wieder Gesellschaft im Haus zu haben.
Weißt du, von offenen Feldern und Tieren umgeben zu sein erinnert mich an meine Kindheit.
Es vergeht kein Abend, ohne dass ich an dich denke und für dich bete.
Gott beschütze dich! In Liebe und Zuneigung,
Nano

Der zweite Brief war in Eilys großen, runden Buchstaben geschrieben.

Meine liebe, kleine Schwester,
du fehlst mir so sehr! Ohne dein Lachen ist das Haus leer.
John und ich sind sehr glücklich. Powers Farm bedeutet etwas Besonderes für mich. Erinnerst du dich noch an die Zeit, als wir kleine Mädchen in Duneen waren? Diese Glückseligkeit empfinde ich hier.
Michael geht es gut. Er darf inzwischen zwei der Pferde ausreiten. John hat viel zu tun mit der Heuernte und mit Arbeiten, die alle vor dem Winter noch fertig werden müssen.
Nano hat zwei Tage geweint, nachdem wir den Laden geräumt hatten. Aber Joshua hat gleich ihre Hilfe gebraucht bei der Aufzucht eines verwaisten Kalbes und seitdem sind sie gute Freunde.
Ab und zu vermisse ich den Laden, aber ich komme gar nicht viel zum Grübeln mit der Arbeit im Haushalt hier. Ich muss dir etwas verraten, Peggy – ich glaube, ich bin schwanger. Es ist noch sehr früh, darüber zu reden, aber Nano sagt, ich hätte so etwas an mir. Bete, dass alles gut verläuft!
Du fehlst mir! Du fehlst mir! Du fehlst mir!
Gefällt dir Amerika?
Schreibe wieder, sobald du kannst!
Viele herzliche Grüße von deiner dich liebenden Schwester

Eily!

Peggy drückte die zwei Briefe an ihre Brust. Tränen liefen ihr über das Gesicht. Beim Lesen sah sie Eily vor sich, wie sie in der kleinen Bauernküche Brot buk. Fast konnte sie das Feuer und das Brot riechen. Sie schluchzte laut.

Kitty rührte sich und wachte auf. »Was ist, Peggy? Ist dir schlecht?« Die Stimme des anderen Mädchens war voll Besorgnis. »Warum weinst du?« Peggy schniefte und fuhr sich mit der Hand über die Augen.

»Ehrlich gesagt, ich weiß nicht, ob ich vor Glück oder Traurigkeit weine. Es ist einfach – ich vermisse sie alle so. Hier, Kitty, ich hab dir etwas zu trinken gebracht.« Sie umarmte ihre Freundin und half ihr in eine sitzende Stellung. So konnte Kitty aus dem Fenster schauen, den Garten und ein Stück von der Straße sehen.

»Du hast so ein Glück, Peggy! Ich habe nie einen Brief von irgendwem gekriegt – würde mir aber sowieso nichts nützen, ich könnte ihn ja nicht mal lesen!« Das Mädchen lächelte unsicher.

»Ich will mal lieber wieder runtergehen«, sagte Peggy stöhnend. Doch plötzlich strahlte sie. »Hab ich dir schon erzählt, dass ich Tante werde?«

Peggys Herz hüpfte, als am Donnerstag das schwere Tor hinter ihr ins Schloss fiel. Kitty hatte ihr mehrere gute Secondhand-Läden genannt und ihr für ein paar Kleinigkeiten, die sie dringend brauchte, zwei Dollar mitgegeben.

In der Innenstadt von Boston angekommen, wusste Peggy sofort, wo sie zuerst hinwollte. Sie ging den Hügel hinauf bis an die Ecke Empire Hill. Im Schaufenster des Daguerreotypie-Studios waren immer noch dieselben Porträts ausgestellt. Als sie sich durch die Tür schob, wurde sie von einem großen, dünnen Mann mit Brille begrüßt.

Peggy nannte ihren Namen und trug ihr Anliegen vor.

»Ein kluger Entschluss, Miss O'Driscoll!«

Der Mann erklärte ihr die Preise und die unterschiedlichen Möglichkeiten für ein Porträt. Peggy entschied sich für die einfachste Ausführung sowie zwei Abzüge.

»Möchten Sie etwas anderes anziehen oder nicht?«, fragte er und deutete auf einen Kleiderständer. Peggy sah sich das Angebot an. Da hing eine hässliche Stola aus Fuchspelz, zwei, drei gemusterte Seidenblusen, ein leuchtend rotes Schultertuch aus Satin. Sie probierte einen dunkelgrünen Mantel mit Samtkragen. Eine kleine Haube gehörte auch dazu. Sie starrte ihr Spiegelbild an. Sie sah älter aus und blasser, aber nein, das war nicht sie selbst. Eily und Nano waren nicht die Leute, denen man etwas vormachen konnte. Ihre Dienstmädchen-Kleidung mit Haube und Schürze war ganz passend. Sie legte die Sachen zurück, dann stellte sie sich vor dem hell gestrichenen Hintergrund zurecht. Neben ihr auf einem geschnitzten Holzsockel stand eine hohe, schlanke Vase mit Blumen.

Der Mann trat zurück und postierte sich hinter einem sonderbaren Kasten. Er schob einen anderen Kasten in den ersten hinein. Ein beißend saurer Geruch entstand.

»Schön stillhalten, Miss O'Driscoll, ich muss erst die richtige Einstellung finden!«

Peggy bemühte sich krampfhaft um ein Dauerlächeln, wenn sie auch eine gewisse Nervosität nicht verdrängen konnte.

Es schien eine Ewigkeit zu dauern, bis sie fertig war. Die Hälfte der Kosten bezahlte sie sofort – den Rest würde sie begleichen, wenn sie an ihrem nächsten freien Tag die Bilder abholte. Übermütig sprang sie die Straße hinunter. Sich vorzustellen, was Eily und Nano zu der Aufnahme sagen würden! Wenigstens würden sie ihr Gesicht nie vergessen! Sie fand das Kaufhaus und besorgte die Sachen für Kitty. Dann machte sie sich auf den Weg zu einem der Secondhand-Läden.

In dem Geschäft hing ein muffiger Geruch, den auch ein Schwall frischer Luft nicht vertreiben konnte. Innerhalb einer halben Stunde hatte Peggy so ziemlich jeden Mantel und Umhang anprobiert. Manche waren viel zu groß. Andere hatten Mottenlöcher. Bei einigen waren größere Änderungen nötig und Peggy wusste genau, dass sie damit nicht zurechtkommen würde. Und dann, als sie die Hoffnung fast schon aufgegeben hatte, entdeckte sie den perfekten Mantel. Er war tiefrot wie das Heidekraut auf den Hügeln um Castletaggart, ganz aus Wollstoff und zum Teil mit feinem Flanell gefüttert. Er hatte breite, mit einem Cape bedeckte Schultern. Schon beim Hineinschlüpfen fand sie ihn bequem und fühlte sich sofort wohl darin.

»Ich nehme den«, erklärte sie der überraschten Verkäuferin, die nicht mehr mit Peggys Kaufabsicht gerechnet hatte. »Bemühen Sie sich nicht mit Einpacken, ich ziehe ihn gleich an«, sagte sie.

Die Temperatur draußen war spürbar gesunken. Peggy musste fast die Hälfte des Heimwegs zu Fuß gehen – sie dankte ihren glücklichen Sternen, dass sie den Mantel gefunden hatte.

Die neue Haushälterin

Am Sonntagmorgen verabschiedete sich Sheila Madden endgültig von ihnen. Am Abend vorher hatte Mrs O'Connor etwas Besonderes zum Abendessen zubereitet. Familie Rowan war in die Küche heruntergekommen, alle hatten mit der Haushälterin angestoßen und ihr ein Geschenk überreicht.

»Mach es auf! Mach es auf!«, hatte Simon gerufen.

Errötend hatte Mrs Madden den großen Karton geöffnet und eine Glaskaraffe mit sechs Gläsern zum Vorschein gebracht. »Das werde ich immer in Ehren halten«, hatte sie gesagt.

Von Mrs O'Connor hatte sie eine Schürze bekommen und eine Sammlung Kochrezepte.

»Sie werden nun selbst ein wenig kochen müssen«, hatte Mrs O'Connor augenzwinkernd gesagt.

Peggy hatte die Haushälterin beobachtet, als sie ihr Geschenk aufmachte. Es war ein kleiner Briefbeschwerer, meerblau. Darauf stand: »Für die Dame des Hauses«.

»Vielen Dank, Peggy! Der ist ja vortrefflich!«

Bevor sie das Haus verließ, stieg sie noch einmal in die Dachkammer hinauf. Kitty saß nun meistens aufrecht im Bett. Sie sah matt und käsig aus, ihr Haar strähnig. Peggy hatte es ihr geflochten und hinten zusammengebunden.

Kitty gab der Haushälterin ihr Geschenk. Mrs Madden drückte sie an sich und öffnete dann mit Tränen in den Augen das Päckchen, das Peggy für die Freundin besorgt hatte. Es war ein Paar erstklassiger Gartenhandschuhe, ganz ähnlich wie die von Mrs Rowan.

»Für Ihren eigenen Garten«, sagte Kitty lächelnd.

Peggy half der Haushälterin das Gepäck nach unten zu tragen. Danach wirkte das einfache Zimmer kahl und leer.

Mr Rowan stand ungeduldig in der Auffahrt zur Villa und Simon rannte dauernd hinein und hinaus und ärgerte das Pferd. Peggy verstaute Koffer und Taschen unter den Sitzen in der Kutsche. Mrs Madden stieg ein.

»Ich laufe zum Hinterausgang und schaue Ihnen nach!«, rief Peggy.

Als Pferd und Kutsche kurz darauf an der hinteren Pforte vorbeikamen, drehte sich die Haushälterin nicht um – nicht ein einziges Mal.

Zwei Tage danach erschien Miss Hannah Lewis, die neue Haushälterin. Sie war unverheiratet und nach allgemeiner Schätzung so um die fünfzig. Sie war eine Cousine zweiten Grades von Mr Rowan und fest entschlossen die soeben frei gewordene Stelle der Haushälterin zu übernehmen. Sie war klein, geizig und ausgesprochen herrisch, wie alle bald genug herausfanden.

Sie hatte von Mrs Rowan freie Hand bekommen – die Dame des Hauses wusste ganz genau, dass sie ohne Frauen wie Mrs Madden mit der Beaufsichtigung ihres Haushalts nie klarkommen würde.

»Ich bin eine einfache, gottesfürchtige Frau«, verkündete Miss Lewis, »und ich dulde weder Faulheit noch Verschwendung. Meine erste Pflicht hier sehe ich in einer gründlichen Kücheninspektion.« Mrs O'Connor musste ihr auf ihrem Rundgang durch die Küche folgen. Sie öffnete sämtliche Schranktüren, überprüfte Geschirr und Kochgerätschaften und stellte – bis zum letzten Teelöffel – eine umfassende Bestandsliste auf. Peggy, die mit der Bügelwäsche fertig werden wollte, war eben mit einer neuen Ladung von Tablett- und Tischtüchern heruntergekommen. Die Situation in der Küche war gespannt. Nachdem Miss Lewis gegangen war, um das Leinenzeug zu kontrollieren, ließ Mrs O'Connor eine Schimpfkanonade gegen die neue Haushälterin los.

»Diese alte Schachtel soll bloß ein Wort gegen meine Kocherei sagen, dann nehme ich aber Hut und Mantel und gehe und suche mir eine bessere Stelle!«

Peggy machte große Augen, sie ahnte, dass diese Drohung durchaus ernst gemeint war. Die Hausklingel ertönte, Peggy lief die Treppe hinauf. Miss Lewis bat sie um eine Erklärung des Inventursystems und des Haushaltsbuches, das Mrs Madden geführt hatte.

»Bei Gelegenheit muss die Organisation hier in einigen Punkten neu geordnet werden«, teilte ihr Miss Lewis mit. »Bist du das einzige Dienstmädchen im Haus?«, fragte sie.

»Nein, da ist auch noch Kitty, aber sie ist krank.«

»Wo ist sie?«

»In unserer Kammer oben.«

»Ich möchte sie sofort sehen!«

Peggy führte sie nach oben. Als sie am Zimmer der Haushälterin vorbeikamen, drohte Miss Lewis mit dem Finger.

»Ich kann euch beide immer gut hören und im Auge behalten!«

Dann stapften sie die schmalere Bodenstiege hinauf. Peggy hustete ein paarmal laut, weil sie die Freundin auf den bevorstehenden Besuch aufmerksam machen wollte. Miss Lewis betrat die Dachkammer als Erste. Kitty setzte sich sofort auf. Ihr Haar sah fettig und verfilzt aus, sie schlief noch halb. Im Zimmer war es stickig und ein Durcheinander von Decken, Bettüberwürfen und Unterwäsche lag in einem Haufen auf dem Boden. Das Gesicht der Haushälterin war wie versteinert.

»Das ist eine Schande! Mach das Fenster auf und lass frische Luft herein. Ihr haust ja hier wie Tiere in einer Höhle! So etwas dulde ich nicht in meinem Haushalt!«

Peggy wollte erklären, dass sie allein für das Frühstück zuständig war, für das Bettenmachen und Bügeln und dass sie gehofft hatte nach dem Mittagessen Zeit zum Aufräumen hier oben zu finden. Miss Lewis hörte gar nicht zu. Sie zeigte auf den Nachttopf.

»Leer das aus! Augenblicklich!«

Peggy machte sich auf den Weg über die Hintertreppe. Draußen, neben dem Holzschuppen, gab es ein
Wasserklosett für die Bediensteten.

Als Peggy zurückkam, war Miss Lewis verschwunden. Kitty hatte rot geränderte Augen.

»Sie sagt, mir wird gekündigt, wenn es mir nicht bald
besser geht.«

Peggy stand wie angewurzelt. Sie wusste nicht, was
sie sagen oder tun sollte. Miss Lewis führte nun das
Regiment und die Dienstmädchen waren ihre geringste
Sorge.

Am nächsten Tag wischte Peggy in Roxannes Zimmer
Staub. In diesem Zimmer gab es so viele schöne Sachen – sie musste das Mädchen einfach beneiden. Auf
dem Tischchen neben dem Bett lag ein in braunes Leder
gebundenes Buch. Peggy hielt es in der Hand, während
sie den Tisch mit Bienenwachs polierte. Sie liebte den
Geruch nach Möbelpolitur und sie empfand immer tiefe
Befriedigung, wenn sie einen Raum auf Hochglanz
gebracht hatte.

»Was hast du da?«

Peggy war verblüfft über Roxannes Erscheinen. Sie
hatte sie unten in der Klavierstunde geglaubt. Ohne zu
überlegen, sah Peggy nach dem Buchtitel.

»Es ist *Onkel Toms Hütte* von Harriet Beecher-
Stowe. Eine wundervolle Geschichte, Miss Roxanne!«

»Du hast es wohl gelesen, was?«, fragte Roxanne
spöttisch.

»Ja, Miss Roxanne. Es war als Fortsetzungsroman in

der Zeitung. Kitty und mir hat es unheimlich gut gefallen.«

»Meinst du vielleicht, ich lese ein Buch, das Dienstmägden wie euch gefällt? Zwei dummen, hergelaufenen Bridgets?«

Peggy wurde siedend heiß. Sie legte das Buch auf das Tischchen zurück und bückte sich nach ihrem Putzzeug. Sie konnte es sich nicht verkneifen zu sagen: »Ich glaube, Ihr Präsident und Königin Viktoria von England sind große Bewunderer von Mrs Beecher-Stowes Roman – aber das kann Ihnen ja wohl egal sein!«

Peggy war gerade bis zur Tür gekommen, als sie einen heftigen Schlag spürte. Das schwere Buch hatte sie am Kopf und an der Schulter getroffen.

Peggy suchte Halt an der Türklinke. Ein Schwindelgefühl überkam sie. Als sie auf dem offenen Treppenabsatz stand, hörte sie Roxanne lachen. Miss Lewis, von dem Knall alarmiert, kam aus dem Badezimmer.

»Wenn du etwas kaputtgemacht hast, Peggy, wird es dir vom Lohn abgezogen, das habe ich dir schon gesagt!«

Peggy lehnte sich gegen die Wandtäfelung. Der Kopf tat ihr weh. Sie tastete mit der Hand über die Stirn, da spürte sie Blut durch ihr Haar und über ihr rechtes Auge laufen. »Miss Roxanne hat ein Buch nach mir geworfen – sie ist eine falsche Schlange!«

Die Frau starrte sie an. »Halt den Mund, Mädchen! Untersteh dich und sag nur ein einziges Wort gegen deine Vorgesetzten!«

»Aber es ist ungerecht, ich habe nichts gemacht! Nur weil …«

»Kein Wort mehr! Ich wünsche von deinesgleichen weder Widerworte noch Scherereien!«

Peggy schniefte. Sie wartete ab, ob die Haushälterin sich näher mit der Sache befassen würde. Aber Hannah Lewis' Augen waren kalt und unnachgiebig. Es interessierte sie ganz und gar nicht, was dem jungen Mädchen zugestoßen war.

»Mach die Schramme sauber und dann kümmere dich um deine Arbeit.«

Peggy ging nach unten. Mrs O'Connor machte einen mächtigen Aufstand, Peggy solle sich erst mal hinsetzen und eine Tasse Tee trinken, bis sie sich wieder gefangen habe. Später, als sie den Bratrost und die schmierigen Pfannen scheuerte, liefen ihr Tränen über das Gesicht. Ihre Schulter schmerzte, wenn sie sie bewegte, und zweifellos würde die Stelle morgen blau und schwarz sein. Als sie einen Blick durch das vergitterte Fenster über der Spülecke warf, konnte sie nur die kahlen Äste von Bäumen sehen. Der Garten lag in tiefem Schlaf. Alle Blumen waren gepflückt. Es war kalt draußen und ein scharfer Wind wehte. Nicht einmal ein Hälmchen Unkraut war zu sehen.

Aufstand in der Küche

Mit dem Eintreffen der neuen Haushälterin kam es bald zu Veränderungen in Haus Rushton. Miss Lewis bestand darauf, dass sie persönlich den Speiseplan mit Mrs Rowan durchging. Das bedeutete, dass Mrs O'Connor den täglichen Kontakt mit der Frau des Hauses verlor und keine Möglichkeit hatte, ihrer Unzufriedenheit Luft zu machen. Miss Lewis ordnete außerdem an, dass unten im Dienstbotenbereich nur einfachste Mahlzeiten auf den Tisch kamen. Das hieß, soweit Peggy und Mrs O'Connor es beurteilen konnten, minderwertiges Fleisch und Innereien.

»Kutteln und Leber und weiß Gott, was noch! Das meiste von diesem Zeug taugt nicht mal für einen Hund!«, murrte die Köchin.

»Nicht für Bonaparte jedenfalls«, ergänzte Peggy bissig.

»Dieses Vieh wird besser gefüttert als wir! Immer nur vom Feinsten – nichts von diesem Abfall hier!« Mrs O'Connor warf einen verzweifelten Blick auf die Kutteln, die schon zu riechen anfingen. Peggy, die sonst dicke Scheiben knuspriger Fleisch- und Gemüsepasteten vertilgt hatte, war in letzter Zeit oft hungrig. Kuchen oder Pudding, wie er oben aufgetragen wurde, war nicht gestattet. Ein Auflauf, zusammengerührt aus altem Brot und Butter, musste für sie ausreichen. Miss Lewis – als Cousine zweiten Grades der Familie – hielt es jedoch durchaus für angemessen, wenn sie selbst die gleichen Mahlzeiten wie die Herrschaft einnahm.

»Ich verbürge mich für die Qualität der Nahrung«, behauptete sie. »Sicherlich werde ich ab und zu gemeinsam mit Familie Rowan essen, aber für gewöhnlich ziehe ich die Einsamkeit meines Zimmers vor sowie die Gesellschaft der Bibel.«

Abends brachte ihr Mrs O'Connor das Essen aufs Zimmer, dann knallte sie den Teller mit dem köstlichen Gericht vor ihr auf den Tisch.

Die Köchin verstand etwas von ihrem Handwerk, aber oft ließ sich die Fettigkeit von altem Hammel- oder gehacktem Rindfleisch, das sie essen mussten, durch nichts überdecken. Peggy sehnte sich nach den üppigen Fleischpasteten und dem ausgezeichneten Schweinebraten aus Mrs Maddens Tagen. Beim Arbeiten grummelte und knurrte ihr oft der Magen und manchmal wurde ihr richtig schwach.

Es gab Auseinandersetzungen in der Küche, als Miss Lewis dahinter kam, dass Mrs O'Connor aus der Zeitung vorlas. Sie machte der Köchin deutlich, dass in der Küche von Haus Rushton keine »Skandalklatschereien« stattzufinden hätten! Sie, Miss Lewis, werde ihnen ein Kapitel aus der Bibel vorlesen, wenn sie etwas hören wollten. Miss Lewis bestand außerdem darauf, dass Kitty die Flick- und Stopfarbeiten des Haushalts übernahm, da sie nun immerhin aufrecht im Bett sitzen konnte. »Jeder hier muss sich seinen Unterhalt verdienen«, erklärte sie. Aber der große Flickkorb stand oft unberührt auf dem Boden neben Kittys Bett. »Wenn dieses Mädchen nicht bald wieder auf den Beinen ist, geht es endgültig!«, kündigte die Haushälterin an.

Mrs O'Connor machte sich Sorgen um das junge Mädchen. Jeden Tag verrührte sie – zu Kittys Stärkung – zwei Eier mit einem Tropfen Sherry und schickte Peggy damit zu der Patientin hinauf. Peggy musste streng darauf achten, dass Kitty den Trunk bis zum letzten Tropfen leerte und dass sie sich nicht von »dieser Alten« erwischen ließ.

Kein Tag verging, ohne dass die neue Haushälterin eine Bemerkung über Kitty fallen ließ.

»Wird es noch nicht besser mit dem Mädchen?«

»Ich möchte, dass es in ein Krankenhaus oder in ein Frauenwohnheim geht.«

Peggy horchte auf. Hoffentlich merkte man nicht, wie ihr das Herz klopfte!

»Hast du nicht gehört, Peggy? Es ist doch dir gegenüber ungerecht! Wie sollst du mit der Arbeit für zwei fertig werden? Wir brauchen wirklich so bald wie möglich Ersatz.«

Peggy und Mrs O'Connor wurde klar, dass Kitty – wollte sie ihrer Kündigung entgehen – Zeichen der Genesung zeigen musste. Sie hatten sie beide gern und sie wussten genau, dass Kitty zu schwach war, um sich allein zu behaupten.

Sobald die Haushälterin für ein paar Stunden weg war, ging die Köchin mit Peggy hinauf und sie brachten Kitty in die Küche. Sie wurde gewaschen, ordentlich hergerichtet und neben den Herd gesetzt. Peggy räumte inzwischen die Dachstube auf und machte Kittys Bett.

Bald war Kitty so weit, dass sie Mrs O'Connor mit

dem Nachmittagstee helfen konnte und ganz allmählich kam sie wieder auf die Beine. Peggy übernahm von sich aus immer die schwereren Arbeiten. Wollte Miss Lewis Kitty unbedingt eine Aufgabe übertragen, die deren Kräfte noch überstieg, fand Mrs O'Connor immer etwas besonders Dringendes in der Küche zu tun.

Ein-, zweimal kam Mrs Rowan nach unten. Sie stand mitten in der Küche, wo sie völlig fehl am Platz wirkte.

»Ich kann mir vorstellen, dass ihr Mrs Madden nachtrauert, aber Miss Lewis ist eine sehr erfahrene Haushälterin. Sie war zuletzt in Stellung in einem Internat für junge Damen. Mein Mann ist außerordentlich zufrieden, da sie ihm von ihren erreichten Einsparungen im Bereich der Haushaltskosten berichten konnte. Ich kann mit Zahlen nicht viel anfangen, doch zweifellos ist alles bestens geregelt.«

Unbehaglich traten Peggy und Kitty von einem Bein aufs andere. Mrs O'Connor, schweigend und grimmig, rührte in einer Schüssel mit Kuchenteig.

»Wir werden schon noch sehen«, murmelte sie trotzig vor sich hin, als die Hausherrin aus der Küche rauschte.

In den nächsten Tagen machte sich ein Geist von Aufruhr in der Küche breit. Entweder herrschte eisiges Schweigen, sobald Miss Lewis eintrat, oder aber Mrs O'Connor sang lauthals Strophen eines Kirchenliedes. Dann kniff die andere Frau ihre Lippen zusammen und ging weiter.

Es war seltsam, aber es kam nun fast jeden zweiten Tag vor, dass eins der Familienmitglieder einen Knorpel oder einen Knochensplitter im Essen fand. Eines Abends verschluckte sich Mr Rowan fast an einer Gräte, die in der italienischen Sauce schwamm.

Später hörte man ihn mit seiner Cousine in deren Zimmer sprechen, wo Miss Lewis eben ihre eigene Mahlzeit beendet hatte.

»Das ist einfach unglaublich und ich dulde in meinem Haus kein Essen zweiter Wahl!«

»Aber Gregor, es ist Fisch von bester Qualität gewesen! Diese unfähige Köchin hat ihn wahrscheinlich nicht ordentlich gesäubert und zerlegt!«

Nachdem der Hausherr ihr Zimmer verlassen hatte, begab sich Hannah Lewis augenblicklich in die Küche. Mrs O'Connor saß neben dem Feuer und las die Zeitung von gestern.

»Sie versuchen absichtlich sich gegen meine Autorität aufzulehnen, und das werde ich nicht zulassen! Ich bin für die Haushaltsführung verantwortlich, Mrs O'Connor. Wenn Sie nicht in der Lage sind die Mahlzeiten gründlich und mit Sorgfalt zuzubereiten, nun, dann werden Sie sich die Konsequenzen wohl ausrechnen können, nehme ich an. Mehr sage ich dazu nicht!« Damit machte sie kehrt, marschierte aus der Küche und schlug die Tür hinter sich zu.

»Dieser alte Drachen!«, rief Mrs O'Connor und fuchtelte mit der Zeitung durch die Luft. »Aber kleinkriegen werden wir die nie!«

»Die sind wir los!«

Peggy war erschöpft vom Einwachsen und Bohnern des Holzfußbodens. Miss Lewis hatte sie dreimal den Treppenabsatz polieren lassen, ehe er zu ihrer Zufriedenheit glänzte. Heute hatte Mrs O'Connor frei. Sie verließ das Haus um ein Uhr mittags und kündigte an, es würde spät werden, sie sollten nicht auf sie warten. Peggy und Kitty vermuteten, dass sie nach einer neuen Stelle Ausschau halten wolle. Peggy musste natürlich den ganzen Nachmittag in der Küche zubringen, um Miss Lewis mit dem Abendessen zu helfen.

»Eine Haushälterin, die etwas taugt, muss sämtliche Arbeiten in einem Haushalt beherrschen. Ich bin eine vorzügliche Köchin – wenn ich es auch selbst behaupte«, verkündete Miss Lewis selbstgefällig.

Peggy fiel auf, dass das Essen aufwändiger war als sonst. Aha, dachte sie, die will Mrs O'Connor bloßstellen. Als Hauptgang gab es Rindfleisch mit Austern, danach einen Feigenpudding und zum Nachtisch einen Zitronen-Käsekuchen.

Obwohl es draußen fror, waren die Wände in der Küche vor Hitze feucht.

»Peggy, geh und bring mir frische Petersilie und ein paar andere Kräuter!«, befahl Miss Lewis.

»Aber es ist eiskalt draußen und es wird schon dunkel«, wandte Peggy ein.

»Tu, was dir gesagt wird!«

Peggy hatte keine Zeit, nach oben zu laufen und ihr Tuch zu holen. Zum Glück hing ein alter Schal von Mrs

O'Connor neben der Hintertür, den band sie sich um. Nach der Hitze in der Küche empfand sie die Luft draußen bitterkalt. Die Erde wurde schon hart und frostig. Sie pflückte ein wenig Petersilie, Zitronenmelisse, Salbei und Muskat. Die meisten Pflanzen waren schon abgestorben. Mrs O'Connor hatte in der Küche immer einen Vorrat getrockneter Kräuter – aber nein, das war nicht gut genug für Miss Lewis.

Eben wollte sich Peggy aufrichten und wieder in die warme Küche laufen, als sie dicht an der Erde, fast unter dem Lavendelbusch, ein seltsames Kraut entdeckte. Es sah aus wie Schokoladenblume. Ja, natürlich, sie erkannte es! Tante Nano war immer zu gern bereit gewesen, ihnen alles über Pflanzen und Kräuter beizubringen. Sie hatte geschworen, dass ein einziges Blättchen der Schokoladenblume die beste Medizin bei Verstopfung sei – ein Blatt würde reichen, um alles in Bewegung zu bringen! Peggy pflückte ein Büschelchen davon und steckte es in ihre Tasche.

Obwohl ihr die Zähne klapperten und sie inzwischen vor Kälte zitterte, hätte sie am liebsten laut gejubelt, während sie in die Küche zurückkehrte.

»Wasch die Petersilie und die anderen Kräuter und bring sie mir her!«

»Ja, Miss Lewis«, erwiderte Peggy.

Die Haushälterin hackte die Kräuter fein und ließ sie dann auf dem Brett liegen. »Ich streue sie erst über das Fleisch, wenn alles fertig zum Servieren ist. Frische Kräuter sind nämlich gesund fürs Blut!«

Während die Haushälterin die Suppe in die Terrine

füllte, mischte Peggy die inzwischen klein gehackte Schokoladenblume unter die restlichen Kräuter. Die Haushälterin verteilte die zarten Filetscheiben, mit Austern kunstvoll angerichtet, auf die Teller. Mit den Fingern streute sie eine Spur Kräuter über ihr Werk.

Peggy konnte nicht widerstehen zu sagen: »Miss Roxanne mag nur die magersten Fleischstücke, aber ich weiß, dass sie ganz versessen auf Petersilie ist.« Schadenfreudig sah sie zu, wie Miss Lewis auf Roxannes Portion die doppelte Menge Kräuter streute. »Aber Master Simon mag sein Fleisch ohne Kräuter«, fügte sie schuldbewusst hinzu, doch eine schwache Kräuterspur war bereits auf seiner kleinen Portion verteilt.

Eine ahnungslose Kitty trug das Servierbrett nach oben. Für die beiden Mädchen gab es einen Rest Hammeleintopf, aber Peggy hatte noch nie etwas so gut geschmeckt. Miss Lewis saß auf der anderen Seite des Küchentischs. Sie hatte sich noch eine Portion Austern genommen und streute nun die restlichen Kräuter darüber.

Peggy zog sich in die Spülecke zurück, um nicht so spät mit dem Abwasch fertig zu werden. Kitty trug den Feigenpudding und den Zitronen-Käsekuchen auf.

Bald blitzte die Küche und alles stand an seinem Platz. Es hatte keinen Sinn, unten herumzusitzen, da Mrs O'Connor noch nicht zurück war. Kitty und Peggy freuten sich auf einen etwas längeren Abend und auf die Gelegenheit zum Lesen – das hatten sie in letzter Zeit vernachlässigt. Peggy beschloss Kitty nichts von der ganzen Geschichte zu erzählen. Falls es herauskäme, wäre Kitty nur darin verwickelt und Peggy kannte ja nun die Angst und die Wehrlosigkeit der Freundin in einer solchen Situation.

Gegen Mitternacht kamen merkwürdige Geräusche aus dem Zimmer unter ihnen. Die Haushälterin schien an die Wand zu klopfen.

Kitty und Peggy schreckten aus dem Schlaf.

»Meinst du, sie ruft nach uns?«, fragte Kitty verblüfft.

Peggy schlief noch halb. »Nein, die würde kommen und uns holen, wenn sie was von uns will.«

Da sie nun einmal wach waren, hörten sie auch, dass im Stockwerk unter ihnen ständig die Wasserspülung in der Toilette rauschte. Plötzlich erschien – noch in Mantel und Hut – Mrs O'Connor in der Tür.

»Um Gottes willen, Mädchen, steht auf und helft mir! Das ganze Haus ist in Aufruhr. Alle sind krank, haben Bauchschmerzen und rennen fortwährend aufs Klo. So was habe ich noch nie erlebt!«

Auch Peggy und Kitty hatten so etwas noch nie erlebt! Sie rannten die halbe Nacht mit heißen Getränken, Mitteln gegen Bauchschmerzen und frischen Leintüchern hin und her. Selbst Bonaparte, der mit Roxannes Resten gefüttert worden war, bellte die ganze Zeit und wollte in den Garten. Mit Vergnügen öffnete ihm Peggy die Haustür und ließ ihn hinaus. Über sein Winseln und Jammern konnte sie sich kaum das Lachen verkneifen, spürte aber doch Gewissensbisse, während sie Master Simon – damit er wieder einschlief – eine Geschichte vorlas. Blass, doch mit schläfrigen Augen kuschelte er sich schon bald wieder unter seine Decken und schlief die Nacht durch.

Am nächsten Morgen gingen Peggy und Kitty sofort in die Küche. Sie frühstückten mit Mrs O'Connor. Es war nicht nötig, ein großes Frühstück zuzubereiten, da sämtliche Familienmitglieder noch schliefen und wahrscheinlich froh sein würden, wenn sie wenigstens eine Tasse schwachen Tees bei sich behielten. Aus dem Zimmer der Haushälterin hatten Peggy und Kitty, als sie vorbeigelaufen waren, Stöhnen und Schnarchen gehört.

Peggy lachte sich schief – bis sie den verwirrten Blick der Freundin bemerkte.

»Also, ich sage euch, Mädchen, ich habe so etwas noch nie gesehen! Wenn ihr mich fragt, sie sind vergiftet worden. Es war etwas in ihrem Essen. Ich wette, dieses alte Gespenst kann kein Ei kochen!« Und damit gab die Köchin jedem der beiden Mädchen ein zusätzliches Ei.

Später wurde Kitty zum Arzt geschickt, sie sollte um einen dringenden Besuch in Haus Rushton bitten. Als er kam, wurde der Arzt von einem Schlafzimmer ins andere geführt, wo er jeden Patienten einzeln untersuchte. Simon ging es eindeutig besser, er hüpfte bereits auf seinem Bett auf und ab.

Der Arzt kam in die Diele zu Mrs O'Connor. Sie brachte ihn zum Zimmer der Haushälterin. Kurz darauf ging er mit der Köchin noch einmal zum Hausherrn, um ihm das Ergebnis der Untersuchung mitzuteilen. Master Rowan, der für den heutigen Tag etliche Termine hatte, konnte nicht einmal daran denken, ins Büro zu gehen.

»Es sieht nach einer Art Magenvergiftung aus«, verkündete Dr. Chapman. »Ich überlasse die fünf Patienten
Ihrer sachkundigen Pflege, Mrs O'Connor. Viel Flüssigkeit – Fleischsuppe, Rinderbrühe und dergleichen – und
in den nächsten zwei, drei Tagen leichte Kost.« Er
streifte die Köchin mit einem verständnisvollen Blick
und fügte hinzu: »Sollte es wider Erwarten schlimmer
werden, rufen Sie mich!«

Schreck spiegelte sich im Gesicht der Köchin.

Dann machte sie sich wieder auf den Weg in ihre
Küche und knurrte: »Schlimmer! Allmächtiger Gott,
wie kann es ihnen noch schlimmer gehen als jetzt? Das
erklären Sie mir mal!«

Im Geist vermerkte Dr. Chapman, während er in seine
Ponykutsche stieg: Niemals und unter keinen Umständen Austern und Feigenpudding hintereinander essen!

Zwei Tage danach ließ Master Rowan die Köchin
und die Haushälterin zu sich in sein Arbeitszimmer
kommen. Lautes, erregtes Stimmengewirr drang aus
dem Zimmer. Nach dem Gespräch kam Hannah Lewis
heraus, ihre Augen funkelten, doch ihr Gesicht sah blass
und müde aus. Sie war besiegt. Mrs O'Connor erhielt
die Alleinherrschaft in der Küche und der Hausherr war
einverstanden, dass sie bei der Einstellung der nächsten
Haushälterin ein Wort mitreden dürfe.

»Wir haben alle daraus gelernt«, sagte Mr Rowan
erbittert.

Später, als die Hausangestellten in der Küche zu Mittag aßen, meinte Mrs O'Connor schmunzelnd: »Wollen
nur hoffen, dass sie auch immer dran denken!«

Innerhalb von zwei Stunden hatte die andere Frau ihre Habseligkeiten zusammengepackt und das Haus verlassen.

»Ein Glück, die sind wir los!«, stellte die Köchin erleichtert fest.

Thanksgiving

Gegen Ende November wurde es bitterkalt. Jeden Morgen mussten Peggy und Kitty, bevor sie sich waschen konnten, die Eisschicht auf dem Wasserkrug aufbrechen. Bebend vor Kälte und mit blauen Nasen zogen sie ihre Winterkleider an und beeilten sich hinunter in die Wärme der Küche zu kommen.

Das ganze Haus war in Aufruhr wegen der Vorbereitungen für Thanksgiving.

»Was ist denn Thanksgiving?«, wollte Peggy wissen.

»Eine Art Feiertag, glaube ich«, antwortete Kitty unsicher. »Jedenfalls ist er unheimlich wichtig!«

Was für ein Tag es auch sein mochte, er bedeutete einen Berg von Arbeit, denn etliche Cousins würden zu Besuch kommen und in Haus Rushton wohnen. Von oben bis unten musste das ganze Haus geputzt werden, bis es glänzte. Mrs O'Connor war vor Nervosität ganz aufgelöst wegen der zahlreichen Mahlzeiten, für die sie sorgen musste.

Wenn Peggy in den Schuppen ging und Holzscheite für den Herd holte, wurde sie jedes Mal von den glasigen Augen eines enormen Truthahns begrüßt, der mit dem Kopf nach unten an einem Fleischhaken baumelte. Der tote Körper mit dem widerlichen Gesicht und dem Schnabel streifte sie beim Aus- und Eingehen. »Gott, wie ekelhaft«, murmelte sie.

Mrs O'Connor gab Peggy ein großes, sonderbares Ding.

»Nun, Peggy, höhl ihn aus und dann hack das Fleisch klein«, ordnete sie an.

»Was ist das, Mrs O'Connor?«

»Es ist ein Kürbis, Kind, für Kürbispastete«, erklärte die Köchin und lachte.

Peggy musterte die große, orangefarbene Frucht auf dem Brett. Das helle Fleisch steckte voller flacher Kerne und ein fremder Geruch ging davon aus. Weiß der Himmel, was das für eine Pastete geben mochte!

Obwohl sie alle viel zu tun hatten, herrschte eine friedliche Stimmung in der Küche. In zwei Wochen würde eine neue Haushälterin anfangen, aber vorerst waren sie unter sich.

»Hast du noch was von daheim gehört, Peggy?«, fragte die Köchin.

»Nein, aber ich habe ihnen das Bild von mir geschickt und ein bisschen Geld. Es soll ein kleiner Zuschuss sein für die Ausgaben, die sie mit dem Baby haben werden und mit ihrem Haus. Sie sollen wissen, dass es mir gut geht und dass ich mich zurechtgefunden habe.«

Mrs O'Connor lachte. »Du bist vielleicht ein Tausendsassa! Deine Leute sind bestimmt mächtig stolz auf dich. Du wirst es mal weit bringen, Peggy!«

Am nächsten Tag war Thanksgiving. Der Duft nach gebratenem Truthahn erfüllte das Haus und der Esstisch funkelte von schimmerndem Kristall, feinem Porzellan und Silber. Von der Treppe aus sah Peggy zu, wie sich Familienmitglieder und Gäste langsam ins Esszimmer begaben. Sie hatte gedacht, die Hausherrin, Roxanne und auch die anderen würden heute in ihrem vornehmsten Staat erscheinen – nun war sie erstaunt über die schlichte, unscheinbare Kleidung.

»Das ist aus Ehrfurcht vor der Vergangenheit und vor ihren Vorfahren, die zu den ersten Siedlern gehört haben«, flüsterte Mrs O'Connor zur Erklärung.

Zu zweit mussten sie den mächtigen gebratenen Vogel aus dem Ofen heben und, angerichtet auf einer riesengroßen Platte, nach oben tragen. Kitty servierte süße Kartoffeln und Maisgemüse in Butter. Dann machte sich der Hausherr daran, unter dem Beifall der ganzen Tischgesellschaft, den Truthahn zu zerlegen.

Eine Stunde später saßen Peggy und die anderen in der Küche vor ihrem eigenen Thanksgiving-Mahl.

»So gut hat noch kein Truthahn geschmeckt!«, stellte Kitty fest. Sie lächelte der Köchin zu.

Peggy mochte die knusprige, goldbraune Haut, den ungewöhnlichen Geschmack des Fleisches und die herbsüßen Preiselbeeren. Der Kürbispastete misstraute sie ein wenig, aber auch sie war köstlich. Allmählich gewöhnte sie sich an fremde Geschmacksrichtungen und an Neues und seit sie Castletaggart verlassen hatte, war das heutige Essen bisher eindeutig das beste.

Bei dem Gedanken an zu Hause tastete sie nach dem Ring aus Pferdehaaren, den ihr Michael gemacht hatte. Sie trug ihn nun an einem Band um den Hals, unter dem Kleid. Irland, Eily, Michael und Nano – nichts würde je Peggys Erinnerung an ihr Land und ihre Familie trüben oder gar in Vergessenheit geraten lassen. Aber es gab einfach so viele Möglichkeiten für sie hier in Amerika. Sicher, sie musste für jeden Dollar schwer arbeiten, aber du lieber Himmel, sie hatte Pläne mit diesem Geld. In einem halben Jahr hatte sich schon so vieles in ihrem Leben verändert. Und trotz der vielen Widrigkeiten – Angst, Entbehrungen, Heimweh – hatte sie sich behaupten können.

»Peggy! Du träumst schon wieder!«, neckte Kitty.

Peggy sah sich um. Es war komisch, aber wie sie hier saß – wie sie in der Küche des Hauses Rushton ihr erstes amerikanisches Thanksgiving feierte –, fühlte sie sich zu Hause. Kitty und Mrs O'Connor waren fast so etwas wie ihre Familie geworden. Sie dachte an Sarah und hoffte, dass auch sie zufrieden war. An ihrem nächsten freien Sonntagnachmittag würde sie sie besuchen, da wollte Sarah mit ihren Brüdern ein eigenes kleines Fest feiern.

Von oben bimmelte die Hausklingel.

»Oh nein!«, stöhnte Kitty. »Was wollen sie denn jetzt?«

Peggy sprang auf. »Du bleibst! Ich seh schon nach.« Und sie lief die Treppe hinauf.

III. Buch
Zu Hause

Auf dem Pachthof

Mary-Brigid ging über die weichen Sommergrasbüschel und half ihrer Mutter Eily den schweren Wäschekorb zu tragen. Sie liebte Tage wie diesen, wenn der Himmel so blau war und das Gras so grün, dass man es beinahe unter den Füßen wachsen hörte.

Sie konnte ihren Daddy sehen, John, der unten auf dem Kartoffelacker Unkraut jätete. Nach den kräftigen grünen Blättern und Stängeln zu urteilen, hatte er gesagt, müsste es dieses Jahr eine gute Ernte geben. Die anderen Männer sagten das auch.

Über die Wiese hinter dem kleinen Kartoffelacker trottete gemächlich und ununterbrochen kauend Bella, die Milchkuh, und verscheuchte dabei mit dem Schwanz die lästigen Fliegen.

»Mary-Brigid, gibst du mir mal Nanos Hemd und Strümpfe?«, sagte Eily.

Mary-Brigid hielt ihrer Mutter die tropfnassen Kleidungsstücke hin und kicherte, als das Wasser über ihre nackten, mageren Beine und Füße rann und den Saum ihres weiten blauen Baumwollkleids durchnässte. Bald war die Leine, die zwischen der jungen Eiche am Ende der Wiese und dem Holzpfosten neben dem Haus gespannt war, mit einem Sammelsurium nasser Kleidungsstücke geschmückt. Zuletzt breitete Eily ein Laken zum Trocknen über einen Busch.

»Geschafft!« Eily lächelte, trocknete die Hände an ihrer Schürze ab und gönnte sich ein paar Minuten Pause. »Ist das nicht ein prächtiger Tag heute, Liebling?«

Der leichte Wind, der die Wäsche trocknete, fing sich in Mary-Brigids blonden Haarsträhnen und wehte sie in alle Richtungen. Eine Plage, wie ihr Haar sich immer verheddterte und verknotete, während das feine Haar ihrer Mutter so leicht zu bändigen war. Sie beobachtete die Mutter, die ihren Blick über die Felder und Wiesen ringsum wandern ließ.

»Siehst du die Mauern, Mary-Brigid? Der Vater deines Vaters, Großvater Joshua, und *sein* Vater haben diese Steinmauern gebaut. Sie mussten Steine und Felsbrocken aus der Erde graben und hochstemmen. Vom Flussufer holten sie sich noch mehr Steine und dann haben sie sie schön ordentlich einen auf den anderen geschichtet. Das hat lange, lange Zeit gedauert.«

Mary-Brigid sah zu den grauen, niedrigen Mauern mit den ineinander gefügten Steinen hinüber. Sie bildeten die Grenze des kleinen Anwesens mit seinem Kartoffelacker, der struppigen, hügeligen Weide und dem steinigen Streifen Land, wo mühsam die Gemüsepflanzen ihrer Mutter und ein wenig Weizen heranwuchsen. Ihr Vater und ihre Mutter arbeiteten schwer, um das Stückchen Land zu pflügen, zu bepflanzen und von Unkraut freizuhalten. Meistens musste der Vater natürlich für den Gutsherrn arbeiten. Um das eigene Land konnte er sich nur kümmern, wenn er zwischendurch ein wenig Zeit hatte.

Aus der Richtung des baufälligen Schweinestalls in einiger Entfernung hörte man das hungrige Quieken von Muck, dem Schwein, das für den Winter gemästet wurde.

»Besser, wir bringen ihm bald ein paar Essensreste und Schalen«, sagte Eily, »sonst brüllt er noch den ganzen Ort zusammen.«

Sie nahmen den Wäschekorb auf, jede an einem Griff, und gingen langsam zu der ordentlichen, kleinen Hütte zurück. Trockener Torf war davor aufgestapelt, aus dem Kamin kräuselte sich Rauch und in der blanken, glänzenden Fensterscheibe spiegelte sich funkelnd die Sonne.

»Ksch! Ksch!«, machte Mary-Brigid zu den Hühnern, die ihr vor den Füßen herumtrippelten und scharrten. Maisie, ihre rote Lieblingshenne, versuchte wie immer ihr bis in die Küche nachzulaufen. Das alte Huhn sei viel zu schlau für den Suppentopf, sagte Tante Nano oft. Nano saß in ihrem Schaukelstuhl vor dem Feuer und döste.

»Pst, Mummy!«, mahnte Mary-Brigid. »Sie schläft!«

»Pst!«, echote Jodie, der kleine Bruder. Er hatte still in einer Ecke gespielt, jetzt hob er den Kopf.

Die Urgroßtante, die beim Schlafen ganz leise schnarchte, bot ein Bild des Friedens.

»Vielleicht gibt es nachher ein bisschen Honig für euch zwei«, flüsterte Eily. »Daddy will nach dem Bienenkorb sehen.« Die Kinder schwärmten für Honig – ein Klecks Honig auf Eilys frischem, selbst gebackenem Brot oder ein Löffel Honig im morgendlichen Haferbrei, das war das Köstlichste, was sie sich vorstellen konnten. Schon bei dem bloßen Gedanken leckten sie sich die Lippen.

Immer überlegte sich Eily Kleinigkeiten, mit denen sie den Kindern eine Freude machen konnte. Damals, als sie selber ein kleines Mädchen gewesen war, waren die Zeiten sehr schwer gewesen und das habe sie nie vergessen, sagte Tante Nano immer.

»Nun tu mir den Gefallen, mein Schatz, und spiel mit Jodie draußen an der frischen Luft!«

Jodie kam auf Mary-Brigid zugestürmt und grabschte mit den tapsigen Händen eines Zweijährigen nach ihrem Rock.

»Bleib in der Nähe der Hütte, Mary-Brigid!«, mahnte Eily. »Keine deiner üblichen Entdeckungsreisen und Ausflüge heute, ja?«

Mary-Brigid seufzte. Sie hätte so gern am Bach nach wilden Nelken geschaut.

»Na komm, Jodie!«, sagte sie. »Wir müssen uns eben was anderes ausdenken!«

Jodie mit seinem braunen Lockenkopf nickte. Für einen kleinen Bruder war Jodie gar nicht so übel, dachte Mary-Brigid. Fangen spielen ging schon einigermaßen, auch wenn er noch nicht so schnell rennen konnte. Gut eignete sich Jodie auch, um kleine Prinzen zu spielen, die Mary-Brigid dann vor allen möglichen Ungeheuern und bösen Gutsherren retten musste.

Gackernd trippelte Maisie hinter · ihnen her und pickte geschäftig mal hier, mal da.

»Huhn! Huhn!«, verkündete Jodie und zeigte mit einem schmuddeligen Finger auf den Vogel.

»Das ist Maisie, Jodie. Sag mal MAII-SIEE!«

»HUHN!«, wiederholte der kleine Bruder ernsthaft.

»Aber Maisie ist viel mehr als nur ein gewöhnliches dummes Huhn«, sagte Mary-Brigid bedeutungsvoll. Sie kauerte sich ins Gras, wo das staubbedeckte Huhn eine besonders interessante Stelle zum Scharren gefunden hatte. »Maisie ist ein *verzaubertes* Huhn!« Mary-Brigids Augen funkelten.

Jodie stellte sich vor seine große Schwester. Seine Finger öffneten und schlossen sich bei dem vergeblichen Versuch das zappelnde, dichte, rotbraune Federbündel zu packen, das ihm hüpfend und flatternd zu entkommen versuchte.

»Sie legt nämlich goldene Eier«, erzählte Mary-Brigid weiter und senkte ihre Stimme, »und sie kann Feen und Kobolde sehen!«

Aber Jodie war keineswegs beeindruckt. Von Feen und Kobolden wusste er nichts, wesentlich interessanter fand er es, Tiere zu fangen.

Pickend stolzierte Maisie davon und machte, dass sie aus der Reichweite der beiden kam.

»Wenn wir lieb sind, Jodie, und ganz still«, sagte Mary-Brigid, »führt uns Maisie vielleicht zu einem ihrer Eier. Zu einem ihrer verzauberten goldenen Eier.«

Auf Jodies kleinem Gesicht machte sich Ratlosigkeit breit. Eier mochte er gern, aber er konnte sich nicht den-

313

ken, was Eier mit diesem gackernden Tier zu tun hatten. Trotzdem lief er hinter seiner großen Schwester her, die nun die wild gackernde und wie verrückt mal in diese, mal in jene Richtung davonstiebende Maisie verfolgte.

»Man könnte meinen, John, das Kind ist in einem Dornengestrüpp hängen geblieben! Schau nur, wie es aussieht!«

Eily war wütend. »Sieh dir mal die Kleider an! Gestern habe ich sie gewaschen!«

Mary-Brigid hielt den Blick gesenkt und betrachtete das ofenfrische Kartoffelkuchenviereck auf ihrem Teller. Warum denn so ein Theater? Jodie hatte doch nur ein paar Kratzer und Schrammen. Sie sah, dass ihr Vater nur mühsam ein Schmunzeln unterdrückte.

»Kannst du erklären, wie das passiert ist, Mary-Brigid?«, fragte John ernst.

Mary-Brigid zog die Schultern hoch und leckte sich geschmolzene Butter von den Lippen.

»Ich meine, ich hätte euch beide heute Nachmittag gesehen, wie ihr hinter diesem anhänglichen Huhn hergerannt seid«, ergänzte er.

»MAASSEE!«, rief Jodie und versuchte gleichzeitig, wie ein Huhn mit den Armen zu flattern. Alle brachen in Gelächter aus.

»Ihr zwei Rabauken, ihr!«, sagte der Vater neckend, zauste durch Mary-Brigids Wuschelkopf und tippte mit dem kleinen Finger in das Grübchen auf ihrer Wange. »Meine kleine Lachmöwe!«

»Danke, Gott, für das Essen auf dem Tisch«, sagte

jetzt Nano, »danke, dass die Familie und die Kinder satt werden.«

»Amen«, antwortete Eily leise.

Mary-Brigid schaute in die flackernden Flammen des Torf- und Holzfeuers. Im Nachthemd saß sie auf einem Kissen, beugte sich vor, streckte ihre nackten Zehen und Füße der Wärme entgegen und beobachtete, wie die Schatten der Flammen durch den Raum zuckten. Das gleichmäßige Knarren von Nanos schwerem Schaukelstuhl war das einzige Geräusch in der Stille der kleinen Hütte.

Eily brachte Jodie zu Bett und John war hinausgegangen, um die Tiere zu versorgen.

Mary-Brigid blies sachte in das niedrige Feuer.

»Was machst du da, Kind?«, fragte Nano.

»Ich will nur das Feuer ein bisschen anfachen.«

»Du weißt, dass man mit Feuer vorsichtig sein muss, Kindchen. Komm, setz dich zu mir und lass meine alten Knochen ein bisschen von deiner Wärme spüren.«

Mary-Brigid kroch zu Nano auf den Schaukelstuhl. Ihre Urgroßtante war der älteste und netteste Mensch, den sie kannte.

»Nano«, sagte Mary-Brigid und fegte das Wirrwarr blonder Haare aus ihrem Gesicht, dann schmiegte sie sich mit der Wange an die Schulter der alten Frau. »Nano, erzählst du mir eine Geschichte?«

Die alte Frau seufzte – nicht ärgerlich, eher wie jemand, der solche Bitten von seinem Lieblingskind gewohnt ist.

»Was für eine Geschichte möchtest du denn?«, fragte Nano. Ihre sanften blauen Augen leuchteten und die Fältchen darum herum tanzten. »Etwas über Geister oder Kobolde?«

Mary-Brigid dachte nach. »Nein. Nicht *so* eine Geschichte heute, Nano. Etwas von früher.«

»Ah!«, sagte Nano. »Eine Geschichte von edlen Königen und Kriegern und großen Heldentaten!«

»Nein!« Mary-Brigid runzelte die Stirn. »Die Geschichte von Mummy und Michael und Peggy.«

»Ah!«, seufzte Nano und rückte sich in ihrem Stuhl zurecht. »*Die* Geschichte.« Immer wieder wollte das Kind diese Geschichte von ihr hören.

»Es ist eine Geschichte vom Mut«, begann Nano leise. Mary-Brigid nickte und ihre dunklen Augen glänzten. »Die Geschichte von einer Schwester, einem Bruder und einem kleinen Mädchen ungefähr in deinem Alter. Die Zeiten waren schwer damals, sehr schwer. Die Kartoffelernte war nämlich ausgefallen. Die Leute gruben ihre Kartoffeln aus der Erde und mussten feststellen, dass alles zu Matsch geworden war. Da wusste jeder – so sicher wie die Nacht auf den Tag folgt –, dass bald der Hunger kommen würde. Alle wussten es. In jedem Häuschen, in jeder Hütte, auf allen Feldern und Farmen Irlands. Und alle warteten.«

Eily kam herein. An die Tür gelehnt, blieb sie stehen und lauschte Nano, die mit gedämpfter Stimme weitererzählte: »Deine Mummy, Onkel Michael und Tante Peggy wollten nicht mit den andern ins Armenhaus. Da beschloss Eily davonzulaufen, zu Fuß durch das halbe

Land, und sich auf die Suche nach Lena und mir zu machen.«

Eily schloss die Augen, als sie wieder die Geschichte ihrer Kindheit hörte …

Der Rennstall von Castletaggart

Michael O'Driscoll wälzte sich im Schlaf auf der harten Holzpritsche herum und suchte nach einer bequemen Lage.

»Michael! Aufwachen! Hörst du! Schnell, steh auf!«

Michael stöhnte und zog sich die Decke fester um die Schultern.

»Steh auf, Michael! Komm schnell! Ragusa – sie kriegt ihr Fohlen. Toss hat gesagt, ich soll dich holen.«

Michael rieb sich den Schlaf aus den Augen und schob sich langsam aus dem Bett. In der Unterkunft der Stallburschen über dem Wagenschuppen war es stockdunkel und Michael tastete nach seinen Stiefeln und seiner Jacke. Dass Stuten immer mitten in der Nacht fohlen mussten!

Der junge Brendan Foley, mit dreizehn der jüngste und unerfahrenste der Stallburschen, stand ungeduldig vor Michael. Der gelbe Lichtschein seiner Paraffinlampe schwang hin und her und zuckte über eine aufgeschreckte Maus, die davonhuschte.

»Sieht schlecht aus, Michael, Toss hat …«

»Halt die Lampe still!«, befahl Michael, der seinen zweiten Stiefel suchte.

»Toss macht sich Sorgen um sie.«

»Es kommt zu früh und die Stute ist zu alt«, brummte Michael kurz angebunden. Wut stieg in ihm hoch. Ragusa war eine der besten Stuten im Stall. Sie hätte Besseres verdient. Lautlos, um die anderen Stallburschen möglichst nicht zu stören, schlichen sie durch den schmalen Dachbodenraum. Dann stiegen sie über die steile Holztreppe in den Hof hinunter. Die Pferde waren ruhig, nur eins oder zwei wieherten, als die Jungen vorbeigingen. Es war stockdunkel draußen und bis zur Morgendämmerung würde es noch eine Weile dauern. Vor dem Mond hing ein dichter, dunkler Wolkenschleier.

Als Michael die Stalltür aufstieß, hörte er, wie Toss mit gedämpfter Stimme beruhigend auf das Pferd einredete. Die trächtige Stute lag auf dem Stroh und war schon sichtlich erschöpft.

Michael bückte sich und tätschelte ihren Hals. »Braves Mädchen! Es wird schon, Mädchen, es wird schon.«

An ihren Augen konnte er sehen, dass sie Angst hatte. Die Stute spürte selber, dass es nicht gut um sie stand. Michael griff nach einem Büschel Stroh und trocknete Ragusa ein wenig ab.

»Sie hat nicht mehr viel Kraft, Michael«, sagte Toss besorgt. »Sie strengt sich nicht an. Das Fohlen braucht mehr Hilfe.«

Michael nickte.

»Bring Wasser, Brendan!«, befahl Toss.

Im Nu war der Junge mit einem schweren Zinkeimer voll Wasser zurück.

Toss ging langsam um die Stute herum, maß sie mit prüfenden Blicken und Michael spürte seine Besorgnis. Toss war der beste Pferdekenner, dem Michael je begegnet war. Alles, was Michael bis jetzt über Pferde wusste, hatte er von dem Sechzigjährigen gelernt.

Toss hatte sein ganzes Leben mit Pferden verbracht. Überall hatte er schon gearbeitet – in Cork, in Wicklow, in England. Der Ort war ihm gleichgültig, Hauptsache, es gab gute Pferde und einen guten Besitzer oder Verwalter. Die letzten fünfzehn Jahre hatte Toss auf dem Gut von Castletaggart gearbeitet. Michael war überzeugt, dass ihm Toss zu der Stelle hier verholfen hatte. Erst war Michael Stallbursche gewesen, dann Gehilfe und gelegentlich Jockey.

Nach so vielen Jahren gemeinsamer Arbeit, brauchte es nicht viele Worte zwischen ihnen. Beide wussten, in welcher Gefahr die alte Stute schwebte, die sich hier wieder einmal mit der Geburt eines Fohlens quälte.

»Ich hab's ihm gesagt! Du warst dabei, Michael! Ich hab ihm gesagt, es ist zu schnell nach dem letzten Fohlen. Und dass sie in die Jahre kommt.« Michael spürte den tiefen Zorn in Toss' Stimme, als er über den Gutsverwalter George Darker sprach. »Er hätte auf mich hören sollen.«

Ragusa wieherte. Ihr ganzer Körper war verkrampft vor Schmerzen. Michael wusch sich Hände und Arme in dem kalten Wasser, dann kniete er nieder und untersuchte die Stute behutsam. Er konnte das Fohlen ertasten – die kräftige Wölbung der Wirbelsäule, die langen, dünnen Beinknochen und den schmal zulaufenden Kopf mit dem Maul.

Das kleine Fohlen brauchte dringend Hilfe.

»Toss, wenn du mit Brendan Ragusa beruhigst, versuche ich das Fohlen rauszuziehen«, sagte Michael.

Er fasste die dünnen Beine zwischen Knien und Fesseln und bewegte das Fohlen sachte. Aufmerksam horchte er nach Toss, der ihm bei jeder Wehe Bescheid gab. Ruhig und sicher hielt Michael die Sprungbeinknochen umfasst. Endlich, nach einer Ewigkeit, waren die braunen Beine draußen.

Die Stute wollte sich herumwälzen, aber Toss und Brendan hielten sie fest, denn Michael zog nun Kopf und Hals des Fohlens heraus. Sekunden später lag das magere Hengstfohlen auf dem Stroh, nass, wehrlos und zitternd.

Ragusa, völlig ermattet, hob für einen Augenblick Kopf und Hals, um ihr jüngstes Fohlen anzuschauen. Ihre sanften braunen Augen suchten nach dem Kleinen, dann fiel sie zurück und ein Zucken durchlief ihren Körper. Es dauerte nur wenige Sekunden, dann war die alte Stute tot. Michael, Toss und Brendan sahen hilflos zu. Das Fohlen lag verloren im Stroh, es schnupperte an den Beinen seiner Mutter und wartete darauf, dass sie es sauber lecken und liebkosen würde.

Toss erhob sich. Die grauen Haare standen ihm zu Berge, graue Bartstoppeln zogen sich über Kinn und Wangen. »So. Sie ist tot! Eine der besten Stuten, die je Rennen gelaufen ist! Und der Hengst, der kann ohne sie nicht überleben. Er ist zu klein, zu früh geboren. Ragusa und ihr Fohlen – das Werk einer einzigen Nacht!«

Toss konnte seinen Schmerz nicht mehr zurückhalten. Seine Augen füllten sich mit Tränen. »Lasst mich hier raus!«, schrie er wütend und machte einen Schritt über die Leiche der Stute und durch das Stroh. »Ihr kümmert euch drum«, befahl er barsch, dann ging er auf den Hof und marschierte in Richtung seiner kleinen Unterkunft an der anderen Seite der Stallungen davon.

Michael wusste, was nun kam. Toss würde sich wüst betrinken und sich ein, zwei Tage nicht blicken lassen. Er gab sich selber die Schuld.

»Was sollen wir jetzt tun?« Es war Brendan, der Michaels Aufmerksamkeit wieder auf ihr gegenwärtiges Problem lenkte. Der Hengst versuchte das eine lange, knochige Bein vor das andere zu bringen und strengte sich mächtig an, zu stehen und dichter an seine Mutter heranzukommen. »He, Michael! Was sollen wir tun?«, schniefte Brendan.

Michael überlegte. Ragusa war tot. Er musste seine Trauer wegschieben und zuerst an das Fohlen denken, an das verwaiste Fohlen, dem er auf die Welt geholfen hatte. Viel konnten zwei jungen Burschen wie sie nicht tun, aber die Vorstellung, dass sie hier standen und zusahen, wie das kleine Fohlen im Stroh lag, immer schwächer wurde und starb, war unerträglich. Das konnte er nicht hinnehmen. Irgendeine Möglichkeit der Rettung musste es geben.

»Haben wir zurzeit noch andere trächtige Stuten, Brendan?«

Der junge Bursche dachte nach und ging im Geist die verschiedenen Ställe durch, die er jeden Tag ausmistete.

»Nein!«, sagte er kummervoll. »Zwei haben wir, aber die sind erst im Anfangsstadium.«

Der Hengst versuchte auf seinen wackligen Beinen stehen zu bleiben, er schaffte sogar ein, zwei Schritte. Neugierig stupste er seine Mutter an. Er verstand nicht, warum keine Regung von ihr kam, er verstand nicht, warum der kräftige Rhythmus ihres regelmäßigen, vertrauten Herzschlags plötzlich ausgesetzt hatte.

»Und eine, die nicht mehr säugt?«, fragte Michael verzweifelt. »Haben wir Stuten …«

Bevor er seinen Satz beenden konnte, fuhr Brendan dazwischen: »Glengarry! Die hat ungefähr vor zehn Tagen damit aufgehört.«

»Du bleibst bei dem Hengst, lass ihn nicht auskühlen.« Michael schnappte sich einen Emailbecher und spülte ihn im Wassereimer aus, dann trat er aus dem Stall in die kalte Luft des frühen Morgens. Bald würde es dämmern. Er gähnte und atmete tief die frische Luft ein, um sich wach zu halten.

Glengarry teilte den Stall mit einer anderen Stute. Sie war ein kräftiger Fuchs mit einer weißen Blesse am Kopf. Sie spitzte die Ohren und sah Michael mit klugen Augen entgegen – sie wunderte sich, warum er sie beim Schlafen störte. Ihre Stallgenossin wieherte verärgert.

»Braves Mädchen! Gutes Mädchen!«, sagte Michael und kniete sich auf Glengarrys Streu. Er versuchte sie zur Seite zu schieben, damit er sehen konnte, ob sie noch Milch produzierte. Schien nicht der Fall zu sein. Dann tastete er nach ihrem Euter, drückte gegen eine der Zitzen und sah, wie sie vor Flüssigkeit anschwoll. Vielleicht könnte sie das Fohlen ja doch säugen.

Aber wie sollte er es anstellen, dass sie Ragusas Fohlen akzeptierte? Stuten hatten nur an ihren eigenen Fohlen Interesse. Über einem Haken an der Stalltür hing Glengarrys Decke. Damit würde er es versuchen und vielleicht mit ein wenig Streu aus ihrer Box.

Er musterte Glengarry kritisch. Würde sie eine gute Pflegemutter sein? Es war die einzige Chance.

Er versuchte sie zu melken, aber es kam nur sehr wenig Milch, und das meiste davon lief ihm über die Hände. Der Rest ergab eine winzige Pfütze in dem Emailbecher. Michael griff nach der Decke, raffte etwas Streu zusammen, ging aus dem Stall und schloss leise die Tür hinter sich.

Als er sich Ragusas Stall näherte, hörte er Brendans Stimme. Der Junge sang dem Hengst etwas vor. Das kleine Tier wirkte zittrig und verfroren, der junge Bursche nicht viel anders. »Geht bergab mit ihm, Michael, ich hab nicht gewusst, was ich tun soll.«

»Schon gut, Brendan. Mir ist was eingefallen. Aber ich brauche deine Hilfe. Hier, nimm mal die Decke. Du musst das ganze Fohlen damit abreiben – und sieh zu, dass in seinem Fell ordentlich was vom Geruch aus der Decke hängen bleibt.«

Das Fohlen lag still, als ihm die beiden das Fell abrieben. Dann tippte Michael den Finger in Glengarrys Milch, fuhr damit über Kopf und Hals des Fohlens und betupfte besonders die Gegend um die Nase herum. Er schmierte die Flüssigkeit an seinen Händen an die dunkle Mähne und in das feine braune Fell des verängstigten Hengstfohlens, das jetzt verzweifelt an Michaels Fingern schnupperte. Zuletzt rieben sie die knochigen Beine und Hufe mit der Streu aus Glengarrys Stall ab.

»Fertig!«, sagte Michael.

Brendan nickte. Halb schleppten und halb führten die beiden Jungen den neugeborenen Hengst zu seiner Pflegemutter. Das verschreckte kleine Fohlen zitterte, als sie mit ihm den gepflasterten Hof überquerten, und in seinen glänzenden Augen spiegelte sich der bleiche, untergehende Mond.

Sobald sie Glengarrys Stall betraten, wieherte die Stute, die das fremde Tier witterte. Michael sagte Brendan, er solle das Fohlen ein paar Meter von der Stute entfernt ins Stroh legen. Dann traten die beiden bis zur Tür zurück, beobachteten schweigend die Szene und hielten ihre Lampe so, dass die Pferde nicht geblendet wurden.

Nichts geschah. Die Stute beachtete das Fohlen nicht und das Fohlen blieb schwach und zittrig, wo es war.

»Sollen wir es nicht lieber zu ihr hintragen?«, drängte Brendan.

»Nein! Warte! Lass ihnen noch Zeit!«, flüsterte Michael.

Sie warteten und warteten.

Nach einer Ewigkeit erhob sich die Stute, schüttelte sich bedächtig, dann schlenderte sie heran und betrachtete das Fohlen. Michael hatte Angst, dass Glengarry das verwaiste Jungtier beißen würde, aber sie fuhr nur ganz leicht mit den Nüstern über die kleine Gestalt. Dann, sehr zur Enttäuschung der Jungen, kehrte sie dem Fohlen den Rücken, blieb stehen und kaute auf ein paar Heuhalmen herum.

»Oh nein!«, stöhnte Brendan.

»Scht!«, machte Michael. »Warte!«

Der Hengst lag still im Stroh. Er sah aus, als wolle er sich herumrollen und schlafen, doch plötzlich stemmte er mit einer gewaltigen Anstrengung erst das eine, dann das andere Bein auf den Boden, bis er endlich stand. Nur mühsam konnte er das Gleichgewicht halten. Torkelnd und zitternd brachte er sich an die Seite der Stute. Glengarry senkte den Kopf und begann das Fohlen zu beschnuppern – seinen Rücken, seine Schultern, seine Brust, seine Beine –, sie strich mit ihrer weichen Nase über sein Fell und nahm seinen Geruch auf. Dann stupste sie ihn liebkosend gegen den Kopf. Das Fohlen stakste eifrig auf den Bauch der Stute zu. Sie zwickte den Kleinen sanft. Dann liebkoste sie ihn noch einmal, erkannte an ihm ihren eigenen Geruch und den Geruch ihrer Milch. Sie ließ sich Zeit, doch schließlich hob sie den Kopf und erlaubte dem Hengst zu saugen. Er schien verwirrt, aber er war hungrig, erschöpft und schwach. Es kam nur sehr wenig Milch, doch der kleine Hengst hatte angefangen zu trinken.

Michael seufzte vor Erleichterung. Brendan stieß die Faust in die Luft und formte mit den Lippen ein lautloses »Jaaa«. »Das ist das Größte, was ich je gesehen habe«, flüsterte er voll Bewunderung.

Michael lächelte. Brendan erinnerte ihn sehr daran,

wie er selber in diesem Alter gewesen war. Der Junge liebte Tiere und er war gut zu ihnen.

»Wir sind noch nicht über den Berg, Brendan. Vielleicht weist sie ihn trotzdem noch ab. Und dass sie genug Milch für ihn hat, können wir auch nur hoffen.«

»Oh!« Brendan machte ein langes Gesicht.

»Komm, wir wollen zusehen, dass wir vor dem Morgenritt noch eine Mütze voll Schlaf kriegen.«

Die beiden Stallburschen schlossen leise die Tür hinter der Stute und dem neuen Fohlen und gingen langsam zu ihrer Dachkammer zurück. Morgenlicht zog sich in Streifen über den Himmel und kündigte einen neuen, arbeitsreichen Tag an.

Aus Ragusas Stall kam kein Laut. Michael sah kurz hinüber, während er die schmale, knarrende Treppe hinaufstieg. Wie eng in einer einzigen Nacht Leben und Tod beieinander liegen konnten!

Morning Boy

Wegen des Verlusts der wertvollen Stute hatte Toss Ärger mit George Darker. Er schimpfte über die heillose Ungerechtigkeit und ließ sich die Vorhaltungen des Gutsverwalters nicht gefallen – schließlich hatte Darker seine, Toss', rechtzeitigen Warnungen wegen Ragusa in den Wind geschlagen.

Lord Buckland persönlich kam zu den Ställen. Er hatte Ragusa geliebt. »So ein gutes Pferd!«, sagte er traurig. »Hat in ihren Tagen etliche bedeutende Rennen gewonnen und wir hatten manch prächtiges Fohlen von ihr.«

Doch es nützte alles nichts, sie mussten trotzdem nach dem Abdecker schicken und den Kadaver wegkarren lassen. Michael achtete darauf, dass Brendan gerade anderswo zu tun hatte; der Junge war schon verstört genug.

Auch Miss Felicia, die jüngste Tochter des Hauses, tauchte bei den Ställen auf. Sie hatte gehört, dass es ein neues Fohlen gab. Es war strengstens angeordnet worden, dass Ragusas Tod ihr gegenüber mit keinem Wort erwähnt werden durfte. Nichts sollte die Freude der Elfjährigen bei der Besichtigung des neuen Pferdes trüben.

»Ich dachte, der Stall der Stute ist hier!«, sagte Felicia zu Michael und zeigte auf Ragusas leeren Stall. Michael brachte kein Wort hervor.

Das kleine Mädchen klatschte in die Hände, als sie den kleinen Braunen und die Fuchsstute nebeneinander sah. »Oh! Ist der niedlich! Ganz wunderschön! Aber seiner Mutter sieht er kein bisschen ähnlich!«, stellte sie fest.

»Vielleicht schlägt er eher seinem Vater nach«, meinte Michael, um eine schlüssige Erklärung bemüht.

Er konnte Miss Felicia gut leiden. Sie verbrachte die Hälfte ihrer Freizeit in den Ställen und war ein richtiger kleiner Wildfang. Ihre ältere Schwester Rose war ungefähr in Michaels Alter und eine Schönheit, aber sie setzte kaum mal einen Fuß auf das Stallgelände, es sei denn, sie brauchte eine Kutsche. Sie interessierte sich in keiner Weise für Pferde, oder gar für die Stallburschen, Knechte und Jockeys, die für ihren Vater arbeiteten.

»Michael! Hörst du nicht? Welches Pferd in den Ställen meines Vaters findest du am schönsten?«, wollte Felicia wissen. Sie ließ das neue Fohlen an ihren Fingern nuckeln.

»Nun, das lässt sich nicht so einfach sagen, Miss, es hängt davon ab, wofür man das Pferd braucht. Samson und Jolly sind die zwei besten Ackergäule, die man finden kann, und die beiden Grauen Ihres Vaters gelten als die besten Kutschpferde im ganzen Bezirk. Ihr Vater schätzt Old Tom, wenn er mal einen ganzen Tag lang auf die Jagd gehen will – er sagt immer, ob Regen, Wind oder Hagel, Old Tom lässt ihn nie im Stich. Und Sie selber … erinnern Sie sich, dass es Ihnen Markey mal ganz besonders angetan hatte?«

»Markey ist kein Pferd«, sprudelte das Mädchen heraus. »Markey ist ein Esel.«

»Na, das war aber gar nicht so wichtig, als Sie klein waren. Da haben Sie ihm immer heimlich Karotten und Äpfel gebracht.«

Felicia kicherte. »Welches also?«, bohrte sie und schüttelte sich die hellbraunen Locken aus dem Gesicht.

»Manche sind schnell. Jerpoint ist sehr schnell. Nero hat schon vier Rennen gewonnen und Toss meint, in dieser Saison könnte Juno gute Chancen haben.«

»Und?«

»Also, ich mag diesen Kleinen hier«, sagte er und nickte zu dem Hengst hin.

Felicia ließ ihre weiße Handfläche über das Fell des Fohlens gleiten. »Er ist ein bisschen klein und ein bisschen wacklig«, erklärte sie, »aber er gefällt mir auch gut. Wie heißt er?«

Michael zog die Schultern hoch. »Er ist erst heute Morgen geboren, Miss, ganz früh. Toss hat noch keine Zeit gehabt, mit Ihrem Vater darüber zu sprechen.«

»Heute Morgen!«

Michael nickte. Er versuchte die Erinnerung an Ragusa beiseite zu schieben.

»Dann ... sollten wir ihn Morning nennen, finde ich ... Morning Boy. Ich will es gleich Vater sagen.«

Michael lächelte. Was die junge Dame auch vorschlug, ihr Vater ging gewöhnlich darauf ein. Henry Buckland hatte keine Söhne und war schlichtweg vernarrt in seine beiden Töchter, besonders in Felicia, die ihm wie ein Hündchen ständig nachlief.

»Felicia! Du sollst sofort reinkommen!« Gleichzeitig drehten sich Michael und Felicia um und entdeckten Rose, die am Tor des kopfsteingepflasterten Hofes stand.

»Mary lässt dir schon das Badewasser ein und du musst dich noch umziehen. Mutter ist sehr ungehalten.«

»Ich komme ja gleich«, brummte Felicia ärgerlich und drückte einen Kuss auf Morning Boys Nase.

»Sofort!«, beharrte die ältere Schwester, die nur ungern auf den Pflastersteinen herumlief – wie leicht konnte man in einen Haufen Pferdeäpfel treten.

Felicia stellte sich auf die Zehenspitzen. »Röschen-Zimperlieschen Buckland«, rief sie, »ich bin sofort da!«

Michael unterdrückte ein Schmunzeln. Miss Felicia erinnerte ihn sehr an seine jüngere Schwester Peggy. So voller Schwung. Die arme Rose war puterrot angelaufen und rannte mit wehendem Rock, so schnell sie konnte, zurück zur Allee. Das große Gutshaus stand am Ende der mit Rhododendren gesäumten Auffahrt.

Michael musste daran denken, wie er als junger Bursche zum ersten Mal auf das Gut von Castletaggart gekommen war, um hier in den Ställen zu arbeiten. Er hatte sich nur schwer vorstellen können, dass jemand in so einem prachtvollen Haus wohnen konnte, in einem Haus mit hunderten von blitzenden Fensterscheiben, gemeißelten Ziersimsen und breiten Treppen aus Granit. In den sechs Jahren, die er nun schon auf dem großen Anwesen arbeitete, hatte Michael so viel gelernt – nicht nur über Pferde, auch über das große Haus und den Gutsbetrieb.

Am Anfang hatte ihn Toss nur die Ställe sauber machen lassen, nichts als ausmisten – die schlechteste Arbeit auf dem ganzen Gut. Michael hatte gebettelt, auch mal reiten zu dürfen, und jedes neue Nein hatte ihn mit bitterer Enttäuschung erfüllt. Immerhin, an Michaels Arbeit hatte Toss nichts auszusetzen gehabt.

»Ich beobachte dich!« Mehr hatte Toss nicht gesagt.

Offensichtlich hatte Michael erst beweisen müssen, dass er mit Pferden umgehen konnte, bevor man ihm eins der Buckland-Pferde anvertraute. Doch als es so weit war, hatte Toss ihm seine Chance gegeben.

Das Guthaus von Castletaggart war zweifellos das vornehmste Haus ringsum und Lord Henry Buckland ein sehr wohlhabender Mann. Jeder Fisch, der in Fluss oder See schwamm, jede Kuh, die auf den weiten grünen Wiesen graste, jeder Fasan und jede Schnepfe, die im Dickicht nisteten, jeder Apfel oder Kohlkopf, den die üppige braune Erde hervorbrachte, alles gehörte zu den unermesslichen Besitzungen der Bucklands. Auf dem Gut gab es etwa vierzig Pächterhütten für die Arbeiter und ihre Familien. Die Pächter bewirtschafteten das Landgut und erhielten dafür ein Stückchen Acker zugeteilt, auf dem sie jedoch nur so wenig anbauen konnten, dass es kaum für den Unterhalt ihrer Familien reichte.

Michael beobachtete immer, wie diese Männer – junge, alte und solche in mittleren Jahren –, die Mütze in der Hand, zum Büro des Gutsverwalters kamen, wie sie davor Schlange standen, um ihre Pacht zu bezahlen und ihre Abgaben zu entrichten. Sie erinnerten ihn an seinen Vater vor langer Zeit: der gleiche versteinerte Ausdruck in den Gesichtern, ihre Blicke starr, ihre Herzen verhärtet. Vermutlich hatten sie nicht auf die flehentlichen Bitten Ihrer Frauen und Kinder gehört, ein paar Shilling zurückzubehalten für den Fall, ein harter Winter stünde bevor, oder Krankheit bräche über sie herein, oder schlimmer – Gott möge es verhüten –, die Kartoffeln würden wieder eingehen. Nein, diese Männer zahlten den Teil, der von ihnen verlangt wurde, sie gaben das Geld ab, das sie verdient, die Ernte, die sie erwirtschaftet und die Tiere, die sie aufgezogen hatten. Es blieb ihnen keine Wahl.

George Darker, der Gutsverwalter, trug die Zahlen in große braune Geschäftsbücher ein. Er behandelte die Pächter nicht gerade höflich, wenn er mit einem schmutzigen Finger auf die Seite tippte, um ihnen zu zeigen, wo sie unterschreiben oder ihr Zeichen hinsetzen mussten.

Gelegentlich, wenn Lord Henry Lust hatte, gesellte er sich Pfeife rauchend zu den Männern und ließ sich zu einer höflichen Unterhaltung herab.

Michael fiel auf, dass sich unter den Pächtern ein wachsendes Gefühl von Unbehagen breit machte. Er hörte zu, wenn sie sich hinter geschlossenen Türen und in überfüllten Schänken miteinander unterhielten. Was würde aus all dem Gerede noch entstehen? Diese Männer wollten eine Veränderung ihrer Lebensbedingungen …

»Michael! Hörst du mir zu?«

Michael senkte den Blick.

Ungeduldig sah Felicia zu ihm auf. »Morgen Nachmittag nach dem Unterricht komme ich Morning Boy wieder besuchen.«

»Schön, Miss.«

Sie rannte über den Hof, schwenkte, vor sich hin summend, das Tor auf und gab sich dann die größte Mühe ihre Schwester einzuholen und ein artiges Mädchen zu sein.

Zu Besuch

Mary-Brigid machte gern Besuche, selbst wenn sie sich dafür das Haar bürsten und straff nach hinten in zwei feste Zöpfe flechten lassen musste. Während sie ihrer Mutter über das holprige Sträßchen zu Hennessys Hütte folgte, schüttelte sie wild mit dem Kopf und ließ sich die Zöpfe gegen die Wangen klatschen. Eily ging mit Jodie auf der Hüfte schnellen Schritts voraus. Die Hecken strotzten von roten, in üppigen Büscheln herabhängenden Fuchsien und darunter sprießten überall stachlige orangefarbene Blumennester. Es war ein herrlicher Tag für einen Spaziergang und bis zur Hütte der Freunde war es nur noch etwa eine halbe Meile. Mary-Brigid freute sich darauf, die Hennessy-Jungen wieder zu sehen – es waren schon seit einer Weile Schulferien und sie vermisste ihre Freunde.

Die Hütte der Hennessys war etwas größer als ihre eigene. Während sie näher kamen, bemerkte Mary-Brigid unwillkürlich, dass das Strohdach stellenweise geflickt und die Fenster dringend ausgebessert werden müssten. Geduldig wartete sie, als ihre Mutter vor der offenen Tür stehen blieb und rief: »Hallo, Frances! Gott segne euch und euer Haus.« Danach traten sie in die nach Torf riechende, unaufgeräumte Küche.

»Eily! Ich freue mich, dich und die Kinder zu sehen«, sagte Frances Hennessy. »Und wie geht's Mary-Brigid, dem besten Mädchen weit und breit?«

»Danke, gut, Mrs Hennessy!«, antwortete Mary-Brigid schüchtern.

»Setzt euch! Setzt euch!« Frances war gerade dabei, Colm, ihren jüngsten Sohn, zu füttern, der mit seinem hellen rötlichen Haarschopf und der sommersprossigen Nase das Ebenbild seiner Mutter war. »Ich gieße gleich Tee auf.«

Jodie war im Nu mit dem kleinen Eoin verschwunden, der ungefähr so alt war wie er.

Von Mary-Brigids Freunden, den Zwillingen, war allerdings keine Spur zu sehen, deshalb blieb sie still und verlegen sitzen, während ihre Mutter mit Frances plauderte.

»Die Zwillinge werden gleich kommen, Kindchen«, sagte Frances, »und sie wollen dir was ganz Besonderes zeigen.« Sie legte lachend den Kopf in den Nacken und machte sich anscheinend überhaupt nichts aus dem schmutzigen Fußboden und dem Durcheinander ungewaschener Kleidungsstücke, die in einem Haufen in der Ecke lagen. Sie freute sich über ihre Gäste.

»Das Feuer ist ein bisschen niedrig, Mary-Brigid, willst du ein liebes Kind sein und mal rauslaufen und uns etwas Torf holen?«

Draußen betrachtete Mary-Brigid das dürftige Häuflein ausgetrockneten, alten Torf, das neben dem Haus auf der Erde lag. Ihr Daddy arbeitete, sooft er konnte, oben im Moor und hatte für den Winter schon einen Torfstoß fast bis zum Kamin neben ihrem Haus aufgestapelt. Die Hennessys würden sich noch viel Torf holen müssen, da sie mit Sicherheit nicht genug hier hatten, um durch das Jahr zu kommen.

Sie raffte vier nicht allzu krümelige Torfstücke auf und trug sie in die Hütte, wo ihre Mutter und Frances in ihr Gespräch vertieft waren.

»Kein Penny ist im Haus, Eily. Paddy schafft's nicht mal, uns genug Torf zu stechen, bevor das schlechte Wetter kommt.« Frances klang jetzt eher verstört.

»Vielleicht kann euch John etwas bringen«, bot Eily an. »Wir haben genug.«

»Das ist lieb von dir. Der arme Paddy ist zur Zeit nicht er selbst.« Frances weinte fast. »Der neue Eigentümer ist mit William Hussey, seinem Verwalter, bei uns gewesen und die beiden hielten Paddy eine Standpauke wegen der Erträge und wegen des Distelackers da draußen.«

»Jeder hier weiß, dass auf diesem Feld schon seit Jahren nichts als Disteln wächst«, fuhr sie fort. »Der Verwalter sagt, dass Paddy das Land nicht richtig bearbeitet, dass er nicht genug anbaut, nicht genug Pacht zahlt … Ich sag dir, Eily, Paddy ist total aus dem Lot, er ist wütend; wer weiß, auf was für dumme Gedanken er noch kommt.«

Angestrengt versuchte Mary-Brigid zu verstehen, worüber die beiden Frauen sprachen. Nach dem Gesicht und dem Tonfall ihrer Mutter musste es etwas Schlimmes sein.

»Der neue Eigentümer, Frances, was ist das für einer?«, fragte Eily.

»Dennis Ormonde? Ein Streithammel!«, sagte Frances. »Der will, dass wir wie Sklaven schuften, damit wir ihm höhere Pacht zahlen können.«

»Höhere Pacht?«, japste Eily.

»Genau! Paddy befürchtet, Hussey wird alles dransetzen, dass wir unseren Pachthof aufgeben müssen, und dann wird er uns hier rausschmeißen.«

»Das kann er doch nicht tun! Das wird er nicht tun!«, rief Eily.

»Denk an meine Worte, Eily. Wer weiß, was dieser Mann den Pächtern noch alles zumutet!«, rief Frances aufgebracht und schüttelte ihren wuscheligen Lockenkopf.

Lautes Gepolter unterbrach das Gespräch, als die Zwillinge Pascal und Patsy endlich auf der Bildfläche erschienen. Beide waren schmutzig und zerzaust, doch das störte Mary-Brigid kein bisschen. Sie sprang auf und lief ihnen entgegen, sie wollte weg von der ernsten Unterhaltung der Mütter.

»Mum, dürfen wir Mary-Brigid mit zu Mo nehmen?«, fragten sie.

»Na gut!«, nickte ihre Mutter, deren Miene sich beim Anblick der zwei neunjährigen Rabauken aufgehellt hatte. »Ich verlasse mich auf euch Jungs, dass ihr gut auf sie achtet und sie mit euren Dummheiten verschont.«

Ein empörter Ausdruck zog über die beiden Gesichter, die einander glichen wie ein Ei dem andern – sie dachten ja wohl nicht im Traum daran, irgendwelche Dummheiten zu machen.

»Also dann raus mit euch dreien«, sagte Frances lachend, »und lasst Eily und mir mal bisschen Ruhe!«

Mary-Brigid war außer Atem, nachdem sie eine Stunde oder länger mit den Zwillingen herumgetobt hatte. Alles führten sie ihr vor: den morastigen Tümpel am Wassergraben, in dem es Frösche gab, die große Eiche, von der Patsy behauptete, er sei hinaufgeklettert und hätte oben ein Krähennest entdeckt; sie zeigten ihr den Brunnen, der so tief war, dass man, wenn man einen Stein hineinwarf, ihn nicht aufprallen hörte. Doch das Allerbeste hoben sich die Zwillinge bis zuletzt auf: Mo, die Hofkatze, hatte Junge und Pascal und Patsy nahmen Mary-Brigid mit zum alten Schuppen. In dem Moment, als sie die vier kleinen Pelzknäuel sah, die sich eng an ihre große, orangefarbene Mutter kuschelten, hatte sich Mary-Brigid schon in die Kätzchen verliebt.

»Willst du mal eins halten?«, fragte Patsy.

Mary-Brigid nickte. Ein besonders mutiger kleiner Bursche strampelte sich von dem Lager aus alten Säcken frei, kam heran, schnupperte an Mary-Brigids Fingern und ließ sich streicheln. Sie konnte spüren, wie sich das orangefarbene Kätzchen mit seinen winzigen Krallen in der Wolle ihrer Strickjacke festklammerte, als sie es an sich drückte.

»Du bist mein Lieblingskätzchen!«, wisperte Mary-Brigid ihm ins Ohr, als das Kleine die Pfote ausstreckte, um nach ihrem Zopf zu angeln. Am liebsten hätte sie das kleine Kätzchen für immer auf dem Arm gehalten und nie mehr losgelassen.

Es war fast Abendbrotzeit, als sie zur Hütte zurückliefen.

»Wir sterben vor Hunger, Mummy!«, riefen die Jungen.

»Wollt ihr bleiben, Eily, und eine Kleinigkeit mit uns essen?«, bot Frances an.

»Vielen Dank, Frances, aber zu Hause steht Nano am Herd und rührt schon im Kanincheneintopf«, sagte Eily.

Mary-Brigid spürte, wie müde und besorgt ihre Mutter war.

»Hab keine Angst, Frances«, fuhr Eily fort, »gegen den Pächterverband kommt William Hussey damit nie durch. Hör zu, morgen früh schicke ich John mit dem Torfkarren rüber und vielleicht kann er mal mit Paddy reden.«

Die beiden jungen Frauen umarmten sich.

»Du bist eine gute Freundin, Eily«, murmelte Frances mit Tränen in den Augen. »Das werde ich dir nie vergessen!« Sie drehte sich nach den Zwillingen um. »Patsy, hast du geholt, was ich gesagt habe?«

Die Zwillinge verschwanden, waren aber innerhalb von Sekunden mit dem orangefarbenen Kätzchen wieder da und ließen es in die Arme der hochentzückten Mary-Brigid plumpsen.

»Was sagst du, Mary-Brigid?«, half Eily nach.

»Danke! Oh, vielen Dank, Mrs Hennessy. Ich verspreche, dass ich gut auf das Kätzchen aufpassen werde.«

Die Hennessys blieben an der Tür stehen, bis Eily, Mary-Brigid und Jodie außer Sicht waren. Eily war still und in sich gekehrt, Jodie schläfrig und an der Schulter seiner Mutter fast eingedöst – so trotteten sie heimwärts. Mary-Brigid gab sich alle Mühe, die schlechten Nachrichten und Sorgen, von denen sie unfreiwillig gehört hatte, mit der wohligen Wärme des kleinen Kätzchens unter ihrer Strickjacke zu verdrängen.

»Mal sehen, was Maisie von ihm hält!«, sagte sie laut.

Greenbay, Boston

Peggy O'Driscoll war fertig, einfach fix und fertig. Sie hatte im Hause Rushton – in Greenbay, Boston – jeden Fußboden, jede Tür und jedes Möbelstück gewaschen, gescheuert und auf Hochglanz poliert. Schon die ganze letzte Woche hatte sie von Sonnenaufgang bis Sonnenuntergang gearbeitet. Die arme Köchin, Mrs O'Connor, hatte sich vor Erschöpfung und Müdigkeit auf ihren großen Küchenstuhl sinken lassen. Normalerweise hätte Peggy über die lauten Schnarcher gekichert, heute aber wusste sie, dass die Köchin – wie alle anderen – völlig ausgelaugt war von den Vorbereitungen für Miss Roxannes Hochzeit.

Kitty, das andere Dienstmädchen, war zurzeit die Hochnäsigkeit in Person, weil sie Roxanne bei der Aussteuer half, mit ihr zusammen einpackte und Hochzeitsgeschenke ordnete.

Peggy trödelte in der Küche herum. Sie holte sich ein Glas Wasser und ein Haferplätzchen.

»Mrs O'Connor! Mrs O'Connor!« Behutsam rüttelte sie die Frau am Arm. »Es ist wohl Zeit zum Schlafengehen!«

Die alte Köchin gähnte. »Bin ich etwa schon wieder eingeschlafen, Peggy?«

»Hm.«

»Ach, Peggy, ich bin völlig erledigt. Schließlich werde ich nicht jünger. Gott sei Dank, dass die Rowans nur *eine* Tochter verheiraten müssen! Mehr von ihrer Sorte könnte ich nicht verkraften.«

Peggy verzog das Gesicht. Mehr von Roxannes Sorte! Allein der Gedanke war unerträglich. Roxanne war eines der eitelsten, lästigsten und unangenehmsten Geschöpfe überhaupt; Mrs O'Connor meinte, es wäre ein Wunder, dass sie heiratete. Welcher junge Mann würde sich schon mit ihren Wutanfällen abfinden, mit ihren Allüren, ihrer Eitelkeit und Selbstgefälligkeit?

Trotz allem hatte Roxanne einen gefunden. Er hieß Fletcher P. Parker. Peggy hatte ihn ein paarmal gesehen.

Er war ungefähr acht Jahre älter als Roxanne und mittelgroß. Er hatte lockiges, blondes Haar, seine Haut war bleich und ein wenig fleckig. Er war Rechtsanwalt und kam aus Baltimore. Einmal hatte er ein Geschäft mit Mr Rowan abgeschlossen und war anschließend ins Haus zum Essen eingeladen worden. Miss Roxanne hatte neben ihm gesessen. Er hatte sich angeregt mit ihr unterhalten und Peggy hatte mit Fortschreiten des Dinners beobachtet, wie ihm die junge Tochter des Hauses auf schamlose Weise schöne Augen gemacht hatte.

»Der Fisch hat angebissen!« Das war Mrs O'Connors ganzer Kommentar gewesen.

Mr und Mrs Rowan schienen es nicht ungern zu sehen, dass Fletcher Parker Roxanne auf Bälle begleitete, mit ihr in die Oper ging, auf Abendgesellschaften und Picknicks.

Schließlich hatte die Sache zu ihrer Verlobung geführt und nun zu ihrer Hochzeit.

»Hilf mir vom Stuhl hoch, Mädchen! Meine Hüfte spielt mal wieder verrückt!«

Peggy half Mrs O'Connor auf die Beine. So dicht über ihr konnte sie die Runzeln und Lachfältchen erkennen, die sich wie ein Muster über das rundliche rosa Gesicht der Köchin zogen.

»Bevor Sie morgen früh aufstehen, Mrs O'Connor, bringe ich Ihnen eine Tasse Tee. Es wird ein langer Tag werden.«

»Danke, Peggy, Kind! Das wäre wunderbar. Du weißt ja, dass du das netteste Mädchen bist, das ich kenne.«

Peggy lächelte. Dann verließen sie die dunkle Küche und die Speisekammer mit den ausladenden Schränken, die für die morgige Hochzeit bis zum Bersten mit den köstlichsten Speisen gefüllt waren.

Seufzend stieg Peggy die schmale Holzstiege zu ihrer Bodenkammer hinauf. Hoffentlich schlief Kitty schon. Peggy war zu müde, sie wollte nicht mehr plaudern und schon gleich gar nicht über die Hochzeit.

Aber Kitty saß auf ihrem Bett und war dabei, ihr glattes, feines Haar auf Stoffstreifen zu drehen.

»Peggy! Bei den hinteren Strähnen musst du mir helfen«, sagte Kitty.

»Es ist schon so spät!«, sagte Peggy gähnend. »Warum frisierst du dich eigentlich um diese Zeit?«

»Ich will morgen Locken haben, damit mein Haar weicher aussieht«, sagte das andere Mädchen sehnsüchtig.

»*Du* heiratest doch nicht!«, schnappte Peggy.

»Aber ich bin dabei, und das ist was Besonderes. Ich bin ihre rechte Hand«, machte sich Kitty wichtig.

Peggy musste ein Lachen unterdrücken. »Komm her, du albernes Ding, und gib mir ein Stückchen Stoff«, sagt sie und griff nach einer der mausbraunen Haarsträhnen ihrer Freundin. Sie wickelte die Strähne um ihren Finger und band sie dann mit einem Stoffstreifen zusammen.

»Peggy! Ich muss dir was sagen.«

»Hmmm«, machte Peggy und teilte eine neue Strähne ab.

»Versprich mir, dass du nicht böse wirst!«

»Versprochen.«

»Roxanne hat mich gebeten, mit ihr und Mister Fletcher Parker nach Baltimore in das neue Haus zu ziehen und bei ihnen zu arbeiten.«

Peggy ließ die Haarsträhne aus der Hand gleiten. »Ich hoffe, du hast nein gesagt, Kitty!«

Drückendes Schweigen hing zwischen ihnen.

»Das ist es eben, Peggy. Ich hab ja gesagt, und dass ich gern mitgehe.«

»Was? Du idiotische, kleine … Bist du verrückt? Für dieses zänkische Weib arbeiten? Sie wird dich grün und blau schlagen, dich anschreien und dir das Leben zur Hölle machen!«

»Aber ich werde doch ihr persönliches Dienstmädchen sein – mit höherem Lohn – und dazu noch so was wie Erste Wirtschafterin. Sie will außerdem eine Köchin und ein Küchenmädchen anstellen. Sie sagt, ich kann sie bei der Haushaltsführung und solchen Dingen beraten.«

Peggy schluckte den Neid hinunter, der ihr als dicker Kloß im Hals saß. Es war lächerlich – Kitty und jemanden *beraten*! Es war einfach zu lächerlich.

»Und was ist mit den Haushaltsbüchern und Rechnungen?«, erkundigte sich Peggy.

»Die Bücher will Miss Roxanne selber führen, aber mit dem täglich anfallenden Kram müsste ich schon allein zurechtkommen«, sagte Kitty. »Das habe ich allein dir zu verdanken, weil du mir Lesen und Schreiben beigebracht hast!«, ergänzte sie.

Tränen stiegen Peggy in die Augen. Kitty ging weg und ließ sie allein hier sitzen! »Kitty! Wirst du denn das Haus und Greenbay nicht vermissen?«, fragte Peggy. Doch eigentlich wollte sie sagen: Wirst du mich nicht vermissen?

»Aber ich komme ja wieder. Miss Roxanne wird ihre Eltern oft besuchen und ich werde natürlich mitfahren.« Zaghaft sah Kitty die Freundin an. »Dann komme ich doch zu dir, Peggy. Du wirst ja wohl nicht denken, ich vergesse meine beste und liebste Freundin.«

Peggy schluckte schwer. Sie ließ ihren Blick durch das kleine Zimmer wandern, über die zwei Messingbetten und den kalten Linoleumboden. Sie betrachtete das Waschgestell mit dem Krug und der Schüssel. Das Fenster mit dem massiven Riegel – ihr Auge zur Welt. Den Glaskrug mit den jetzt vertrockneten Blumen. Die beiden Mustertücher, an denen sie beide mit buntem Stickgarn wochenlang gearbeitet hatten und die an der Wand über ihren Betten hingen: ÜB IMMER TREU UND REDLICHKEIT und FREUNDSCHAFT IST EIN GESCHENK. Ohne Kitty konnte sich Peggy diese Kammer gar nicht vorstellen.

Damals, als Peggy hierher gekommen war, heimwehkrank und unglücklich über den Verlust ihrer irischen Heimat, war es Kitty gewesen, die sie wieder zum Lachen gebracht und die ihr geholfen hatte sich in diesem neuen Leben zurechtzufinden.

»O Gott, Kitty, du wirst mir so fehlen«, schluchzte Peggy. Die beiden Mädchen fielen einander um den Hals. »Es wird so einsam sein hier ohne dich.«

Die Hochzeit

Sonnenschein überflutete ganz Greenbay und tanzte und flirrte durch jedes Fenster von Rushton House. Das große Anwesen prangte im Glanz eines besonderen Festtages. Der Garten stand in voller Blüte, rosa Rosen hingen an Spalier und Laube und rankten bis dicht an die Eingangsveranda und über die Terasse. Girlanden aus weißen Magnolienblüten schmückten die großen Bäume vor dem Haus. Schon seit Monaten hatte die Herrin den Rasen von einem Trupp Gärtner in Schuss halten und die Blumenbeete üppig bepflanzen lassen, sodass nun kein Unkraut zu sehen war, nur ein Meer überwältigender Farben.

Es geht nichts über eine Hochzeit im Sommer, dachte Peggy wehmütig und sah kurz über den prächtigen Garten hin.

Kitty und sie waren seit Anbruch der Morgendämmerung auf den Beinen. Kitty war so aufgeregt, man hätte glauben können, sie sollte Brautjungfer sein oder dergleichen, fand Peggy. Früh am Morgen nahmen sie in der Küche hastig eine Mahlzeit zu sich. Die Familienmitglieder bekamen ihr Frühstück auf Tabletts in ihre Zimmer gebracht, weil sowohl der Esstisch als auch der Frühstückstisch schon für das Hochzeitsfestessen gedeckt waren.

Peggy konnte ein Gähnen nicht unterdrücken. Sie hatte fast die ganze Nacht an Kittys Abreise denken müssen und kaum ein Auge zugetan.

Von dem Moment an, als Mrs O'Connor die Küche betrat, schien das gesamte Hauspersonal wie vom Sog eines Wirbelwinds erfasst.

Der kleine Simon wurde mit Zitronentee für die Damen treppauf und treppab geschickt. Er versorgte das Küchenpersonal mit den aktuellen Neuigkeiten aus der oberen Etage: »Mama hat Migräne« – »Roxanne meint, dass ihre Füße geschwollen sind und dass ihr jetzt die Schuhe nicht mehr passen« – »Papa kann seine neuen Kragenknöpfe nicht finden!«

Mrs Whitman, die Haushälterin, beaufsichtigte die Anlieferung frischer Blumen und gekühlten Weißweins, das Überbringen letzter Hochzeitsgeschenke und Glückwünsche, und gleichzeitig zeigte sie den eintreffenden Verwandten der Rowans die Zimmer, in denen sie übernachten sollten.

Zum Glück erwischte Peggy Bonaparte, den Halunken von einem Hund, der sich unter dem schweren Leinentischtuch der Festtafel versteckt hatte und an einem alten Knochen nagte! Was hätte das für einen Tumult gegeben, wenn einer der Gäste die Hand nach einer zu Boden gefallenen Serviette ausgestreckt und bei der Gelegenheit einen alten, halb vergammelten Hundeknochen entdeckt hätte!

»Raus mit dir, du schlimmer Hund!«, rief Peggy und passte auf, dass er schnurstracks durch das Speisezimmer lief und durch die Schiebetüren hinaus in den Garten verschwand.

Gegen Mittag beschlug der Dampf bereits die Küchenwände und tropfte zu Boden. Peggy wischte alle paar Minuten mit dem Mopp auf, doch es war vergebliche Mühe. In der Hoffnung auf einen schwachen, kühlenden Lufthauch ließ man alle Türen offen stehen.

Es waren keine Kosten gescheut worden: Da gab es Rinderschmorbraten, Hähnchen in heller Sahnesauce, und Hummer, von dem die Butter troff. Es gab kleine neue Kartoffeln, Mais, Salat und alle möglichen Sorten Gemüse. Kein Gast würde hungrig von der Hochzeitstafel aufstehen – dafür hatte Mrs O'Connor gesorgt. Sie kontrollierte die üppig beladenen Seitentische, auf denen Törtchen, glasierte Kuchen und mit Schnaps reichlich getränkte Obsttorten die Blicke auf sich zogen. Hochzufrieden mit ihrem Werk, winkte die Köchin Peggy heran.

»Ich geh mich umziehen, Peggy, du behältst hier alles im Auge, ja?« Die Bluse klebte feucht an Mrs O'Connors molliger Gestalt und ihr Gesicht war rot und erhitzt von der vielen Kocherei. Peggy nutzte die Gelegenheit und ließ sich auf einen Hocker neben der Hintertür fallen.

Kurz darauf kam Mrs O'Connor zurück, sie hatte sich frisch gemacht und trug jetzt eine gestärkte weiße Baumwollbluse. »So ist's schon besser, Peggy, jetzt fühle ich mich wie eine neue Frau. Komm, Miss Roxanne ist angekleidet.«

Die Köchin und Peggy betraten die überfüllte Eingangshalle, gerade als die Braut über die gewundene, gebohnerte Treppe herunterkam.

Peggy musste zugeben, dass Roxanne Rowan heute, an ihrem Hochzeitstag, für alle Welt wie ein Engel aussah. Ihr blondes Haar, das am Hinterkopf in Locken um einen Zweig Rosenknospen gesteckt war, umspielte in sanften Wellen das Gesicht. Ihr Kleid war aus glatter, weißer, reiner Seide mit winzigen Perlenknöpfen auf dem Vorderteil und zwischen Ärmelstulpen und Ellbogen. Der Stoff schmiegte sich um Roxannes schlanke Gestalt und fiel in weichen Falten um ihre Füße. Ihre Haut schimmerte und ihre Augen leuchteten vor Glück.

347

Ein »Aah!« der Bewunderung stieg auf, als das versammelte Hauspersonal Roxanne in ihrer Schönheit erblickte.

»Viel Glück, Miss Roxanne!«, sagte Mrs O'Connor strahlend und umarmte sie.

»Alles Gute für Sie und Mister Fletcher Parker«, sagte Miss Whitman, das schmächtige Gesicht voll Eifer, als sie der Braut die Hand drückte.

Peggy war wie versteinert. Nun war sie an der Reihe. Normalerweise hatte sie Roxanne gegenüber immer nur etwas genuschelt und so wenig wie möglich zu dem Mädchen gesagt, das ihr einst das Leben so schwer gemacht hatte – dieses Mädchen, das Spott und Hohn über ihr ausgegossen und sie sogar des Diebstahls beschuldigt hatte. Eine leichte Röte stieg dem anderen Mädchen jetzt in die Wangen. Peggy hob den Blick und sah in Roxannes hellblaue Augen. Sie erkannte darin Glück und Erwartung, Unsicherheit und Traurigkeit – alles durcheinander. Sie waren keine Feindinnen mehr.

»Ich wünsche Ihnen Glück und viel, viel Gutes für die Zukunft, Miss Roxanne, das wünsche ich Ihnen wirklich!«, sagte Peggy herzlich.

Roxanne lächelte. »Danke, Peggy, das ist nett von dir«, sagte sie und drückte Peggys Hand, bevor sie sich dem nächsten Gratulanten zuwandte.

Peggy blinzelte. Sie wunderte sich über sich selbst. Sie hatte es wirklich so gemeint: Sie wünschte diesem Mädchen, das ihre Mutter und ihren Vater verließ und mit Mr Fletcher Parker in ein neues Leben aufbrach, nur

Glück. Kitty, die auf der Treppe stand, fing Peggys Blick auf und zwinkerte ihr zu.

Mr Fletcher Parker und seine Familie sowie die anderen Gäste waren schon draußen im herrlichen Sommergarten von Rushton, denn dort sollte die Hochzeitszeremonie stattfinden. Man hatte eine schattige Stelle ausgewählt, wo Reverend Samuel Brooke bereits wartete.

Schweigen senkte sich über den Garten, als Roxanne am Arm ihres Vaters aus dem Haus trat und auf ihren zukünftigen Ehemann zuging. In der Küche standen Peggy, Kitty und Mrs O'Connor an der offenen Tür und lauschten den schlichten Worten aus der Bibel, die über die Hecke wehten. Nun war Roxanne Rowan verheiratet. Peggy und Kitty gingen hinaus und boten den Gästen einen erfrischenden Sommerpunsch an, bevor das Festessen serviert wurde.

Peggy spürte ihre Einsamkeit wie einen Stich, als sie sah, wie sich Kusinen und Tanten, Onkel und Enkelkinder umarmten und begrüßten. Sie dachte an Eily und Michael, an Tante Nano und alle anderen – ihre eigene Familie war so weit von ihr entfernt.

Mr Fletcher Parker stand neben der Braut. Heute sah er ausnahmsweise wirklich gut aus, während er nun mit seiner Braut die Gäste begrüßte und mit ihnen plauderte. Lachen erfüllte das Anwesen, drinnen wie draußen, als Familienangehörige und Freunde gemeinsam Roxannes Hochzeitstag feierten.

Die Sonne war schon am Untergehen und die Dunkelheit draußen wurde von Lampen erhellt, da stahlen sich die ersten Gäste allmählich davon. Peggy taten Rücken und Schultern weh nach dem langen Tag, sie wollte sich nur noch hinsetzen und ausruhen. Mrs O'Connor sank auf den Küchenstuhl und dankte Gott, dass alles so gut abgelaufen war. Die Köchin hatte viele Komplimente bekommen und ihre Zusammenstellung des Menüs war als sehr gelungen beurteilt worden.

Ungläubig starrten Peggy, Kitty und Miss Whitman auf die gewaltigen Stapel von schmutzigen Tellern, Gläsern und Platten, die noch abzuwaschen waren. Todmüde füllten sie immer wieder frisches Wasser in das Spülbecken und Peggy wusch und scheuerte stundenlang – so schien es ihr wenigstens –, während Kitty abtrocknete und Miss Whitman das saubere Geschirr wegräumte.

Peggy hatte keine Ahnung, wie spät es war, als sie endlich die Treppe zum Dachboden hinaufstiegen. Kitty ließ sich noch in ihrem Dienstmädchenkleid auf das Bett fallen, zog die leichte Decke über sich und war in der nächsten Sekunde eingeschlafen. Ihr ungleichmäßiges Schnarchen störte Peggy. Schon wollte sie aufspringen und die Freundin schütteln, da fiel ihr ein, dass Kitty bald fort sein würde und dass ihr dann vielleicht sogar noch das Schnarchen ihrer Arbeitskameradin fehlen würde.

Witwe O'Brian

Mummy! Komm schnell!«, rief Mary-Brigid. »Alle Nachbarn kommen den Weg herauf!« So schnell sie konnte, rannte sie über den steinigen Pfad zum Haus, sie brannte darauf, die Neuigkeit zu erzählen.

Ihre Mutter stellte den fettigen Topf weg, den sie gerade scheuerte, spülte sich die Hände in sauberem Wasser ab und ging zur Tür, um nachzusehen. Sie konnte gerade noch einen Trupp Leute von hinten erkennen, die um die Wegbiegung verschwanden.

»Was haben sie denn gesagt, Liebling?«, fragte sie beunruhigt.

»Sie haben gesagt, Mummy, ›Das ist ein Schmiss.‹. Was bedeutet das?«, fragte Mary-Brigid, Ratlosigkeit in den dunklen Augen.

Ihre Mutter hielt sich die Hand vor den Mund. Bestimmt hatte das Kind nicht richtig verstanden.

»Was ist los, Eily? Was redet das Kind da?«, wollte Nano wissen. Schwerfällig stemmte sie sich vom Küchentisch hoch, wo sie Teig geknetet hatte.

»Oben an der Straße ist irgendwas los, Nano. Ich glaube, ich werde mal nachsehen«, sagte Eily, zerrte sich die feuchte Schürze vom Leib und drückte den Kamm fester in ihr hochgestecktes Haar.

»Warte einen Moment, Eily, dann komme ich mit«, sagte Nano. »Wir nehmen auch die Kinder mit. Mary-Brigid, hol mir mein Tuch vom Haken hinter der Tür!«

Mary-Brigid spürte die Eile und die Ahnung von Unglück in den Blicken, die zwischen ihrer Mutter und

Nano hin und her flogen. Sie schlossen die Haustür hinter sich und liefen in die Richtung, in der die anderen verschwunden waren.

»Was ist das, Mummy? Ein Schmiss?«

»Du bist jetzt mal ein paar Minuten still, Mary-Brigid, bis wir wissen, was hier überhaupt los ist!«, fuhr ihre Mutter sie an.

Mary-Brigid war beleidigt und ging lieber neben Nano. Ihre alte Tante kam in letzter Zeit beim Laufen nur langsam voran, aber an der frischen Luft war sie trotzdem gern.

»Gleich kriegen wir Rosen auf die Wangen, Mary-Brigid!«, raunte Nano und ihre kräftige, schwarz gekleidete Gestalt mit dem makellos weißen Haar beugte sich zu dem Kind hinunter.

Mary-Brigid musste lächeln. Sie tippte sich mit dem Finger an die Wangen. »Blühen sie schon?«, scherzte sie.

Eily und Nano lachten.

Doch die Fröhlichkeit verebbte in dem Moment, als sie um die Kurve bogen. Mit einem Blick über die dichte grüne Hecke sahen sie die kleine Gruppe, die sich gerade vor der primitiven Ein-Raum-Hütte der Witwe O'Brian aufstellte. Es ließ sich nicht abstreiten, dass die Hütte vernachlässigt war, von Unkraut fast überwuchert, von Schmutz und Moos bedeckt und das halb verfaulte Strohdach war stellenweise so gut wie nicht mehr vorhanden.

Vor der Hütte hatten sich drei Männer auf Pferden in Position gebracht. Zwei waren Polizisten, der dritte war der Gerichtsvollzieher.

Mary-Brigid griff nach der Hand ihrer Mutter. Angst überkam sie. »Was wollen die?«

»Wir werden es bald erfahren, Kind«, flüsterte Eily und legte den Arm schützend um ihre Tochter.

»Versäumnis der Pachtzahlung!«, rief jetzt laut der Gerichtsvollzieher, ein derber Klotz von Mann mit einem Kahlkopf. »Nichtbefolgung der ausgesprochenen Kündigung! Nichtinstandhaltung der Wohnung! Unterlassung der Bearbeitung und Pflege des zugeteilten Landes!«

»Allmächtiger Gott!«, murmelte Eily. »Sie vertreiben ein armes Ding wie Agnes O'Brian, eine allein stehende Witwe! Was für eine Schande!«

Die Menge tuschelte, drängte sich dicht um die Hütte und zertrampelte das hüfthohe Unkraut.

»Lasst sie in Frieden! Sie ist doch nur eine arme alte Frau!«, rief einer der Männer.

»Lasst sie!«, fielen noch mehr wütende Stimmen ein.

»Wir tun nur unsere Pflicht«, gab der jüngere Polizist zurück. »Die alte Frau weiß schon seit längerem, dass sie die Wohnung aufgeben muss.« Er wurde rot und schwieg verlegen.

Nano zog Eily am Arm und nickte in die Richtung eines kleinen schmutzigen Fensters. Dahinter konnten sie Agnes O'Brians weißes verängstigtes Gesicht erkennen.

Wieder pochte der Gerichtsvollzieher gegen die Tür.

»Lasst sie in Ruhe!«, rief Tim Hayes. »Was kann einer mit einer Hütte wie der da schon anfangen? Lasst sie wohnen, es interessiert sich sowieso niemand dafür.«

»Ich würde Ihnen raten sich um Ihre eigenen Angelegenheiten zu kümmern, Mr Hayes«, rief der Gerichtsvollzieher spöttisch. »Es geht Sie ja gewiss nichts an,
aber Mr Hussey hat vor das ganze Stück Land da um-
zupflügen.«

Mary-Brigid stand stumm. Sie wünschte, ihr Daddy
oder noch mehr Männer wären hier und könnten helfen. Unglücklicherweise war er ins Moor gegangen, weil
er noch Torf für den Winter stechen wollte.

»Es ist das einzige Zuhause, das die arme Agnes je
gekannt hat!«, sagte Nano laut. »Sie hat Angst es zu
verlassen. Ihre zwei Söhne sind unter diesem Dach
geboren. Sie hat ihre Familie in diesem einen Raum
gepflegt, als alle Fieber hatten, sie hat sie mit Essensresten, mit Mehl, Beeren und Wurzeln durchgebracht.«

Es herrschte jetzt Ruhe. Das Gemurmel war ver-
stummt und die Menge schenkte Nano volle Aufmerksamkeit. »Durch diese ärmliche Tür hier sind ihre Jungen für immer gegangen, um nach Amerika zu fahren,
und durch dieselbe Tür hat man zwei Jahre später ihren
Mann, Gott sei ihm gnädig, hinausgetragen, als er tot
war. Agnes hat fest damit gerechnet, dass sie ihm durch
diese Tür folgen würde. Nie hat sie sich vorgestellt, dass
es mal so weit kommen würde wie heute.« Nano konnte
das Zittern in ihrer Stimme kaum verbergen. »Sie verdient Besseres in ihrem Alter!«

Mary-Brigid drückte sich fest an ihre Urgroßtante
und roch den vertrauten Duft nach Lavendelwasser.

»Mrs O'Brian, bitte suchen Sie Ihre Sachen zusammen und räumen Sie die Wohnung«, befahl der jüngere

Polizist und achtete nicht auf Nanos Einwand. »Niemand will Ihnen Leid oder Schaden zufügen; wir wollen die Sache so friedlich wie möglich abwickeln.«

Der ältere Polizist warf einen Blick auf die immer größer werdende Menge. Menschen saßen auf der niedrigen Steinmauer, lehnten an dem rostigen Tor, standen in dem überwucherten Garten. Das Letzte, wonach ihn verlangte, war ein Tumult unter den aufgebrachten Leuten.

Er kannte viele hier. Im Großen und Ganzen waren es meist rechtschaffene Menschen. Ihm war es selber unangenehm, dass er gegen eine alte, allein stehende Frau einen Räumungsbefehl durchsetzen musste.

»Tun Sie was, Wachtmeister«, knurrte der Gerichtsvollzieher.

»Alles zu seiner Zeit«, versetzte der ältere Polizist. Er würde keine unkontrollierbare Situation heraufbeschwören, wenn es nicht unbedingt sein musste.

»O arme Agnes! Die arme Frau! Vielleicht geh ich mal rein und rede mit ihr«, sagte Nano ruhig zu Eily. »Ich habe Angst, man tut ihr weh und verletzt sie bei dieser ganzen Sache auch noch.«

Nano drängte sich bis zur Tür der Hütte vor. »Agnes, Liebe!«, rief sie laut. »Ich bin's, Nano Murphy. Soll ich reinkommen und dir helfen? Ich weiß, was dir jetzt durch den Kopf geht, aber glaube mir, was ich dir sage: Du hast viele Freunde und Nachbarn auf deiner Seite.«

Agnes stand offenbar an der anderen Seite der Tür und horchte. »Du kannst reinkommen, Nano«, flüsterte sie.

Eily streckte den Arm nach ihrer alten Tante aus. »Ich komme mit dir, Nano«, flüsterte sie verzweifelt. »Was, wenn dich Agnes mit sich da drin einsperrt?«

Nano sah einen Augenblick nachdenklich vor sich hin, dann schüttelte sie den Kopf. Sie hörten, wie sich der rostige Riegel hob. »Mach dir keine Sorgen, Eily, du bleibst bei den Kindern! Vergiss nicht, Agnes und ich sind Freundinnen. Sie würde mir nie etwas tun.«

Mary-Brigid glaubte, das Herz müsste ihr stehen bleiben. Sie wollte Nano nicht allein in die Hütte gehen lassen. Blitzschnell schlüpfte sie hinter Nanos langen, bauschigen schwarzen Rock mit dem Tuch darüber und folgte ihr.

»Ich bleibe nur ein paar Minuten«, rief Nano dem Gerichtsvollzieher zu.

Der wollte sich an der Menge vorbeidrängen, doch der Wachtmeister stellte sich ihm in den Weg. »Lassen Sie sie«, befahl er.

Nano stieß die Tür zu dem feuchten, verqualmten Raum auf. Mittendrin stand Agnes, eine kleine, schwache, magere Gestalt in einem grauen Hemd, das Haar hing ihr strähnig um das bleiche ängstliche Gesicht.

»Was soll ich tun, Nano?«, wisperte sie. »Wo soll ich denn hin?«

Mary-Brigid rümpfte die Nase. In der Hütte stank es, es war schmutzig und unaufgeräumt, das Feuer nicht mehr als ein Aschehaufen. Es gab kaum ein Möbelstück und das bisschen Geschirr, das die Frau besaß, stand schmutzig in der Spüle oder auf dem kleinen Küchentisch.

Nano drehte sich um und entdeckte Mary-Brigid. »Wie bist du denn hier reingekommen, Mary-Brigid? Du hörst einfach nicht, was ich dir sage, Kind. Ich bin böse auf dich!« Mary-Brigid gab sich Mühe, einen niedergeschlagenen und beschämten Eindruck zu machen, aber sie war froh, dass sie hier bei Nano war. »Trotzdem, du hast ein gutes Herz! Ist es nicht so, Agnes?«, fügte Nano hinzu.

»Ja«, flüsterte die alte Frau, die inzwischen zusammengekauert auf dem schmalen Eisenbett saß, das an der Wand stand.

»Agnes, Mädchen, es ist so weit, dass du die Hütte hier räumen musst. Ich weiß, du bist verzweifelt, aber die werden dich hier nicht länger wohnen lassen. Du musst deine Sachen und Kleider zusammensuchen. Pack jetzt ein«, drängte Nano.

»Ich gehe nicht!«, kreischte die alte Frau. »Sollen sie Feuer legen, wenn sie wollen. Ich bin bereit zum Sterben.«

»Scht, Agnes, rede nicht so. Du wirst dich von denen doch nicht unterkriegen lassen. Du gehst hier mit hoch erhobenem Kopf raus.«

Mary-Brigid fand es viel wahrscheinlicher, dass man Agnes mit Tritten, Geschrei und Fluchen durch die Tür zerren würde.

»Mary-Brigid«, kommandierte Nano, »schau mal nach, ob noch warmes Wasser im Kessel ist. Die Sachen in der Spüle müssen abgewaschen werden. Danach trocknen wir alles ab und wickeln es ein.«

»Du musst ein Kleid haben und ein Paar Stiefel,

Agnes«, fuhr sie fort. »Komm jetzt, wir ziehen dich an.«

Die von ihrem Elend überwältigte Frau zeigte auf ein abgewetztes dunkelblaues Wollkleid, das an einem Haken hinter der Tür hing. Nano holte es und schüttelte es aus, dann zog sie es der widerstandslos auf der Kante des ungemachten Bettes sitzenden Gestalt über. Die fast durchgelaufenen grauen Strümpfe und die dreckbespritzten Stiefel lagen unter dem Bett. Nano sah zu, wie die Witwe ihre knochigen, schwieligen Zehen in die Strümpfe zwängte.

»Schon viel besser so!«, sagte Nano in einem Ton, in dem man einem kleinen Kind wie Jodie gut zuredet.

Nano zog die am wenigsten verschmutzt aussehende Wolldecke vom Bett und bündelte darin die übrigen Kleidungsstücke der alten Frau zusammen. »Mary-Brigid, du kannst helfen und ein paar Kleinigkeiten für Agnes zusammensuchen.« Nur allzu gern überließ Mary-Brigid den Abwasch Nano – die fettigen, von Essensresten verkrusteten Teller hatten ihr fast den Magen umgedreht. Sie sah sich in dem Raum um. Es gab eine kleine, abgenutzte Bibel und ein geschnitztes Kruzifix, das über dem Bett hing. Es gab ein wenig armseligen Zierrat und ein paar angesprungene Schälchen. Das war alles, was von Agnes' Familienleben übrig geblieben war.

Nano goss warmes Wasser über das restliche Geschirr samt den zwei, drei Glassachen, die Mrs O'Brian besaß. Dann trocknete sie alles ab, so schnell sie konnte.

»Sag mir, Agnes«, sagte Nano sanft, »welche sind die

Andenken, an denen du besonders hängst und die sorgfältig eingepackt werden sollen?«

Der gekrümmte, arthritische Finger zeigte auf zwei besonders geliebte Tassen mit Untertassen, dann auf eine Platte mit chinesischem Weidenmuster samt passender Schale und auf drei Trinkgläser. Behutsam wickelte Nano alles in das Bettlaken, das ihr Mary-Brigid reichte. Hoffentlich zerbrach nichts.

»Schlag die Tür ein, Mann!«, befahl draußen der Gerichtsvollzieher. »Sie hat jetzt mehr als genug Zeit gehabt!«

Mary-Brigid machte einen Satz, als das Fensterglas splitterte, und der Gerichtsvollzieher sein widerwärtiges Gesicht in die Hütte streckte.

»Noch ein paar Minuten, bitte, Wachtmeister«, bat Nano. »Wir sind fast fertig.«

Sie reichte Agnes ihr angefeuchtetes Taschentuch und sagte, sie solle sich über das Gesicht wischen und sich ein wenig frisch machen. »Hast du eine Bürste, Agnes, eine Haarbürste? Wir wollen noch dein Haar in Ordnung bringen.«

Erstaunt sah Mary-Brigid zu, wie Nano ruhig die fettigen grauen Haarsträhnen nach hinten und oben bürstete und in einen ordentlichen Knoten zusammendrehte. »Hast du Haarnadeln, Agnes?« Die andere Frau, die wie betäubt wirkte, zeigte willenlos auf den wackligen Stuhl neben dem Bett. Nano steckte das Haar fest. »Bist du jetzt einigermaßen fertig, Agnes? Was meinst du?«

Draußen nahm der Lärm zu. Agnes O'Brian erhob

sich. Ihre Blicke wanderten durch den kleinen, vertrauten Raum und ein Schauder durchfuhr sie bei dem Gedanken ihn für immer zu verlassen. Mary-Brigid rechnete halbwegs damit, dass sich Agnes die Nadeln aus dem Haar reißen, das Kleid vom Leib zerren und sich dann neben dem Aschehaufen hinwerfen und zusammenrollen würde. Stattdessen wickelte sie sich fest in das fadenscheinige graue Tuch, das sie hinter der Tür hervorholte.

»Gute Zeiten und schlechte Zeiten habe ich unter diesem Dach erlebt«, flüsterte Agnes, »aber nie hätte ich gedacht, dass es mal so enden wird.« Tränen liefen ihr über die Wangen, während Nano sie in den Sonnenschein hinausführte. Eily löste sich aus der Menge und half Mary-Brigid das Deckenbündel und das in dem Laken eingewickelte Geschirr hinauszubefördern.

Die Menge stand stumm, als die Witwe O'Brian ihre Hütte zum letzten Mal verließ. Dann gingen die Nachbarn, einer nach dem andern, langsam an ihr vorüber, jeder sprach ihr sein Mitgefühl aus und wünschte ihr alles Gute für die Zukunft.

An allen vorbei marschierte der Gerichtsvollzieher in die niedrige Hütte und war verblüfft, dass er so wenig Besitztümer vorfand.

»Immer langsam, Sir!«, warnte der ältere Polizist. »Von den Wertsachen der Frau wird nichts beschädigt.«

»Wertsachen!«, höhnte der Gerichtsvollzieher. »Hier gibt es nichts von Wert.«

Inzwischen war Dermot O'Reilly, der etwa zwei Meilen weiter abwärts an der Straße wohnte, mit einem Esel und einem Karren gekommen. »Wenn Sie sich endgültig entschieden haben, Mrs O'Brian, lade ich auf den Karren, was Sie wollen, und setze Sie ab, wo Sie wollen.«

Mary-Brigid sah zu, wie die wenigen Habseligkeiten aufgeladen wurden.

»Willst du nicht auf eine Tasse Tee und ein Stück Brot mit zu uns kommen, Agnes?«, bat Nano. »Du hättest doch nichts dagegen, Eily, oder?«

»Schon gut, Nano. Du hast mehr als genug getan«, murmelte die arme Witwe, bevor Eily etwas sagen konnte. »Ich lasse mich am besten in die Stadt bringen, da will ich zusehen, dass ich eine andere Bleibe finde.« Sie hob die Stimme. »Sie können meine Hütte durchwühlen und Stein um Stein niederreißen, aber sie können es nicht ungeschehen machen, dass ich und die Meinen hier gelebt haben und gestorben sind. Ich habe zwei Söhne und, ob Ihr's glaubt oder nicht, acht Enkelkinder. Die O'Brians werden immer ein Teil von diesem Flecken Erde sein. Daran kann keiner was ändern!«

Stolz stand Nano dabei, als sich ihre alte Freundin den Nachbarn und Freunden zuwandte und sich verabschiedete. Die Menge sah zu, wie Agnes auf den Wagen stieg und, mit fast durchscheinendem Gesicht, das dünne Tuch um Kopf und Schultern geschlungen, über den holprigen Weg zur Landstraße aufbrach.

»Was wird jetzt mit ihr, Mummy? Wohin wird sie gehen?«, schluchzte Mary-Brigid. Heiße Tränen brannten ihr auf dem Gesicht und in der Kehle.

»Ich weiß es nicht, Kind. Vielleicht schicken ihr die

Söhne Geld, dann mietet sie sich vielleicht irgendwo ein Zimmer, oder sie bekommt einen Platz im Armenhaus«, sagte Eily traurig. »Um die Wahrheit zu sagen, Mary-Brigid, ich weiß es nicht genau!«

»Es ist nicht gerecht! Das hätten sie nicht tun dürfen!«, rief Mary-Brigid und Zorn brannte in ihrem kleinen Herzen. Sie ahnte, dass sie diesen schrecklichen Tag nie vergessen würde.

Das Pferderennen

Es dämmerte gerade, als Michael und die anderen Stallburschen aufstanden. Tage, an denen Rennen stattfanden, bedeuteten immer einen frühen Arbeitsbeginn. Die üblichen Arbeiten mussten erledigt werden – das Ausmisten, der Morgenritt, der den Pferden Gelegenheit zum Galoppieren und zum Aufwärmen für den bevorstehenden Tag bot – und zusätzlich mussten die ausgesuchten Pferde für das Rennen fertig gemacht werden, man musste sie striegeln, bis ihr Fell glänzte, und kontrollieren, ob das Sattelzeug in einwandfreiem Zustand war.

Glengarry und Morning Boy standen in der kleinen, umzäunten Fohlenkoppel und beobachteten träge das geschäftige Treiben. Der Hengst stand immer sicherer auf den Beinen und nahm beständig an Gewicht zu. Von

Woche zu Woche wirkte er jetzt kräftiger. Er stellte die Ohren auf, als er sah, wie sich die anderen Rennpferde zum Aufbruch anschickten. Fast widerwillig verließ Michael die Ställe und den kleinen Hengst.

»Versprich mir, dass du dich gut um Morning Boy kümmerst«, bat er den jungen Brendan.

»Du weißt, dass ich mich gut um ihn kümmern werde«, antwortete der Stalljunge, der um die Sorge seines Freundes wusste.

»Pass auf, dass ihn die Stute nicht zwickt oder beißt. Du weißt, dass sich eine Stute von einem Moment zum nächsten gegen ihr Fohlen wenden kann.«

»Schon gut, Michael, ich verspreche dir, dass ich gut auf die beiden achte.«

»Michael O'Driscoll, wirst du jetzt endlich aufsteigen und uns nicht länger warten lassen«, rief Toss neckend. Die übrigen Jockeys waren längst fertig und warteten ungeduldig auf Michael.

»Sieh zu, dass er ordentlich frisst!«, rief Michael.

Er griff nach dem vorderen Rand des Sattels und schwang sich auf Nero und sobald er auf dem Rücken des Pferdes saß, ging es mit Klipp-Klapp über das gepflasterte Stallgelände. Ein Rennen war immer eine nervenaufreibende Sache. Erst dann nämlich ließ sich feststellen, wie gut oder schlecht die Pferde wirklich waren.

Die Burschen und Knechte, die zurückblieben, hielten in ihrer Arbeit inne und wünschten den Reitern Erfolg.

»Viel Glück euch allen!«

»Hoffentlich habt ihr einen Sieger unter euch!«

Michael hatte zum Frühstück sehr wenig gegessen, eigentlich hatte er sich schon die letzten Tage beim Essen gebremst, weil er sein Gewicht niedrig halten wollte. Der andere Jockey, Liam Quigley, war so klein und leicht wie ein Kobold und konnte das optimale Gewicht mühelos halten, doch Michael mit seinen breiten Schultern und der kräftigen Statur war ein ganzes Stück größer und etwas schwerer als die meisten Jockeys. Immerhin war Nero ein großes Pferd, und das war nach Michaels Vermutung der Grund, weshalb Toss und Lord Henry gesagt hatten, er solle ihn reiten.

Vor Michael ritt Peadar Mahoney. Wie gewöhnlich hielt er Jerpoint mit kurzem Zügel fest am Gebiss. Das lebhafte schwarze Pferd schaubte wütend, weil es so straff gezügelt wurde, und warf verzweifelt den Kopf zurück.

Allen voran ritt Toss. Er schien tief in Gedanken, während er den Trupp in leichtem Galopp über die taufeuchten Wiesen führte.

Es war später Nachmittag, als sie in Killross ankamen, Pferde und Reiter gleichermaßen müde und dankbar über eine Ruhepause. Die Tiere wurden getränkt und gefüttert. Nero kaute an dem süßen saftigen Heu, das ihm Michael in die Raufe seiner Box gefüllt hatte. Ganz in der Nähe erstreckte sich die Rennbahn bis weit in die Ferne, bereit für das aufregende Ereignis des nächsten Tages.

Zwar wollten Peadar und Liam ihn überreden auf einen Sprung mit in die Stadt zu kommen, aber Michael blieb lieber bei Nero. Er lauschte ebenso gern den

Geschichten über vergangene Rennen und besondere Leistungen, die sich die Reiter am Abend erzählten.

Mercy Farell, das junge Dienstmädchen, hatte darauf bestanden, dass Michael ein kleines Esspaket von ihr mitnahm. Als er es nun öffnete, fand er darin weißes Hähnchenfleisch, kalte Kartoffeln, Gebäck und ein Törtchen – er probierte mit dem Finger: Apfel.

Mercy verwöhnte ihn. Er brauchte nur an der Küchentür aufzutauchen, mal nachsehen, wie sie zurechtkam, und schon ließ sie ihn am Tisch Platz nehmen, stopfte ihn mit Essen voll und schwatzte und schwatzte – und die Köchin sah ihnen zu. Nie duldete die Köchin irgendwelche Techtelmechtel in ihrer Küche, doch konnte sie einfach nicht gegen die Vorstellung an, dass Michael O'Driscoll und die junge Mercy Farell ein schönes Paar abgeben würden. Michael legte das Apfeltörtchen zur Seite – er wollte es bis nach dem Rennen aufheben, aber alles andere würde er jetzt essen. Nach dem Ritt war er hungrig. Heute Nacht würde er bei Nero im Stall schlafen. Solange er, Michael, hier war, würde sich keiner an den Buckland-Pferden zu schaffen machen.

Am Tag des Wettkampfs war schönes, trockenes Wetter und es ging ein angenehm leichter Wind. Ideal für ein Rennen. Michaels Magen hatte sich zu einem Knoten aus Ahnungen und Befürchtungen zusammengezogen, während er sich innerlich auf das nachmittägliche Ereignis vorbereitete.

Das kleine Rennbahngelände füllte sich allmählich. Gentlemen mit ihren Gästen kamen, um dem Schauspiel beizuwohnen. Die Herren trugen Zylinder und elegante

Jacketts, sie begutachteten die Kontrahenten und erwogen sorgfältig die Gewinnchancen, bevor sie ihren Wetteinsatz machten.

Michael wurde gewogen, dann gesellte er sich zu den Jungen, die am selben Rennen teilnahmen. Sie waren zu acht. Er lächelte Ned Mangan und Tod O'Sullivan zu – sie waren alle schon mal gegeneinander angetreten.

Nero zitterte vor Erregung, als sie an der versammelten Menge vorbeigingen. »Guter Junge«, sagte Michael, tätschelte den Hals des Pferdes und kürzte die Steigbügel nochmals um einen Bruchteil.

In leichtem Galopp ritt Michael auf Nero zur Startlinie. Er hatte Lord Henry in der Ferne entdeckt, der bei einer Gesellschaft anderer Gentlemen stand.

»Das beste Pferd gewinnt!«, rief Tod O'Sullivan. Sein schmächtiges Gesicht glühte vor Eifer und Aufregung.

Nero tänzelte nervös, er wollte jetzt rennen. Michael saß im Sattel und wartete gespannt und aufmerksam auf das Signal.

Start! Tod O'Sullivans Pferd preschte davon wie der Wind, triumphierend wehte der rötliche Schweif den anderen Reitern voran. Michael musste Nero zurückhalten, jetzt schon ein Spurt wäre verfrüht. Er hob sich im Sattel, das rasende Tempo ließ den Pferdeleib auf und nieder wogen.

»Ruhig, Nero, bleib ruhig!« Er spürte, wie das Rennpferd jetzt in einen kräftigen, gleichmäßigen Rhythmus fiel, mit gebeugtem Hals jagte es dahin. Nero verringerte den Abstand zwischen sich und Tod O'Sullivans Pferd. Er kam näher … näher … und dann überholte er Tod!

Das Gras unter Michael schien in rasender Bewegung und selbst die Wolken, die über den weiten blauen Himmel fegten, kamen bei dem Tempo nicht mit. Sein Herz klopfte so schnell wie das des Pferdes. In diesem Augenblick waren sie eins.

Mit einem Blick über die Schulter sah Michael kurz etwas Farbiges aufzucken – Tod und mehrere andere Jockeys schoben sich langsam heran. Er trieb Nero an, schneller, schneller … die kräftigen Läufe des Pferdes flogen durch die Luft, donnerten auf den Boden. Da legte sich, vor Anstrengung keuchend, Tods Pferd energisch ins Zeug. Nero stürmte mit vollem Tempo voran, bemühte sich den andern hinter sich zu lassen. Das Blut rauschte und pochte Michael in Kopf, Adern und Ohren, während er Nero antrieb, so heftig er konnte. Es nützte nichts. Tods Pferd lief eine oder zwei Sekunden vor ihm über die Ziellinie.

»Gut gemacht!«, rief er Tod zu und zwang sich seine bittere Enttäuschung hinunterzuschlucken.

»Pech für dich!«, rief Tod. »Dein Pferd hat uns ganz schön Feuer unterm Hintern gemacht!«

Michael sah zu, wie dem Sieger applaudiert wurde. Sobald er Lord Henry und Toss kommen sah, sprang er von Nero.

»Gut gemacht, Junge«, lächelte Toss. »Du hast ein großartiges Rennen hingelegt!«

»Aber nicht gewonnen«, sagte Michael dumpf.

»Du hast dein Bestes gegeben, Michael«, sagte Lord Henry. »Früher oder später wird Nero gewinnen.«

Michael fuhr sich mit den Fingern durch das schweißnasse Haar, froh, dass die beiden Männer nicht ärgerlich über ihn waren. Er wollte Nero erst trocken reiben und dann wiederkommen und zuschauen, wie Liam und Peadar bei ihrem Rennen abschneiden würden.

Liam saß locker und entspannt auf Troy. Ein breites Grinsen auf dem kleinen Gesicht, so winkte er Michael und der Menge zu.

Jerpoint machte ein bisschen Theater und es gelang Michael nur mit Mühe sie ruhig zu halten, als Peadar aufsteigen wollte. Der junge Jockey war gereizt. Er galoppierte zur Startlinie, wo die anderen fünf Teilnehmer geduldig warteten. Lord Henry und seine Freunde hatten hohe Wetten auf Jerpoint abgeschlossen.

Peadars Gesicht war angespannt, während er auf das Startsignal wartete. Er hielt das Pferd immer noch viel zu kurz, wie Michael fand.

Von der ersten Sekunde an lag Jerpoint an der Spitze, zielstrebig drängte sie nach vorn, ihre tiefschwarze Mähne flatterte im Wind. Peadar gebrauchte den Stock wie ein Irrer und drosch auf die Stute ein, als seine Konkurrenten aufzuholen versuchten. Das Pferd war zu Tode verängstigt. Nachdem die wilde Jagd mehr in Michaels Sichtfeld gekommen war, wusste er, dass die Stute sich nur deshalb das Herz aus dem Leibe rannte, um vor dem Wahnsinnigen auf ihrem Rücken zu fliehen. Sie überquerte die Ziellinie vier Längen vor den anderen und die Zuschauer brachen in Jubel aus.

Augenblicklich wurde Lord Henry von Herren umringt, die ihm wohlwollend auf den Rücken klopften und ihn zu seinem grandiosen Sieg beglückwünschten.

Ein breites Lächeln erhellte Peadars längliches, bäurisches Gesicht, als er den Moment seines Triumphes auskostete. Das Pferd keuchte und bebte, die langen Striemen an der Flanke auf dem verschwitzten Fell glichen einem Streifenmuster, Schaum tropfte ihm aus dem Maul.

»Steig ab!«, rief Toss und gab Michael Jerpoints Zügel. »Kümmer du dich um sie, Junge«, befahl er und folgte Peadar zur feierlichen Preisübergabe.

Später ritten sie alle schweigend nach Hause, Toss und Michael voran. Jerpoint wurde an einer Halfterleine geführt. Sie war in einer Verfassung, in der sie nicht geritten werden konnte.

»Bist du enttäuscht, dass du Zweiter geworden bist, Michael?«, fragte Toss.

Michael dachte nach. »Nö! Eigentlich nicht, Toss. Tods Pferd war sehr gut und er hat auch schon viel mehr Rennen mitgemacht als ich. Er ist ein guter Jockey.«

»Was ich von manch anderem nicht behaupten kann«, murmelte Toss.

»Tods Pferd ist ein Bruder von Ragusa.«

»Ach ja?«, sagte Toss neugierig.

»Das bedeutet, er hat die gleiche Blutlinie wie Morning Boy«, erklärte Michael fachmännisch.

»Du lernst dazu!«, lachte Toss.

Michael nickte. Tagein, tagaus hatte ihm Toss mit der

Bedeutung der Blutlinie bei guten Pferden in den Ohren gelegen. Und dass sich mehr über ein Pferd sagen ließ, wenn man sich eingehend mit seinem Stammbaum befasste, als wenn man es rennen sah.

Toss hielt das irische Pferd für das beste der Welt, kräftig, ausdauernd und mit einem Herzen so groß wie die Galwaybucht, wo immer die liegen mochte. Vor langer Zeit hatte man die Blutlinie der besten irischen Pferde mit einem starken Araberpferd gekreuzt, das in der Schlacht am Boyne gekämpft hatte – dieser Orientale hatte seine Tapferkeit an seine Nachkommenschaft weitergegeben. So war eine Blutlinie entstanden, die viele der Hengst- und Stutenfohlen durchströmte, die Toss mit der Zeit noch aufziehen würde.

»Du bist ein guter Kerl, Michael, und das merken die Pferde«, brummte Toss.

Michael spürte ein Glücksgefühl in sich aufsteigen. Er brannte darauf, Morning Boy zu sehen und Mercy von dem Rennen zu erzählen. Er wusste, dass ihn das gutherzige Mädchen noch fester umarmen würde, wenn es hörte, dass Nero und er Zweite geworden waren.

»Ich habe mehr als genug von dir, mein Junge!« Michael hörte den Zorn in Toss' Stimme. Es war am Tag nach dem Rennen. Gerade war er dabei, das Zaumzeug für den Morgenritt auf Hochglanz zu bringen, da waren Toss und Peadar durch die Tür der Geschirrkammer gekommen. »Gedankenlos! Töricht! Grausam! So würde ich das nennen.«

»Ist doch nur ein verdammtes Pferd!«, kam Peadars freche Antwort.

»Hör zu, mein Junge, langsam solltest du begreifen – diese Pferde sind unser täglich Brot. Die andern Männer hier müssen das Land pflügen, die Felder bestellen, Schafe hüten und alle möglichen Arbeiten für Seine Lordschaft tun. Wir haben Glück. Wir sind verantwortlich für seine Pferde.«

»Ich bin der beste Jockey, den er hat, das weißt du, Toss!«, rief Peadar wütend.

»Das gibt dir noch längst nicht das Recht mit einem edlen Pferd so umzugehen. Es ist nämlich kein Zugpferd. Die kosten ein Vermögen, diese Pferde. Du solltest mal einen Blick auf die Futterrechnungen werfen.«

Michael sah, wie Peadar die Schultern hochzog. Dem war es egal, dass er Jerpoint überanstrengt hatte. Er hatte gewonnen, oder etwa nicht? Das Rennpferd befand sich immer noch in einem jämmerlichen Zustand, doch schien es nach Peadars Meinung gar keine Rolle zu spielen, wenn sämtliche Regeln im Umgang mit Pferden gebrochen wurden.

»Ich werde nicht untätig zusehen, wie du ein gutes Rennpferd ruinierst«, sagte Toss, »denn genau das wird passieren.«

»Ich mache gute Rennen, ich gewinne überall. Irgendwann werde ich noch das Curragh-Rennen gewinnen«, sagte der junge Jockey aufmüpfig. »Ich werde auch in England gewinnen«, ergänzte er. »Ich bringe Seiner Lordschaft ein Vermögen. Ein Rennpferd braucht eine feste Hand!«

»Es nützt nichts, wenn du der beste Jockey in ganz Irland bist, auf das Pferd kommt es an. Es muss gut behandelt werden. Ich kann hier keinen gebrauchen, der den Wert dieser Pferde nicht zu schätzen weiß. Das werde ich nicht dulden und Lord Henry ebenfalls nicht.«

»Lord Henry!«

»Jawohl! Er hat Jerpoint heute früh gesehen.«

»Was versteht der schon davon?«, sagte Peadar schulterzuckend.

»Mehr als du glaubst. Ich habe nämlich Anweisung dir den Laufpass zu geben«, sagte Toss entschieden. »Trotzdem, ich gebe dir eine letzte Chance. Aber noch eine einzige Missetat, und du hast ausgedient hier in Castletaggart, mein Junge!«

Peadar stand einen Moment wie betäubt, das strähnige braune Haar fiel ihm über die Augen.

»Und jetzt versorgst du die übrigen Pferde«, sprach Toss weiter. »Um die Rennpferde werden sich die anderen Burschen kümmern und einen Ausritt gibt es nicht für dich. Und dass ich's nicht vergesse, solange Jerpoint erholungsbedürftig ist, wirst du ihre Box selber ausmisten.«

Ohne ein Wort machte Peadar kehrt und stürmte aus der Geschirrkammer.

Michael räusperte sich.

»Hast du's mit angehört?«, fragte Toss voll Unbehagen. Michael nickte. »Der Kerl ist ein guter Reiter, aber über Pferde muss er noch viel lernen, sonst nützt er uns nichts.« Damit nahm sich Toss einen Ledersattel und ging.

Michael liebte die morgendlichen Ritte; es waren die Stunden, die er jeden Tag am meisten schätzte. Die Pferde waren ausgeruht und sehnten sich geradezu nach einem ordentlichen Galopp. In der kühlen Morgenluft verdichtete sich ihr Atem zu Wolken. Jedes Rennpferd besaß ein anderes Temperament und alle brauchten eine unterschiedliche Behandlung – manche sanftes Zureden und Lob, andere eine strenge Hand.

Als Michael später nach Jerpoint sah, musste er sich aber doch über Peadar wundern. Das Pferd stand in einem frischen Dunghaufen – warum zum Teufel hatte sich Peadar nicht um die Stute gekümmert? Michael suchte ihn überall in den Ställen und auf den Weiden, fand ihn aber nirgendwo.

Er stieg hinauf zu den Schlafquartieren über der Remise und sah in den Winkel, den Peadar für sich beanspruchte. Peadars Decke war noch da, aber von seinen Kleidungsstücken, Stiefeln oder seinen wenigen persönlichen Sachen fehlte jede Spur. Er ist abgehauen, dachte Michael.

»Hat sich Mr Besserwisser aus dem Staub gemacht?« Brendan war Michael auf den Dachboden gefolgt.

Michael zog die Schultern hoch. »Sieht so aus.«

»Ich habe gehört, dass Toss ihm heute früh den Marsch geblasen hat. Ein Glück, den sind wir los, kann ich da nur sagen.« Der junge Stallbursche grinste; oft war er von Peadar grundlos angebrüllt worden. »Einem wie Peadar wird niemand eine Träne nachweinen.«

»Hm, denke ich auch«, nickte Michael. Doch er

wurde das Gefühl nicht los, dass sie nicht zum letzten Mal von Peadar Mahoney gehört hatten, noch längst nicht!

Erntedankfest

Im Spätsommer schien Tag für Tag strahlend die Sonne vom Himmel, und jeder Mann, jede Frau und jedes Kind, das alt genug war, half bei der Erntearbeit. Selbst die Pferde schienen die fieberhafte Stimmung aufzufangen, sie galoppierten über die Wiesen und wollten sehen, was vor sich ging. Frauen und Kinder brachten Kannen mit Milch und dicke Brotschnitten hinaus auf die Felder, wo die Männer bei der Heuernte schufteten, bis ihnen der Schweiß herunterlief.

So hoch wie möglich wurden die Wagen mit dem frisch duftenden Heu beladen und die Pferde zogen mit all ihrer Kraft. Weizengarben wurden gebunden und zum Dreschen vorbereitet, Hafer und Gerste in großen Getreidespeichern gelagert. Die Arbeit dauerte bis spät in die Sommerabende hinein, erst bei Untergang der Sonne gingen die erschöpften Arbeiter endlich zum Schlafen nach Hause.

Michael spannte die großen alten Bauernpferde aus und tätschelte sie liebevoll. Jetzt waren *sie* die Helden – sie hatten sich ihren Eimer voll Hafer redlich verdient und auch die Achtung derer, die auf dem Gut mit ihnen arbeiteten.

»Es ist eine gute Ernte«, sagte Brendan.

»Besser noch als letztes Jahr«, nickte Michael.

»Lord Henry wird mächtig zufrieden sein.«

Brendan stieß Michael an und zeigte auf Markey, den Esel, der, vor einen kleinen Wagen gespannt, gerade angetrottet kam. »Ich sehe, dass sie sogar Markey schwer arbeiten lassen. Wird aber auch Zeit!«

Michael lachte. In den vergangenen Jahren war es die einzige Aufgabe des Esels gewesen, den Rennpferden Gesellschaft zu leisten. Jedem Pferd, das sich einsam fühlte oder einfach mal verrückt spielte, ging es sofort besser, sobald es den alten grauen Esel bei sich auf der Weide hatte.

Michael und Brendan krempelten die Ärmel hoch, zogen sich die Mützen tiefer in die Stirn und halfen beim Abladen von Markeys Wagen.

Michael konnte sich an längst vergangene Zeiten erinnern, in denen er als kleiner Junge seinem Vater geholfen hatte: Sie hatten sich gebückt, wieder und wieder, um vereinzelte Weizenhalme aufzulesen, die auf der Erde herumlagen. Beinahe konnte er den dunklen Lockenkopf seines Vaters vor sich sehen, schwarz wie sein eigener, er sah die mächtigen Schultern, das schweißnasse Hemd, das ihm am Körper klebte, und beinahe hörte er die lachenden Stimmen seiner Mutter und seiner Schwestern Eily und Peggy, als sie über die Felder gerannt kamen mit einem Krug voll eiskaltem Wasser aus dem Brunnen und gekochten Kartoffeln in einem

Tuch, die noch warm aus dem Topf waren, der zu Hause in Duneen auf dem Herd gestanden hatte.

»Alles in Ordnung, Michael?«, fragte Brendan und sah beunruhigt nach seinem Freund, der mitten in der Arbeit innegehalten hatte.

»Schon gut. Mich blendet nur die Sonne«, sagte Michael leise. Er wollte die Kindheitserinnerung und das Tröstliche, das er darin fand, nicht gern verscheuchen.

Eines Abends dann, als die Sonne sank und die schimmernden Felder restlos abgeerntet waren, als eine Feldmaus auf der Suche nach ihrem verirrten Gefährten durch die Stoppeln huschte, als sich die Wachtel mit ihren Jungen auf einem kleinen, nicht gemähten Fleckchen in Sicherheit gebracht hatte und sich Scharen kleiner Vögel um das Festmahl balgten, war es endlich so weit, dass die Arbeiter belohnt werden sollten.

Schon seit Tagen war das Küchenpersonal fieberhaft an der Arbeit. Die frisch getünchten Waschhausräume waren auf Hochglanz gebracht worden und für das Erntefestessen wurden lange Platten über Böcke gelegt. Es gab gebratenes Fleisch und große Schüsseln mit mehligen Kartoffeln, Bleche voll Pfannkuchen und Haferkeksen, Kännchen mit dicker brauner Bratensoße, gedünstete Möhren und winzige Kohlköpfe, die man Rosenkohl nannte.

Michael aß und aß und zuletzt war sein Bauch so voll, dass er das Gefühl hatte, er würde jeden Moment platzen. Mercy musste über ihn lachen. Den Blicken der Bauernsöhne wich sie aus, sie hatte nur Augen für

Michael. Draußen standen Fässer mit Porter und Ale, eine Schüssel Punsch für die Frauensleute und Limonade für die Kinder. Lord Henry und seine Frau Martha, beide elegant gekleidet, gesellten sich zu ihnen. Ihre Töchter Rose und Felicia, beide in den gleichen rosa Kleidern, kicherten vor Aufregung, als sie über die bunte Szene blickten und sich unter die Pächter mischten. Felicia entdeckte Michael und er musste ein Stück rutschen, damit sie sich auf die Bank neben ihn setzen konnte. Sie plapperte über das lustige Fest und zeigte mit dem Finger auf ihre Kusinen und ihren Onkel Robert, die aus Indien nach Hause gekommen waren.

Der Wagenschuppen war bald erfüllt vom Klang der Fiedeln und Flöten, als Dermot und Dinny Callaghan, zwei alte Junggesellen, die unten am Fluss wohnten, aufzuspielen begannen.

Alte wie junge Männer wirbelten die Frauen durch den Raum und tanzten nach Herzenslust. Michael griff sich Mercy und ließ ihre Hand den ganzen Abend lang keine Minute mehr los. »Es ist einfach herrlich!«, rief sie lachend, während sich beide im Takt zu der flotten Musik drehten. Bald wurde es in der Remise zu heiß und zu voll, da tanzten sie – wie viele der jungen Leute – draußen unter den Sternen weiter. Mercy löste ihren dicken Zopf und ließ das wellige braune Haar offen auf die Schultern fallen, während sie mit Michael O'Driscoll tanzte, dem Jungen, den sie liebte.

Es war schon spät, als die Callaghans zu musizieren aufhörten und die Gesellschaft langsam aufbrach. Väter hievten sich schläfrige Kinder auf die Schultern, Mütter

schlangen sich ihre Tücher um die Schultern und so
machten sie sich über die Felder auf den Nachhauseweg.
Michael fiel auf sein Bett, jeder Muskel tat ihm weh und
sein Herz klopfte. Unten die Pferde waren ruhig.

Einsame Zeiten

Mrs Elizabeth Rowan war untröstlich. Sie weinte
beim Abschied von ihrer frisch verheirateten
Tochter und als die Kutsche über den Torweg holperte
und Haus Rushton verließ, winkte sie traurig hinter
Roxanne und Fletcher her.

»Ich glaube nicht, dass ich das aushalte, Peggy, sie
fehlt mir ja jetzt schon«, sagte sie. Peggy goss ihr eine
Tasse Kaffee ein, langsam stieg die sattbraune Flüssigkeit in der weißen Porzellantasse hoch.

»Ich versteh schon, wie Ihnen zumute ist, Madam«,
sagte Peggy schüchtern.

Kitty war noch vor ihrer neuen Herrin abgefahren.
Sie hatte sich um die Hochzeitsgeschenke gekümmert
und um einige besondere Einzelstücke aus dem Haus
der Rowans, die Roxanne auf Drängen ihrer Eltern mitnehmen sollte. Peggy fühlte sich selber sehr einsam,
jetzt, wo ihre liebste Freundin weg war.

»Am besten, man beschäftigt sich, besucht Leute,
sieht sich neue Dinge an – das haben mir meine Freundinnen geraten. Vielleicht fahren wir ja mal hin, mein

Mann und ich, und besuchen Roxanne, sobald sie sich eingewöhnt hat.«

»Das würde sie bestimmt freuen, Madam. Dann könnten Sie sich auch gleich ihr Haus ansehen und Baltimore ein bisschen besser kennen lernen.«

»Ja, genau!« In zierlichen, vornehmen Schlucken trank Mrs Rowan ihren Kaffee. »Aber wir müssen ihr Zeit lassen.«

Im Herd waren ein Obstkuchen und ein Blech mit Honigplätzchen. Mrs O'Connor fühlte sich erleichtert, dass die Hektik und Aufregung der Hochzeit vorbei waren und alles wieder seinen gewohnten Lauf nahm, wenigstens in der Küche. Natürlich, die Herrin war nicht sie selbst – trübsinnig und übernervös war sie, die Tränen saßen ihr locker und sie aß kaum einen Bissen, egal, was für leckere Speisen man ihr brachte.

Und Peggy O'Driscoll – das junge Mädchen machte den Eindruck, als hätte man ihm den linken Arm abgehackt! Bei der Arbeit sang und trällerte sie nicht mehr. An den Abenden saß sie in der Küche, las ein Buch und beteiligte sich an der Unterhaltung nur dann, wenn Mrs O'Connor oder Eliza Whitman sie ausdrücklich fragten.

Mrs O'Connor machte sich Sorgen um Peggy. Der Abschied von ihrer Freundin hatte dem Mädchen jede Lebensfreude genommen. Man würde die junge Kitty natürlich irgendwann ersetzen, aber das konnte dauern. Peggy muss einen Tag freihaben, dachte Mrs O'Connor, kann sein, das heitert sie etwas auf. Sie könnte ihre irischen Freunde besuchen, vielleicht bekommt sie dann wieder ein bisschen Farbe auf die Wangen und Glanz in die Augen.

Zielstrebig ging Peggy über die Russell Avenue. Die Sonne brannte ihr auf den Rücken und auf die Strohhaube. Durch die dünne Ledersohle spürte sie die Hitze des Bürgersteigs. Es war wieder einmal ein glühend heißer Tag. Der Himmel über ihr war blau und wolkenlos. Zu Hause, als sie klein war, hatten sie und ihre große Schwester Eily sich immer ins Gras gelegt und in den Wolken nach Bildern gesucht, und während die flockigen weißen Formen und Gestalten langsam über den Himmel über ihnen zogen, hatten sie einander Geschichten erzählt. Der Sommerhimmel hier dagegen war grausam, die Sonne brannte erbarmungslos.

Peggy überquerte die enge Straße und steuerte den grauen Eingang des Wohnhauses an, in dem Sarah mit ihren beiden Brüdern wohnte. Sie stieg die verwahrloste, dreckige Treppe hinauf und hob dabei den Rock an, als könne sie damit dem Schmutz und abblätternden Putz ausweichen.

Sarahs Flur war sauber, der Linoleumboden gewischt. Das lange, schmale Fenster stand offen und das Glas – so weit Sarah es erreichen konnte – war blitzblank geputzt. Peggy klopfte an die Tür. Sarahs Bruder John machte auf und lächelte herzlich, als er Peggy sah.

»Es ist Peggy, Sarah!«, rief er.

»Ich bin gleich da, Peggy, setzt dich schon mal. Ich zieh mich nur noch fertig an.«

Peggy ließ sich in dem wuchtigen weichen Sessel nieder. In dem vergeblichen Bemühen, die hervorquellende Polsterung der aufgerissenen Armlehne zu verbergen, hatte Sarah einen malvenfarbigen Überwurf darüber gebreitet. Peggy ahnte, als sie sich in dem großen Raum umsah, dass Sarah seit dem frühen Morgen auf den Beinen war und aufgeräumt hatte. Die Kleiderstange war zusammengeklappt, der runde Tisch mit einer Spitzendecke versehen und darauf stand Sarahs ganzer Besitz an einzelnen Geschirrstücken. Kissen in freundlichen Blau- und Gelbtönen reihten sich auf dem grauen Samtsofa, das die Brüder vor drei Jahren auf dem Flohmarkt erstanden hatten. Auf dem Boden lag ein bunter Läufer und gegen den Kamin gelehnt stand ein Korb mit Lavendel.

»Möchtest du eine Tasse Tee, Peggy, solange du warten musst?«, fragte John.

Peggy nickte. Sie sah zu, wie er den Kessel zum Kochen auf den kleinen Herd stellte und nach einem sauberen Löffel suchte.

Sarah kam aus dem Schlafzimmer, stürmte auf Peggy zu und fiel ihr um den Hals. »O Peggy, wie wunderbar dich zu sehen! Erzähl mir jede Neuigkeit. Ich muss unbedingt alles über die Hochzeit und Miss Roxanne hören.«

Sarah sah müde aus. Graue Schatten lagen unter ihren Augen und ihre Haut wirkte bleich und durchscheinend. Sofort fielen Peggy die übel zugerichteten Finger und die gesplitterten Nägel der Freundin auf und sie merkte, dass Sarah eine Hand steif hielt und dass diese ganz entzündet aussah.

Sarah biss sich auf die Lippen. »Sag's nicht, Peggy! Ich musste noch ein paar Tage länger Knöpfe annähen. Das andere Mädchen war krank.«

»Aber Sarah, deine armen Hände!«

Peggy konnte sich nicht vorstellen, wie Sarah die Arbeit in Goldmans Hemdenfabrik aushielt. Die Arbeitszeit war lang und die Arbeit ermüdend, wenn auch der Lohn höher war als Peggys. Vom Knöpfeannähen splitterten Sarahs Fingernägel, ihre Haut wurde rissig und die Finger waren von Schwielen und zickzackförmigen Schnitten übersät. Oft waren ihre Hände so steif und geschwollen, dass sie praktisch tagelang nichts damit anfangen konnte. Sarah hatte das Nähen an anderen Maschinen ausprobiert, aber die auffliegenden Fasern und der Staub aus dem unverarbeiteten Stoff trieben ihr das Wasser aus Augen und Nase und verursachten Dauerhusten.

Sarah war schon bei mehreren Vorstellungsgesprächen gewesen, aber nach einem einzigen Blick auf ihre Hände war von einem Stellenangebot nicht mehr die Rede. Peggy hatte sie inständig gebeten, bei solchen Gesprächen Handschuhe zu tragen, doch das fand Sarah unehrlich, und so war sie bei Goldman geblieben.

»Ich habe euch Obstkuchen und ein paar Kekse mitgebracht«, sagte Peggy und wechselte das Thema, um Sarah nicht aufzuregen. Mrs O'Connor hatte sie gedrängt der Freundin einen der üppigen Obstkuchen mitzunehmen, die von der Hochzeit übrig waren.

»Das ist sehr lieb von dir, danke, Peggy«, murmelte Sarah mit ihrem freundlichen, sanften Blick.

»Bedanke dich bei Mrs O'Connor«, sagte Peggy und trank einen Schluck Tee.

»Soll ich den Kuchen gleich anschneiden?«, fragte Sarah.

»Nicht für mich! Mir ist noch schlecht von all dem übrig gebliebenen Zeug von der Hochzeit«, sagte Peggy. »Heb ihn doch für euch auf, für später.«

»Also gut, für nachher zu unserem Essen. Es ist so schön draußen, Peggy, wollen wir nicht einen Spaziergang in der Sonne machen?«

Peggy wollte schon sagen, nein, nicht bei dieser Gluthitze, da begriff sie, dass Sarah dringend ein paar Stunden aus diesem Haus und dieser Straße wegmusste. »Klar! Es ist herrlich draußen. Komm.«

Sarah holte ihr bestes Tuch und setzte auf Peggys Rat hin ihre luftigste Haube auf. Lächelnd sah John den beiden nach, wie sie in bester Sonntagslaune aufbrachen. Untergehakt gingen die Mädchen die Treppe hinunter und traten in das helle Tageslicht der Straße.

»Lass uns in den Park gehen!«, schlug Peggy vor.

Der Park war einer ihrer Lieblingsplätze in Boston. Scharenweise gingen hier die Menschen spazieren – Familien, vornehme Herrn mit ihren ehrbaren Ehefrauen, romantische Liebespärchen. Peggy und Sarah gingen mitten unter ihnen. In der Ferne spielte eine Kapelle, die beschwingte Melodie wehte zu ihnen herüber. Peggy und Sarah kicherten, als ein paar junge Männer die Hüte vor ihnen zogen und sie in eine Unterhaltung verwickeln wollten. Eine freie Parkbank war nicht in Sicht, deshalb setzten sich die beiden Mädchen in den sonnengesprenkelten Schatten einer Ulme ins Gras.

Sarah war nach dem Spaziergang atemlos und versuchte diskret in ihr Taschentuch zu husten.

»Fühlst du dich nicht gut?«, fragte Peggy.

Das andere Mädchen hielt inne, wie um nachzudenken und starrte in die Ferne, wo Boote in Form von Schwänen lautlos über den See glitten. »Es ist so, Peggy, ich war bei Doktor O'Connor, der seine Praxis neben der Fabrik hat. James und John haben mich hingeschickt. Sie haben gesagt, sie wären mein ewiges Kranksein leid.«

»Was hat er gesagt?«

»Na ja … er sagt, er würde mir nicht raten, weiterhin in der Fabrik zu arbeiten. Er sagt, von den Fusseln und dem Staub kann ich eine Lungeninfektion kriegen …« Sarahs Stimme verlor sich.

»Und was willst du tun?«

»James und John haben große Pläne. Sie wollen aus der Stadt weg. Sie haben Geld von ihrem Lohn gespart und meinen, der Zeitpunkt sei jetzt günstig, um Land zu kaufen und ein Grundstück für uns, die Conollys, zu sichern.«

»Wie meinst du das?«

»Sie wollen sich einem dieser Planwagentrecks anschließen, die nach Westen ziehen, und ich soll mit!«

Vor Überraschung schnappte Peggy nach Luft. »Du fährst doch nicht mit, Sarah, oder?«

»Das ist es ja, Peggy, ich fahre mit! Ich will nicht ohne meine Brüder hier in Boston bleiben. Du hast es da besser – du hast Kitty und die Rowans und Miss Whitman und Mrs O'Connor. Wenn James und John fortgehen, habe ich niemanden!«

Peggy saß stumm. In dem flirrenden Hitzedunst schienen die Menschen auf dem Weg und überall ringsum zu flackern und zu verschwimmen, ihre Stimmen schwollen an und verebbten wieder.

»Peggy! Peggy!« Sarah griff nach dem Arm der Freundin und Begeisterung blitzte in ihren Augen auf. »Ich wünschte, du würdest mitkommen! James und John sagen, für dich ist noch Platz. Wir könnten zusammen arbeiten und ...« Doch Sarah verstummte. Peggy schien überhaupt nicht zuzuhören. Es sollte offenbar nicht sein.

Peggy kämpfte um ihre Fassung. Es hatte keinen Sinn, Sarah zu erzählen, dass Kitty weggezogen war und dass sie, Peggy, sich schon jetzt einsam fühlte. Sarahs Gesundheit stand vor dem Ruin, für sie und ihre Brüder war es nur vernünftig, wenn sie sich aufmachten und ein eigenes Zuhause suchten. Sie, Peggy, würde weiterarbeiten – polieren, waschen, putzen, bügeln und mit Mrs O'Connor eine Mahlzeit nach der andern servieren. Sie war nur ein Dienstmädchen, und das war ihr Platz im Leben. Sie hatte eine gute Stelle und verdiente gutes Geld.

Jeden Monat kam der Kassierer von der Bank an die hintere Küchentür, dann zahlte sie jedes Mal einen kleinen Betrag von ihrem Lohn bei ihm ein. Mr Keane setzte sich an den Küchentisch und trug die Summe in das kleine schwarze Sparbuch ein, das Peggy heimlich unter ihrer Matratze aufbewahrte. Er drückte den Stempel der East Coast Savings Bank darauf, dann blieb er noch auf eine Tasse Tee und einen kleinen Schwatz bei Peggy und den anderen Angestellten, die bei ihm sparten. Gewöhnlich erzählte er ihnen, dass die Geschäfte florierten und dass sich ihr Geld vermehrte und anhäufte. Es tat Peggy gut, ihm zuzuhören. Wenn er fort war, überflog sie die Zahlenreihen von oben nach unten und zählte im Geist ihre Ersparnisse zusammen. Das war ihre Unabhängigkeit.

Peggy kehrte in die Gegenwart zurück. Der Mittlere Westen – das war so weit weg, manche nannten ihn den Wilden Westen. Ach, warum musste Sarah so weit fortgehen?

»Peggy«, sagte Sarah und tippte ihr an die Schulter. »Was hältst du davon?«

Um ehrlich zu sein, Peggy wusste nicht, was sie davon halten sollte, aber wenn sie in Sarahs abgehärmtes weißes Gesicht sah und wenn sie an die Fabrik dachte, in der die Freundin morgen jede Stunde des hellen Tages bei der Arbeit zubringen würde, wusste sie, dass es für Sarah die Rettung und einen neuen Anfang bedeuten konnte, wenn sie der Stadt den Rücken kehrte und hinaus auf das offene Land zog.

»Ich finde es großartig, Sarah! Ganz ehrlich«, sagte Peggy und drückte die Freundin an sich, »und bis ihr euch dann endgültig angesiedelt habt, werden sie auch die Eisenbahn gebaut haben, und ich spare weiter jeden Dollar und Cent, und eh du dich's versiehst, werde ich genug Geld beisammenhaben, damit ich euch besuchen kann.«

Sarah klatschte in die Hände. »O Peggy! Das wäre großartig. Aber du wirst mir wirklich fehlen. Ich wünschte so sehr, du würdest mitkommen.«

Der Rest dieses sonnigen Nachmittags verbrachten sie damit, durch die verschiedenen Teile des Parks zu bummeln, plaudernd, lachend, kichernd. Peggy gab Sarah eine detaillierte Schilderung von Roxannes Hochzeit und Sarah erzählte der Freundin den neuesten Klatsch aus der Fabrik. Sie sahen einer Gruppe junger Männer beim Footballspiel zu. Sie zählten die jungen Enten und Schwäne auf dem See und bewunderten die neuesten Kleidermoden, die von vornehmen Damen mit Sonnenschirmen zur Schau gestellt wurden.

»Komm, Peggy! Wir müssen nach Hause und Essen machen«, drängte Sarah schließlich und rückte ihre Haube zurecht.

Widerstrebend erhob sich Peggy von der Parkbank. Sie ahnte, dass es wohl das letzte Mal war, dass sie ihren freien Tag mit der Freundin verbrachte.

Sarah machte sich gleich ans Kochen, sobald sie wieder in der Wohnung waren. James und John waren beide da und sie erzählten Peggy voller Begeisterung von ihren Zukunftsplänen.

»Wir haben genug auf die Seite gelegt, um viele Morgen Land zu kaufen«, sagte James stolz, »und so Gott will, werden John und ich ein schönes Holzhaus für uns bauen.«

»Wir werden das Land roden müssen, den Boden umpflügen. Alles wird ganz neu«, fiel John ein. »Stell dir vor, Peggy, wir werden keine Pächter sein, wie wir es zu Hause in Irland wären, sondern unser Stück Land wird uns selbst gehören. Was wir abstecken, wird uns gehören! Es ist wirklich ein Land der tausend Möglichkeiten für irische Männer und Frauen.«

Peggy half Sarah die Kartoffeln abzugießen und das gekochte Rindfleisch in Scheiben zu schneiden. Dann nahmen sie Platz und sprachen vor ihrer Mahlzeit ein Gebet.

Das Essen war gut, aber Peggy brachte nichts hinunter. Sie versuchte zu lächeln, während sie all den aufregenden Plänen lauschte.

»Wann fahrt ihr?«, fragte sie schließlich.

Die anderen verstummten für einen Augenblick.

»Es gibt noch Verschiedenes zu erledigen«, erklärte James. »Pferde und einen Wagen kaufen, unsere Angelegenheiten hier in Ordnung bringen, aber wenn alles gut läuft, wollen wir in spätestens zwei, drei Wochen los. Wir müssen fahren, solange das Wetter gut ist, damit wir vor dem Winter unter Dach und Fach sind.«

Stundenlang redeten und redeten sie. Peggy brach nur ungern auf, weil sie nicht sicher war, ob sie vor dem Aufbruch der Freunde noch einen weiteren freien Sonntag bekommen würde. Doch Sarah wurde müde, die Augen fielen ihr zu.

»Sarah! Du musst schlafen gehen«, sagte John. »Du hast morgen einen langen Arbeitstag vor dir.«

»Ach, es tut mir Leid«, seufzte Sarah. »Ich bin so eine schlechte Gesellschafterin. Zurzeit bin ich ständig schläfrig und erschöpft.«

Peggy stand auf. »Ich sollte mich jetzt wieder auf den

Weg nach Rushton machen. Ich bin schon viel zu lange geblieben.« Sie gab sich Mühe die Traurigkeit in ihrer Stimme zu verbergen. »Ich muss los, Sarah, ich habe einen langen Heimweg. Zum Glück ist es eine schöne Nacht.«

»Wann sehe ich dich wieder?«, fragte die Freundin.

Peggy überlegte. »Ich weiß nicht genau, aber ich müsste noch eine oder zwei Stunden freibekommen, oder einen halben Tag. Bevor ihr fahrt, besuche ich dich noch mal, das verspreche ich.«

Als sie sich von ihnen verabschiedete, merkte sie, dass James verschwunden war. Sie war erstaunt, ihn unten auf der Straße zu finden, wo er mit dem Wagen, den er und John für die Arbeit benutzten, und mit dem Pferd auf sie wartete.

»Erlaube, dass ich dich nach Hause bringe, Peggy!«, sagte er und half ihr auf den Vordersitz neben dem seinen.

Sie fuhren durch die fast ausgestorbene Stadt. James schwieg, in Gedanken versunken. Er war der ruhigere der beiden Brüder, ernster und zurückhaltender als John. Während sie durch die dunkle Gegend fuhren, begann er Peggy von seinen Träumen zu erzählen – von der Prärie, dem weiten blauen Himmel, den Mais- und Weizenfeldern, den Büffelherden und der Blockhütte, die sie bauen wollten. »Einen blank gescheuerten Holzfußboden werden wir haben und eine Küche, in die den ganzen Tag die Sonne scheint«, sagte er hingebungsvoll. »Und einen Herd zum Kochen und Heizen und Vorratsschränke, in denen wir Nahrungsmittel für Monate aufbewahren können – es heißt, die Winter dort sind hart und man kann eingeschneit werden – und einen schönen, großen, soliden Holztisch für die Familie und die Besucher, an dem man sitzen, essen und sich was erzählen kann.«

»Klingt herrlich«, sagte Peggy träumerisch.

»Im nächsten Winter wird ein kräftiges Feuer aus gefällten Baumstämmen in unserer Hütte brennen, ein paar bequeme Stühle werden davor stehen und ein Tisch mit einer Lampe darauf und sogar Bücherregale werden wir haben.«

Er hatte das Pferd immer weniger angetrieben und jetzt ging es fast im Schritt. Peggy spürte, wie er sie mit seinen graublauen Augen ansah – glücklicherweise war es zu dunkel, als dass er hätte merken können, wie sie rot wurde. James war ein gut aussehender junger Mann mit einem schmalen Gesicht und freundlichen Augen. Sein Haar war so tiefschwarz wie Sarahs und scheinbar immer ungekämmt. Er war groß und schlaksig und wirkte irgendwie unbeholfen. Er konnte fest zupacken. Seine Hände waren vom schweren Arbeiten rau und schwielig. Peggy kannte ihn schon, seit sie zusammen vor sechs Jahren von Queenstown aus auf der *Fortunata* nach Amerika gesegelt waren. Er war immer da gewesen. Zusammen waren sie zur Messfeier gegangen, hatten sich über die alten Zeiten in Irland unterhalten, waren durch Boston gestreift, hatten in kalten Wintern Schneeballschlachten veranstaltet und waren zum Eislaufen auf dem Fluss gegangen. Sie hatten bei irischen Festen in Mrs Byrnes Wohnzimmer miteinander Jig getanzt – schließlich war er Sarahs Bruder und ein guter Freund.

»Peggy«, sagte er, »Peggy, ich will dich was fragen.« Sie hob den Blick und sah ihn an.

»Willst du mit uns kommen?«, fragte er plötzlich. »Ich meine, mit mir? Ich brauche einen Partner.«

Peggy entfuhr vor Schreck ein kleiner Kiekser.

»Willst du mich heiraten, Peggy, willst du meine Frau werden?«

Peggy wusste nicht, was sie sagen sollte. James hielt um ihre Hand an. Sie konnte es nicht glauben!

»Du und Sarah, ihr seid enge Freundinnen. Ihr würdet euch gut ergänzen. Wir könnten einander alle helfen ein neues Leben im Westen anzufangen.«

Peggy schloss die Augen. Er brauchte nur einen Partner, einen, der beim Pflanzen, Viehfüttern und Kochen half. Das war alles. Er war einfach an ihre Anwesenheit gewöhnt.

»Was meinst du, Peggy?«, sagte er und griff nach ihrer Hand.

»James! Ich weiß es nicht. Ich habe schon mit Sarah gesprochen. Ich habe ihr gesagt, bis ihr euere Hütte fertig habt, wird vielleicht auch die Eisenbahn bis dorthin gehen, wo ihr schließlich gelandet seid, und dann würde ich gern kommen und euch besuchen.«

Er hielt ihre Hand und drückte sie behutsam. »Es kommt überstürzt, nicht wahr? Wahrscheinlich ist es nicht fair, dass ich so plötzlich damit herausplatze, noch dazu, wo wir so bald schon aufbrechen ...«

Die Nachtluft war still und stickig, drückende Schwüle legte sich um Peggy und aus den Gärten, an denen sie vorbeifuhren, wehte der Duft von Magnolien und Jasmin. Peggy wurde fast schwindlig und der Wagen holperte immer weiter über die engen Wege.

James ließ seinen Arm über ihre Schultern gleiten, Peggy saß stocksteif und kämpfte gegen die Versuchung sich an ihn zu schmiegen. In einem Sturm verwirrender Gefühle hatte sie jede Orientierung verloren. Schließlich kamen sie in Sichtweite von Haus Rushton.

Neben dem großen Tor zur Einfahrt blieben sie stehen. Die Einfahrt und die Hecken schimmerten im Mondlicht. James schwieg und wartete auf ihre Antwort.

»Ein Zuhause. Ein richtiges, behagliches Zuhause«, sagte er lächelnd.

»James, ich fühle mich sehr geehrt, dass du mich gefragt hast ... dass du um meine Hand angehalten hast ... ich weiß nicht, was ich sagen soll. Verstehst du, ich würde gern mit euch dreien zusammenbleiben und zu eurem Leben gehören. Es ist nur ...«, flüsterte sie kläglich, »meine Arbeit und mein Leben sind hier.« Und mit einer hilflosen Geste deutete sie auf das große Haus.

»Ich verstehe«, sagte James reserviert.

Peggy blieb sitzen, ihr war jämmerlich zumute. So wollte sie sich nicht von ihm trennen. »Können wir nicht einfach Freunde sein, James? Und ich verspreche, dass ich zu Besuch kommen werde.«

»Dann also Freunde«, antwortete er steif.

Plötzlich beugte er sich vor, fasste ihr unter das Kinn

und küsste sie. Das hatte sie nicht erwartet. Ihr Verstand riet ihr sich von ihm zu lösen, aber gleichzeitig genoss sie die Wärme seiner vollen Lippen und seinen Atem an ihrem Gesicht. Dann hob er den Kopf und seine dunklen Locken fielen ihm in die Stirn.

»Freunde!«, sagte er bitter.

Wie betäubt ließ sich Peggy aus dem Wagen helfen und ans Tor begleiten. Die Rowans sahen es nicht gern, wenn spät in der Nacht Fremde an ihrer Einfahrt auftauchten oder wenn ihr Hauspersonal so spät noch Besuch hatte.

»Leb wohl, Peggy!«, rief James, als sie sich langsam von ihm entfernte.

»Viel Glück!«, sagte Peggy. Sie musste sich gegen die Versuchung wehren ihn zu umarmen, ihn gar zu bitten, dass er sie noch einmal küsse. Sie wollte nur noch auf schnellstem Wege durch die Küchentür und über die Hintertreppe in ihr Zimmer flüchten. Zum ersten Mal war sie froh, dass Kitty nicht da war. Was sie jetzt brauchte, war nichts als Ruhe und Frieden und einen Ort, an dem sie sich ungestört die Augen ausweinen konnte.

Feuer im Gutshaus

Niemand konnte genau sagen, wie es angefangen hatte, aber wenige Tage nach dem Erntedankfest brach im Gutshaus Feuer aus. Lord Henry und seine Familie lagen in ihren Betten und auch das Hauspersonal schlief, da sprang wie ein Dieb in der Nacht die erste Flamme durch das zerbrochene Fenster und erfasste den hölzernen Rahmen und die Fensterläden. Sie schoss über die schweren, Jahrhunderte alten Damastvorhänge, das mürbe Gewebe zerriss und fing Feuer. Sie machte sich über die gebohnerten Fußbodendielen her, dann über die handgeschnitzten Sessel und die Gardinenleiste bis hinauf zu den prächtigen Stuckdecken.

Finn, der große Irische Wolfshund, Lord Henrys Lieblingshund, fing zu heulen an und versuchte aus der weiten, raucherfüllten Eingangshalle zu entkommen. Inzwischen wütete ein Flammenmeer in dem eleganten Wohnzimmer, das geschwungene Erkerfenster platzte und flog auf den Rasen hinaus.

Lord Henry, der eine leichte Detonation gehört hatte, stand auf, fuhr in seinen seidenen Morgenmantel und trat an das Schlafzimmerfenster, um nachzusehen. Aber draußen war niemand. Plötzlich bemerkte er die hell lodernden Flammen, die über das Fensterbrett im Schlafzimmer leckten, und den Rauch, der durch die offenen Ritzen zwischen den Fußbodendielen heraufdrang. Aus dem Kamin in der Schlafzimmerwand kam ein Brausen, als ob jemand mit gewaltigen Blasebälgen Luft heraufpumpte.

Lord Henry lief zum Bett. »Wach auf, meine Liebe! Wir müssen sofort aus dem Haus.«

»Was ist los, Henry?«, fragte seine Frau schlaftrunken.

Er reichte ihr einen Morgenmantel und bat sie inständig aufzustehen, weil »ein kleines Feuer« ausgebrochen sei.

Lady Buckland rief nach den Kindern und den Hausangestellten, ihr Mann steckte sich unterdessen den Schmuck aus ihrer Frisierkommode in die Tasche. Augenblicklich standen die beiden Mädchen in Nachthemden vor ihrer Zimmertür. Sie starrten entsetzt über das Treppengeländer: Ein Flammenmeer wälzte sich durch das breite Treppenhaus herauf.

»Wir müssen jetzt Ruhe bewahren, meine Lieben«, befahl Lord Henry.

Finn sprang zwischen ihnen herum, bellte wie besessen und knurrte das von unten kommende Feuer an. Gleichzeitig riefen sie alle: »AUFWACHEN! FEUER!«

Die Wirtschafterin erschien sofort. Sie hatte das Haar fest mit Stoffstreifen aufgewickelt und hielt eine lederne Reisetasche umklammert. »Meine Wertsachen«, erklärte sie.

»Weckt das ganze Haus!«, schrie Lord Henry und hoffte inständig, dass der Butler ihn hörte. »Wir müssen über die Dienstbotentreppe!«, rief er und lief durch die schmale Holztür voran zu dem Flur auf halber Treppe. »Beeilt euch. Solche alten Häuser brennen wie Zunder.«

Dichter Rauch hing überall in dem engen, verwinkelten Treppenhaus. Sie stürmten über die Treppe, der große Hund drängte sich vor und bellte wütend dem sich ausbreitenden Feuer entgegen. Die Schar der Flüchtenden vergrößerte sich schnell, da sich nach und nach die übrigen Hausangestellten anschlossen. Voll böser Ahnung stieß Lord Henry die Tür unten an der Treppe auf und trat auf den gefliesten Gang hinaus – lautes Knacken und Tosen war hier zu hören.

»Macht schnell! Macht doch schnell!«, kommandierte er barsch und alle hasteten in die große Küche. Bernard Delaney, der Butler, der sich hier auf vertrautem Territorium fühlte, hantierte fieberhaft an der schweren Tür und versuchte – obwohl er im Augenblick nur Kniebundhosen trug – den Eindruck zu erwecken, er habe die Lage voll im Griff.

»Beeilen Sie sich, Mann!«, drängte Lord Henry.

»Sind alle Dienstboten da?«, fragte Lady Martha besorgt. Sie gewann allmählich ihre Fassung zurück.

»Wo ist Lizzie?«, fragte Mary Keating, Lady Marthas persönliches Mädchen. »Und diese Neue?»

Mercy Farrell, die neben Mary stand, japste erschrocken. Lizzie Collins und das neue Mädchen, Dolores, schliefen ganz oben unter dem Dach. Lizzie konnte nach ihrem langen Arbeitstag in jeder Situation schlafen und war wegen ihrer lauten Schnarcherei in die entlegenste Kammer verbannt worden. Und Dolores, die die ganze Zeit Töpfe und Pfannen scheuerte und in der Spülküche abwusch, war etwas einfältig und hatte vielleicht nicht begriffen, worum es ging.

»Sie haben uns nicht gehört«, jammerte Mercy.

Die ganze Gesellschaft schwieg, als ihnen langsam dämmerte, in welch gefährlicher Lage sich die jungen Mädchen auf dem Dachboden befanden.

»Ich lauf hoch und hole sie!«, erbot sich Mercy. »Sie sind meine Freundinnen.«

»Meinst du wirklich, meine Liebe?«, fragte Lady Martha. Sie war sich nicht sicher, ob es klug war, zusätzlich das Leben eines weiteren Dienstmädchens zu riskieren.

»Diese Treppe rauf und runter zu laufen, bin ich gewohnt, Ihre Ladyschaft.« Und Mercy machte auf dem Absatz kehrt, rannte mit wehendem dunklem Haar durch die Küche, wieder durch die Tür und die Treppe hinauf. Die anderen taumelten hinaus ins Freie.

Durch die Nachtluft konnten sie die Hofglocke auf der Farm läuten hören, die die Pächter zu Hilfe rief.

Lord Henry führte sie zur Vorderseite des Hauses. Als sie die brausenden Flammen durch die Fenster schlagen und über die ganze Hausfront lodern sahen, erkannten sie mit einem Schlag das wahre Ausmaß des Feuers.

»O mein Gott!«, rief Lady Martha und sackte auf dem Rasen zusammen.

»Wir müssen versuchen das Haus zu retten!«, schrie Lord Henry. »Füllt Eimer, Kübel, alle Behälter, die ihr auftreiben könnt.« Es folgte totales Chaos und Durcheinander, als die hektische Suche nach Eimern begann.

Finn, halb verrückt vor Erregung, rannte allen vor den Füßen herum. »Um Himmels willen, Rose, hol einen Strick und binde den Hund an!«, schrie Lord Henry.

Innerhalb von Minuten war das Stallpersonal am Schauplatz erschienen. Michael hastete so schnell er konnte, mit klopfendem Herzen neben Toss und Tom, Liam, Paddy und dem jungen Brendan her.

»O Michael! Toss! Schafft Eimer her! Das Haus steht in Flammen!« Barfuß, nur mit ihrem weißen Baumwollnachthemd bekleidet und mit aufgelöstem, verstrubbeltem Haar kam Miss Felicia angestürmt.

Brendan und Paddy liefen die Einfahrtsallee noch einmal zurück, um Eimer zu holen. Die anderen blieben vor Entsetzen wie angewurzelt stehen, als sie das brennende Haus sahen, dann schlossen sie sich eilends dem Hauspersonal, Lord Henry und Miss Rose an, die eine Menschenkette gebildet hatten. Die Kette reichte vom Seitenflügel des Hauses über den Kiesweg an der Rabatte entlang und über die steinerne Eingangstreppe hinauf. An der Pumpe wurden Eimer gefüllt und, so schnell jeder konnte, in der Reihe weitergereicht.

Die massive Eingangstür war binnen kurzem verbrannt und geborsten und ließ sich leicht mit Fußtritten zum Einsturz bringen. Jemand goss Wasser in die Eingangshalle, schüttete es auf die knisternden Flammen und brachte sie kurz zum Zischen. Toss und Bernard sprengten Wasser über die alte Großvateruhr, die in der Halle stand, dann stürmten sie hinein, hievten die Uhr hoch und schleppten sie nach draußen. Alle fassten mit an und transportierten sie mühsam über die Granittreppen auf den Rasen. Das Holz war noch warm und die eine Seite ziemlich angesengt, aber immerhin war sie aus dem Haus.

»Zwei Mädchen sind noch oben!«, schrie Felicia. »Und ein anderes ist rauf und will ihnen helfen!«

Michael spürte einen Stich im Herzen, als er merkte, dass Mercy in der Kette fehlte. Er musste sie suchen.

»Wo schlafen sie, Felicia?«, schrie er dem verwirrten kleinen Mädchen zu.

»Oben auf dem Dachboden, Michael. Mercy ist rauf und will sie holen.«

»Wo ist sie rauf?«

»Über die Dienstbotentreppe …«

Schon raste Michael über den Hof und durch die Küche. »Mercy!«, rief er.

Die Treppen waren kohlschwarz und als er im Laufschritt hinaufstürmen wollte, stürzte er fast. Er hörte das Feuer knistern und donnern, als er durch die Finsternis höher stieg. »Mercy! Seid ihr unverletzt?«

Der Qualm war so dicht, dass es ihm fast den Atem nahm, er musste husten und niesen. Solcher Lärm herrschte hier, dass er nicht ausmachen konnte, ob ihn die jungen Frauen hörten oder nicht.

Er stieg weiter und hielt sich an dem schmalen Geländer fest. Die Tür zum ersten Treppenabsatz glühte feurig rot und würde wahrscheinlich in wenigen Minuten explodieren. Das Feuer auf der anderen Seite stand direkt dahinter. Er beschleunigte seine Schritte.

»Mercy!«, schrie er heiser.

Er meinte etwas zu hören. »Hier oben! Wir sind hier oben!« Es war Mercy.

Noch eine Treppe höher und das Geräusch des Feuers veränderte sich. Es hörte sich anders an hier

oben, grollend, wie Donner, der über einem herein-
bricht.

Michael öffnete die kleine Tür zum Dachboden. Er
stieß einen erschreckten Laut aus, als er sah, dass ein
Teil der Decke und des Dachs schon eingestürzt war.
Feuerzungen, die aus dem Kamin schossen, hatten die
Dachbalken in Brand gesetzt.

»Gott sei Dank!«, seufzte Mercy.

Die beiden anderen Mädchen saßen starr vor Entsetzen und wie hypnotisiert auf dem schmalen Bett. Mercy
gab sich alle Mühe, sie wegzuzerren, aber sie brachte sie
nicht von der Stelle.

»Raus hier!«, schrie Michael entschieden und packte
Dolores am Arm. »Los, rührt euch!«

Als hätte er einen Zauberstab geschwungen, sprangen
die beiden Mädchen auf. Er hatte den Bann gebrochen.

Michael riss ein Stück des alten, zerschlissenen Tep-
pichs vom Boden. »Mir nach!«, befahl er und nur mit
Mühe konnte er das Zittern in seiner Stimme verbergen.

Mercy hatte ein zusammengerolltes Bettlaken in der
Hand. »Ich habe es feucht gemacht, Michael«, sagte sie.
Sie legte sich das Laken um den Hals, hastete mit Lizzie
und Dolores über den engen Absatz vor dem Dachboden und verbrannte sich die Hände an der Tür zum
Treppenhaus. In der Dunkelheit auf der gewundenen,
schmalen Holztreppe war nur mühsam Vorwärtskom-
men. Viel leichter wäre es gewesen, einfach zu fallen.

»Keiner redet!«, sagte Michael. »Die Luft ist zu ver-
qualmt.«

Mercy hielt sich das eine Ende des Bettlakens vor den

400

Mund und Lizzie, die hinter ihr ging, nahm das andere. Die Hitze wurde stärker, der Rauch brannte ihnen in der Kehle. So schnell sie konnten, kletterten und krabbelten sie die Treppe hinunter. Plötzlich war es nicht mehr finster, denn vor ihnen loderten gigantische orangegelbe Flammen auf und versperrten ihnen den Weg. Die ganze Schar stoppte. Sie kamen nicht weiter. Die Tür auf dem ersten Treppenabsatz war geborsten und Michael sah, dass der ganze Treppenbereich in hellen Flammen stand. Er blinzelte durch den Rauch. Es sah aus, als hätte erst ein Teil der Treppe Feuer gefangen – wenn sie durch dieses Stück kämen, wären sie in Sicherheit.

»Wir müssen da durch!«, sagte Michael gelassen. Mit jeder Sekunde rasten die Flammen höher die Treppe hinauf. Die Geländer waren zu heiß zum Anfassen.

Hastig faltete Mercy das schwere Bettlaken auseinander. »Wir gewinnen nur ein, zwei Sekunden damit«, murmelte sie.

Sie schleuderte es vor sich auf den Boden und als die Flammen für einen Moment in sich zusammensackten, torkelten die vier weiter. Auf die Schmerzen in Beinen und Füßen achteten sie nicht. Im Nu hatte das Feuer das durchnässte Laken zerfressen, aber alle waren durchgekommen und rannten über die letzten Stufen hinunter.

Würgend und keuchend stürzten sie in die Küche. Michael griff nach Mercys Hand und alle vier stolperten durch den Qualm und zur Tür hinaus ins Freie.

Dolores sackte im Schock zu Boden. Ihr krauses Haar war teilweise verbrannt und ihr Fuß angesengt. Sie war völlig durcheinander und verängstigt und wimmerte leise vor sich hin.

»Ich will mich nur noch in den See werfen und abkühlen«, sagte Lizzie. »Ich dachte schon, mein letztes Stündlein hat geschlagen.«

Mit einem Blick überschaute Michael die Szene auf dem Rasen vor dem Haus. Inzwischen waren mehr Hilfskräfte eingetroffen. In der Ferne sah er Lord Henry, der die Löschaktion leitete. An der Seite des Hauses, die zum See hin lag, hatten sie die großen Erkerfenster von Lord Henrys Arbeitszimmer eingeschlagen. Die Männer schleppten Bücher und Tische hinaus und versuchten den schweren Mahagonieschreibtisch hinauszuwuchten, schienen damit aber nicht recht voranzukommen.

Michael ließ Mercys Hand los. »Ich muss ihnen helfen, Schatz. Bleib du hier. Ich komme gleich zurück, das verspreche ich dir!«

Er rannte hinüber, um mit dem Schreibtisch zu helfen, und achtete nicht auf den brennenden Schmerz, den er bei jeder Bewegung spürte. Das Arbeitszimmer war völlig durchnässt. Eimer um Eimer Wasser wurde gegen die Tür geschüttet, damit Paddy und Toss Gelegenheit fanden Sachen hinauszureichen.

Der junge Brendan stand im letzten Abschnitt der Kette und Michael merkte, dass er nach ihm rief.

»Was ist los, Brendan?«, fragte Michael und ging zu ihm.

»Ich mache mir Sorgen um die Pferde, Michael«, sagte Brendan.

»Denen geht's gut«, murmelte Michael. »Sie sind doch weit genug vom Haus weg.«

»Ich finde, wir sollten mal nachschauen.« Bevor Michael etwas einwenden konnte, war Brendan davongeprescht, und ohne zu wissen, warum, rannte Michael über die Einfahrtsallee hinter ihm her.

Der Rauchgeruch hing schwer in der Luft und die Pferde auf der entfernten Koppel wieherten ängstlich. Die Kutschpferde scheuten mit geblähten Nüstern, traten gegen die Umzäunung und versuchten dem alles erstickenden Rauch zu entkommen, der vom Stallgelände herüberwehte. Als Michael und Brendan um die letzte Biegung der Allee kamen, sahen sie, dass der kleinere Heuschuppen lichterloh brannte. Aus den beiden angrenzenden Ställen drang kein Laut. Da wusste Michael instinktiv, dass die Pferde darin schon tot waren. In Panik begann Brendan die Türen der anderen Ställe aufzureißen und die Pferde hinauszulassen.

»Pass auf!«, schrie Michael. Er wusste, dass die Tiere zu Tode entsetzt waren und sich wie wahnsinnig benehmen würden. Stumm und starr sah er zu, wie die verschreckten Pferde nun um sich traten und ausschlugen, als die Türen zu ihren Boxen geöffnet wurden. Troys Vorderläufe und Hufe trafen den Stalljungen unerwartet. Brendan lag gegen die Mauer gedrückt, Blut lief an seinem Arm herunter und Troy galoppierte davon.

Michael fluchte leise vor sich hin. Warum hatten sie nicht alle Pferde draußen gelassen? Warum hatten sie einige in den Stall gesperrt? Er fing an die Pferde zu rufen und bemühte sich dabei um den alltäglichen

Klang seiner Stimme – so wie sie sie jeden Morgen hörten, wenn er zu ihnen kam. Hoffentlich würden sie ihn erkennen!

Pippin, Miss Felicias Pferd, wieherte. »Gutes Mädchen!«, sagte Michael beschwichtigend. Die Stute zitterte vor Angst, ihr zierlicher rehbrauner Körper bebte. Michael tätschelte und streichelte ihren Hals, griff in ihre Mähne und machte dabei vorsichtig die Boxentür auf, jeden Moment darauf gefasst, sie wieder zuzustoßen, falls Pippin sich aufbäumen würde. Doch Pippin ließ sich willig von ihm über den Hof und zu den anderen Pferden auf der Koppel führen. Hinter ihr ging das niedrige Balkengerüst ihrer Box krachend und berstend in Flammen auf, Heu und Stroh brannten in Sekunden.

Michael beschloss alle Türen aufzumachen, die Pferde freizulassen und darauf zu hoffen, dass sie nicht scheuten und sich nicht selbst verletzten. Er hastete von Tür zu Tür, schob die wuchtigen Eisenriegel zurück und riss die Boxentüren auf.

Glengarry, von oben bis unten schweißnass, stieß und hämmerte gegen ihre Tür, um freizukommen. In der hinteren Ecke stand Morning Boy und rollte angstvoll die Augen. Die Stute hatte sich schon mehrfach verletzt und machte nun, außer sich vor Angst und Schmerz, die Situation für sich und ihr Pflegefohlen immer schlimmer. Michael begriff, dass sie, käme sie jetzt frei, einfach bis zum Umfallen galoppieren würde, oder aber gegen alles, was ihr in den Weg käme, losgehen würde. Und was sollte dann aus dem Fohlen werden?

»Bring mir ein Halfter und das Leinenhalfter für das Fohlen«, schrie er. Hoffentlich hatte Brendan sich so weit wieder gefangen, dass er ihm helfen konnte. In wenigen Augenblicken war der Junge mit den Halftern da. Michael zerrte sich das Hemd vom Leib und kletterte auf die Boxentür. Er versuchte auf der oberen Kante das Gleichgewicht zu halten und gleichzeitig Glengarrys Hufen auzuweichen. Das Halfter hatte er sich griffbereit über die Schulter gelegt. Er fasste nach dem Kopf der Stute, überrumpelte sie, indem er ihr blitzschnell sein Hemd über Nase und Augen warf und ihr so den Blick auf das Inferno ringsum versperrte. Im nächsten Moment hatte Michael ihr das Halfter übergestreift.

»Tür auf, Brendan!«, schrie er.

Die Stute bäumte sich auf und wehrte sich mit Tritten gegen den Zwang, aber Michael hatte sie fest am Halfter. Sie bockte und er konnte sie nur mit Mühe halten, doch kaum waren sie aus dem Stall, ließ sie sich von ihm über den Hof führen. Brendan kam und schwenkte das Gatter zur Koppel auf, ließ die Stute ein und schloss es hinter ihr wieder. Glengarry war außer Gefahr.

Die beiden Jungen rannten zurück zu dem Fohlen im Stall. Michael streifte ihm das vertraute Leinenhalfter über den Kopf und zerrte das verängstigte junge Pferd aus der Box. Der Hengst zuckte zurück und kam gegen die glühend heiße Tür. Er machte einen Satz und trat um sich, als er das glühende Holz an seiner Flanke spürte, das ihm die Haut anbrannte und versengte, und Michael und Brendan konnten ihn kaum bändigen. Doch draußen im Hof beruhigte er sich schließlich und mit viel gutem Zureden konnten ihn die Jungen auf die Koppel und wieder zu Glengarry bringen.

Als Toss auf der Suche nach Michael und Brendan zu den ausgebrannten Ställen kam, hatten die beiden Jungen die meisten Pferde gerettet – viele waren einfach verschwunden, Gott weiß wohin galoppiert, und man würde sie morgen suchen müssen. In der Geschirrkammer hatten die beiden Jungen immer wieder Wasser auf die Flammen geschüttet und sie damit vor der restlosen Vernichtung bewahrt. Aber der Heuschuppen war nicht mehr vorhanden und die Remise nahezu ruiniert.

»Guter Gott!«, rief Toss und ließ seinen Blick über den Schauplatz der Zerstörung wandern. »Unmöglich können die Flammen vom Haus bis hierher übergegriffen haben. Das Feuer war eine geplante Tat und ein gemeiner Schuft hat sie begangen«, sagte er und verengte seine Augen zu schmalen Schlitzen.

Michael und Brendan nickten unglücklich, ihr Meister sprach aus, was sie selber insgeheim dachten. Das Feuer im Gutshaus und in den Ställen von Castletaggart war eindeutig kein Zufall. Und Michael hatte einen Verdacht.

Lichterloh brannte das Haus weiter. Es war der Anfang vom Ende eines vertraut gewordenen Lebens. Drückend hing der Geruch nach brennenden Balken und glühendem Mörtel in der Luft, hatte etwas Würgendes, Undurchdringliches, alles Einhüllendes, kroch durch Nase und Mund und blieb den Leuten schwer in der Magengrube liegen.

Haus Castletaggart leuchtete in hellem Rot, die leer klaffenden Fenster glühten in einem Rausch lodernder Farben. Höhnisch tanzten die Flammen durch das Dach und sprangen aus den hohen Schornsteinen. Keine Wassereimer, keine Löschwagen, keine Menschenketten konnten das Feuer jetzt noch aufhalten, als es seinem lustvollen Sieg entgegenstürmte.

Die große Eingangshalle, wo man einst die Totenwache für die gütige alte Lady Buckland gehalten hatte, wo man sich zur Jagd von Castletaggart getroffen hatte, wo sich Besucher eingefunden hatten, um ihre Aufwartung zu machen, diese Halle war jetzt, da das alte Haus im Sterben lag, ein riesiger, offener, klaffender, schmerzerfüllter Schlund.

Die Helfer gaben erst auf, als Lord Henry ihnen Einhalt gebot. Niedergeschlagen und schleppenden Schritts ging er an der Reihe der Helfer vorbei. »Es hat keinen Zweck, Freunde! Wir können nichts mehr tun!« Sein breites Gesicht war von der Hitze gerötet, dunkle Schatten der Erschöpfung lagen unter seinen Augen.

Die Dienstmädchen, die Köchin und viele andere Angestellte begannen zu schluchzen, als man die Eimer fallen ließ und die Pumpe zum Stillstand brachte. Tiefes Schweigen senkte sich herab, während das Feuer weiterraste und alles fraß, was ihm in den Weg kam.

Rose Buckland und ihre Mutter standen stumm wie zwei Gespenster und mussten zusehen, wie ihr Zuhause vernichtet wurde.

Plötzlich entstand Unruhe und Michael sah, dass noch mehr Pächter aufgetaucht waren. Sie hielten sich abseits unter ausladenden Kastanien und beobachteten die Szene. Deutlich konnte Michael sie nicht sehen, glaubte jedoch, Peadar unter ihnen auszumachen.

Dann tauchte eine Kutsche mit zwei Pferden in der Einfahrtsallee auf und Michael erkannte Philip Delahunt, einen Freund des Lords. Mit grimmiger Miene fuhr Mr Delahunt bis vor das Haus. Michael lief hin, um die Pferde zu halten.

»Guter Gott! Wie um alles in der Welt ist das passiert?«, fragte Mr Delahunt beim Aussteigen. »Wo sind Henry und seine Familie?« Michael zeigte es ihm.

Mr Delahunt hatte eine schroffe Art und unnötiges Geschwätz war nicht seine Sache. Er sah sich das Haus eine Weile an, dann ging er eilig zu Lady Buckland und Rose, die auf dem Rasen standen. Offenbar wollte er sie zu etwas überreden. Bald darauf mischte sich auch Lord Henry in das Gespräch und das Resultat war, dass die Damen langsam mit Mr Delahunt zur Kutsche gingen.

Plötzlich rief eine einzelne Stimme von den Kastanien her: »Räuchert sie aus!«

Lady Buckland hob den Kopf und zog den Gürtel ihres Morgenmantels straff. Sie reckte stolz das Kinn und murmelte durch kaum geöffnete Lippen: »Rose! Du sagst kein Wort!«

Rose schluckte schwer, ihre Augen füllten sich mit Tränen, doch sie gehorchte und stieg hinter ihrer Mutter in die Kutsche.

»Wo ist Felicia?«, fragte Lady Buckland mit zitternder Stimme.

»Dort drüben«, sagte Michael und zeigte auf das kleine Mädchen, das im Nachthemd und mit aufgelöstem hellbraunem Haar auf die Kastanien zumarschierte. Michael rannte durch die Menge hinter ihr her.

Vor der Gruppe unter den Bäumen machte Felicia Halt. Wie sie so dastand in ihrem weißen wehenden Baumwollnachthemd, wild um sich blickend, mit bleicher Haut und wirrem Haar, erschien sie aller Welt wie eine Todesfee.

»Ich habe gehört, was ihr gesagt habt!«, rief sie. »Ich weiß, was ihr getan habt!«

Michael packte sie am Ellbogen. »Kommen Sie, Miss Felicia, Sie holen sich noch den Tod. Ihre Mutter, Miss Rose und Mister Delahunt warten auf Sie.«

»Ich hasse euch!«, schrie sie, ohne auf Michael zu achten. »Jeden Einzelnen von euch! Bleibt doch in euren stinkenden, dreckigen Hütten. Ihr habt das schönste Haus im ganzen Bezirk zerstört. Mein Vater ist ein guter Mann – er hat immer nur das Beste für euch getan, und so dankt ihr es ihm!«

»Bitte, Miss!«, drängte Michael und zerrte sie am Ärmel. Das elfjährige Mädchen schien einem Zusammenbruch nahe.

»Geht doch zurück nach England!«, murmelte jemand.

Wie von einem Schuss getroffen, prallte Miss Felicia zurück. »Ich bin dort in diesem Zimmer auf die Welt gekommen.« Sie deutete zum Haus. »Ich bin so irisch wie ihr alle. Aber das ist euch ja egal. Wenn wir weggehen, wem werdet ihr denn dann die Schuld zuschieben? Ich will euch sagen, was passieren wird.« Sie lachte hysterisch. »Ihr werdet euch untereinander bekämpfen, das sagt mein Vater immer. Ihr werdet euch bekämpfen und einander totschlagen, so wird es nämlich kommen. Ihr könnt euch alle zur Hölle scheren. Dann werdet ihr schon sehen, wie es ist, wenn wir uns nicht um euch kümmern!«

Die Menge schwieg, als ihnen Felicia den Rücken kehrte.

»Mich friert, Michael!« Sie fröstelte.

Michael wusste nicht, was er denken sollte, als er dem zornigen kleinen Mädchen in die Kutsche half und in die ausgebreiteten Arme von Mutter und Schwester.

»Es tut mir so Leid, was passiert ist«, sagte er und holte tief Luft. Doch die drei Frauen schienen ihn nicht zu hören. Die Kutsche wendete, die Räder knirschten über den Kies, dann rollten sie die Einfahrt hinunter und ließen Haus Castletaggart hinter sich.

Abschied und Versprechen

Haus Castletaggart brannte stundenlang und als der Tag graute, glimmten die dicken Balken immer noch. Finn lag auf der untersten Treppe vor der Tür und bewachte das Haus trotz der Hitze und des lauten Knackens, das aus dem Innern drang.

Jemand war mit Kleidern für Lord Henry gekommen. Vertieft in ein ernstes Gespräch mit Philip Delahunt, George Darker, seinem Verwalter, sowie zwei anderen Bekannten, schritt der Gutsherr langsam um das Gebäude herum. Toss hatte ihm von den brennenden Ställen erzählt, doch diese Nachricht schien Lord Henry gar nicht aufzunehmen.

Die geretteten Möbel, Bücher und anderen Habseligkeiten hatte man auf Wagen geladen und abtransportiert.

Die Hausmädchen, die Köchin, das Küchenpersonal, der Hauslehrer, Butler Bernard – alle saßen erschöpft im Gras. Auch Michael ließ sich fallen und lehnte sich gegen einen Buchenstamm, er streckte die Beine und lauschte dem Wind, der raschelnd durch die Blätter fuhr. Er war so müde, dass er das Gefühl hatte, er würde ewig schlafen, wenn er nur die Augen zumachte. Er dachte an Morning Boy und dessen Mutter Ragusa und alle anderen Pferde, die er hier gepflegt hatte, er dachte an alles Gute, das er erlebt hatte, seit er zum Arbeiten auf das große Anwesen gekommen war, und er dachte daran, wie stolz er auf seine erste richtige Stelle gewesen war und darauf, dass er mit so berühmten Pferden arbeiten konnte. Jeden Tag war er an diesem Haus vorbeigeritten, hatte seine Pracht bewundert, seine dicken Mauern, und hatte sich ausgemalt, wie die Räume wohl von innen aussehen mochten. Es war eine andere Welt. Gelegentlich hatte er diese Welt vielleicht mit Neid betrachtet, aber immer auch mit Achtung.

411

Das alte Haus ächzte, als der ganze rückwärtige Teil in sich zusammenfiel. Michael stiegen die Tränen in die Augen. Was für Zeiten musste ein Haus wie dieses wohl erlebt haben!

»Was heulst du?« Toss stand mit gespreizten Beinen vor ihm.

Michael wischte sich die Nase mit dem Ärmel seines verräucherten Hemdes und schluckte. »Das Haus, Toss. Wirklich, das Haus wird mir fehlen – allein der Anblick, verstehst du.«

Mit ungewohnter Heftigkeit boxte ihm Toss in die Seite.

»Weinen willst du, Michael O'Driscoll? Dann weine über das Land hier. Dieses Land kann unsere Pferde ernähren und unsere Kühe und es schenkt uns eine reiche Ernte. Was glaubst du, wird mit dem Land jetzt passieren, wenn die Gutsherren weggehen? Das werden Städter und Makler unter sich ausmachen, die werden sich drum balgen. Die Hälfte der Leute, die du hier siehst, wird man in ein, zwei Wochen von ihrem Pachtland gejagt haben. Iren werden gegen Iren kämpfen. Wie der Hunger, der sich mal unter uns ausgebreitet hatte, so wird sich dieser Brand – dieser Brand, das sage ich dir, über das Land ausbreiten. Es wird nie mehr so sein wie früher.«

Michael war verwirrt. Was redete Toss da? Er musste ein paar Whiskeys getrunken haben oder so. Komisch, aber Miss Felicia hatte etwas Ähnliches gesagt.

»Es gibt viel zu tun, Michael«, sagte Toss barsch. »Die Pferde brauchen uns. Mach dich wieder an die Arbeit.«

Ohne Widerrede rappelte sich Michael auf. Er warf einen letzten Blick auf die schwelende Hülle des großen Gutshauses, dann trottete er in Richtung Koppeln.

Zwei Tage später erschien Lord Henry wieder auf dem Gut. Er kam in Mr Delahunts Einspänner.

Toss ließ die Pferdeknechte und Stallburschen in einer Reihe antreten. Keiner hatte viel Gelegenheit zum Essen, Trinken oder Schlafen gehabt, sodass sie alle struppig und zerzaust aussahen. Lord Henry wirkte selber zehn Jahre älter und machte einen zurückhaltenden Eindruck.

»Liebe Leute, ich möchte euch allen für die übermenschliche Anstrengung danken, die ihr Dienstagnacht auf euch genommen habt. Ich weiß es wohl zu schätzen.« Er hüstelte, seine Augen wanderten kurz über die umzäunten Koppeln, die ausgebrannten Ställe und blieben an der Stelle von Old Toms Box hängen. »Der Verlust insgesamt ist riesig – enorm –, wie ihr euch sicher vorstellen könnt.«

»Sie können das Haus wieder aufbauen, Ihre Lordschaft, die Ställe auch«, murmelte Pat mit Hoffnung in der Stimme.

Seine Worte hingen in der reglosen Luft.

»Das glaube ich nicht«, sagte Lord Henry langsam. »Meine Familie und ich, wir beabsichtigen unser Haus in London zu beziehen; wir haben auch einen kleinen Besitz in Suffolk, den mir mein Onkel vor ein paar Jahren hinterlassen hat. Ich fürchte, Haus Castletaggart wird nicht mehr aufgebaut werden, jedenfalls nicht von mir.«

»Aber was ist mit unseren Arbeitsstellen? Und den Pferden?«, rief Liam Quigley.

»Deshalb bin ich gekommen, guter Mann. Leider werde ich das Beschäftigungsverhältnis nicht fortsetzen können. Ich werde keine Jäger mehr brauchen und die Rennpferdezucht werde ich nicht hier in Irland weiter betreiben.«

In Michaels Kopf drehte sich alles. Jetzt hatte er keine Arbeit. Keine Bleibe.

»Meine Familie und ich möchten euch danken für die vielen Jahre, die ihr uns treu gedient habt«, fuhr der Gutsherr fort. »Mein guter Freund Philip Delahunt will etliche Ponys kaufen, auch ein paar Arbeitspferde – am Rennsport hat er leider kein Interesse. Der übrige Zuchtbestand wird verkauft. Toss, kann ich dich kurz unter vier Augen sprechen?«

Lord Henry nahm Toss ein paar Minuten beiseite, die anderen blieben stumm und abwartend stehen. Schließlich kam Lord Henry zurück und sprach weiter.

»Ich wünsche euch allen viel Glück bei der Suche nach neuen Arbeitsstellen«, sagte er förmlich. »Mr Byrne hier wird euch gute Empfehlungsschreiben ausstellen. Ich glaube, manche von euch müssen noch ihren Lohn erhalten. Ihr werdet zweifellos verstehen, dass ich im Augenblick nicht eben üppig mit Bargeld ausgestattet bin, aber ich verspreche euch, dass ich alles tun werde, um euch, sobald ich kann, für eure Zuverlässigkeit und Arbeit zu entschädigen.«

Dann schüttelte der Gutsherr Toss die Hand, drehte sich um und ging zum Einspänner zurück.

Michael schwirrten Fragen durch den Kopf, Fragen nach seiner Stelle, seiner Arbeit und seiner Zukunft, aber seine tiefste Sorge im Moment galt Morning Boy und Glengarry, die beide auf der hinteren Koppel standen und sich erst von ihrem Schock erholen mussten. Ohne nachzudenken stürmte Michael hinter Lord Henry her.

»Entschuldigen Sie, Sir! Was wird aus der Stute Glengarry? Und aus Morning Boy?«

Lord Henry hielt an.

Michael stellte sich ihm in den Weg. »Sie sind da drüben, Sir!«, sagte er und ging voran. Lord Henry und Toss folgten.

Die Stute war nervös, sie hielt den einen Fuß leicht angehoben.

»Sie ist lahm, Lord Henry«, sagte Toss. »Sie hat gegen die Boxwand getreten.«

Dicht neben ihr stand Morning Boy, die Ohren angelegt, und achtete nicht weiter auf die Menschen. Mit zurückgebogenem Kopf versuchte er an der verbrannten Seite seines Rückens zu lecken. Er witterte den Geruch der Salbe, die ihm Toss und Michael auf die Wunde gestrichen hatten.

Lord Henry blinzelte in der Sonne und sah die beiden Pferde an.

»Er ist Ragusas Fohlen«, unterbrach Michael seine Gedanken. Ihm war klar, dass der Hengst im Moment wie sonst irgendwer, nur nicht wie ein Champion wirkte.

»Natürlich! Ragusa war eine der besten Stuten, die wir hatten«, murmelte Lord Henry. »Ein hervorragendes Rennpferd. Meinst du, Toss, wir können die beiden nächste Woche mit nach Sussex nehmen?«

Toss betrachtete die Stute und den ängstlichen Hengst.

»Das wäre zu viel für sie. Mit der Stute ist im Augenblick nichts anzufangen. Nein, sie würden so eine lange Reise nicht überstehen.«

Michael versuchte die Traurigkeit zu unterdrücken, die ihm die Kehle zuschnürte, als hier über das Schicksal der Pferde entschieden wurde. Rennpferde waren leicht erregbar und brauchten ganz besonders viel Pflege und Fürsorge. Auf Schnelligkeit gezüchtet, reizbar und überempfindlich, eigneten sie sich kaum für andere Zwecke. Keiner würde sie in ihrer jetzigen Verfassung kaufen.

»Wie viel schulde ich dir, Junge?«, fragte Lord Henry plötzlich.

»Zwei Monatslöhne«, sagte Michael. Verlegen sah er zu Boden.

»Könntest du dir vorstellen, statt Geld eins der beiden Pferde als Bezahlung anzunehmen? Außerdem möchte ich dich wissen lassen, dass ich dir sehr dankbar bin für dein heldenhaftes Verhalten, das du am Dienstag bei der Rettung einiger der weiblichen Angestellten gezeigt hast.«

Michael nickte, obwohl er nicht wusste, ob er den Hengst oder die Stute mit den traurigen Augen bekommen sollte.

»Verzeihung, Eure Lordschaft«, unterbrach Toss, »die beiden gehören zusammen, und Michael hier ist der Einzige, dem es vielleicht gelingt, aus beiden etwas zu machen. Überlassen Sie ihm beide.«

Michael stand reglos. Er wollte sich das warme Gefühl der Hoffnung nicht anmerken lassen, das in ihm aufkeimte.

»Er verdient die Chance also? Nun, dann muss ich sie ihm wohl beide überlassen, teils als Bezahlung, teils als Anerkennung. Sie gehören dir, junger Mann, ganz allein dir.«

»Danke, Sir, ich werde mein Möglichstes für die Pferde tun. Sie werden in guten Händen sein, das verspreche ich Ihnen.«

»Dann will ich nicht daran zweifeln, Michael O'Driscoll, ich will nicht daran zweifeln.« Lord Henry Buckland kehrte zu dem Einspänner zurück. Er schnalzte dem Pferd und es trabte mit ihm vom Stallgelände davon, fort von dem Ort, den er so geliebt hatte.

Michael brauchte Zeit, um diese neue Wendung zu verdauen. Was für eine Vorstellung – er war der neue Eigentümer von Glengarry und Morning Boy!

»Du dummer Junge«, rief Pat Gallagher. »Was haben solche Pferde für einen Wert für dich? Du hättest auf deinen richtigen Lohn warten sollen. Die Stute ist zu lahm, die gehört eigentlich eingeschläfert. Wie zum Teufel willst du die zwei ernähren, wenn der Winter kommt? Wie willst du sie warm und trocken halten?«

»Bist du verrückt, Michael!«, stöhnte Brian. »Du hättest nach England oder Amerika gehen können. Was belastest du dich mit zwei Pferden, die nicht viel wert sind?«

Michael zog die Schultern hoch. Vielleicht hatten seine Freunde Recht. Wie sollte einer wie er solche Pferde halten?

Toss sagte nicht viel. »Ich geh mit der Familie nach England. Mal sehen, wie es da drüben ist. Eine Weile will ich's probieren. Gibt hier ohnehin nicht viele Möglichkeiten für mich.«

Am späten Nachmittag zog eine ganze Prozession von Dienstboten die lange Allee hinunter, alle mit irgendwelchem Kleinkram beladen, den sie vor dem Feuer hatten retten können. Michael wartete, bis er Mercy Farrells dunklen Haarschopf entdeckte. Sie stürmten aufeinander zu und umarmten sich.

»Mercy! Wo gehst du hin?«, fragte er.

»Ich geh wieder nach Hause, Michael. Die werden sich ganz schön wundern in meiner Familie, wenn sie mich nach so langer Zeit wieder sehen, das kann ich dir sagen. Lizzie fährt mit der Familie nach England, aber mehr Hauspersonal wird nicht gebraucht.« Ängstlich sah Mercy ihn an. »Und du, Michael? Was wirst du anfangen?«

»Ach Mercy! Ich wünschte, das wär alles nicht passiert! Jetzt kann ich dir nichts bieten.« Unglücklich hielt er ihre Hand, er kam sich vor wie entwurzelt.

»Es wird schon werden, Michael. Ich gehe nur nach Athlone, in meine Heimatstadt. Frag nach Paddy Farrell und jeder wird dir die Schlosserei von

meinem Vater zeigen. Ich bin nicht allzu weit
weg.«

Er zog ihr Gesicht zu sich heran, küsste ihre Augenli-
der, die Nase und zuletzt ihre weichen warmen Lippen.

»Ich vergesse dich nicht, Michael, Liebster«, hauchte
sie.

»Ich werde dich finden, Mercy. Sobald es geht, das
verspreche ich dir.«

Michael verfluchte das Gesindel, das für all das verantwortlich war – Peadar und seine Kumpane. Alles
ringsum hatten sie vernichtet. Jetzt verließ ihn auch
noch das Mädchen, das er liebte. Mercy küsste ihn ein
letztes Mal, dann brach sie auf und Michael stand allein
auf der von Bäumen begrenzten Einfahrt.

Michael dachte daran, dass er früher in Castletaggart,
als er ein Kind war, ein kleiner Junge noch, jedes verletzte Tier und jeden lahmen Vogel, die er aufgabelte,
mit nach Hause in den Laden gebracht hatte. Und
dort, in der hinteren Küche, hatten seine beiden
Großtanten Nano und Lena und seine Schwester Eily
das arme Tier bemuttert und gehätschelt und ihm,
Michael, bei der Pflege geholfen. Den Laden gab es
längst nicht mehr, aber vielleicht könnte er zu seiner
älteren Schwester und ihrer Familie gehen? Eily war
gut, freundlich und klug. Sie würde einen Ausweg wissen. John und sie würden ihm mit den Pferden helfen,
davon war er überzeugt. Sie hatten einen Hof, einen
kleinen Pachthof nur, aber für eine Weile wäre es für
ihn und die Pferde immerhin eine sichere Bleibe. Ja,

das war's. Genau dorthin wollte er gehen und so lange bleiben, bis sich die Pferde so weit erholt hatten, dass er mit ihnen losziehen konnte. Und wie schön wäre es, Eily, Nano, Mary-Brigid, den kleinen Jodie und John wieder zu sehen!

Nachtwache

Eily ging auf dem Steinfußboden hin und her. Dunkelheit hatte sich um die Hütte gelegt und hinter den kleinen Fensterscheiben war es schwarz.

»Was ist denn los mit dir, Kind?«, fragte Nano besorgt. »Den Tisch hast du jetzt mindestens dreimal abgewischt und du bringst mich und Mary-Brigid ganz aus dem Häuschen mit deinem ewigen Hin und Her. Du bist ja wie ein Huhn auf einem heißen Blech! Setz dich mal eine Weile hin, um Himmels willen, und komm zur Ruhe!«

»Ich mache mir wirklich Sorgen, Nano«, seufzte Eily und fuhr sich mit den Fingern durch das Haar. »John hätte schon vor mindestens zwei Stunden nach Hause kommen müssen, und immer noch keine Spur von ihm! Meinst du, es könnte ihm was passiert sein?«

»Scht, Eily!«, mahnte Nano und legte ihren Finger an die Lippen. Sie hatte bemerkt, dass Mary-Brigid, die auf der Matte vor dem Feuer saß und mit Scrap, dem orangefarbenen Kätzchen spielte, den Kopf hob und herübersah. »Er wird bestimmt bald da sein, Eily. Du wirst sehen, er hat einen triftigen Grund, dass er nicht zum Essen gekommen ist.«

»Ja, ja, kann sein, du hast Recht«, murmelte Eily und versuchte sich zu beruhigen. Dann blinzelte sie doch wieder in die Finsternis hinaus. »Mary-Brigid, du müsstest schon seit Stunden im Bett liegen. Morgen in der Schule wirst du einschlafen. Komm, ich kuschel dich auch schön ein.«

Mary-Brigid gähnte herzhaft. Sie wollte nicht schlafen gehen, solange ihr Daddy nicht zu Hause war. Was, wenn er sich im Wald verirrt hatte? Oder wenn ihn die Feen mitgenommen hatten? »Nein!«, sagte sie störrisch. »Ich muss aufbleiben, bis Daddy kommt.«

Ihre Mutter kniete sich neben sie. »Hör zu, mein Liebling, ich weiß, dass du dir Sorgen machst und dass du Angst hast wie ich, aber du musst schlafen. Ich verspreche dir, sobald Daddy zur Tür hereinkommt, wird er in die Schlafkammer gehen und dir Gute Nacht sagen.«

Mary-Brigid kraulte das helle Bauchfell des Kätzchens und überlegte sich die Sache. »Darf dann Scrap heute Nacht am Fußende von unserem Bett schlafen?«

»Du bist mir ja ein Schlaumeier«, sagte ihre Mutter schmunzelnd. »Die arme Nano wird vielleicht nicht gerade entzückt sein, wenn sie das Bett mit der Katze teilen soll!«

»Bitte, Nano!«, bettelte Mary-Brigid. »Bitte! Bitte!«

»Dass mich dieses Kind aber auch immer um den Finger wickeln kann!«, sagte Nano und ließ den Strumpf sinken, den sie gerade stopfte. »Du kannst die Katze ein Weilchen zur Gesellschaft mitnehmen, aber dann, wenn ich zu Bett gehen will, wird sie mit der Küche vorlieb nehmen müssen.«

»Danke, Nano! Du bist die beste Tante der Welt«, sagte Mary-Brigid schläfrig lächelnd. Sie drückte das Kätzchen fest an sich und folgte ihrer Mutter aus der Küche.

Zwei weitere Stunden vergingen und auch Nano war weggedöst – sie hatte unbedingt mit Eily warten wollen. Plötzlich hörte Eily von draußen zwei fremde Männerstimmen. In Panik griff sie nach dem langen eisernen Schürhaken, der auf dem Herd lag. Die Männer kamen näher. Was wollten sie? Vielleicht waren sie betrunken? Dann klopfte es leicht an der Tür.

»Machen Sie auf, Missis!«, rief jemand. »Haben Sie keine Angst – wir tun Ihnen nichts.«

»Geht weg!«, zischte sie laut.

»Missis! Wir haben Ihren Mann, John, bei uns. Machen Sie auf und lassen uns ein!«

Eily stand stocksteif, sie wusste nicht, ob sie dem Mann glauben sollte oder nicht.

»Eily! Eily!« Sie erkannte die Stimme ihres Mannes sofort und lief zur Tür. John war draußen, gestützt von zwei Fremden; er konnte kaum stehen.

»Allmächtiger Gott!«, schrie Eily auf.

»Hat eine kleine Schlägerei gegeben, Mrs Powers, auf der Pächterversammlung und ...«

»Was? Mit wem hast du dich geschlagen? John, wie

bist du in so was verwickelt worden? Bist du schlimm verletzt?« In ihrer Verwirrung schrie Eily auf ihren jungen Mann ein.

Die Männer achteten nicht auf sie und ließen John in den alten Sessel am Kamin gleiten.

»Ahhh!« Er stöhnte vor Schmerz.

»Das wird schon wieder, Missis. Sieht viel schlimmer aus, als es ist«, brummte der ältere, grauhaarige Mann. Fast verlegen schlurfte er wieder zur Tür.

»Vielen Dank, dass Sie ihn nach Hause gebracht haben«, sagte Eily förmlich. Sie wollte diese Fremden und die ganze Aufregung, die sie hereingetragen hatten, schnellstens aus dem Haus haben. Als könnten sie Eilys Gedanken lesen, verdrückten sich die Männer wieder in die Nacht hinaus. Eily schloss erleichtert die Tür hinter ihnen. »John, um Himmels willen, was ist passiert?«

»Ich war auf einer Pächterversammlung«, murmelte er durch geschwollene, blutende Lippen. »Aber passiert ist es hinterher, als wir nach Hause wollten. Paddy Hennessy traf zufällig auf diesen Wucherer, Hussey, den Gutsverwalter. Paddy hat ihn angebrüllt und ihm Schimpfworte an den Kopf geworfen. Hussey hat gesagt, er soll damit aufhören, aber du kennst ja Paddy, wenn er in Rage ist. Er muss verrückt geworden sein, er hat sich mit Hussey angelegt – hat sich auf ihn gestürzt und ihm volle Pulle eine geknallt. Da hat Hussey ihm eine verpasst und danach ist Hennessy völlig ausgerastet. Im nächsten Moment haben sie sich auf der Erde gewälzt und nach Strich und Faden verdroschen. Ich und ein paar andere wollten dazwischengehen und die

Streithähne trennen, da kamen Husseys Freunde aus der Schänke und sind auf uns los. Wir mussten uns wehren, Eily.«

Johns Gesicht war übel zugerichtet, ein Auge ganz und gar zugeschwollen. Beide Hände waren blutig, die Knöchel wund und aufgerissen. Die Haut unter seinem Hemd war fast zu Brei gedrückt, zumindest an den Stellen, wo man ihm mit schweren, genagelten Stiefeln auf dem Brustkorb herumgetrampelt war.

Eily goss warmes Wasser in eine Schüssel, dann badete und reinigte sie Johns Wunden mit einem feuchten Handtuch.

Nano rührte sich. Sie riss die Augen weit auf, als sie Johns Verfassung sah, ging zu ihm und wollte ihm gut zureden.

»Schon gut, Nano«, sagte er mit verzerrtem Gesicht und suchte nach einer Erklärung. »Ich bin nur in eine Schlägerei geraten.«

Die alte Frau war nicht zu bremsen in ihrer Besorgnis und bestand darauf, ihm eine Tasse Tee aufzubrühen. Er tat sein Möglichstes, sie zu trinken, obwohl der Tee an seinen aufgesprungenen, entzündeten Lippen brannte. Nachdem sein Gesicht sauber und das Blut abgewaschen war, konnte man die Schwellungen und Spuren der Schläge deutlich sehen.

»Was für ein lieblicher Anblick«, versuchte er zu witzeln, als ihn Eily und Nano eingehend musterten.

»Wer hat dich so zugerichtet, mein Schatz?«, fragte Eily. Sie streichelte sanft über seine Wange.

»Ein paar Schränke von Kerlen, Freunde von Hussey.

Aber meine Nase, glaube ich, hatte ein Wachtmeister in der Mangel.«

»Ein Wachtmeister! O mein Gott, John, was wird jetzt geschehen?«, stöhnte Eily.

»Ich weiß es nicht«, seufzte er müde und verbarg sein Gesicht in den Händen.

»Du weißt es nicht!«, rief Eily fast hysterisch. »Wir haben morgen früh vielleicht einen Wachtmeister vor der Tür stehen, und dir fällt dazu weiter nichts ein, als du weißt es nicht.«

»Scht, Eily!«, beschwichtigte Nano. »Hat dich jemand erkannt, John?«

»Hussey vielleicht. Aber ich schwöre, Nano, ich habe ihn nicht angerührt. Paddy hat ihn ganz schön vermöbelt … die anderen habe ich alle nicht gekannt, soweit ich mich erinnere.«

»Bist du sicher, John?«, fragte Nano und sah ihn ernst und eindringlich an.

»Ja, ja, Nano! Ziemlich sicher.«

»Dann können wir nur beten, dass der Ärger Halt macht vor dieser Tür«, murmelte sie. »Das ist alles, was wir tun können. Die Polizei wird hinter Paddy her sein. Den schnappen sie sich.«

Eily setzte sich John gegenüber. Sie hatte die Augen fast geschlossen und bemühte sich ihre aufsteigende Angst zu verbergen und ihre Wut darüber, dass John ihr Pachtverhältnis aufs Spiel gesetzt hatte.

»Ich denke, ich geh jetzt zu Bett«, sagte Nano diplomatisch und verschwand in das kleine Hinterzimmer, das sie mit Mary-Brigid teilte.

Eily hörte zu, als ihr John von den Plänen des neuen Gutsbesitzers Dennis Ormonde berichtete: Er wollte viele der kleinen Pachthöfe und Landstücke zusammenlegen und diejenigen Pächter loswerden, die er für schwach und nutzlos hielt – wie die alte Agnes. Hussey selbst sollte einen dieser neu zusammengelegten Höfe bekommen, es lag also in seinem eigenen Interesse, Ormondes Land von möglichst vielen kleinen Pächtern freizumachen. Der Gutsherr wollte unbedingt verkaufen – es gab Gerüchte von hohen Wettschulden. Zweifellos würde er die Pacht erhöhen, was wiederum Leute vertreiben würde.

»Die Pacht erhöhen! Schon wieder? John, wie sollen wir das nur schaffen?«, schluchzte Eily.

»Kein Mensch wird mich von dem Land jagen, das meine Familie seit Generationen bearbeitet hat«, sagte John entschieden. »Rechtmäßig, Eily, müsste dieses Land uns gehören und ich werde es nicht kampflos aufgeben.«

»Wird er denn *unser* Stück Land verkaufen?«, flüsterte sie.

»Vielleicht«, sagte John schulterzuckend. »Manche sagen, dass wir Pächter das erste Recht haben müssten, das Land zu einem günstigen Preis zu kaufen!«

»Sicher, aber was soll das nützen, wenn wir das Geld nicht haben? Wir sitzen in der Falle«, sagte Eily gereizt. »Du weißt, dass wir es uns nie leisten könnten, unseren Hof zu kaufen.«

Trübsinnig starrte John in die verlöschende Glut des Feuers. »Es ist unser Zuhause, Eily, und wir haben beide schwer geschuftet auf diesem Stück Land. Eine arme, alte Frau wie Agnes mögen sie vielleicht vertreiben, weil sie nichts mehr anbauen und ihre Hütte nicht instand halten kann, aber uns werden sie nicht vertreiben. Ich habe nicht die Absicht mir von denen unser Land wegnehmen zu lassen.«

»Versprochen?«, sagte sie leise.

»Versprochen«, sagte John heiser und griff nach Eilys Hand.

Das Geheimnis

Mary-Brigid blies vor Schreck die Backen auf, als sie am nächsten Morgen das Gesicht ihres Vaters sah. Schwerfällig schlurfte er durch die Küche, als schmerzten ihn sämtliche Knochen. Sein linkes Auge hatte sich scheußlich dunkelblau verfärbt.

»Daddy! Daddy! Was ist dir passiert?«, rief sie angstvoll.

»Ich bin in eine kleine Schlägerei geraten, Liebling. Muss eben mal paar Tage kürzer treten.«

In Mary-Brigids Kopf wimmelte es von Fragen – mit wem hatte sich ihr Vater geschlagen und warum? –, doch ein einziger Blick in das weiße Gesicht und die trüben, tränenverschleierten Augen ihrer Mutter genügte und sie begriff, dass man besser nicht zu viel davon sprach.

»Beeil dich, Mary-Brigid, sonst kommst du zu spät zur Schule!«, drängte Eily. Sie band dem Kind die Schnürsenkel an den schweren schwarzen Schuhen und holte eine kleine Kanne Milch und ein großes, eingewickeltes Stück Brot.

Mary-Brigid verabschiedete sich von ihrem Vater, dann machte sie sich mit der Mutter auf den Dreiviertel-Meilen-Weg zu dem kleinen, weiß getünchten Schulhaus an der Kreuzung.

»Autsch!«, rief John, als sie ihm die Arme um den Hals schlang. »Hör zu, Liebling, kein Wort davon zu deinem Lehrer oder deinen Freunden, hast du verstanden?«

»Ja, Daddy.«

»Wenn dich jemand fragt, Mary-Brigid, dein Daddy war die ganze Nacht zu Hause«, ergänzte Eily.

Mary-Brigid sah von einem zum andern. Sie hatte nicht die leiseste Ahnung, was eigentlich los war, und jetzt verlangten ihre Eltern auch noch, dass sie lügen sollte.

»Das ist eine Lüge«, sagte sie leise.

»Es ist eine Flunkerei«, sagte ihre Mutter, »und zwar eine, die du genau so erzählen wirst, wenn dich jemand fragt. Du bist jetzt ein großes Mädchen und so viel verstehst du schon, dass man über die Vorfälle der letzten Nacht mit niemandem reden darf.«

»Ja, gut«, nickte Mary-Brigid. Aber in Wahrheit fühlte sie sich eher wie ein ängstliches kleines Kind und nicht wie ein großes Mädchen, dem man ein Geheimnis anvertrauen konnte.

Die Hennessys waren fort. Keiner der Jungen kam zur Schule und der Lehrer war ziemlich aufgebracht. Joe Clancy, ein zwölfjähriger Junge aus der Nachbarschaft, hatte an der Haustür nach den Hennessy-Jungen gerufen, hatte aber die Tür sperrangelweit offen vorgefunden. Von den Zwillingen oder dem Rest der Familie keine Spur. Sie hatten sich davongemacht.

»Fort! Einfach fort!«, verkündete er der ganzen Klasse. Mary-Brigid tat, als studierte sie die Landkarte von Irland an der Wand, und versuchte dabei, sich die rätselhaften Ereignisse zusammenzureimen.

In den nächsten Tagen half sie Eily bei der schweren Arbeit auf dem Hof. Mühsam hielt sie die Kuh fest, während ihre Mutter melkte, und sie half beim Ausmisten des kleinen, stinkenden Schweinestalls. Unterdessen hielt sich ihr Vater im Innern der Hütte auf, bis die blauen Flecke in seinem Gesicht allmählich blasser wurden.

Die Zwillinge fehlten Mary-Brigid. Gut, dass sie das kleine Kätzchen hatte, das sie an die Jungen erinnerte. Mary-Brigid musste immerzu grübeln, wohin sie wohl verschwunden waren. In der Schule erzählte ihr Sally Nolan, dass die Polizei nach Mr Hennessy suchte. Er hätte beinahe den Gutsverwalter umgebracht, hieß es, und wenn man ihn erwischte, würde man ihn aufhängen oder für immer ins Gefängnis stecken.

Mary-Brigid konnte vor lauter Angst fast nicht mehr spielen oder schlafen und in ihren Träumen verfolgte sie das Bild von ihrem Daddy in Handschellen und Ketten, wie er in irgendein fremdes, fernes Land abtransportiert wurde.

Das Geschenk

Michael tätschelte Morning Boys seidiges Fell. Die große Brandwunde an der Seite hatte angefangen zu heilen, Haut und Haar wuchsen endlich wieder darüber. Glengarry graste mit langem, vorgebeugtem Hals und mahlte mit den Kiefern auf den Grashalmen herum. Ein Bein hielt sie angewinkelt und stützte sich nicht richtig auf den Huf. Glengarry und Morning Boy mussten sich noch immer von dem Feuer erholen. Alle anderen Pferde waren jetzt fort, verkauft an die Meistbietenden, manche nach England.

Der junge Brendan hatte eine Stelle bei Mr Delahunt angeboten bekommen. »So werde ich doch noch manche von unsern Pferden zu sehen kriegen, Michael«, sagte er. »Ist das nicht wundervoll?«

Michael musste einen Anflug von Neid unterdrücken, als er den Eifer und die Aufregung im Gesicht des Jüngeren sah.

Toss Byrne war zu den Ställen gekommen, als die Pferde verkauft wurden. Langsam ging er durch die ausgebrannten Gebäude. Er schenkte Michael eine Pferdedecke, zwei abgewetzte Zügel und zwei vollständige Garnituren Zaumzeug. Auf seine Art verabschiedete sich Toss von den Pferden. Michael sah ihm zu, wie er zu jedem Einzelnen hinging, ganz nah, wie er dann mit Kopf und Lippen ihre aufgestellten Ohren fast streifte, wie er mit ihnen redete und ihnen etwas zuflüsterte.

Michael beobachtete, wie der alte Mann zu Glengarry ging, wie er sie mit bedächtigen, ruhigen Worten dazu brachte, dass sie den Kopf hob und lauschte.

»Michael!« Er winkte ihn heran und Michael schwang sich über den Holzzaun und sprang in die Koppel.

Immer noch redete Toss mit gedämpfter Stimme auf das Pferd ein.

»Stell dich neben mich, Michael! Hör mir zu!«, befahl Toss. Michael trat näher. »Die Gabe mit Pferden umzugehen, hast du schon, Michael«, sagte Toss. »Du magst sie und sorgst dich um sie, und das wissen und spüren sie. Sie vertrauen dir, weil du sie wie intelligente Tiere behandelst, weil du verstehst, dass sie traurig und nervös sein können, wütend und ängstlich, glücklich und überschwänglich – genau wie wir Menschen.«

»Hm, ja!«, nickte Michael.

»Du weißt, Michael, dass ich keine Kinder habe, keine Söhne. Heute möchte ich eine besondere Fähigkeit an dich weitergeben – einen großen Teil davon hast du selber schon. Mein Vater hat dieses Geschenk an mich weitergegeben. Er hatte es von seinem Vater. Komm ganz nah her.« Michael stellte sich neben das Pferd und streichelte Glengarrys Flanke. »Hör mir zu!«

Toss fing zu flüstern an und Michael hörte den Namen des Pferdes heraus, Glengarry. Leise erzählte Toss vom Wind in den Bäumen und dem grünen Gras auf den Wiesen, vom weichen Regen, von der Nacht, die am Himmel heraufzieht, und den Sternen, die von oben herunterschauen. Er sprach von Pferden, die ziehen, pflügen und dem Menschen dabei helfen, die von Gott geschenkte Erde zu bebauen. Er erzählte von Pferden, die im Namen von Königen und Königinnen Männer in die Schlacht trugen, er erzählte vom ganzen Tierreich mit seinen großen und kleinen Tieren, und von der besonderen Stellung, die das Pferd als Freund des Menschen hat.

Glengarry stand mucksmäuschenstill und lauschte mit aufgestellten Ohren und großen, aufmerksamen Augen. Toss flüsterte weiter, redete von vergangenen Zeiten, von jetzigen und zukünftigen Zeiten. Er sprach von den Rennen, die Glengarry noch laufen würde, von den Fohlen, die sie schon gehabt hatte und denen, die sie noch bekommen würde, und von den Rennen, die auch ihre Fohlen mitmachen würden.

Michael wagte kaum zu atmen. Toss erzählte Glengarry flüsternd von dem Lebenssaft, der durch ihren Körper floss, von der Energie, die ihn durchströmen musste, um das verletzte Bein und den Huf zu heilen. Leise wieherte Glengarry und blies Luft durch die samtigen Nüstern. Kräftig und gleichmäßig schien ihr Herz zu schlagen, während Toss' Stimme ununterbrochen weiterredete.

Beim Zuhören kam es Michael vor, als verwandelten sich die Wörter. Es schienen keine gewöhnlichen Wörter mehr zu sein, sondern sie verschmolzen miteinander – es war nicht Gälisch, Englisch oder Französisch. Aber auf geheimnisvolle Weise konnte er sie verstehen, wie Glengarry sie offenbar verstand.

Dann brach Toss' Stimme ab. Glengarry fuhr dem Mann schnaubend über Kopf und Haar und Toss tätschelte die Stute gut gelaunt.

»Ja, ja! Sie ist ein gutes Tier, Michael, wirklich ein gutes Tier«, sagte der alte Mann, als sie über die Wiese zurückgingen.

»Danke, Toss!«, sagte Michael. »Ich habe das Pferdeflüstern noch nie gehört, es ist eine seltene Begabung.«

»Jetzt musst du es selber ausprobieren. Es wird dir im Umgang mit Pferden immer hilfreich sein, denk an meine Worte. Ruf Morning Boy!«

Das junge Pferd hatte es gern, wenn man sich mit ihm beschäftigte, und kam sofort angaloppiert. Michael war nervös, als er sich gegen Morning Boys Hals beugte. »Morning Boy, du bist geboren, als gerade der Mond unterging und die Sonne sich warm von der Erde hob ...«, flüsterte er.

Es waren nur wenige Tagesmärsche bis zu Eily nach Hause. Michael ließ den Pferden viel Zeit. Glengarrys Bein wurde zwar langsam besser, war aber trotzdem noch ziemlich lahm.

Als sie so über das offene Land zogen, dachte Michael an früher, an die Zeit, als die große Hungersnot ihren Höhepunkt erreicht hatte und er mit seinen Schwestern Eily und Peggy – hungrig und verängstigt, in Lumpen gekleidet und nahe am Verhungern – durch das Land gezogen war, als er gelaufen war, weil sein Leben davon abhing. Erleichtert seufzte er auf, als er endlich die Gegend erreichte, in der Eily wohnte. Er hatte ihnen so viel zu erzählen, von dem Feuer, den Bucklands und seinen beiden Pferden. Noch ein, zwei Meilen und er würde die getünchten Mauern von Eilys Hütte sehen, wo die alte Tante Nano ihn wie einen wandernden Geschichtenerzähler auffordern würde sich zu setzen und alles zu berichten, was passiert war.

Er grinste vor sich hin, als er sich das herbeigesehnte Wiedersehen ausmalte.

Der Besucher

Um die Wahrheit zu sagen: Mary-Brigid war froh, wenn sie draußen sein konnte, fort von der Hütte. Seit der Nacht, als ihr Vater so zerschlagen und verletzt nach Hause gekommen war, schien es ihr, als ob ein düsterer Schatten – wie eine große schwarze Krähe – seine Flügel ausgebreitet und sich auf ihrer Hütte niedergelassen hätte.

Sie verstand es nicht genau und keiner hatte es ihr erklärt, doch es hatte etwas mit dem Gutsherrn zu tun, mit dem Vorfall bei der alten Agnes und dem plötzlichen Verschwinden der Hennessys.

Auch die Mutter und der Vater hatten sich verändert. Sie waren jetzt meistens schweigsam, als ob sie lauschten und jeden Moment damit rechneten, dass etwas passierte. Tante Nano betete und betete – nie hatte Mary-Brigid einen Menschen so viel beten gesehen. Selbst im Schlaf bewegten sich die Lippen der alten Frau und

Mary-Brigid konnte die Gebetsworte fast hören. Jodie war zwar noch ein kleiner Junge, aber er spürte, dass etwas nicht stimmte. Er war reizbar und quengelig geworden und ging Mary-Brigid auf die Nerven, weil sie ständig mit ihm spielen und ihn unterhalten sollte.

Wenigstens draußen, wo ein leichter Wind wehte und die weißen Wolken über den Himmel jagten, konnte sie das alles vergessen.

»Jodie!«, rief sie. »Sieh mal den Reiher!«

Ihr Bruder legte seinen dunklen Lockenkopf in den Nacken, beide Kinder sahen zum Himmel und beobachteten den großen Vogel, der seine Flügel spannte, die langen Beine anhob, flatternd an Höhe gewann und dann gemächlich in weitem Bogen um ihren Hof kreiste.

»Was sucht er denn?«, fragte Jodie.

»Einen Fisch. Er wartet darauf, dass im Bach oder im See ein Fisch mit dem Schwanz wackelt«, sagte Mary-Brigid und überlegte, ob der Reiher die Fische eigentlich sehen konnte.

Allmählich flog der Vogel außer Sichtweite. Da hörte Mary-Brigid ganz in der Nähe das schwache Klipp-Klapp von Pferdehufen. Sie lauschte angestrengt. Wer war um diese Tageszeit so nah bei ihrer Hütte unterwegs? Sie hatte strenge Anweisung blitzschnell nach Hause zu laufen, falls sie den Gutsherrn oder einen seiner Männer sehen sollte oder, was Gott verhüten möge, den Wachtmeister.

Sie hielt die Luft an und machte sich bereit Jodie an der Hand zu nehmen und mit ihm loszurennen. Da erkannte sie die vertrauten dunklen Locken und das freundliche, offene Gesicht von Michael, dem Bruder ihrer Mutter. Er führte zwei Pferde am Zügel, ein großes, das edel und kräftig aussah – es schien nur zu lahmen –, und das prächtigste Fohlen, das Mary-Brigid je gesehen hatte.

»Michael!«, schrie sie. »Onkel Michael!«

Wie ein Wirbelwind sauste sie auf ihn zu, das Kleid flatterte ihr um die Beine.

Die beiden Pferde blieben stehen und sahen sich die Szene interessiert an. Michael fing seine Nichte auf und drückte sie an sich.

»Meine Güte, Mary-Brigid, du bist ja immer noch das hübscheste Mädchen, das ich kenne!«, sagte er und fuhr ihr durch das zerzauste blonde Haar.

Sie war so aufgeregt, dass sie kaum ein Wort hervorbrachte. Jodie war herangewackelt, hatte sich neben seiner Schwester aufgebaut und beobachtete sie und Michael. »Das ist Jodie«, sagte Mary-Brigid und schob ihn vor.

»Ich erinnere mich an ihn«, grinste Michael, »aber er ist groß wie ein Haus geworden! Und so stark, dass ich ihn kaum heben kann!«

Jodie lachte glucksend, als er hochgeschwenkt und ebenfalls umarmt wurde. Der kleine Junge zupfte an Michaels Kappe und sein Onkel gab sie ihm. »Willst du auf meine Kappe aufpassen, Jodie?«, fragte er. Jodie nickte stolz. Noch nie hatte er auf etwas aufpassen dürfen.

»Wie geht's euch allen, Mary-Brigid? Ich freue mich wahnsinnig auf euch.«

Mary-Brigid zögerte, ein, zwei Sekunden nur, doch

Michael merkte es. Seine lustig blitzenden Augen wurden ernst.

»Gut«, murmelte sie. Sie spürte, dass er ihr nicht glaubte. »Mummy ist ein bisschen traurig«, erklärte sie und sah dabei zu Boden, auf den Staub, die Steine und den Dreck. »Sie macht sich Sorgen um irgendwas. Um alles, was so passiert.«

»Hmm«, antwortete Michael. »Vielleicht ist es ja ganz gut, dass ich gerade jetzt mal bei euch vorbeikomme.«

»Wem gehören die Pferde?«, fragte Mary-Brigid.

»Mir, Schätzchen! Sie gehören beide mir.«

»Dir!«

»Ja, ja, ich weiß, ich kann es selber kaum glauben.«

»Von wem hast du sie? Hast du sie gekauft?«, fragte sie.

»Das ist eine lange Geschichte, Kind, und die anderen werden sie auch hören wollen. Aber für den Augenblick kann ich dir schon mal verraten, dass die Stute Glengarry heißt und das Fohlen Morning Boy.«

»Darf ich auf ihnen reiten, Onkel Michael? Bringst du es mir bei?«, bettelte sie.

»Im Moment eignen sie sich nicht zum Reiten, Liebling, aber ich verspreche dir, dass ich's dir beibringe, sobald die Pferde so weit sind.«

Mary-Brigid machte vor Freude einen Luftsprung. Sie hatte einmal auf einem Esel gesessen, aber noch nie, nie auf einem richtigen Pferd.

»Ich auch!«, echote Jodie und klatschte vor lauter Aufregung in die Händchen.

»Du auch. Versprochen«, sagte Michael ernst.

Mary-Brigid wusste, dass Michael zu denen gehörte, die ihre Versprechen hielten und einen nicht enttäuschten. Sie war mächtig froh, dass er zu Besuch kam. Vielleicht waren ja die vielen Gebete der Urgroßtante erhört worden.

»Nano! Mummy! Daddy! Kommt schnell!«, schrie sie los und rannte auf das Haus zu. »Mummy, Michael ist da! Er bleibt bei uns! Er hat Pferde!«

Die Heimkehr

So eine Heimkehr hatte es noch nicht gegeben. Nano saß in ihrem Sessel und schnäuzte sich alle paar Minuten lautstark in ein weißes Taschentuch. Wieder und wieder fiel Eily ihrem Bruder um den Hals und drückte ihn an sich.

»Ich bin so froh, dass du da bist, Michael. Du kannst dir gar nicht vorstellen, wie.«

John schwieg und begrüßte Michael mit einem festen Händedruck. Michael spürte, dass etwas Schlimmes geschehen war, und nach Johns Aussehen zu schließen, musste der Schwager vor kurzem an einer Schlägerei beteiligt gewesen sein. Aber er würde schon rechtzeitig alles erfahren.

Ein einfaches Mahl wurde zubereitet und alle setzten

sich an den blank gescheuerten Holztisch zum Essen. Es gab eine große Schüssel Kartoffeln, dazu frische Butter und Salz. Ein Krug kalte Milch von Bella stand daneben und ein Teller Frühlingszwiebeln, die sich die Erwachsenen über ihre Kartoffeln streuten. Eily bekreuzigte sich und sprach nach dem Tischgebet einen zusätzlichen Dank für die Rückkehr ihres viel geliebten Bruders. »Amen«, tönte es froh rings um den Tisch.

Nach dem Essen half Mary-Brigid Nano beim Abwasch. Sie wusste, dass ihre Mutter, ihr Vater und ihr Onkel viel zu reden hatten, deshalb schlich sie sich wieder zum Spielen hinaus, sobald sie fertig war. Außerdem wollte sie noch einmal die beiden Pferde anschauen, die ihr Onkel zum Grasen auf der unteren Wiese gelassen hatte.

Michaels Heimkehr schien neue Kraft und neues Leben in die kleine Hütte zu bringen. Und mehr – er brachte Hoffnung.

»Das ist der schönste Pachthof im ganzen Bezirk, John, kein Gutsherr, der bei Verstand ist, wird so einen fleißigen Pächter an die Luft setzen, und schon gar nicht so einen guten und geschickten Bauern!«, versicherte er seinem Schwager.

John Powers nickte. Vielleicht machte er sich unnötige Sorgen. Michael wusste über adelige Herrschaften und Gutsbesitzer besser Bescheid. Er selbst sollte lieber zusehen, dass er diese Furcht aus seinen Gedanken verbannte und dass er mit der täglichen Arbeit weiterkam. Ohnehin ging das Gerücht um, Dennis Ormonde hätte sich für ein paar Wochen nach England begeben, und da sein Verwalter William Hussey nach den üblen Schlägen, die er eingesteckt hatte, noch immer krank war, würde vorerst wohl alles friedlich bleiben.

Es gab viel zu tun, jetzt, wo die Sommersonne strahlend über das Land schien und Felder, Getreide und Tiere ihr Recht forderten. Michael packte gerne mit an. Abends unterhielt er sich mit Eily über die Zeit, als sie noch klein waren, und über die glücklichen und traurigen Tage ihrer Kindheit in der engen Hütte in Duneen, wo der Weißdornbaum wuchs und wo ihr kleines Schwesterchen begraben lag. Es waren schreckliche Zeiten gewesen während der großen Hungersnot und die Erinnerung daran schien fast untrennbar mit der Familie O'Driscoll verbunden – eine tiefe Narbe, die nie ganz verblassen würde.

Dann, eines Morgens, als sie am wenigsten damit rechneten und noch beim Frühstück saßen, klopfte es an der Tür.

Mary-Brigid sprang von ihrem Hocker auf und lief zur Tür. »Ein Fremder!«, raunte sie den andern zu.

Ihr Vater stopfte sich das Hemd in die Hosen und ging zur Tür. Der Mann draußen hatte einen kleinen rötlichen Schnurrbart, der beim Reden auf und ab hüpfte. Er sprach mit gedämpfter Stimme zu John, und Mary-Brigid spitzte die Ohren, um etwas aufzuschnappen.

»Von gewissen Umständen und Überlegungen veranlasst, sieht sich Mr Ormonde gezwungen die Pacht zu erhöhen.«

»Die Pacht erhöhen!«, rief ihr Vater. »Und was ist, wenn ich diese Erhöhung nicht bezahle?«

»Dann, Mr Powers, würde man Ihnen leider die Kündigung zustellen.«

John hämmerte mit der Faust gegen den Türrahmen. »Das ist nicht gerecht!«, protestierte er.

»Ich fürchte, es geht hier nicht um Gerechtigkeit. Es geht um Geschäfte. Verstehen Sie bitte, dass ich im Namen Ihres Gutsherrn und im Auftrag von Mr Hussey handle.«

»Hussey!«, rief John. »Wusste ich doch, dass dieser Dreckskerl was damit zu tun hat. Der hat schon seit einer ganzen Weile seinen habgierigen Blick auf unser Stück Land geworfen.«

Der Bote war zu weiteren Auskünften nicht bereit. »Diese Dokumente sind für Sie, Mr Powers«, sagte er nur. Damit überreichte er ein paar Bögen Papier und Mary-Brigids Vater knallte die Tür hinter dem Mann zu. »Nächsten Monat komme ich wieder!«, rief der Fremde, während er schon auf sein Pferd stieg.

Eily griff nach den Papieren. Sie schnappte vor Schreck nach Luft, als sie las, was darin stand. »Mein Gott, John! Er hat unsere Pacht verdoppelt! So viel können wir nie zahlen. Was stellt der sich vor, woher wir eine solche Summe nehmen sollen?«

Das Dokument wurde an Nano und dann an Michael weitergereicht.

»Tut mir Leid, Eily. Ich hab mich in diesem Kerl getäuscht«, murmelte Michael. »Ich weiß nicht, was ich euch sagen soll.«

»Vielleicht können wir es ja doch beschaffen«, warf

Nano ein. »Wir haben die Möbel, die Ziersachen und ...«

Mary-Brigid sah, wie sich ihre Mutter weinend in die Ecke neben dem Kamin sinken ließ.

»Es ist zwecklos! Alles zwecklos!«, rief sie. »Man kann seinem Schicksal nicht entgehen.«

Mit offenem Mund starrte Mary-Brigid sie an.

»Man kann seinem Schicksal kein Schnippchen schlagen!« Eily war außer sich. »Damals schon hätten wir ins Armenhaus gehen sollen! Damals haben wir unserem Schicksal eins ausgewischt, aber jetzt werden wir alle dort landen!« Sie schluchzte hysterisch.

»Scht, Kind! Scht!«, bat Nano. »Noch sind wir nicht verloren.«

»Ich verspreche dir, Eily, dass wir kämpfen werden«, sagte John und nahm sie in die Arme. »Keiner wird uns dieses Land nehmen, solange ich atme. Ich lasse meine Frau und meine Kinder nicht auf die Straße setzen.«

Mary-Brigid war weggerannt und hatte sich bei den Dornensträuchern versteckt. Heute wurde Muck verkauft. Das halbe Dutzend Hühner war bereits verkauft, und Maisie trippelte verzweifelt gackernd immer wieder vor der Tür herum und suchte nach ihnen.

Selbst aus der Entfernung konnte Mary-Brigid das Schwein quieken hören. Es tat ihr in den Ohren und im Herzen weh. Die Phelan-Brüder kauften Muck. »Ein schönes Schwein, gerade richtig zum Schlachten«, hatten sie gesagt, als Mary-Brigid zum allerletzten Mal Mucks borstigen Kopf und Rücken gekrault hatte.

Der Lärm war schrecklich. Nach den Quiektönen zu urteilen, wehrte sich das große Schwein tapfer dagegen, dass es seinen vertrauten Schweinestall verlassen sollte. Mary-Brigid konnte es kaum ertragen. Schließlich hörte der Lärm auf und Mary-Brigid wischte sich über die Augen und schnäuzte sich. Dann raffte sie sich auf und ging langsam und traurig nach Hause.

Als sie an Morning Boy vorbeikam, wieherte er ihr zu, als spüre er ihre Trauer.

»Hallo, Boy!«, seufzte sie, blieb stehen und streichelte ihn. »Hab keine Angst, dir wird nichts passieren!« Das Pferd sah sie mit ruhigem Blick an.

»Alles in Ordnung, Kleines?« Die Stimme ihres Onkels ließ sie zusammenzucken.

»Sicher«, schniefte sie und wusste genau, dass er ihr ansehen würde, dass sie geweint hatte. Doch er verlor kein Wort darüber, blieb nur neben ihr stehen und betrachtete die Pferde.

»Sie mögen dich!«, sagte er. »Du bist sehr gut zu den Pferden, Mary-Brigid.«

»Ich mag sie auch«, lächelte sie. »Onkel Michael, was ist aus dem Mädchen geworden?«

»Mädchen?«, fragte er verwirrt.

»Ja, das Mädchen, von dem du mir erzählt hast und dem früher diese Pferde gehörten.«

»Miss Felicia?«, sagte er leise. Er dachte an das kleine Mädchen, und wie es geschrien hatte, als ihr Zuhause bis auf die Grundmauern niederbrannte. »Ich habe dir schon erzählt, wie das Haus in Flammen stand und wie die Ställe verbrannt sind …«

»Und wie du Mercy gerettet hast und noch andere.«

»Ich glaube, Miss Felicia ist mit ihren Eltern und ihrer Schwester Rose nach London zurückgekehrt. Sie haben ein großes Haus in London und Sir Henry wird vermutlich dort bleiben. Weißt du, mit der Zeit werden sie Irland und was hier passiert ist, vergessen. So ist das.«

»Ich würde es nie vergessen!«, beteuerte Mary-Brigid mit dünner Stimme.

»Ja, ja«, witzelte Michael. »Du bist eben so ein kleiner Dickschädel wie Peggy. Nichts vergisst du.«

Mit Tränen in den Augen lächelte sie ihm zu.

»Komm, wir gehen zu Nano und Eily, die werden sich schon Sorgen um dich machen.«

Sie fuhr sich hastig mit dem Ärmel über Augen und Nase.

»Alles klar, Schätzchen?«

»Ja.« Sie nickte.

»Ich verspreche dir, Mary-Brigid, dass ich alles tun werde, um dir und deiner Familie zu helfen«, sagte Michael und nahm sie bei der Hand. »Irgendwie müssen wir das Geld auftreiben.«

Brombeerenpflücken

Einen Tag draußen an der frischen Luft und Brombeeren pflücken – das würde dir unwahrscheinlich gut tun, Eily«, hatte Nano vorgeschlagen. »Da könntest du deine Sorgen mal eine Weile vergessen.«

Es war windstill und warm, als Eily, Nano und Mary-Brigid sich auf den Weg über die Felder zum Brombeerenpflücken machten. Bevor das Land allmählich zu den Hängen des Giants Bed hin anstieg, dehnte sich scheinbar meilenweit ein Dschungel von ineinander verschlungenen Sträuchern mit üppig behangenen Zweigen.

Jede hatte einen Eimer dabei. Mary-Brigid trug den kleinsten – und wie gern wollte sie ihn füllen. Die nach unten gebogenen Äste waren schwer vom Gewicht der üppigen Büschel schwarz glänzender Früchte.

»Solche habe ich noch nie gesehen«, murmelte Nano.

»Nimm dich vor den Dornen in Acht, Mary-Brigid«, mahnte Eily, »und pass auf, dass keine Würmer in den Beeren sind.«

Mary-Brigid nickte. Sie brannte darauf, endlich mit Pflücken anzufangen. Die ersten Brombeeren steckte sie in den Mund und genießerisch ließ sie sich den kräftigen, süßen Geschmack auf der Zunge zergehen. Dann siegte die Vernunft und sie folgte dem Beispiel Nanos und ihrer Mutter und pflückte die Beeren in den Eimer. Sie beobachtete ihre Mutter, deren Finger nur so über die Ranken huschten. Nano pflückte langsam und gleichmäßig. Einmal verfing sich ihr weiter schwarzer Rock in den Dornen und Mary-Brigid musste sie befreien.

»Was würde ich ohne dich anfangen, Kind?«, kicherte Nano. »Ich bin glatt hängen geblieben.«

Es war heiß. Nach einer Weile wünschte Mary-Brigid, sie hätte ihren Sonnenhut dabei, denn ihr wurde unangenehm warm. Zum Glück hatte Eily einen Krug Wasser mitgenommen. Zu dritt setzten sie sich in den Schatten und tranken etwas. Mary-Brigid ahnte, dass sie mit den leuchtenden schwarzen Saftflecken an Händen, Armen und Kinn einen komischen Anblick bieten musste. Nach der Erfrischungspause ruhte sich Nano noch ein wenig aus, die anderen pflückten weiter.

»Mummy, hier sind Unmengen, sieh mal!«, rief Mary-Brigid und tippte gegen die herabhängenden Zweige. Sie pflückte unten, ihre Mutter streckte sich und pflückte über Mary-Brigids Kopf. Schließlich waren beide Eimer fast voll.

»Hier steckt eine Menge zu essen drin«, lächelte Eily. »Marmelade, Belag für Kuchen und Törtchen und, das Beste, frische Beeren mit Sahne. Nach ein paar Wochen werden euch die Brombeeren zum Hals heraushängen.«

»Mir hängen Brombeeren nie zum Hals heraus, Mummy!«, verkündete Mary-Brigid. »Nie! Schade nur, dass man nicht welche verkaufen kann.«

»Was sagst du da, Kind?«, fragte Nano und rappelte sich von dem alten Baumstumpf hoch, auf dem sie gesessen hatte.

»Es ist ja nur, dass … mir ist nur eben eingefallen, dass ihr beide die besten Marmeladen, Kuchen und

Törtchen macht – bessere als sonst jemand – und vielleicht würden die Leute sie ja kaufen …« Mary-Brigid verstummte. Sie kam sich albern vor.

Nano und Eily starrten sie an.

»*Bestimmt* würden die Leute sie kaufen«, ergänzte Mary-Brigid und wurde rot. »Und du und Daddy, ihr habt gesagt, dass wir Geld auftreiben müssen und da habe ich nur gedacht, dass …«

»Was für ein kluges Mädchen!«, unterbrach Nano.

Eily beugte sich herab, fasste Mary-Brigid unter den Achseln und schwenkte sie im Kreis herum. »Mary-Brigid Powers, du bist der raffinierteste kleine Schlaumeier, der mir je über den Weg gelaufen ist.«

Unter Mary-Brigids Füßen schwankte das Gras und die ganze Welt, als ihre Mutter mit der Wirbelei aufhörte. Aber eigentlich war es eher die Begeisterung, die sie ganz schwindlig machte!

»Es wird wie in alten Zeiten in unserem Laden in der Market Lane«, sagte Nano versonnen. »Weißt du noch, Eily?«

Nano und Eily bekamen glänzende Augen und Mary-Brigid hüpfte neben ihnen auf und ab vor Stolz.

»Wir brauchen noch mehr Zucker und Mehl, Nano. Eier haben wir von Maisie«, sagte Eily aufgeregt. »Und Mary-Brigid kann mal zu der Hütte raufgehen, wo der alte Drummond gewohnt hat, bei dem durften die Kinder immer Äpfel pflücken, als er noch lebte. Einen schönen Kuchen mit Brombeeren und Äpfeln essen die Leute immer gern.«

»Marmeladen, Fruchtpasteten und Kuchen …« Auch

Nano war ganz ins Pläneschmieden vertieft. »Du könntest von Haus zu Haus gehen und die Sachen verkaufen, Eily, aber meiner Ansicht nach ist für hausgemachte Produkte der Wochenmarkt am besten.«

»Was meinst du, wird John dazu sagen?«, fragte Eily.

»Er wird sagen, was für eine gute Frau du bist, Liebling, und was er doch für eine gescheite Tochter hat. Das wird er sagen.«

Endlich, endlich waren trotz der ganzen Plauderei und Hochstimmung alle drei Eimer voll.

»Und wenn wir noch hundertmal herkommen, werden immer noch genug Beeren da sein«, sagte Eily zufrieden.

Mary-Brigid konnte ihren Eimer nur mit Mühe tragen und sie musste vorsichtig laufen, um nichts von den kostbaren Beeren zu verschütten. Ihre Mutter ging vor ihr her und summte leise. Es schien Ewigkeiten her, dass Mary-Brigid ihre Mutter zuletzt lachen oder singen gehört hatte. Es tat ihr im Herzen gut.

Markttag

Die nächsten Tage standen Eily und Nano in der kleinen Küche und machten sich an die langwierige, mühsame Arbeit die Früchte zu waschen und vorzubereiten. Miley Lynch von der kleinen Schankwirtschaft neben der Schule hatte ihnen erlaubt, dass sie sich leere Gläser und Flaschen aus seinem Hof holten. Sie wurden ausgewaschen und ausgekocht, bis sie einwandfrei sauber waren. Jeder Topf und jede Pfanne im Haus waren in Gebrauch, als die Früchte mit Zucker gekocht wurden, und durch die ganze Hütte zog der Duft nach Äpfeln und süßem Fruchtsaft.

Natürlich steckte der kleine Jodie voller Neugierde und plärrte los, wenn man ihn von den heißen Töpfen und Gläsern wegzerrte, aber alle hatten Angst, er könnte sich verbrennen.

»Für uns wäre es die größte Hilfe, Mary-Brigid, wenn du uns deinen kleinen Bruder vom Leib halten würdest«, meinte Eily entschieden. So waren die Kinder gezwungen, das geschäftige Treiben vom Eingang aus zu beobachten.

Nano stäubte Mehl auf den Tisch und rollte hellen, weizenfarbenen Teig für die Obsttörtchen aus. Dann zerteilte sie die Äpfel, schnitt sie in Scheiben und häufte sie auf den Teig.

Jedes Glasgefäß wurde mit frischer Marmelade, mit Apfel- und Brombeergelee gefüllt, mit eingemachtem Kompott und farbenprächtigen Fruchtpasteten.

Nano kramte Stoffreste aus dem Handarbeitskorb, schnitt Kreise daraus zurecht und band sie über die Deckel. Eily saß bis spät in die Nacht, beschriftete weiße Papierschildchen – SELBST GEMACHTE BROMBEERMARMELADE – und klebte sie auf die Gläser.

In der Ecke saß Michael und sah ihnen bei der Arbeit

zu. »Es ist wie früher bei Nano und Lena«, sagte er glücklich.

Endlich war alles fertig. Eily verstaute die Gläser und weithalsigen Flaschen vorsichtig in zwei großen Strohkörben für den morgigen Tag. Nano hatte sich bereit erklärt zu Hause zu bleiben und auf Jodie aufzupassen. Auch Michael blieb zu Hause, er würde auf die Pferde achten und, wenn nötig, Nano zur Hand gehen. Mary-Brigid, John und Eily wollten in aller Frühe zum Markt aufbrechen.

Die Brüder Phelan hatten John ihren Esel und den Wagen geliehen und John hatte schon einen Weidenkorb voll Torf zum Verkaufen aufgeladen. Die Strohkörbe wurden so untergebracht, dass sie einen sicheren Stand hatten. Auf dem Sitz hatten Eily und Mary-Brigid ungefähr ein Dutzend Obstkuchen zwischen sich aufgereiht und außerdem ein Tablett mit Nanos Hafer-Apfel-Gebäck. Während sie langsam dahinzockelten, versuchten sie alles gut zu beaufsichtigen, damit nicht die ganze Herrlichkeit ins Rutschen geriet.

Der Markt am Samstagmorgen wurde in der Innenstadt von Castletaggart abgehalten und viele der Standinhaber hatten schon aufgebaut, als John, Eily und Mary-Brigid ankamen. John lud zwei lange Schemel ab, die er mitgebracht hatte; auf den einen stellten sie vorsichtig die beiden Körbe und auf den anderen das Tablett mit Gebäck.

In der ersten Stunde kaufte kein Mensch etwas. Die Vorüberkommenden waren Leute wie sie selbst – alle fieberhaft darauf bedacht, etwas zu verkaufen, weil sie hofften auf diese Weise das Pachtgeld zusammenzukratzen. Unruhig beobachtete Mary-Brigid, wie ein ganzer Trupp Leute vom Land mit Gänsen, Hühnern und Enten vorbeizog. Männer schleppten wuchtige Räder aus hartem, gelbem Käse und es gab Stände mit großen Klumpen goldgelber Butter, in die kreisförmige Muster aus verschnörkelten Blumen geprägt waren. Kleidung und Uhren, Haushaltswaren und irdenes weißblaues Geschirr – auf dem Samstagsmarkt gab es alles, was man brauchte.

Eily meinte, sie sollten sich vielleicht eine günstigere Stelle suchen, und so half Mary-Brigid die Sachen auf die andere Seite der weiten Wiesenfläche zu tragen.

Im Handumdrehen waren Kuchen und Gebäck ausverkauft!

»Nano wird zufrieden sein«, lachte Eily. Sie klopfte auf ihre Rocktasche und lauschte dem beruhigenden Klimpern der Münzen. Doch von ihrer Marmelade hatten sie noch kein einziges Glas verkauft.

Mary-Brigid sah zu dem Stand gegenüber, wo eine Mutter mit ihrer Tochter alle möglichen Brotsorten, große Fleischpasteten und Puddinge verkaufte. Nach ihren Gesprächen zu urteilen, waren viele ihrer Kunden Stammkunden. Neidisch beobachteten Eily und Mary-Brigid, wie gegenüber ein Kunde nach dem anderen kaufte.

»Mummy! Sie würden unsere Marmelade kaufen, wenn sie wüssten, wie gut sie schmeckt«, sagte Mary-Brigid. Sie wollte ihre Mutter trösten. »Soll ich vielleicht mal ein, zwei Gläser aufmachen?«

»Hör zu, Schatz«, schlug Eily vor, »lauf zu dem Stand drüben und kaufe ein Brot. Hier ist Geld! Und frage die Frau, ob sie uns vielleicht ein Messer leihen könnte.«

Die Frau machte ein erstauntes Gesicht, tat ihnen aber den Gefallen und Mary-Brigid kam mit einem bemehlten, goldgelben Laib Brot zurück. Ohne zu zögern, schnitt Eily es in Scheiben und reihte sie auf der leeren Gebäckplatte auf. Auf jedes kleine Brotstück tupfte sie einen Klecks Brombeermarmelade.

»So, Mary-Brigid, die sind für unsere Kunden!«, kündigte sie an. Dann stellte sie sich vor die Körbe und bot jedem Passanten, der wie ein möglicher Kunde aussah, von ihren Brotscheiben an. Eine Frau, die einen gut gelaunten Eindruck machte, entschied sich bereits für drei Gläser Marmelade, während sie noch auf ihrem Brot kaute. Ein Herr blieb stehen, probierte und kaufte mehrere Gläser von Nanos dicker Fruchtpastete.

Bald hatte sich eine beachtliche Gruppe Neugieriger versammelt, die Eilys und Nanos Produkte probieren und kaufen wollten. Manche Kunden wurden darauf hingewiesen, wo sie das Brot kaufen konnten, und die Frau vom Stand gegenüber winkte ihnen vergnügt zu.

Endlich war der eine Korb ganz und gar leer und im andern waren nur noch zwei Gläser Marmelade und eins mit Fruchtpastete. Mary-Brigid sah, dass viele der Standinhaber zusammenpackten und ihre Sachen wegräumten, denn der Markt ging zu Ende.

Das Mädchen vom Stand gegenüber tauchte bei ihnen auf. »Das soll ich euch von meiner Mummy geben und sie lässt sich schön bedanken für die extra Kunden, die

ihr uns geschickt habt.« Sie überreichte Mary-Brigid
eine große Fleischpastete. Ein Stückchen Kruste war
leicht eingerissen, aber warm gemacht, würde die Pastete ein herrliches Essen abgeben.

»Danke«, sagte Eily, »und bitte nehmt ein Glas von
unserer Marmelade.«

Das kleine Mädchen grinste. »Kommt ihr in zwei Wochen wieder?«, fragte sie. »Wir kommen für gewöhnlich
jede zweite Woche her.«

Gespannt wartete Mary-Brigid, während ihre Mutter
überlegte. Sie konnten ja noch mehr Marmelade machen und Kompott einkochen und Nano schien genau
zu wissen, welche Arten von Süßwaren und Gebäck die
Leute gerne kauften.

»Jawohl«, antwortete Eily, »wir kommen wieder.«

»Also bis dann«, rief das Mädchen und grinste Mary-
Brigid an, bevor es wieder zu seiner Mutter rannte.

Mary-Brigid half die leeren Körbe zu tragen und
gemeinsam machten sie sich auf den Weg zu John. Er
stand ein Stück entfernt, der Wagen war leer, der ganze
Torf verkauft. »Eine Witwe, die allein mitten in der
Stadt wohnt, hat alles genommen«, erklärte er. »Und
ich soll ihr alle paar Wochen Torf bringen.«

»O John, das ist ja großartig«, sagte Eily. »Wie es aussieht, waren wir alle ziemlich erfolgreich.«

»Und, Daddy, es gibt Fleischpastete zum Abendessen«, verkündete Mary-Brigid.

»Ich bin stolz auf euch beide«, sagte er, als sie auf den
Wagen kletterten.

»Wissen wir«, strahlte Mary-Brigid. »Los, kommt

schnell nach Hause, wir wollen den andern die guten Nachrichten erzählen.«

Die Entscheidung

Peggy zerdrückte die Kartoffeln und stampfte sie fast zu Brei. Verwundert zog Mrs O'Connor die Augenbrauen hoch. Sie beobachtete, wie das junge Mädchen den Kartoffelbrei in eine Wärmeschüssel klatschte.

Vor zwei Tagen hatte sich Peggy vor dem Seitenausgang der Fabrik in aller Eile von Sarah verabschiedet. In Tränen aufgelöst, waren sie einander um den Hals gefallen. Es konnte Jahre dauern, bis sie sich wieder sahen, wenn überhaupt.

Sarah hatte versprochen zu schreiben und Peggy von allen Abenteuern zu berichten. James und John hatten schon einen Wagen und ein gutes, kräftiges Pferdegespann gekauft. Jetzt waren sie dabei, Proviant für die bevorstehende Reise zu besorgen.

Peggy konnte sich ein Leben in Boston ohne Sarah, John und James gar nicht vorstellen. Wen würde sie besuchen, wenn die drei fort waren? Wem würde sie von Mrs O'Connor und den Rowans erzählen? Mit wem würde sie ihre freien Tage verbringen? Mit wem würde sie beim nächsten irischen Fest durch das Zimmer tanzen, wenn James nicht da war?

Sie schob sich mit dem Ärmel eine Haarsträhne aus den Augen und unterdrückte ein Schniefen.

Mrs O'Connors Aufmerksamkeit entging nicht, dass sich draußen an der Einfahrt etwas tat. Es war ein großer junger Mann, der nun zielstrebig auf die Küchentür zukam.

»Peggy!«, rief die Köchin. »Besuch ist an der Tür!«

Peggy sah von ihrer Arbeit auf. Sie trocknete sich die Hände an der Schürze und ging zur Tür. Da war niemand. Doch dann sah sie ihn unter dem ausladenden Kirschbaum stehen. Er wartete auf sie. Es war James.

Das Herz blieb ihr fast stehen, während sie auf ihn zurannte. War vielleicht etwas mit Sarah? Sie spürte, dass er nervös war.

»Peggy, ich kann nicht fahren, ohne dass ich mich richtig von dir verabschiedet habe«, sagte er, als sie bei ihm war.

»Oh!« Peggy wusste nicht, wie sie reagieren sollte.

»Wir wollen morgen in aller Frühe los und ich musste dich einfach noch ein letztes Mal sehen.«

Sie biss sich fest auf die Lippe und bemühte sich nicht loszuheulen.

»Ich habe mich ungeschickt ausgedrückt letztes Mal«, sagte er schüchtern. »Hat sich angehört, als ob mir gar nicht so viel dran gelegen wäre, ob du mitkommst … aber mir liegt sogar sehr viel dran … ich … ich liebe dich, Peggy. Ich hab dich schon vom ersten Tag an geliebt, als ich dich auf der *Fortunata* kennen gelernt habe.«

Peggy sah ihn erstaunt an. Er hatte jetzt seine Nervosität verloren und sah sie ernst an.

Eindringlich sprach er weiter. »Ich habe gewartet und gewartet, Peggy, ich wollte dir Zeit lassen, erwachsen zu werden. Vielleicht habe ich zu lange gewartet.«

Peggy wurde rot und sah auf ihre Schürze hinab.

»John und ich, wir hatten immer vor, erst ein paar Jahre im Osten zu arbeiten, bevor wir in die neuen Gebiete im Westen aufbrechen wollten. Aber immer hast *du* zu meinem Plan gehört, Peggy. Dein Gesicht ist es, das ich morgens als Erstes und abends als Letztes sehen möchte. Deshalb habe ich dich gefragt, ob du meine Frau werden willst.«

Peggy legte die Hände vor das Gesicht und rang um Fassung.

Behutsam strich ihr James über das Haar. »Ich möchte, das du das weißt, bevor ich fahre. Lebwohl, Peggy, meine Liebe!«

Peggy hob den Kopf. Er sah sie so traurig an, dass es ihr fast das Herz brach.

»James!«, schrie sie wie ein Wildkatze. Sie warf sich an seine Brust und zog sein Gesicht zu sich herunter. »Untersteh dich und fahr ohne mich los!«, brachte sie zwischen seinen warmen Küssen hervor.

Dann jagte sie in fliegendem Lauf, mit gerafftem Rock und wehender Schürze, den Weg zurück, stieß die Küchentür auf – sehr zum Erstaunen von Mrs O'Connor und der Haushälterin – und rannte die Hintertreppe hinauf. Keuchend und außer Atem schob sie die Tür zu ihrer Kammer auf.

Sie zerrte ihre verbeulte Reisetasche hervor und riss Strümpfe und Unterwäsche von der provisorischen

Leine, die sie und Kitty zwischen den Balken gespannt hatten. Sie legte ihre zwei guten Blusen in die Tasche, den schönen Wollrock und das lavendelfarbene, geblümte Kleid, auf das sie gespart und das sie sich im letzten Jahr gekauft hatte. Ihre beiden Nachthemden – eines schmutzig, eines sauber – Waschlappen, Kölnischwasser und ein Stück parfümierter Seife. Vom Haken hinter der Tür nahm sie ihren warmen Wintermantel und unter dem Bett zog sie die dicken schwarzen Schnürschuhe hervor. Sie schnappte sich ihr Sparbuch und einige Briefe, die unter der Matratze lagen, ein paar Bücher und schließlich die Familienbibel, in die Nano den Familienstammbaum eingetragen hatte. Bald würde ein weiterer Name dazukommen, wenn Peggy O'Driscoll James Connolly heiratete. Aufgeregt fuhr sie mit dem Finger über die Seite mit den Namen.

Sie blieb stehen und sah sich erstaunt um. Der Raum schien plötzlich leer, die beiden Messingbetten einsam und verlassen. Peggy tastete nach dem Armband aus Pferdehaaren, das ihr Michael vor dem Aufbruch nach Amerika gemacht hatte. Peggy dachte an die schönen Zeiten hier mit Kitty, aber sie wusste jetzt, dass auch die Zukunft schöne Zeiten bringen konnte. Seufzend zog sie die Tür hinter sich ins Schloss und plötzlich fürchtete sie, James könne fort sein oder sie habe sich alles nur eingebildet.

Er war nicht fort. Er saß mit der Köchin und der Haushälterin in der Küche und sie plauderten mit ihm wie mit einem alten Freund.

Vielleicht würde Miss Whitman darauf bestehen,

dass Peggy die ordentliche Kündigungsfrist einhielt? Vielleicht würde sie sie gar nicht so überstürzt gehen lassen? Peggy hatte Angst, als sie in der Küche stand und ihre Tasche auf den Boden stellte.

»Miss Whitman, es tut mir Leid wegen der Kündigung, aber ich ... ich muss gehen ... jetzt«, sagte sie entschieden. Ihr Blick begegnete dem ihres zukünftigen Ehemanns.

Miss Whitman geriet keineswegs aus der Fassung. »Es spricht so vieles für die Gesetze des Herzens! Du willst ja wohl nicht enden wie ich, Peggy, Mädchen.«

»Erklären Sie Mrs·Rowan, warum ich gegangen bin?«, fragte Peggy. »Sie ist in all den Jahren so freundlich zu mir gewesen und ich lasse sie nicht gern im Stich.«

Mrs O'Connor schnäuzte sich laut. »Ach, Peggy, meine Liebe! Ich werde dich schrecklich vermissen. Was soll ich anfangen ohne deine großen braunen Augen, mit denen du meinen Geschichten zugehört hast und die mich immer wieder aufgemuntert haben?«

Peggy umarmte die mütterliche Köchin. »Sie erzählen Kitty, was geschehen ist, ja? Und schicken mir ihre Anschrift, sobald ich selber eine habe? Ich werde Ihnen allen schreiben. Ganz bestimmt.«

»Natürlich!«, versicherte Mrs O'Connor. »Ich habe deinem jungen Mann eben gesagt, dass Pater Vincent die Frühmesse in St. Patrick hält – der hat nämlich meine Tochter getraut. Er wird sich um euch kümmern.«

»O danke, Mrs O'Connor«, strahlte Peggy. »Sarah kann meine Brautjungfer sein ...«

»Was soll ich denn mit deinem Lohn machen, Peggy?«, unterbrach Miss Whitman. »Es steht mindestens noch ein Monatslohn aus und für die Hilfe bei der Hochzeit wollte Mrs Rowan eine zusätzliche Prämie zahlen.«

Peggy überlegte. Sie hatte ihr Sparbuch. Es war also Geld da für die ersten Anschaffungen, für Essen, Vorhänge und Decken – für alles, was sie und James brauchen würden. Jetzt, wo sie sich selbst ein Heim schaffen musste, würden ihrer Schwester Eily die kleinen Überweisungen fehlen, die ihr Peggy bisher zweimal im Jahr geschickt hatte.

»Ich weiß nicht genau, wo ich nächsten oder übernächsten Monat sein werde«, sagte sie. »Ich will Ihnen was sagen, Miss Whitman, würden Sie wohl so freundlich sein und das Geld meiner Schwester Eily nach Irland schicken? Ich schreibe Ihnen hier die Adresse auf. Bestellen Sie ihr, es ist ein Geschenk von mir.«

Peggy O'Driscoll umarmte die beiden Frauen und lachend vor Glück nahm sie zum letzten Mal Abschied von ihnen und Haus Rushton. Arm in Arm saßen Peggy und James auf dem Wagen, als sie dem Haus endgültig den Rücken kehrten.

Der Pachteintreiber

Der Mann mit dem rötlichen Haar und dem borstigen Schnurrbärtchen kam zurück, wie angekündigt.

In der letzten Woche hatten Eily und John jeden Abend den kleinen irdenen Krug geleert, den sie unter dem Bett aufbewahrten, und hatten ihr Geld gezählt. Sie hatten einen guten Preis für Muck bekommen, dazu kam das Hühnergeld und alles, was sie an zwei Markttagen verdient hatten. Trotzdem, wie oft sie auch zählten und rechneten, der fällige Betrag kam nicht zusammen. Mary-Brigid wünschte sich ein Wunder, das die Kupfermünzen in Silber oder Gold verwandeln würde.

»Kommen Sie herein, Mr Brennan«, rief John. »Wir haben das Geld für Sie.«

Gespannt sahen alle zu, wie sich der Mann das Geld in die Hand zählte.

»Es scheint da ein kleines Missverständnis vorzuliegen, Mr Powers. Die Summe reicht nicht für den vereinbarten Pachtzins.«

Johns breite Hände umklammerten den Tisch. »Es ist kein Missverständnis, Mr Brennan. Das ist alles, was da ist. Ich habe nichts mehr zum Verkaufen. Die Pacht ist doppelt so hoch wie letztes Jahr um diese Zeit. Es ist alles, was ich zahlen kann. Das müssen Sie Mr Ormonde sagen!«

Mr Brennan schien verlegen. Er ließ seinen Blick durch die Hütte schweifen, sah den jungen Mann und die Frau mit ihren zwei kleinen Kindern und die alte

Frau in der Ecke, die ihn böse anfunkelte. Er hasste es, den Pachtzins für Hussey einzutreiben.

»Ich werde mit ihnen sprechen, Mr Powers. Sind Sie sicher, dass Sie mir sonst nichts weiter geben können?«, hakte er nach.

»Nein, kann ich nicht!«, sagte John entschieden. »Hier gibt es nur noch das Essen auf den Tellern der Kinder und die Kleider, die sie auf dem Leib tragen. Sagen Sie Dennis Ormonde, ich habe so schwer gearbeitet, wie ein Mann nur arbeiten kann – und das ist alles, was ich habe!«

Mary-Brigid sah, wie Mr Brennan ihr Geld in einen Lederbeutel schaufelte. »Ich werde bei Mr Hussey für Sie sprechen«, versicherte der Mann. Plötzlich hatte er es eilig wegzukommen. Sie beobachteten, wie er sich in den Sattel seiner stämmigen grauen Stute schwang und davonritt.

»Jetzt warten wir«, sagte John ernst.

Die Belagerung

Sie warteten und warteten – und sie trafen ihre Vorbereitungen. Mary-Brigid half ihrem Vater Kartoffeln in einen großen Sack zu füllen, den er gemeinsam mit Michael in die Hütte schleppte. In jeden übrigen Topf, in jeden Eimer und jedes Glas wurde Wasser aus dem Brunnen geschöpft und in der kühlsten Ecke der Küche aufbewahrt und an der Wäscheleine blieb nicht ein einziges Kleidungsstück hängen. Johns Werkzeuge wurden aus dem kleinen Schuppen geholt und nun lehnten Spaten, Heugabel, Sense und Hacke an der Küchenwand. Auch Maisie wurde hereingebracht. Sie fuhr bei dieser Gelegenheit mit wütendem Gegacker auf Scrap los, der von dem Gast nicht gerade begeistert war. Nano und Eily kontrollierten die Behälter mit Mais- und Hafermehl und Michael und John rückten das wuchtige Küchenbüfett, das Mary-Brigids Großvater gezimmert hatte, neben die Tür.

»Mary-Brigid, du musst deinen kleinen Bruder im Auge behalten. Ihr dürft nicht weiter als ein paar Meter vom Haus weggehen«, ordnete ihr Vater an. »Hast du mich verstanden?«

»Ja«, sagte sie, verschüchtert von all den ungewöhnlichen Maßnahmen.

Diese Nacht schlief sie unruhig und am Morgen entdeckte sie, dass Michaels Lager auf der Bank neben dem Kamin unberührt war.

»Michael ist fort!« Sie lief mit der Nachricht zu ihren Eltern.

»Die Auseinandersetzung hier ist ja nicht seine Sache«, sagte Nano. »Und er hat was zu erledigen ...«

Mary-Brigid linste aus der Haustür. »Die Pferde sind auch weg!«, verkündete sie.

Ihr Herz machte einen Satz, als sie zu Mittag das Klappern von Pferdehufen auf dem Weg hörte. Angestrengt sah sie den Weg hinunter; es war Mr Brennan mit vier anderen Männern.

»Rein mit euch, Mary-Brigid«, befahl John kurz. »Bleibt vom Fenster weg.«

Er beugte sich vor und stemmte die Schulter gegen das Büfett. Unter Ächzen und Stöhnen schoben er, Eily und Nano das schwere Möbelstück vor die Tür.

Nach ein paar Minuten rief eine Stimme: »Mr Powers, ich bin's, Tom Brennan. Leider ist der Betrag, den Sie bezahlt haben, unannehmbar. Ihr Gutsherr besteht auf der vollen Summe.«

»Ich habe Ihnen gesagt, dass ich nicht mehr besitze!«, rief John.

Ein anderer ergriff das Wort. »Sie, John Powers, und Ihre Angehörigen werden auf Befehl des Gutsherrn Dennis Ormonde aufgefordert dieses Anwesen zu räumen.«

»Hussey!«, sagte John.

William Hussey saß rittlings auf seinem großen Fuchs. Sein hartes Gesicht schien auf der einen Seite verzerrt, die Haut runzlig und vernarbt. Sein linker Arm hing nutzlos herab.

»Ich räume nicht!«, schrie John. »Sagen Sie Ormonde, ich gebe das untere Feld auf, wenn das den Pachtzins ermäßigt.«

Gedämpfte Stimmen redeten aufeinander ein, als ob sie miteinander stritten. Dann kam Mr Hussey näher zur Tür herangeritten. »Das Land wird nicht geteilt«, erklärte er. »Es gibt hier nichts zu diskutieren. Entweder Sie bezahlen den vollen Betrag für die Pacht dieses

Hofes oder Sie geben ihn auf. Mr Ormonde ist ein viel beschäftigter Mann. Alle Vollmachten bei der Verwaltung seines Besitzes liegen bei mir.«

»Sie wollen sich diesen Hof nur selber unter den Nagel reißen, Hussey! Sie werden ihn nicht kriegen!«, rief John.

»Was unterstehen Sie sich!« Der Gutsverwalter fluchte. »Die Angelegenheit ist damit nicht erledigt. Noch lange nicht!«

Zwei Männer wurden zur Bewachung der Hütte zurückgelassen, die anderen ritten davon. Mr Brennan würde hoffentlich so ehrlich sein, dachte John, und dem Gutsherrn das Angebot mit dem unteren Feld unterbreiten.

Die Nacht brach herein, aber kaum einer in der Familie konnte schlafen.

Eily blieb auf einem Stuhl neben dem kleinen Fenster sitzen und passte auf, ob nicht Hussey und seine Männer zurückkehrten.

Am Morgen wachten sie vom Gekrächze der Krähen aus den nahen Wäldern auf. Verschlafen trank Mary-Brigid einen Schluck Milch und aß ein Stück Brot. Ihr Vater machte einen erschöpften Eindruck, übernahm aber jetzt die Wache. Eily zog Jodie an, wusch ihn und versuchte ihn abzulenken. Schließlich erhob auch Nano ihre müden alten Knochen.

William Hussey und seine Männer kamen zurück. Sie schienen etwas wie einen Baumstamm hinter sich herzuziehen. Unmittelbar vor der Tür machten sie Halt.

»John Powers! Sind Sie bereit den Pachtzins zu bezahlen, wie er von Ihrem Gutsherrn Dennis Ormonde festgesetzt ist?«, rief Mr Hussey betont deutlich.

»Ich habe euch fast das Doppelte meiner vorjährigen Pacht gegeben«, antwortete John verzweifelt. »Ich besitze keinen roten Heller mehr. Ich habe sogar angeboten eins meiner Felder abzutreten, um den Differenzbetrag auszugleichen.«

»Geweigert haben Sie sich den vollen Pachtzins zu zahlen!«, höhnte Mr Hussey.

»Ich bin ein guter Pächter, wie vor mir mein Vater und auch mein Großvater. Ich habe keinen Streit mit Mr Ormonde. Er weiß, dass ich mehr als einen angemessenen Pachtzins bezahlt habe«, rief John.

Mr Hussey wendete sein Pferd. »Wir geben euch eine Stunde, um euren Kram zu packen und die Behausung hier zu räumen«, erklärte er.

Alle in der kleinen Hütte standen ratlos und wie unter Schock. Sie wussten nicht, was sie tun sollten. Jodie fing an zu weinen und klammerte sich an seinen Vater. John nahm ihn auf den Arm. Nano schlurfte durch die Hütte und fing an Sachen zusammenzufalten und in kleine Bündel zu schnüren.

»Was machst du da, Nano?«, fragte Eily.

»Ich fange an zu packen«, sagte Nano ruhig. Sie gab sich Mühe, die Verzweiflung in ihrer Stimme zu verbergen.

»Wir packen nicht, Nano!« sagte John fest. »Setz dich. Setzt euch alle hin!«

An seinem Gesichtsausdruck und seinem Verhalten

erkannte Nano, dass dieses Mal die Wünsche des jungen Mannes respektiert werden mussten.

Mary-Brigid war so aufgeregt, dass sie das Herz in ihrer Brust hämmern hörte. Eily stand hilflos und bleich wie ein Gespenst in der Hütte. Alle warteten.

Nach einer Stunde griff einer der Männer nach einer großen Mistgabel und fing an das Stroh vom Hüttendach zu zerren. Die anderen schoben den Baumstamm näher heran. Mary-Brigid schloss die Augen und wartete auf den Schlag, der gleich gegen die Holztür pallen würde.

»Jetzt!«, schrie William Hussey.

Die Männer stießen mit aller Kraft zu und die kleine Hütte schien zu vibrieren, als der Rammbock gegen die Tür knallte, aber das schwere alte Eichenbüfett hielt der Wucht des Angriffs stand.

»Noch mal!«, kommandierte Hussey.

Alle in der Familie machten sich auf einen neuen Schlag gefasst und innerhalb von wenigen Minuten wurde ihr Heim wieder und wieder von Stößen erschüttert. Die Tür splitterte und es war vorauszusehen, dass das Büfett nicht mehr lange durchhalten würde. Im Dach klaffte bereits ein Loch, durch den sie den Himmel sehen konnten. Dann verstopfte jemand den Kamin, um sie auszuräuchern. Beißende Tränen liefen ihnen über die Gesichter und der Qualm ließ sie husten und würgen.

Mary-Brigid ahnte, dass sie die Hütte bald würden verlassen müssen. Der arme Jodie keuchte schon so schlimm, dass er kaum Luft bekam. Ohne sich zu rühren, hielt Eily das Kind an sich gedrückt, sie stand wie zu Stein erstarrt.

»Mr Hussey! Mr Hussey!«

Alle hörten die Rufe. Es war Michaels Stimme. Michael war zurückgekommen.

»Aufhören! Sagen Sie den Männern, sie sollen aufhören!«, schrie er, während er auf die Hütte zurannte. »Lasst die Leute hier in Ruhe!«

William Hussey drehte sich nach ihm um. »Wer zum Teufel bist du? Was geht dich das an?«

»Eily ist meine Schwester und das hier ist ihr Zuhause.«

»Ihr Zuhause, was du nicht sagst!«, spottete der Verwalter.

»Mr Hussey! Was meinen Sie, ist der Wert von diesem Pachthof und der Hütte? Wie viel bräuchte man, um es zu kaufen?«, fragte Michael mit den Händen in der Westentasche.

»Kaufen! Die können sich ja nicht mal den vollen Pachtzins leisten.« Der rotgesichtige Mann brach in schallendes Gelächter aus. »Der Hof hier würde sie mindestens vierzig Pfund kosten.«

»Vierzig Pfund!«, wiederholte Michael. »Sie sagen also, das ist die Kaufsumme für dieses Anwesen?«

»Ja«, nickte Mr Hussey. Wütend funkelte er die wenigen Nachbarn an, die sich inzwischen am Torweg eingefunden hatten und den Auftritt beobachteten.

»Die Sache ist erledigt!«, rief Michael, sah ihm offen ins Gesicht und griff nach dem Lederzügel von Husseys Pferd.

»Was meinst du damit – erledigt?«

»Ich sage die Wahrheit«, erklärte Michael. »Fragen Sie Mr Ormonde. Der Räumungsbefehl ist rückgängig gemacht und das Land hier verkauft.« Laute des Erstaunens drangen von der Versammlung der Nachbarn herüber. »Und jetzt rate ich Ihnen, Mr Hussey, dass Sie Ihren Leuten sagen, sie sollen aufhören, sonst müssen Sie für den angerichteten Schaden noch eine hohe Summe zahlen!«

»Wo ist dein Beweis?«, schrie Mr Hussey.

»Mein Beweis ist bei Mr Ormonde. Sie können alles selber nachprüfen«, sagte Michael.

Hussey riss die Zügel herum und wendete sein Pferd. »Du kleiner Gernegroß mit deinen Lügen und Angebereien! Du wirst meine Peitsche noch zu spüren kriegen! Ich werde herausfinden, was das alles soll. Ihr habt nicht zum letzten Mal von mir gehört. Ich komme wieder und dann bringe ich den Wachtmeister mit, der soll euch allesamt verhaften und von diesem Grundstück werfen!«

»Sie sind keine Pächter mehr!«, sagte Michael eisig. »Sie können gar nichts tun.«

William Hussey und seine Leute ließen den Rammbock im Stich und ritten über die Felder davon. Die Hütte war stehen geblieben und ungläubig sahen die verstörten Familienmitglieder hinter den Männern her.

Glengarry

Ist es wahr?« Eily blieb vor ihrem Bruder stehen, die Kinder umarmten und küssten ihn.

»Ja, es ist wahr«, sagte er leise. »Das Haus und das dazugehörige Land sind jetzt euer Eigentum, Eily, und das Eigentum eurer Nachkommen.«

»Was um Himmels willen hast du getan, Michael?«

»Ich habe Glengarry verkauft. Sie ist eine hervorragende Stute. In ihrer Glanzzeit hat sie einige der besten Rennen gewonnen und unter ihren Fohlen gibt es auch schon ein paar Sieger.«

»Ich kann's nicht glauben!«, rief Eily weinend. Die Tränen liefen ihr nur so über das Gesicht. »Du hast dein Pferd verkauft! Du hattest doch solche Pläne mit Glengarry!«

»Ich dachte mir gleich, dass Mr Ormonde einer ist, der auf Rennpferde setzt. Zufällig kennt er Sir Henry Buckland und hat auch von den Ställen von Castletaggart gehört. Er ist ein guter Pferdekenner, das muss ich ihm lassen. Gerade mal einen Blick hat er auf die Stute geworfen, da wollte er sie haben. Er will seinen Rennstall vergrößern. Landwirtschaft interessiert ihn nicht, er setzt auf Pferderennen! Glengarry wird ihn nicht enttäuschen. Sie ist eine gute Zuchtstute.«

»Ein Pferd ist so viel wert?«, wunderte sich Eily.

»Ein teures Rennpferd schon«, sagte Michael. »Und Pferderennen ist alles, was einer Spielernatur wie Mr Ormonde etwas bedeutet.«

»Also! Ich kann es immer noch nicht fassen.«

»Ich habe ihm versprochen, dass ich ihm ein paar Ratschläge gebe, wie er seine Bruchbuden von Stallungen einigermaßen in Schuss kriegt – damit sie halbwegs werden wie die an meinem früheren Arbeitsplatz.«

»Was du nicht sagst!« Eily wagte ein halbes Lächeln.

»Vergiss nicht, Eily, in der Summe steckt ja auch das Geld, das ihr Mr Brennan schon gegeben habt.«

»Das hast du alles für uns getan, Michael!«, sagte sie überwältigt.

»Ihr seid meine Familie, Eily. Es war das Mindeste, was ich tun konnte«, sagte er stolz, und seine dunklen Augen leuchteten. »Jedenfalls ist jetzt alles unterzeichnet und besiegelt, der Pachthof läuft auf euren Namen.«

»Komm her, Kind! Lass dich umarmen«, rief Nano, die immer noch ganz zittrig neben dem Kamin saß. Michael musste leise lächeln, als seine alte Tante ihn fest an sich drückte und ihm die dichten Locken aus dem Gesicht strich wie früher, als er ein kleiner Junge gewesen war. »Michael, deine Eltern wären jetzt sehr stolz auf dich«, sagte sie und in ihrer Stimme schwang Ergriffenheit. »Und auch ich bin sehr stolz auf dich – auf euch alle!«, ergänzte sie feierlich.

Westwärts

Peggy tastete über den schmalen Goldring an ihrem Finger. Verheiratet! Sie konnte es immer noch nicht glauben, dass James ihr Ehemann war. Mrs James Connolly! Es hörte sich herrlich an.

Fest drückte sie seine Hand. Sie saßen nebeneinander auf dem Vordersitz ihres Wagens, der wieder einmal über einen zerfurchten, staubigen Feldweg rumpelte. Leuchtend blaue Kornblumen reckten sich in der Hitze himmelwärts. Peggy war froh über den schlichten weißen Sonnenhut, der ihre Augen vor der grellen Sonne schützte. Schon spürte sie, wie ihr die Wärme einen neuen Schwung Sommersprossen auf Nase und Wangen malte.

Vor fünf Tagen hatten sie geheiratet. In einer schlichten Feier waren sie von Pater O'Hara nach der Zwölfuhr-Messe in der kleinen Gemeindekirche St. Patrick getraut worden. John hatte Peggy zum Altar geführt und Sarah war Brautjungfer gewesen. Peggy trug ein helles lavendelfarbenes Kleid und Sarah hatte ihr eine neue cremefarbene Satinhaube geliehen, die sie mit Blumen herausgeputzt hatte.

Wie gern hätte Peggy ihre Tante Nano und ihre Geschwister Eily und Michael hiergehabt! Dafür war dann Mrs O'Connor aufgetaucht und hatte einen Riesenwirbel um Peggy veranstaltet. Als Geschenk hatte sie ihr eine Kaminuhr mitgebracht.

»Das ist doch viel zu viel!«, hatte Peggy gesagt, aber Mrs O'Connor war nicht zu bremsen gewesen.

»Du musst etwas haben, das dich an Rushton erinnert und an die Jahre, die du in Greenbay gearbeitet hast.« Die Uhr hatte in Mrs O'Connors Zimmer auf dem Kaminsims gestanden. Ganz sicher würde Peggy einen gebührenden Platz dafür finden, sobald sie sich endgültig angesiedelt hätten.

Nach der Trauung hatte es ein schönes Essen gegeben – von Sarah gekocht – und Mrs O'Connor und Pater O'Hara waren mit nach Hause gekommen. Es war alles ganz anders gewesen als bei der verschwenderischen Hochzeitsfeier, die man für Miss Roxanne ausgerichtet hatte, doch als Peggy in die Runde sah und die Liebe und Zärtlichkeit in James' Augen erkannte und als sie sich klarmachte, dass Sarah, ihre beste Freundin, jetzt ihre Schwester war, kannte ihr Glück keine Grenzen.

Westwärts! Sie waren unterwegs nach Westen. Vor ihnen holperte der Wagen von Sarah und John. Am letzten Mittwoch als sie sich dem Treck angeschlossen hatten, hatte Peggy ihr erstes eigenes Heim betreten: einen Planwagen mit zusammenrollbarer Matratze, einer Bank an der Seite und einem einfachen niedrigen Tisch. Zur Hälfte wurde das Wageninnere von Reiseproviant beansprucht und von notwendigen Dingen für ihr neues Leben und ihr künftiges Heim.

Im Wagentreck fuhren noch zwei andere irische Familien mit, die O'Hallorans und die Callaghans. Viele der Mitreisenden waren Holländer, und einen, Ben Maasen, hatte Peggy schon kennen gelernt. Er hatte sie nämlich augenzwinkernd geneckt, weil sie noch so frisch verheiratet war. »Musst dich mal mit meiner besseren Hälfte unterhalten. Sie weiß bestens Bescheid über die Ehe!«, hatte er ihr angeboten. Arlene, seine Frau, hatte Peggy herzlich zugelächelt und ihr ihre vier flachshaarigen Kinder vorgestellt.

Geschichten, die sie über Indianer, kopflos fliehende Büffelherden, wilde Bergkatzen und Grislibären gehört hatte, versuchte Peggy aus ihren Gedanken zu verbannen. Adam Shelton, der Leiter des Trecks, schien ein fähiger, besonnener Mann zu sein, der sie auf ihrer langen Reise gut führen würde.

Manchmal kam es Peggy vor, als ob ihr ganzes Leben, vielmehr, als ob alle wichtigen Abschnitte ihres Lebens auf die eine oder andere Art mit einer Reise verbunden waren. Da war einmal die Reise, die sie noch als kleines Mädchen gemacht hatte – ungefähr im Alter von Ben Maasens Tochter –, als sie an der Hand ihrer großen Schwester quer durch ein hungerndes Land gelaufen war, bis ihr jeder Knochen im Leib schmerzte, bis ihre Füße bluteten und der Hunger in ihrem Bauch nagte, dass sie fast wahnsinnig geworden wäre. Später kam dann die fürchterliche Reise von Irland nach Amerika auf der *Fortunata*, dem Schiff, auf dem sie Sarah, John und ihrem geliebten James zum ersten Mal begegnet war. Sie schloss die Augen bei der Erinnerung.

»Alles in Ordnung, Peggy?« James' Stimme klang besorgt, während er, die Lederzügel in der Hand, die beiden Pferde lenkte.

»Alles in Ordnung«, sagte sie lächelnd. »Alles bestens.« Sie beugte sich zu ihm und drückte ihm einen Kuss auf die Wange. »Ich habe nur gerade gedacht,

James, in der ersten Stadt, durch die wir kommen, muss ich unbedingt den Brief an meine Familie aufgeben. Sie sollen alles von dir erfahren und von der Hochzeit und wie glücklich ich bin.«

Er drehte sich zu ihr und lächelte liebevoll.

Vor ihnen lag meilenweit unerforschtes Gebiet. Eine endlose Strecke und eine beschwerliche Reise standen ihnen bevor, aber das machte Peggy alles nichts aus – jetzt, wo sie James an ihrer Seite hatte. Was für eine Vorstellung – sie fuhr mit einem Wagentreck durch halb Amerika! Und diesmal war es eine Reise, die sie wirklich gern machte.

Ein Brocken Erde

Mary-Brigid stand mitten in der Hütte. Die Holztür lag in tausend Splittern auf dem Boden und das Küchenbüfett hatte Sprünge und Risse. Durch das Loch im Dach konnte sie den Abendhimmel sehen, an dem gerade der erste Stern aufging. Sämtliche Möbel lagen in einem Haufen zusammen. Zwei Fensterscheiben waren zerbrochen.

»Morgen fangen wir gleich an und bringen die Hütte wieder in Ordnung«, versprach ihr Vater.

Mary-Brigid tappte hinter den anderen her ins Freie. Nano ging auf Michaels Arm gestützt und John trug

Jodie auf den Schultern. Es war fast dunkel und die spillerigen Umrisse der Dorn- und Ginsterbüsche tanzten im Wind. Die Felder und niedrigen Steinmauern lagen dunkel und geheimnisvoll. Aus einiger Entfernung hörten sie gedämpftes Wiehern – das Wiehern eines jungen Pferdes.

»Morning Boy! Willst du wohl still sein! Sonst lasse ich Ormonde kommen, damit er dich auch noch kauft!«, lachte Michael.

»Ich hatte schon Angst, du würdest ihn verkaufen«, sagte Mary-Brigid leise.

»Wie kommst du nur auf die Idee, ich könnte so dumm sein und eins der besten Rennpferde verkaufen, das Irland wohl je zu sehen kriegt?«, witzelte Michael. »Es wird viel Arbeit mit ihm geben, Mary-Brigid, jetzt, wo seine Pflegemutter weg ist. Und wie es aussieht, bekomme ich in der nächsten Zeit allerhand zu tun – ich werde also einen Gehilfen brauchen.«

»Mich? Meinst du mich?«, fragte Mary-Brigid mit leuchtenden Augen.

Michael schmunzelte über ihre Begeisterung.

»Mary-Brigid, komm mal her«, rief Eily. »Sieh dich um, Mary-Brigid.« Ihre Mutter bückte sich und hob einen dicken Erdklumpen auf. »Mach die Hände auf, Liebling.«

Eily legte den Brocken in Mary-Brigids offene Hände. Die Erde fühlte sich fest, schwer und feucht an. Sie duftete nach Torf, frischem Gras und all den Pflanzen, die schon seit hunderten von Jahren daraus gewachsen waren.

»Halte das Stück Erde fest, Mary-Brigid, und denke immer an diesen Tag und diese Nacht! Es ist der Tag, an dem diese Felder, das Land und die mühsam bearbeitete Erde endlich unser Eigentum geworden sind!«

Mary-Brigid stand unter dem dunklen, weiten Himmel und schwor sich diesen Tag nie zu vergessen.

Die große Hungersnot in Irland 1845–50

*I*n früheren Zeiten waren die meisten Menschen in Irland sehr, sehr arm. Sie lebten und arbeiteten auf Grund und Boden, der ihnen nicht gehörte. Sie wohnten beengt in kleinen, schmutzigen Häusern und Hütten. Auf einem schmalen Streifen Land neben der Hütte pflanzten sie Gemüse für den eigenen Bedarf. Hauptsächlich wurden Kartoffeln angebaut, weil sie den größten Ertrag brachten. Die Nahrung der Iren bestand im Allgemeinen aus Kartoffeln und Milch, doch es reichte zum Leben.

Dann, im Sommer 1845, nach einer lang anhaltenden Periode feuchten Wetters, als sich die Leute daranmachten, ihre Kartoffeln zu ernten, standen sie vor einem Rätsel: Die Kartoffeln waren von einer Krankheit befallen und verfaulten in der Erde. Niemand konnte etwas dagegen tun – die Kartoffeln waren matschig und schleimig. Die Seuche breitete sich in allen Teilen Irlands aus. Die Menschen beteten zu Gott um Rettung. Sie waren verzweifelt. Um sich Nahrung zu beschaffen, verkauften sie alles, was sie besaßen. Die meisten hungerten.

Natürlich wurden auch andere Früchte außer Kartoffeln angebaut, aber das meiste davon wurde in andere

Länder verkauft. Die Armen hatten kein Geld für Lebensmittel. Von der Regierung mussten ganze Schiffsladungen Maismehl importiert werden, um die Bevölkerung zu ernähren. Aber es reichte nicht.

Innerhalb eines Jahres wurden umfangreiche, öffentliche Arbeitsprogramme geschaffen. Die Menschen arbeiteten beim Straßenbau, beim Roden der Wälder und Ähnlichem. Es war schwere Arbeit für die geschwächten, unterernährten Menschen, aber es war wenigstens eine Möglichkeit, Geld zu verdienen.

Armenhäuser waren überfüllt von Leuten, die keinen Platz zum Leben und nichts zu essen hatten. Das Leben dort war hart und streng.

Einige der Gutsherrn taten ihr Möglichstes, um ihren Pächtern zu helfen. Andere kümmerten sich nicht um die bedrängte Situation ihrer Arbeiter. Am schlimmsten waren jene, die ihre Pächter einfach vertrieben und ihre Hütten abrissen, wenn sie ihre Pacht nicht bezahlen konnten. Gegen Ende des Sommers 1846 wurde deutlich, dass die Kartoffelernte wieder missraten würde. Die Menschen hatten nichts. Sie zogen durchs Land. Die neu geschaffenen Arbeitsplätze waren überbesetzt. Vor den Armenhäusern rotteten sich die Menschen zusammen und versuchten hineinzukommen.

Mit dem Hunger kamen Krankheiten – Hungerfieber, Typhus, Ruhr. Sie verbreiteten sich schnell.

Irland wurde ein Land der lebenden Gespenster. Die Gemeinden konnten die Zahl der Toten nicht mehr bewältigen, Massengräber mussten ausgehoben werden. Tod und Krankheit zogen durch das ganze Land.

Die Lage änderte sich nicht. Im Jahr 1847 und in den folgenden Jahren machten sich ungefähr eine Million Männer, Frauen und Kinder mit Schiffen auf den Weg nach Liverpool und nach Nordamerika. Viele kamen auf der langen, stürmischen Seereise um. Die Überlebenden mussten hart arbeiten, um sich ein neues Leben im fremden Land aufzubauen.

Für die, die in Irland geblieben waren, wurde der Winter 1847/48 einer der schlimmsten ihres Lebens. Ihm folgte die Kartoffelfäule im Herbst 1848 und noch einmal 1849. Menschen starben auf den Straßen, in den Hütten und auf den Feldern. Insgesamt gab es ungefähr eine Million Tote. Für ein kleines Land wie Irland war das ein gewaltig hoher Anteil der Bevölkerung.

Diejenigen, die nach Amerika und Kanada auswanderten, nahmen ihre Kraft mit, ihren Mut und ihre Hoffnung. Die anderen, die zurückblieben, kämpften ums Überleben und arbeiteten am Aufbau eines Landes mit, von dem sie hofften, es würde nie wieder von einer solchen Katastrophe betroffen werden.

Conlon-McKenna, Marita:
Sturmkinder: eine irische Familiensaga / Marita Conlon-McKenna.
Aus dem Engl. von Ulli und Herbert Günther. –
Stuttgart; Wien; Bern: Thienemann, 1998
ISBN 3-522-17185-3

Originalausgaben: Marita Conlon-McKenna,
Under the Hawthorne Tree; Wildflower Girl; Fields of Home
© Marita Conlon-McKenna, 1990; 1991; 1996
© The O'Brien Press, Dublin, 1990; 1991; 1996

Umschlagillustration: Claudia Seeger
Umschlagtypografie: Michael Kimmerle
Schrift: Sabon und Baskerville
Satz: KCS GmbH in Buchholz/ Hamburg
Reproduktion: Die Repro in Tamm
Druck und Bindung: Friedrich Pustet in Regensburg
© 1998 by K. Thienemanns Verlag in Stuttgart – Wien – Bern
Printed in Germany. Alle Rechte vorbehalten
5 4 3 2*   99 00 01

Thienemann im Internet: www.thienemann.de